Zu diesem Buch

Man weiß ja eine Menge über Weihnachten – glaubt man. Aber was genau sind eigentlich die Zwölfernächte? Und wann ist nochmal Mariä Empfängnis? Woher kommt der Brauch, einen Mistelzweig aufzuhängen? Und wen darf man darunter küssen?

Mit dem «Weihnachtslexikon» bleibt keine Frage offen. Theo Herrlein nimmt seine Leser mit auf einen Streifzug durch die mitteleuropäische Adventszeit und stellt in 3200 Stichwörtern ein umfassendes Nachschlagewerk zum Thema Weihnachten vor. Unterhaltsam erklärt Herrlein, wie das Lübecker Marzipan einst aus einer Notlage entstand und wie zwei kleine spanische Städte zu einem Silvesterfest im August kamen. Ein Buch, das einlädt zum Schmökern, Blättern und Genießen.

Der Autor

Theo Herrlein lebt in der Nähe von München. Er hat viele Jahre als Verlagskaufmann gearbeitet und bereits mehrere Bücher, darunter ein Weihnachtsbuch, Erzählungen aus dem bäuerlichen Leben sowie einen Roman veröffentlicht. In seiner Freizeit hat er in liebevoller Kleinarbeit die Details zu diesem Lexikon zusammengetragen.

Theo Herrlein

Das Weihnachtslexikon

Von Aachener Printen bis Zwölfernächte

Rowohlt Taschenbuch Verlag

Veröffentlicht im Rowohlt Taschenbuch Verlag,
Reinbek bei Hamburg, November 2006

Illustrationen aus der Bilderbogensammlung
von Dietrich Hecht, Aschaffenburg
Umschlaggestaltung ZERO Werbeagentur, München
(Illustrationen: Sammlung Hecht)
Satz aus der Perpetua PostScript (QuarkXPress)
bei KCS GmbH, Buchholz bei Hamburg
Druck und Bindung Clausen & Bosse, Leck
Printed in Germany
ISBN 13: 978 3 499 62182 6
ISBN 10: 3 499 62182 7

Für meine Frau *Ute-Brigitte*

Vorwort

Kaum eine Jahreszeit birgt, mit ihren Vorbereitungen und Geheimnissen, mit ihren Lichtern, Geschichten und Bräuchen so viel Faszination und Freude bei Jung und Alt wie die Zeit vom Advent bis zu Heilig Drei König. Es ist die Zeit der brennenden Kerzen, der Adventskalender und der Christkindlmärkte mit dem Duft nach Glühwein, gerösteten Maroni und den Gerüchen von Lebkuchen und Früchtebrot. Und es ist auch die große Zeit der Verkündigung und der Bräuche und Traditionen. Viele basieren auf uralten heidnischen Riten, wie die Raunächte, auch Zwölfernächte genannt, die Luciafeiern, die Hirtenspiele und Heischebräuche und viele mehr. Manche dieser Traditionen sind leider in Vergessenheit geraten, andere wiederum versucht man in der letzten Zeit, durchaus mit Erfolg, neu zu beleben.

Doch woher kommen die teilweise doch sehr unterschiedlichen Bräuche, und was steckte ursprünglich dahinter? Wie stark machen sich regionale und Länder überschreitende Einflüsse bemerkbar? Woher kommen der Nikolaus und die Heiligen Drei Könige, der Adventskranz und der Christbaum? All diese Fragen habe ich versucht zu beantworten, wobei ich mir allerdings sicher bin, dass noch viel Wissenswertes rund um das Weihnachtsfest im Verborgenen liegt.

Angefangen, den Geheimnissen der Weihnacht auf die Spur zu kommen, habe ich vor etwa zehn Jahren, als ich für ein Weihnachtsbuch zu recherchieren begann. Ursprünglich hatte ich lediglich geplant, den weihnachtlichen Geschichten ein kleines ABC des Weihnachtsfestes anzuhängen. Doch mit der Zeit wuchs das Manuskript, und mein zu bearbeitender Zettelkasten schwoll immer größer an und sprengte bald den Rahmen des kleinen Buches. Daraus entstand die Idee, diese vielen Begriffe in ein Lexikon einzubringen und dem Interessierten in kurzen Erklärungen umfassende Antworten auf viele Fragen, die sich mit der Weihnachtszeit befassen, zu geben.

Soweit es mir möglich war, sind bei Personen die Lebensdaten angegeben, um somit auch zu demonstrieren, wie sehr, und zwar seit vielen Jahrhunderten, sich die Menschen mit dem Thema Weihnachten befasst haben.

Ein sehr umfangreiches und spezielles Gebiet ist das Wissen über die Weihnachtskrippen. Obwohl ich hierzu viele Begriffe ermitteln konnte, scheint mir jedoch dieses Thema zu komplex zu sein, um ihm in seiner Gesamtheit gerecht zu werden.

Ähnliches gilt auch für den heiligen Nikolaus und dessen Begleiter Knecht Ruprecht, deren Namensgebung äußerst vielfältig und oft stark abweichend ist. Hier sind besonders starke regionale Unterschiede in der Namensgebung festzustellen, ein sicheres Zeichen, dass die Gestalten des heiligen Nikolaus und Knecht Ruprechts sehr tief in der vorweihnachtlichen christlichen Mythologie und auch der Sagenwelt verwurzelt sind. Die hier aufgeführten Namen sind nur eine Auswahl aus einer beeindruckenden Vielfalt.

An dieser Stelle halte ich es für angebracht, mich zu bedanken. Mein Dank geht an Herrn Friedhelm Leichsenring, Journalist und Brauchtumsfachmann aus Willkau-Haßlach am Fuße des Erzgebirges, der mir viele Details aus dem «Weihnachtsland Erzgebirge» vermittelte, und an Herrn Dr. Renée Strasser aus Oberwil in der Schweiz, der mich nicht nur in die vielschichtige Brauchtumspflege in der Schweiz einführte, sondern mich auch spontan an seinem immensen Wissen in der Literatur, der Musik und der lateinischen Sprache, speziell um das weite Thema Weihnachten, teilhaben ließ.

Zu besonderem Dank bin ich Herrn Dietrich Hecht verpflichtet, dessen Bilderbogensammlung, die sehr viele Nikolaus- und Weihnachtsmotive sowie vorweihnachtliche Spiele beinhaltet, in

Europa wohl einzigartig sein dürfte. Seine großzügige Unterstützung durch Bildmaterial und Informationen hat dieses Lexikon zusätzlich bereichert.

Bei aller Genauigkeit meiner Recherchen und Nachforschungen kann ich jedoch nicht ganz ausschließen, dass einige meiner Quellen den genannten Begriff nur mangelhaft umreißen, oft war eine detailgenauere Beschreibung nicht auffindbar. Daneben befindet sich in meinen Unterlagen noch eine Reihe von Stichwörtern zum Thema Weihnachten, die im Lexikon nicht berücksichtigt sind, da ich für diese Begriffe keinerlei Erklärungen oder Beschreibungen finden konnte. In dieser Angelegenheit wäre ich den Lesern sehr dankbar, wenn sie mir fehlende Begriffe und Wörter, wie auch geographische Besonderheiten weihnachtlichen Brauchtums, per mail (theo_herrlein@gmx.de) oder über den Verlag mitteilen würden, damit diese in kommenden Auflagen berücksichtigt werden könnten.

Theo Herrlein
München, im September 2005

Aachener Printen Kaiser Karl der Große war es, der den Aachener Bäckern das Privileg verlieh, «Lieverkööch», wie die Lebkuchen damals genannt wurden, mit christlichen Motiven zu backen. Seinen heutigen Namen erhielt das Gebäck im 16. Jahrhundert, als es erstmals gelang, die Lebkuchen mittels Holzmodel zu «printen», also zu bedrucken. Spätestens Anfang Oktober wurde der Teig zubereitet, dessen wesentlicher Bestandteil der Rübenzucker ist. Der Rohteig wurde danach noch wochenlang in Kellern gelagert, um damit eine lange Haltbarkeit zu erzielen.

Ableutschießen In der Berchtesgadener Region beginnt das Weihnachtsschießen bereits sieben Tage vor dem Heiligen Abend mit dem Christkindl-Anschießen oder dem «Ableutschießen», wenn die Kirchenglocken um drei Uhr nachmittags die Weihnachtszeit einläuten.

Abschmücken Unter «Abschmücken» versteht man das Abnehmen des Weihnachtsschmuckes vom Christbaum. Auf dem Lande wurde dies meistens am Montag nach Heilige Drei Könige vorgenommen.

Achetringele In Laupen im Kanton Bern/Schweiz pflegt man am 31. Dezember den alten Brauch des «Achetringele», der 1920 erneuert wurde. Um 20.00 Uhr beginnt ein Umzug am Schloss. Finstere Gestalten sowie Jugendliche in langen weißen Hemden ziehen schellenschüttelnd durch die Stadt. Sie veranstalten einen Höllenlärm, der alles Böse vertreiben soll.

«Ach, Kindlein» Kurzes Gedicht, wie ein Stoßgebet, von Heinrich Vogel (1902–1989).

«Ach, lieber Herre Jesu Christ» Johannes Brahms (1833–1897) komponierte die Melodie zu diesem Weihnachtslied. Der Text stammt von Johann Freder (1510–1562), einem der produktivsten niederdeutschen Liederdichter.

«A Christmas Carol» Berühmte weihnachtliche Geistergeschichte von Charles Dickens (1812–1870), die der Dichter im Jahre 1843 geschrieben hat.

Adam-und-Eva-Gebäck In Norddeutschland wird in vielen Familien, speziell für den Heiligen Abend, noch das «Adam-und-Eva-Gebäck» hergestellt. Aus Mehl, Zucker, Eiern, Kirschwasser und Anis wird ein Teig geknetet, aus dem mit Ausstechformen Teigfiguren ausgestochen werden, die das erste Menschenpaar darstellen. Nach dem Backen werden sie unter den Paradiesbaum gelegt.

Adam-und-Eva-Tag Alte deutsche Bezeichnung für den 24. Dezember.

«Adeste fidelis» F. H. Ranke (1798–1876) verfasste den deutschen Text zu diesem portugiesischen Weihnachtslied, «Herbei, o ihr Gläubigen». Die Musik schrieb Abbé Borderies um das Jahr 1700.

Adonisgärtlein Der Brauch des «Adonisgärtlein» lässt sich auf die Antike zurückführen. Anfang Dezember werden Gerstenkörner und anderes schnell keimendes Saatgut auf einen Teller ausgesät. Die bald sprießenden frisch grünen Sämereien werden mit einer roten Schleife versehen und stellen eine hübsche Tischdekoration dar.

«Adorar al Niño» Weihnachtslied aus Venezuela.

Adveniat Das «Bischöfliche Adveniat» besteht seit 40 Jahren. Am ersten Adventssonntag werden in den Kirchen Spenden für Lateinamerika gesammelt, um vor allem Kindern eine bessere Lebensgrundlage zu ermöglichen.

Advent Das Wort kommt vom lateinischen adventus und bedeutet übersetzt Ankunft. Bereits im 6. Jahrhundert nach Christi Geburt legte Papst Gregor der Große die Grundzüge der Adventsliturgie fest. Diese vier Wochen vor Weihnachten sollen symbolisch auf rund 4000 Jahre hinweisen, die die Menschheit nach kirchlicher Berechnung auf die Ankunft des Herrn und Erlösers warten musste. Mit dem ersten Advent beginnt das

Kirchenjahr. Er ist auch offiziell Anfang der Advents- beziehungsweise Weihnachtszeit, was jedoch von der Industrie hartnäckig ignoriert wird, denn Lebkuchen und Schokoladen-Nikoläuse werden bereits Anfang September in die Verkaufsregale geschoben.

«Advent» Drama von August Strindberg (1849–1912), das am 28. Dezember 1915 in den Münchner Kammerspielen uraufgeführt wurde.

«Advent» Günter Grass (geb. 1927) beschreibt in seinem Gedicht «Advent» die Kehrseite der heutigen Adventszeit.

«Advent» Sehr kurzes, aber äußerst eindrückliches Gedicht zur Vorweihnachtszeit von Rainer Maria Rilke (1875–1926).

Advent anblasen In vielen bayerischen Orten ist es traditioneller Brauch, am ersten Advent durch Blechbläser-Gruppen den Advent feierlich in den Kirchen anzublasen.

Advent-Fasten Die Zeit der Vorbereitung auf das Fest der Menschwerdung beging man früher mit intensivem Gottesdienstbesuch und Askese, sowie Fasten und guten Werken. Die Adventszeit galt als strenge Fastenzeit, die erst seit 1917 nicht mehr durch das Kirchenrecht gefordert wird.

«Advent in der Waldheimat» Erzählung von Max Peinkofer (1891–1963).

Adventisten Die Glaubensgemeinschaft der «Adventisten» wurde 1832 in Amerika gegründet und erwartet die baldige Wiedergeburt Christi.

Adventquadragese Alte Bezeichnung für die Adventszeit, wobei der Name (Quadragese) auf die vierzigtägige Fastenzeit hinweist, die Bischof Perpetuus von Tours (gestorben: 491) einführte.

Adventsämter Im Dominikanerinnenkloster Heilig Kreuz in Regensburg wird noch der uralte Brauch der «Adventsämter», der bereits 1687 beschrieben wurde, gepflegt. Dabei versammelt sich der ganze Konvent an jedem ersten Adventssonntag, um in die «Adventsämter» zu ziehen. Durch Los wurde bestimmt, wer Magd, Hausmeisterin oder Hoffrau wird. Insgesamt 20 Ämter bilden den Hofstaat der Himmelskönigin. Die Ämter werden von den Nonnen mit Freude und großer Demut angenommen.

Advents-Bai Bucht und Hafen auf West-Spitzbergen.

Adventsbaum Als «Adventsbaum» bezeichnet man den Stamm, auf dem der Adventskranz befestigt beziehungsweise aufgehängt wird.

Adventsbäumchen Spätestens in den 60er Jahren des 19. Jahrhunderts wurde im Diakonissenhaus in Kaiserwerth der Brauch eines «Adventsbäumchens» eingeführt. Damals wurde im Gemeinschaftraum ein kleines Fichtenbäumchen aufgestellt, das mit sieben Kerzen bestückt war, also für jeden Tag ein Licht. Jeden Morgen wurde eines der Lichter angezündet und eine kleine Andacht mit Gesang und Gebet abgehalten.

Adventsblasen Früher holten am ersten Adventssonntag mit einsetzender Dunkelheit die jungen Burschen speziell in der Gegend von Löningen im Münsterland ihr Middwinterhorn (auch Adventshorn genannt) hervor. Das ist ein schweres, langes Blasinstrument, welches sie auf Zäune oder Äste legten und zu tuten und blasen anfingen. Das Adventsblasen fand dann bis zum Weihnachtstag jeden Abend und auch jeden Tag um 4 Uhr zur Morgenmesse statt. Wohl auch wegen des Lärms ist dieser Brauch seit der Jahrhundertwende im Münsterland nicht mehr gebräuchlich.

Adventsdörfer Dieser alte Adventsbrauch findet in den letzten Jahren wieder mehr Anhänger. Das Adventsdorf besteht insgesamt aus 24 Häusern. Ab dem 1. Dezember wird jeden Tag eines der Häuser aufgestellt. In Norddeutschland kennt man auch noch die Variante eines Bauernhauses, zu dem sich in den 24 Tagen täglich jeweils eine weitere Tierfigur hinzugesellt.

Adventseisenbahn-Kalender Ein origineller und aufwendig gestalteter Adventskalender in der Form einer Eisenbahn, die aus einer Lokomotive mit 24 bunten Wagen besteht, hinter deren Türchen sich kleine Gaben verstecken.

Adventsfasten Gegen Ende des 4. Jahrhunderts entwickelte sich in Frankreich die Tradition, sich mit Fasten auf die Feier der Taufe vorzubereiten, aus dieser Vorbereitungszeit entwickelte sich dann die Adventszeit. Da dieses Adventsfasten seinerzeit mit dem Fest des heiligen Martin am 11.11. begann, wurde am Vorabend der Fastenzeit nochmals kräftig getrunken und gegessen.

Adventsgabe Im norddeutschen Raum steckten die Weihnachtswichtel früher in den Nächten zu den Adventssonntagen die so genannten «Adventsgaben» in die Schuhe der Kinder. Mit diesen Kleinigkeiten wurde den Kindern ein Vorgeschmack auf das Weihnachtsfest vermittelt. Allerdings hat diese viermalige «Adventsgabe» inzwischen durch den Besuch des Nikolaus am 6. Dezember an Bedeutung verloren.

Adventsgesteck In den letzten Jahrzehnten erfreut sich das «Adventsgesteck» immer größerer Beliebtheit, da die kunstvollen Gestecke mit Zweigen, Zapfen, Wurzeln und Bändern wesentlich einfacher zu handhaben sind, da sie nicht aufgehängt werden müssen.

Adventshäuschen Adventskalenderhäuser waren bereits in den 20er Jahren bei den Kindern sehr beliebt. Das bunte, vierseitige Haus war auf einem kräftigen Papierstreifen gedruckt und ausgestanzt. Man musste nur noch die vorgegebenen Eckkanten falzen und die offenen Enden zusammenkleben. In der Mitte des freien inneren Vierecks wurde dann eine Kerze angezündet, und je mehr Fenster geöffnet wurden, umso wärmer und heller trat der Lichtschein nach außen.

Adventshorn ➛«Adventsblasen»

Adventskalender Requisit aus vergangenen Tagen, in denen sich unzählige Kinder noch an einfachen bunten Bildchen erfreuen konnten. Er wurde 1908 von Gerhard Lang in München erfunden. Heute gibt es zahlreiche anspruchsvollere Varianten: mit Schokolade gefüllt oder über den PC flimmernd. Sehr gefragt sind auch «antike» Kalender, in Form von Holzkästen, deren bemalte Vorderseite mit richtigen Schaniertüren versehen sind und dementsprechend gewaltig auf den Geldbeutel schlagen.

Adventskalender-Kerze Die «Adventskalender-Kerze» besteht aus einem doppelwandigen Kunststoffzylinder, in dessen unterem Teil eine Kerze steht, die, angezündet, von außen die Bilder der geöffneten Fenster sichtbar werden lässt.

Adventskalender-Likör ➛ «Lebkuchen-Likör»

Adventskalender-Tischdecke Originelle Variante des Adventskalenders in Form einer Tischdecke mit 24 Taschen, die man individuell täglich mit kleinen Gaben füllen kann.

Adventskalender-Vorhang Für Kinder angeblich eine echte Überraschung ist der so genannte «Adventskalender-Vorhang» aus leichtem Organdy-Stoff mit nummerierten Taschen für kleine Geschenke.

Adventskranz Der Adventskranz wurde erstmals vom evangelischen Theologen Johann Wichern, dem Begründer des «Rauhen Hauses» in Hamburg 1838 angezündet. Allerdings war dieser Kranz seinerzeit noch mit 24 Kerzen bestückt, sodass täglich ein neues Licht entzündet werden konnte. Erst viel später begnügte man sich mit 4 Kerzen. Weite Verbreitung fand der Adventskranz jedoch erst nach dem 1. Weltkrieg. Bis in die 60er Jahre wurde der Adventskranz meistens noch selbst mit der Hand gebunden, mit roten Bändern umwickelt und in der Wohnung aufgehängt. Heutzutage sind fertige Kränze überall zu kaufen.

Adventskranz, gebackener Aus Lebkuchenteig gebackener Kranz, der mit Schokolade überzogen und mit vier Mürbteigsternen verziert wird, auf die Kerzen aus Marzipan gesteckt werden.

Adventskranzsegnung In Südbayern und in einigen Gegenden Österreichs ist es noch Brauch, am ersten Adventsonntag die Kränze segnen beziehungsweise weihen zu lassen.

Adventskrippen Ein neuerer Brauch sind die «Adventskrippen» mit Darstellungen aus dem Alten und Neuen Testament. Mit diesen Krippen soll die Vorweihnachtszeit bis zum Fest besinnlich verkürzt werden.

Adventsleuchter Die einfachere Variante des Adventskranzes war früher in den Pfarrhäusern der schlichte Adventsleuchter mit vier Kerzen. Der Leuchter wurde lediglich mit dem Grün von Wacholder- oder Stechpalmenzweigen zusätzlich geschmückt.

Adventslicht Fast unbekannt ist heute die Verwendung des Adventslichts, was im 19. Jahrhundert ein verbreiteter Brauch war. Dabei handelte es sich um eine Kerze, die in 24 Abschnitte eingeteilt war und vom 1. Dezember an jeden Tag das vorbestimmte Stück brennen durfte, bis sie am Heiligen Abend den vielen Lichtern des Weihnachtsbaumes weichen musste.

«Adventslied» Tief religiöses Adventsgedicht von Friedrich Rückert (1788–1866).

Adventsliturgie Die Adventsliturgie wurde in wesentlichen Grundzügen von Papst Gregor dem Großen (um 540–604) festgelegt. Er setzte vier Adventssonntage ein, die die vier Jahrtausende symbolisieren sollten, die die Menschen nach kirchlicher Rechnung auf die Ankunft des Erlösers warten mussten.

Adventsmarkt In vielen bayerischen Orten werden Ende November/Anfang Dezember die «Adventsmärkte» abgehalten, meistens samstags und sonntags. Zum Beispiel in Bad Wörishofen und in Bad Tölz.

Adventsmobile Ein besonderer vorweihnachtlicher Schmuck ist das «Adventsmobile». An einem großen Stern hängen alte, handbemalte Weihnachtssymbole, die sich bei jedem Luftzug leicht bewegen.

«Adventsmotetten» Die «Adventsmotetten» (op. 176) hat Josef Gabriel Rheinberger komponiert. Sie beinhalten die Sätze: «Ad te levavi», «Bendixisti», «Rorate coeli» und «Ave Maria».

Adventspyramide ➛ «Paradeisl»

Adventsrosen In Schlesien wurden früher in der Vorweihnachtszeit aus Seiden- und Krepppapier «Adventsrosen» gebastelt, die als weihnachtlicher Wohnungsschmuck dienten.

Advents-Stickkalender Adventskalender-Variante von 1949, bei der auf dem Kalenderhimmel 24 Figuren angebracht waren, die man auf die entsprechenden Tagesnummern aufsticken musste.

Adventsvesper Im Dom «Zu unserer lieben Frau» in München finden während der Adventszeit täglich die traditionellen «Adventsvespern» statt.

Adventszeit Die Adventszeit ist die Vorbereitung auf das Weihnachtsfest mit der Geburt Christi. Im 18. Jahrhundert wurde in den vier Wochen vor dem Fest (ab 26. November) nicht mehr getanzt, und man ging auch sonst keinerlei Vergnügungen nach. In den letzten 24 Tagen wurde für jeden Tag eine Kerze angezündet und dazu die entsprechenden Weihnachtsprofitien (biblische Vorweihnachtsgeschichten) gelesen.

Adventszug Der dekorative «Adventszug» besteht aus einer hölzernen Lokomotive, die vier weihnachtlich bemalte Wagen zieht. Auf jedem der Wagen ist eine Kerze montiert.

Agnesenplätzchen Weihnachtsplätzchen aus Butter, Zucker und Mehl. Die runden Plätzchen werden mit Marmelade bestrichen und zusammengeklebt.

«A guats Neu's» Bayerischer Wunsch zum Jahresanfang.

Alabaster Mit dem Gips verwandter Werkstoff für Krippenfiguren, der früher in der Berchtesgadener Gegend vielfach verwendet wurde.

Alddashin, Michail Gewinner des St.-Lukas-Preises 2003 für seinen Film «Nativite», der sich durch seinen Ideenreichtum und durch die liebenswürdigen Details seiner Weihnachtsgeschichte auszeichnet.

Alfajores Argentinische Weihnachtsbonbons aus Mandeln, Rosinen, Honig.

«Allein Gott in der Höh' sei Ehr» Nikolaus Decius (1485–1546) komponierte 1523 nach dem «Gloria», einer Ostermesse des 10. Jahrhunderts, dieses würdevolle Weihnachtslied. Der Text, nach dem «Gloria in excelsis deo» stammt ebenfalls von Decius.

«Alle Jahre wieder» Den Text zu diesem kurzen allseits bekannten Weihnachtslied schrieb 1837 Wilhelm Hey. Vertont wurde es 1842 von Friedrich Silcher.

Allerweltsgeschenke Sind absolut abzulehnen! Sie können nämlich den Heiligen Abend total ruinieren, weil der/die Beschenkte über die Einfallslosigkeit des Gebers tief enttäuscht sein könnte.

«Allhier um Mitternacht» Sternsingerlied aus dem Jagsttal.

Alpenländischer Christkindlmarkt Traditioneller und sehr gemütlicher Weihnachtsmarkt in Schleching/Obb.

«Als ich bei meinen Schafen wacht» Weihnachtliches Chorlied (nach Friedrich von Spee) aus dem 17. Jahrhundert.

«Als ich Christfreude holen ging» Sehr schöne und beschauliche Weihnachtsgeschichte («Als ich noch der Waldbauernbub war» aus der guten alten Zeit, von Peter Rosegger (1843–1918).

«Als Jesus auf die Erde kam» Weihnachtslied von Martin Gotthard Schneider (geb. 1930).

«Also liebt Gott die arge Welt» Weihnachtslied aus dem 20. Jahrhundert (1939). Melodie von Gerhard Schwarz (1902–1994). Text von Kurt Müller-Osten (1905–1980).

«Als weit ins Land der Ruf ergangen» Wundersames Gedicht um die Geburt Christi der Benediktinerin und frühsten deutschen Dichterin Roswitha von Gandersheim (um 935–1002).

Altbayerischer Christkindlmarkt Im oberbayerischen Benediktbeuern in der Nähe des Kochelsees, findet jeweils am zweiten Adventssonntag der «Altbayerische Christkindlmarkt» statt. Es ist einer der schönsten Märkte im Oberland mit einer lebendigen Krippe. Auf diesem Weihnachtsmarkt wird vor allem alpenländisches Kunsthandwerk in allen Variationen angeboten.

Altbayerischer Krippenbogen Der Graphiker und ehemalige Bezirksheimatpfleger von Oberbayern Paul Ernst Rattelmüller hat den «Altbayerischen Krippenbogen» neu herausgebracht und damit der Papierkrippe zu einem neuen Ausdruck verholfen.

Altdeutscher Weihnachtsmarkt In Bad Wimpfen, der alten und romantischen Stauferstadt am Neckar, findet seit Jahrhunderten im Dezember der so genannte «Altdeutsche Weihnachtsmarkt» statt, aus dem einstmalig der Katharinen-Markt hervorging.

Alter Silvester In Urnäsch im Kanton Appenzell-Ausserrhoden/ Schweiz wird traditionell am 13. Januar, dem «Alten Silvester», mit einem sehenswerten Umzug das neue Jahr begrüßt.

«Altes deutsches Weihnachtsspiel» Weihnachtsspiel des österreichischen Dichters Max Mell (1882–1972).

Altjahrblasen Alter Brauch in den Schweizer Kantonen Aargau, Appenzell-Innerrhoden, Basel, Bern und in Graubünden. Begleitet von Musikeinlagen zieht man durch die Straßen, meistens gegen 20.00 Uhr oder kurz vor Mitternacht, und wünscht allen Bürgern und Gästen ein gutes neues Jahr.

Altjahresumritte Auf den nordfriesischen Inseln gibt es noch vereinzelt die «Altjahresumritte». Am Silvesternachmittag reitet eine Gruppe von jungen Männern von Haus zu Haus und wünscht den Bewohnern ein glückvolles neues Jahr. Dafür bekommen sie Speise und Trunk.

Altjahrsesel Traditioneller Brauch in der Gemeinde Schwarzenberg im Kanton Bern/Schweiz. Dabei ziehen die jungen Leute unter großem Lärm durch den Ort. Immer zwei Personen stecken in einem Eselskostüm, ein Dritter fungiert als Eseltreiber. Der Vorgang basiert auf einem heidnischen Mittwinterbrauch früherer Zeiten, der sich bis ins Mittelalter zurückverfolgen lässt. Vermutlich vertrieb man auf diese Art die Dunkelheit zur Wintersonnenwende am 21. Dezember.

Altjahrstag Auf dem Lande bezeichnete man den letzten Tag im Jahr auch als «Altjahrstag». An diesem Nachmittag fand in der Kirche auch oft ein Rosenkranz statt.

Altreichstädtischer Weihnachtsmarkt Der «Altreichsstädtische Weihnachtsmarkt» findet jedes Jahr von Ende November bis zum Heiligen Abend in Bad Windsheim in Franken statt.

«Amahl und die nächtlichen Besucher» Gian Carlo Menotti schrieb 1951 diese einaktige Weihnachtsoper für das Fernsehen. Dabei geht es um Amahl, ein behindertes Kind, das durch Christi Geburt wieder laufen kann. Es ist eine Parabel in der Tradition christlicher Wunderheilung.

Ambrosiustag Am 7. Dezember wird des heiligen Ambrosius gedacht. Der in Trier zwischen 333 und 340 nach Christi geborene Kirchenlehrer war Bischof von Mailand und sehr um die Einheit der christlichen Kirche bemüht. Er starb im Jahre 397.

«Am Feste der Heiligen Drei Könige» Sehr realistisch geprägtes Gedicht von Annette von Droste-Hülshoff (1797–1848).

«Am Heiligen Abend» Von Friedrich Karl von Gerok (1815–1890), evangelischer Pfarrer und Dichter, stammt dieses stimmungsvolle Weihnachtsgedicht.

Amici del Presepe → «Santa Maria La Nova»

«Am letzten Tag des Jahres» Nachdenkliches Gedicht zu Silvester von Annette von Droste-Hülshoff (1797–1848).

Amrumer Weihnachtsbaum Da es früher auf der Insel keine Nadelbäume gab, behalfen sich die Insulaner mit hölzernen Weihnachtsbäumen, zuerst aus Besenstielen und angeschwemmtem Strandholz. Später entstanden kunstvoll geschnitzte oder geschnittene Bäume, deren Rundbogen mit Weihnachtsgrün verziert wurden. Auf den Querästen befinden sich die Lebenssymbole, wie Segelschiff, Mühle, Fisch, Hahn, Kuh und Schaf. Auffällig ist, dass sich die Symbole von Amrum und den Halligen deutlich von denen auf dem Festland unterscheiden. Am Fuße des Amrumer Baumes befindet sich als christliches Symbol noch ein kleiner Lebensbaum mit Adam und Eva. Zusätzlich wurde der Baum auch noch mit roten Äpfeln, Backpflaumen oder mit Rosinenketten geschmückt. Der «Amrumer Weihnachtsbaum» ist bis zu einem halben Meter hoch und hat sich in den letzten Jahren wieder einer verstärkten Beliebtheit erfreut.

«Am Weihnachtsbaum die Lichter brennen» Den Text zu dieser alten deutschen Volksweise schrieb H. Kletke.

«Am Weihnachtsmorgen 1772» Am frühen Morgen des 25. Dezember 1772 schrieb Johann Wolfgang von Goethe (1749–1832) einen Brief an Johann Christian Kestner, in dem er seine Beobachtungen und behaglichen Gefühle zum Weihnachtsfest schildert.

«Am Weihnachtstage» Realistisches und mahnendes Weihnachtsgedicht der westfälischen Erzählerin und Lyrikerin Annette von Droste-Hülshoff (1797–1848).

«Anbetung» Sehr aktuelles Gedicht zur Begegnung mit dem Glauben von Manfred Hausmann (1898–1986).

«Anbetung der heiligen drei Könige» Gemälde des flämischen Meisters Roger van der Weyden (1399 oder 1400–1464). Es befindet sich in der Alten Pinakothek in München.

«Anbetung der Hirten» Sehr stimmungsvolles Gemälde von Rembrandt Harmensz van Rijn (1606–1669). Es befindet sich in der Alten Pinakothek in München. Die im Jahre 1654 angefertigte Radierung «Anbetung der Hirten» ist von besonderer Eigenart, denn es ist eine Komposition, die ein zweites Bild birgt. Lässt man den Blick verschwimmen, zeigt sich durch diesen «Vanitas-Effekt» ein Totenschädel. Man könnte vermuten, dass Rembrandt damit «Werden und Vergehen» bildlich symbolisieren wollte.

«Anbetung des Christuskindes» Die «Anbetung des Christuskindes» ist das Mittelstück des «Portinari-Altars», den der flämische Maler Hugo van der Goes (1440–1482) um 1475 angefertigt hat. Der Altar befindet sich in den Uffizien in Florenz.

«Anbetung des Kindes und Verkündigung an die Hirten» Kleines, sehr ausdruckvolles Gemälde von Stefan Lochner (1410–1451). Das kostbare Gemälde befindet sich in der Alten Pinakothek in München.

Anbetungsfenster Im Kölner Dom befindet sich das bekannte «Anbetungsfenster». Im Hauptfenster werden zwei Ereignisse der Geburt Christi dargestellt: Die Anbetung der Hirten und die Anbetung der Heiligen Drei Könige und in der Szene darüber die Verkündigung an die Gottesmutter. Das bayerische Wappen und die Stifterinschrift (1846) von König Ludwig I. von Bayern (1786–1868) ist am unteren Ende angebracht. Das Fenster wurde zum Domjubiläum im Jahre 1848 eingesetzt.

Andechser Christkindl In der Weihnachtszeit steht das bekannte «Andechser Christkindl» auf dem oberen Gnadenaltar. Die alpenländische Figur stellt ein Jesuskind dar und stammt aus der Rokokozeit.

Andreas Der heilige Andreas war Apostel, Bruder des Petrus. Er wirkte in Kleinasien, war Heiliger und Patron von Griechenland und Russland. Andreas war der Erste, den Jesus als seinen Jünger berief. Der Legende nach verbreitete Andreas das Evangelium in Thrakien, dem heutigen Bulgarien und in Griechenland. In Thessalien befreite er den gefangenen Matthäus und gab dem Geblendeten wieder sein Augenlicht zurück. Von Andreas werden noch weitere Heilungen und sogar Erweckungen berichtet. Er wurde am 30.11.60 nach Christi in Patras an ein Kreuz mit schrägen Balken (Andreaskreuz) gekreuzigt. Sein Gedenktag ist der 30. November.

Andreasbrot In Schweinfurt erhielten früher die Armen am Andreastag das so genannte «Andreasbrot», ein einfaches Hefeteigbrot mit Rosinen.

Andreasfest Im Böhmerwald wurde Weihnachten durch das «Andreasfest» am 30. November eingeleitet, welches am Vorabend einer der stärksten «Losnächte» stattfand.

Andreaskranz Hefeteiggebäck mit Rosinen, das speziell für den Andreastag gebacken wurde.

Andreasmarkt In Weilheim, dem Eingangstor zum Pfaffenwinkel, und in Teisendorf in der Nähe von Salzburg pflegt man noch die Tradition des «Andreasmarktes». Er findet jeweils am Sonntag nach dem Andreastag statt.

Andreasnacht In der Andreasnacht zum 30. November zogen früher maskierte Kinder von Haus zu Haus, sangen lustige Weisen und wurden dafür beschenkt. Dem Volksglauben zufolge können heiratswillige junge Frauen in der Andreasnacht ihren Zukünftigen im Spiegel erblicken.

«Andreasnacht» Das Gedicht «Andreasnacht» stammt von dem schlesischen Dichter Friedrich Bischoff (1895–1976).

Andreasreiser Obstreiser, die am Andreastag geschnitten und in Vasen gestellt wurden, waren im 15. und 16. Jahrhundert anstelle der Barbarazweige üblich.

Andreasstollen Stollengebäck mit viel Kümmel, welches früher in Oberfranken am Andreastag (30. November) gebacken wurde.

Andreasstrumpf Früher bekamen die Kinder am Andreasmorgen den so genannten «Andreasstrumpf», gefüllt mit Äpfeln, Nüssen, geschenkt.

Andreastag Nach altem Volksbrauch beginnt die Adventszeit am 30. November, dem «Andreastag».

«An einem Wintermorgen» Das stimmungsvolle Gedicht «An einem Wintermorgen, vor Sonnenaufgang» stammt von Eduard Mörike (1804–1875).

«Angela, der kleine Weihnachtsengel» Weihnachtliches Singspiel für Kinder von Wilfried Röhrig.

Angeli Lateinische Bezeichnung für Engel, wörtlich: Boten oder auch Boten Gottes.

Angelus Lateinisch: Engel.

Anglöckeln Im Salzburger Land in Österreich wird der Brauch des

«Anglöckelns» der Hirten mit Maria und Josef in der Adventszeit noch intensiv gepflegt. Dabei ziehen die Hirten von Haus zu Haus und singen und spielen symbolisch die Herbergssuche nach.

Anglöckleinsnacht Die «Anglöckleinsnacht» wird in Bayern auch Kröpfelsnacht genannt.

Anhauer In Daiting im Donau-Ries zogen früher am Tag der Unschuldigen (28. Dezember) Kinder von Haus zu Haus, es war «Anhauer». Sie hatten kleine Ruten dabei und beklopften (anhauen) damit die Frau des Hauses und riefen: «Lebzelten, rass, rass» (Lebzelten, rassig = scharf), worauf sie beschenkt wurden.

Anis Lateinisch: Pimpinella anisum. Die Frucht des Doldenblütlers aus dem östlichen Mittelmeer ist nicht nur ein probates Hilfsmittel bei Husten und Heiserkeit, sondern auch ein wichtiges Gewürz für die Weihnachtsbäckerei.

Anisbonbons Anisbonbons gehören auch heute noch zum traditionellen Angebot der Christkindlmärkte. Neben Salbei- und Malzbonbons, die ebenfalls bei Husten und Erkältung helfen, sind sie speziell in der kalten Jahreszeit bei Alt und Jung beliebt.

Anisbrötli Alte süddeutsche und Schweizer Bezeichnung für ➛ »Springerle».

Anklopfet Große Bedeutung im ländlichen Leben haben im süddeutschen Raum die drei Donnerstage vor Weihnachten. Dabei zieht die Dorfjugend in der Dunkelheit von Haus zu Haus, klopft an Fenster und Türen und erbittet durch Singen und Aufsagen von Sprüchen allerlei Gaben. In Nördlingen im Ries wird das Klöpfeln «Anklopfet» genannt.

Anklopfnacht Mittelalterliche Bezeichnung im süddeutschen Raum für die letzte Klöpfelnacht.

Anna Selbdritt Darstellung der heiligen Anna, Mutter von Maria, mit Maria und dem Jesuskind. In den katholischen Regionen Bayerns und Österreichs stellt man am 8. Dezember, dem Tag Marias Empfängnis, die sog. «Anna-Selbdritt-Bilder» auf. Die wohl berühmtesten Abbildungen sind eine Kreidezeichnung und ein Ölgemälde von Leonardo da Vinci (1452–1519). Die Kreidezeichnung dürfte um 1498 entstanden sein und befindet sich in der National Gallery in London. Das Gemälde hängt im Louvre, Paris. Beide Bilder zeigen die heilige Anna, Maria mit dem Kind, das ein Lämmlein an sich zieht.

«Anneles Weihnachtsstraum» Dieses Weihnachtsspiel für Kinder von Ludwig Bender wurde am 19. Dezember 1945 in der Bayerischen Staats-Operette in München uraufgeführt.

«Annum novum faustum felicemque tibi» Neujahrswunsch im alten Rom zum Jahresanfang.

Anroller Bezeichnung für die Klöpfler im Raum Tittmoning.

Anschütz, Ernst Gebhard Salomon ➛ «O Tannenbaum, o Tannenbaum»

Ansingen Alter oberbayerischer Brauch. Ein Privileg der Kirchensinger, die übers Jahr ohne Entgelt in den Pfarrkirchen sangen. Sie durften in der Vorweihnachtszeit von Haus zu Haus ziehen und das Weihnachtsfest mit Weihnachtsliedern «ansingen».

Ansinger ➛ «Opfergeld»

Antoniustag Am Tag des heiligen Antonius, der früher in den Dörfern am 17. Januar gefeiert wurde, war es auch Brauch, die so genannten «Antoniusschweine» frei herumlaufen zu lassen, und jedermann musste sie füttern. Den Armen der Gemeinden wurde an diesem Tag in einigen Gegenden ein Schweinebraten spendiert.

Anwünschen Alte fränkische Bezeichnung für die Wünsche zum neuen Jahr.

Äpfel Die rotbäckigen Früchte sind seit uralten Zeiten ein Symbol der Fruchtbarkeit und des ewigen Lebens. Die Äpfel sind auch das «Hausobst» des heiligen Nikolaus. Sie zählen ebenfalls zum ältesten bekannten Christbaumschmuck.

Apfelorakel Zu den vielen Orakelbräuchen der Weihnachtszeit gehört auch das «Apfelorakel»: Ein Mädchen, das am Heiligen Abend einen Apfel teilt, kann an den Kernen im Apfelgehäuse seine Zukunft herauslesen.

Apfelwichtel Beliebte Bastelei für Kinder in der Adventszeit. Rote Äpfel werden mit Gesichtern verziert und mit Wattebärten und spitzen Papierhauben beklebt. Sie dienen auch als Christbaumschmuck.

Applikations-Krippen In den Kriegsjahren des Zweiten Weltkrieges tauchten immer wieder die so genannten «Applikations-Krippen» auf. Aus Mangel an anderen Materialien fertigte z. B. Josefa Heinrich (1898–1995) aus Hohenschwangau aus Flicken und Stoffresten über 100 Wandbehänge mit Krippenszenen an. Sie galt als eine der bedeutendsten Vertreterinnen des textilen Kunsthandwerkes. Einige dieser Applikations-Krippen befinden sich im Besitz des Bayerischen Staatsmuseums.

Arena di Verona Seit nahezu zwanzig Jahren findet in der Arena von Verona/Italien jährlich eine große Krippenausstellung mit über 400 Exponaten statt. In der Arena wird Weihnachten bis zum 27. Januar, so lange ist die Ausstellung geöffnet, verlängert.

«Aria de Nativitate Domini» Dieses Weihnachtsgedicht in bayerischer Mundart stammt aus der Feder eines unbekannten Dichters. Es ist vermutlich um 1710 geschrieben worden.

Arnbacher Mordweihnacht In der Christnacht und am 1. Weihnachtsfeiertag des Jahres 1364 wurde die Burg Oberarnbach bei Schrobenhausen in Oberbayern Schauplatz eines gänzlich unweihnachtlichen Geschehens: Die Mannen des Wittelsbacher Herzogs Stephan II. von Niederbayern-Landshut (1319 – 1375) hatten die Burg sechs Wochen lang belagert. An diesem Tag schlugen sie den Widerstand der kaiserlichen Vögte Ulrich und Paulus von Oberarnbach nieder und eroberten die Burg, wobei fast alle Personen in der Burg den Tod fanden.

Arnsdorf In Arnsdorf, etwa vier Kilometer von Oberndorf entfernt, lebte Franz Xaver Gruber von 1807–1829 als Lehrer, Organist und Messner. Vermutlich komponierte er hier im Schulhaus 1818 die Melodie von «Stille Nacht!»

Ascheklas In Nordrhein-Westfalen wurde früher der Nikolaus auch vielfach als «Ascheklas» bezeichnet. Heute ist diese Bezeichnung nur noch wenig in Gebrauch.

Atzwentzkrantzkertze: Das einzige deutsche Wort mit vier «tz», vermutlich rheinischer Herkunft.

«Auf, auf, ihr Reichsgenossen» Adventslied des Komponisten Thomas Selle (1599–1663) aus dem Jahre 1651. Die Verse stammen von dem norddeutschen Dichter und Lyriker Johann von Rist (1607–1667) ebenfalls aus dem Jahre 1651.

«Auf, auf nun, ihr Hirten» Beliebtes Weihnachtslied in Österreich nach einer Volksweise aus dem 18. Jahrhundert.

«Auf Bethlehems stillen Auen» Die Melodie zu diesem Weihnachtslied wurde von Friedrich Weinhardt komponiert. Wer die Verse dazu geschrieben hat, ist unbekannt.

Aufbleiber Volkstümliche Bezeichnung in Oberbayern für den Daheimgebliebenen, der in der Heiligen Nacht Wacht in Haus und Stall hält, wenn die Familie zur Christmette geht.

«Auf die nunmehr angekommene kalte Winterzeit» Realistisches Wintergedicht von Johann Rist (1607–1667).

Augsburger Engelesspiel In der Adventszeit wird jeweils am Freitag, Samstag und Sonntag um 18 Uhr auf dem Christkindlmarkt das «Augsburger Engelesspiel» aufgeführt. Dabei verwandelt sich das prunkvolle Renaissance-Rathaus in einen riesigen Adventskalender. 24 musizierende Weihnachtsengel in den Fenstern des Elias-Holl-Baus präsentieren, frei nach Hans Holbeins (1465–1524) berühmtem Gemälde «Santa Maria Maggiore», das beliebte «Augsburger Engelesspiel».

Augustinerkindlein Dieses Fatschenkindlein soll angeblich im 16. Jahrhundert von den Münchner Bürgern gestiftet worden sein. Aufgrund einer Legende wird diese Figur seit dem Weihnachtsfest des Jahres 1634 verehrt: Als nämlich ein Jahr zuvor ein Pater an Maria Lichtmess das Fatschenkindlein wieder wegräumen wollte, fiel es zu Boden, wobei der Wachskopf auf dem steinernen Boden zerbrach. Erst kurz vor Adventsbeginn beichtete er sein Missgeschick dem Prior. Doch, o Wunder, der Kopf war wieder zusammengefügt und erstrahlte schöner als zuvor. Seit dieser Zeit bezeichnet man hübsche Münchner Kleinkinder als schön wie das «Augustinerkindl».

Aulendorf In der Pfarrkirche St. Martin in Aulendorf an der oberschwäbischen Barockstraße befindet sich ein sehenswerter «Drei-Königs-Altar» aus dem Jahre 1515. Der spätgotische Flügelaltar befand sich ursprünglich in der Drei-Königs-Kapelle, die um 1860 abgebrochen wurde. Der Mittelteil des Altars dürfte bereits um 1510 entstanden sein und wird dem Ulmer Bildhauer Michael Zeynster zugeschrieben, der 1505–1538 in Biberach an der Riß nachweisbar gewirkt hat.

«Aus der Kinderstube» Bemerkenswertes Gedicht zur Weihnachtszeit von Friedrich Rückert (1788–1866).

Ausschneidebogen ➛ «Mandlbögen»

Ausseer Lebkuchen Lebkuchen aus Roggenmehl, Nüssen, Früchten und Gewürzen, die in Aussee in Östereich seit dem 16. Jahrhundert hergestellt werden.

Ausstechformen Etwa 2 bis 3 cm breite Blechstreifen werden zu Formen wie Stern, Mond, Vogel, Bär, Nikolaus, Engel und Glocke gebogen und verlötet. Die Formen werden auf den ausgerollten Teig gedrückt, und die so ausgestochenen Teigfiguren kommen, auf einem gefetteten Backblech, in den Backofen. Besonders für die Kinder ist diese Tätigkeit ein großer Spaß.

Auswärts Begriff aus dem bayerischen Sprachgebrauch, wenn die Tage des neuen Jahres wieder länger werden: «Mit dem Winter geht es wieder auswärts.»

Ausziehkrippen Seit etwa 1870 sind so genannte «Ausziehkrippen» dokumentiert. Es handelt sich hierbei um Weihnachtskrippen, die mit einem oder mehreren Schiebern ausgestattet sind, mit denen man Kulissenteile im Vorder- wie auch im Hintergrund verändern kann.

Auszier Alte Bezeichnung für das Schmücken des Weihnachtsbaumes.

Ave-Läuten Im alpenländischen Raum verkündet in der Weihnachtsnacht das so genannte «Ave-Läuten» die Geburt Jesu.

«Ave Maria» Hymnisches Gedicht an die heilige Maria von August Wilhelm Schlegel (1767–1845).

Babania Alter Brauch, der in Ardez im Unterengadin seit Jahrhunderten am 6. Januar gefeiert wird. Es ist dies der Tag, an dem die jungen Leute des Ortes, die Liebe und das Lebensglück suchen, heißen Talg oder Blei in kaltes Wasser gießen. Die bizarren erstarrten Gebilde und Figuren werden einer alten Weissagerin zur Deutung vorgelegt. Das Fest endet mit einem großen Tanz.

Babbo Natale Alte italienische Bezeichnung für den Weihnachtsmann.

Babuschka Der Legende nach wird in Russland erzählt, dass Babuschka (wörtlich: die alte Frau) den Heiligen Drei Königen Quartier und Speise versagt hat und sich deshalb für immer auf die Suche nach dem Christkind begeben muss. Auf ihren Reisen besucht und beschenkt sie die Kinder. Deshalb hat auch sie einen festen Platz in der russischen Weihnachtstradition eingenommen.

Bachlehner, Josef Der österreichische Bildhauer und Schnitzer Josef Bachlehner (1871–1923) hat verstärkt heimatliche Motive und Figuren geschaffen und gilt damit als der Wegbereiter der neuen Tiroler Krippe.

Backaroma Man verwendet künstliche Backaromen, wenn die natürlichen Aromastoffe nicht zur Verfügung stehen. Am bekanntesten sind: Bittermandel-, Orangen-, Vanille- und Zitronenaroma. Wegen ihrer hohen Konzentration werden diese Aromastoffe nur tropfenweise verwandt.

Backen Ist für jeden Weihnachtsmenschen ein Muss. Das Herstellen von Weihnachtsplätzchen ist zwar eine Zeit raubende, jedoch nicht minder schöne und kreative Beschäftigung. Außerdem schmecken die «selbstgemachten» weitaus besser als die gekauften.

Backoblaten «Backoblaten» bestehen aus Mehl und Speisestärke und werden als Unterlage für Lebkuchen und Makronen verwendet.

Backofenkrippen Früher wurden in Freudenthal in Schlesien zu Weihnachten Backöfen ausgeräumt, in die danach Krippenszenen von der Geburt Christi aufgestellt wurden.

Backpulver Aus Natriumcarbonat bestehendes klassisches Treibmittel, welches speziell für Rührteig notwendig ist.

Badener Adventsmeile In Baden bei Wien wird der Weihnachtsmarkt auch als «Badische Adventsmeile» tituliert.

Baiserkringel «Baiserkringel» als essbarer Christbaumschmuck hat eine lange Tradition. Die Teigmasse besteht aus Eiweiß und Zucker und wird mit dem Spritzbeutel zu Ringen geformt, mit bunten Zuckerstreuseln bestreut und auf dem Blech ausgebacken.

Balaam Der Sage nach lebte der Prophet «Balaam» zur Zeit der israelischen Landnahme um 1200 vor Christus in Mesopotamien. Er wahrsagte den Heiligen Drei Königen die Geburt Jesu voraus und wies sie auch auf den hellen Stern mit dem langen Schweif hin.

«Bald nun ist Weihnachtszeit» Oft gespieltes DDR-Weihnachtslied mit einer Melodie von Hans Helmut. Den Text verfasste Carola Wilke. Dieses Weihnachtslied wurde erstmalig 1936 im HJ-Liederblatt 65 veröffentlicht. Das Lied stammt von Wolfgang Stumme unter dem Pseudonym Hans Helmut.

Baldhamer Papierkrippe 1988 erschienen drei Folgen von Papierkrippen, die von den Malern Inge Peitsch und Gerhard Bogner aus Baldham bei München entwickelt wurden.

Balthasar ➛ «Heilige Drei Könige»

Bamberger Dom Im Bamberger Dom kann man einen wunderbaren «Weihnachtsaltar» von Veit Stoß (um 1445–1533), dem berühmten Bildhauer und Schnitzer, bewundern. Entstanden ist er um 1520–1523, in der Spätzeit von Stoß. Die mit geschnitzten Reliefs und Figuren verzierten Flügelaltäre gleichen einer Schatztruhe, die nur zu hohen Anlässen oder Feiertagen geöffnet wird.

Bamberger Kastenkrippe Krippendarstellung mit der Verkündigung an Maria in einem Kästchen. Die «Bamberger Kastenkrippe» gehört zur Sammlung Würth.

Bamberger Krippenweg Viel gerühmt ist der «Bamberger Krippenweg» mit seinen inzwischen 34 Stationen in der ganzen Stadt. Es werden sehr informative Führungen angeboten.

Bambuskrippen «Bambuskrippen» werden noch bei den taiwanesischen Christen zum Weihnachtsfest aufgestellt.

Barbarabrot Im südlichen Bayern und auch in Österreich bezeichnet man Lebkuchen auch als «Barbarabrot».

Barbara-Glöcklein Vom Turm der Pfarrkirche St. Johannes in Neumarkt in der Oberpfalz läutet jedes Jahr in der Nacht vom 3. auf den 4. Dezember um Mitternacht das «Barbara-Glöckchen» eine halbe Stunde lang.

Barbaralicht Die heilige Barbara ist die Patronin der Bergleute. Das Licht im Bergwerk wird deshalb auch als «Barbaralicht» bezeichnet.

Barbaraschießen Zu Ehren der Patronin, der heiligen Barbara (4. Dezember), feuert man in Basel und in St. Gallen immer am ersten Sonntag im Dezember Salut.

Barbarastrauß Der «Barbarastrauß» war in Nordschwaben der Vorgänger des Christbaumes. Er stand immer im Hergottswinkel. Am Heiligen Abend hängte man Zuckerringe und Springerle an die Apfel- oder Kirschzweige. Dieser alte Christbaumbrauch wurde noch bis Anfang des 20. Jahrhunderts gepflegt.

«Barbaratag» Erzählung von Inge Drewitz (1923–1986).

Barbarazweige Stellen Sie am Tag der heiligen Barbara (4. Dezember) Zweige von Obstbäumen in eine Vase. Sie werden mit ziemlicher Sicherheit an Weihnachten erblühen. Die Legende berichtet, dass die heilige Barbara im 3. Jahrhundert in der Stadt Nikodemia in Kleinasien lebte. Heute heißt die Stadt Izmir und liegt in der Türkei am Marmarameer, unweit Istanbul. Weil sie zum christlichen Glauben übertrat, zeigte sie ihr Vater selbst an. Sie wurde gefangen genommen und starb für ihren Glauben. Dieses Brauchtum soll auf ein Ereignis während ihrer Gefangenschaft zurückgehen: Sie benetzte einen verdorrten Kirschzweig mit Wassertropfen, der wieder austrieb und am Tage ihres Todes erblühte.

Barbarigo-Madonna Giovanni Bellini (um 1430/35–1516), venezianischer Maler der Frührenaissance, schuf 1488 die «Barbarigo-Madonna», die wegen der weichen Harmonie in der Farbgebung berühmt geworden ist.

Bärbelitreiben Das «Bärbelitreiben» am 4. Dezember findet seit 1973 wieder in Sonthofen/Allgäu statt. Daran nehmen Mädchen ab 16 Jahre und auch ältere Frauen teil, die als «Wildbärtele» verkleidet sind, Schellengürtel tragen und Weidenzweige schwingen. Die jungen Mädchen sollen dabei die heilige Barbara verkörpern, die der Legende nach jung starb.

Bärblilaufen Alter Brauch in Oberfranken. Junge Burschen, in Fetzengewänder gekleidet, erschreckten junge Mädchen, die sich in der Adventszeit nach Einbruch der Dunkelheit noch öffentlich zeigten.

Bären-Krippe Im «Teddy-Muse-

um» der oberfränkischen Stadt Hof befindet sich eine «Bären-Krippe», die von der Künstlerin Ingrid Hager entworfen wurde. Um Maria, Josef und das Jesubärchen gruppieren sich ein Schäfer und die Heiligen Drei Könige, die durch einen dunkelbraunen, goldenen und nougatfarbenen Bären dargestellt sind. Selbst ein kleiner Bärenengel mit weißen Flügeln fehlt nicht.

Barmonat Alte Schweizer Bezeichnung für den Monat Januar.

Barmutter Alter Name für ➛ «Frau Percht» im Raum Naila/Münchberg.

Barockkrippen Kunstvoll und aufwendig gearbeitete Weihnachtskrippen mit vielen Figuren und Detailschmuck. Heute sind im bayerischen Raum noch rund 40 dieser kostbaren Krippen erhalten. Eine sehr alte «Barockkrippe» kann man in der St.-Michaels-Kirche in München besichtigen. Sie wurde erstmals 1607 erwähnt. Es handelt sich dabei um eine Krippe mit venezianischen Figuren, deren Kleidung nach alten Abbildungen erneuert wurde.

Bartholomäustag Am 24. August, genau vier Monate vor dem Heiligen Abend, begannen unsere Ahnen mit der Zurüstung für die weihnachtliche Festtafel. Ab diesem Tage wurden Gänse und Karpfen einer speziellen Mast unterzogen.

Bartl Alter Name in Kärnten für den Nikolausbegleiter in der Steiermark.

Basilius Der heilige Basilius (um 300–1.1.379) wurde in Kleinasien geboren. Er war Bischof von Kappadokien und ein großer Förderer des Mönchtums. Die Ostkirche feiert seinen Gedenktag am 1. Januar, die katholische Kirche am 2. Januar.

Basiliusbrot In Griechenland wird an Neujahr das «Basiliusbrot» angeschnitten. Es wird aus Hefeteig gebacken, der mit Anis, Sesam und halbierten Mandeln verfeinert wird. In jedes Brot wird eine Münze mit eingebacken. Das erste Stück Brot wird immer symbolisch dem heiligen Basilius gereicht, danach erhält jedes Familienmitglied ein Stück. Das restliche Brot wird traditionell den Armen gestiftet. Derjenige, der in seinem

Stück Brot die Münze findet, wird angeblich zum glücklichsten Menschen des neuen Jahres.

Basler Herzchen Schweizer Weihnachtsgebäck mit Mandeln, Zucker, Kakao, Zimt, Nelken und Kirschwasser.

Basler Leckerle Die Schweizer Variante unseres Lebkuchens zeichnet sich zum einen durch ihre quadratische Form aus und zum anderen durch die Verfeinerung des Teiges mit mehr Honig und durch Zugabe von Nüssen, Mandeln, Orangeat und Zitronat. Zum Schluss kommt noch ein kräftiger Schuss Kirschwasser dazu. Damit wollten die Basler Bäcker den Bischöfen des Basler Konzils, welches von 1431 bis 1448 stattfand, etwas besonders «Leckeres» bieten. Angesichts der Länge des Konzils scheint das Leckerle bereits damals voll eingeschlagen zu haben.

Bastel-Adventskalender Sehr beliebt sind bei den Kindern «Bastel-Adventskalender». Bei diesen Kalendern ist lediglich die bunte Vorderseite vorgegeben. Den Inhalt der Fenster können die Kinder mit gemalten oder ausgeschnittenen Bildern, Münzen, Gutscheinen usw. versehen, hier sind der Phantasie keine Grenzen gesetzt.

Batik-Krippen Die farbenprächtigen «Batik-Krippen» sind speziell in Sri Lanka zu finden.

Bauer, Georg Bekannter Bamberger Krippenschnitzer (1910–1982). Bauer schnitzte während seiner Kriegsgefangenschaft ein Schachspiel für den englischen Feldmarschall Montgomery (1887–1976).

Bauernchristbäume Meistens sind es Föhren, die ausschließlich mit Strohschmuck geschmückt werden.

Bauernfeiertage Die so genannten «Bauernfeiertage» in Bayerisch-Schwaben waren früher: Andreas (30. November), Nikolaus (6. Dezember), Lucia (13. Dezember) und Thomas (21. Dezember).

Bauernkrippen Als «Bauernkrippen» bezeichnet man Krippen mit körperhaft-kantiger und einfacher Schnitzerei der Figuren.

Bauernmesse Annette Thoma (1886–1974) schrieb 1936 die «Bauernmesse», ein weihnachtliches Singspiel, das in der Vorweihnachtszeit sehr oft in Deutschland aufgeführt wird.

Bauernmocken Weihnachtliches Gebäck aus Zucker, Eiern und Mandeln.

Bauernneujahr Die Nacht vor dem 6. Januar, die letzte Raunacht, wird in einigen Gegenden Österreichs auch als «Bauernneujahr» bezeichnet. In Bayerisch-Schwaben dagegen wird damit auch der 2. Februar, Maria Lichtmess, bezeichnet.

Bauerntage Im Erzgebirge werden die ➤ «Lostage» auch «Bauerntage» genannt.

Baumbehang Echter alter Christbaumschmuck, auch handgemachter, wird wie ein Goldschatz gehütet, denn er ist unersetzlich, weil er jedes Jahr neu eine Verbindung zur Kindheit herstellt.

«Bäume leuchtend, Bäume blendend» Ein Lob auf den Lichterbaum in Versform von Johann Wolfgang von Goethe (1749–1832).

Baumleuchter Mögliche Vorläufer des Adventskranzes sind die seit dem 14. Jahrhundert überlieferten «Baumleuchter», Lichterbäume und Radleuchter. Im Preußen des 17. Jahrhunderts gab es auch so genannte «Lichterkronen». Es waren dies maibaumähnliche Kränze, die – an Stämmen hängend und brennend – durch die Städte getragen wurden.

Baumstammkrippen In Tansania sind «Baumstammkrippen» gebräuchlich. Entweder wird aus einem Stück Baum eine komplette Weihnachtskrippe geschnitzt, wobei die Rinden-Umhüllung als «Haus» bestehen bleibt, oder es wird das Baumstück ausgehöhlt und mit Tonfiguren weihnachtlich ausgeschmückt.

«Bayerische Raunacht» Die Freunde bayerischen Brauchtums kommen an der «Bayerischen Raunacht» kaum vorbei, die seit über 25 Jahren einen festen Bestandteil der bayerischen Musikszene darstellt. Das Mystical erzählt die Geschichte vom Zaubertroll aus dem hohen Norden, der zu seinen Verwandten, dem Holzmandl, nach Bayern kommt und dort die Geheimnisse einer bayerischen Raunacht kennen lernt. Die Musik wird von der über die Grenzen Bayerns hinaus bekannten Musikgruppe «Schariwari» gespielt.

Bayerisches Nationalmuseum Das Bayerische Nationalmuseum besitzt die künstlerisch wertvollste und umfangreichste Krippensammlung der Welt. Darunter befindet sich auch die Krippensammlung von Max Schmederer. Gezeigt werden vielfigurige Weihnachtsszenen, die aus dem bayerischen und Tiroler Alpenraum sowie aus den italienischen Krippenzentren aus der Zeit von 1700 bis Mitte des 19. Jahrhunderts stammen.

Bayerisch-italienischer Christkindlmarkt Vielfältiger Christkindlmarkt, der am ersten Adventswochenende in Baumburg bei Altenmarkt an der Alz abgehalten wird.

Bayerwaldkrippe Die «Bayerwaldkrippe» von Maria Pscheidl-Krystek befindet sich in Regen/Bayerischer Wald und besteht aus gestrickten und mit Watte ausgestopften Figuren, die u. a. Papst Johannes Paul II. sowie Künstler, Komponisten, Politiker und Schriftsteller darstellen.

Bayreuth In Bayreuth treffen sich jedes Jahr Anfang Dezember die bayerischen Nikoläuse zum Meinungsaustausch und geselligen Beisammensein.

Bearg Wichennaecht Begriff aus dem Allgäuer Dialekt, der übersetzt für «Berg-Weihnacht» steht.

Beaschdn Am 6. Januar, dem Dreikönigstag, findet in Penzberg/Oberbayern die «Kleine Raunacht» statt, in der die «Beaschdn» (➛ Perchten) ihr Unwesen treiben.

Bechtelitag Alte bäuerliche Bezeichnung für den Silvestertag. Damals konnten Knechte und Mägde an diesem Tag den Arbeitgeber wechseln.

Bechten Im Elsass werden die Perchten als «Bechten» bezeichnet.

Beckmesser, Sixt Von Sixt Beckmesser (um 1500–vor 1539) stammt das «Neujahrsgedicht auf die Heilige Jungfrau». Hans Sachs zählte Beckmesser zu den 12 alten Nürnberger Meistersingern des 16. Jahrhunderts.

Beilegekärtchen In den letzten Jahren hat sich neben den Weihnachtskarten und -anhängern immer mehr auch das Beilegekärtchen durchgesetzt. Diese Weihnachtskärtchen, die im Format knapp über dem Mindestmaß der Post liegen und somit auch versandt werden können, weisen keinen Wunschtext auf. Sie werden meistens dem Geschenk beigelegt und geben lediglich Hinweis auf den Gabenspender.

Belzebub Bezeichnung für den Begleiter des Nikolaus in der Eifel. «Belzebub» gilt als die Verkörperung des Bösen oder Wilden, im Gegensatz zum Nikolaus, der für das Gute steht.

Belzen-Rupert Altdeutscher Name für den Nikolausbegleiter Knecht Ruprecht.

Belznickel Als «Belznickel» oder «Pelznickel», vereinzelt auch «Belzennickel» bezeichnete man früher im westmitteldeutschen Raum eine vermummte Gestalt in der Vorweihnachtszeit. Damit waren sowohl Nikolaus als auch Knecht Ruprecht gemeint.

Belznickelmarkt Der «Belznickelmarkt» ist der traditionelle Weihnachtsmarkt in Pirmasens. Er dauert drei Wochen. Weitere Belznickelmärkte finden jedes Jahr auch in Bobenheim und in Bad Dürkheim statt.

Benediktbeurer Weihnachtsspiel Dieses große Drama umfasst die gesamte Thematik des Festkreises, von den messianischen Weissagungen des Alten Testaments bis hin zum Tode des Herodes. Es ist das berühmteste Weihnachtsspiel des deutschen Mittelalters und stammt aus dem 15. Jahrhundert. Wohl mit zum Schönsten gehört der Aufzug der Drei Könige und das Erscheinen des Sterns. Das Spiel ist in der Handschrift der «Carmina Burana» überliefert.

Bentheimer Moppen Die «Bentheimer Moppen» zählen zu den berühmtesten Weihnachtsgebäcksorten und werden als kleine Kugeln gebacken. Der Teig mit hohem Honiganteil soll vor dem Backen sehr lange ruhen.

Beraweckla Im Elsass bezeichnet man Backobst-Gewürzbrote auch als so genannte «Beraweckla».

Bercht In manchen mittelfränkischen Orten war der «Bercht» allgemein gefürchtet. Dafür streiften sich junge Burschen ein Kuhfell mit Hörnern über und zogen am Vorabend des Dreikönigstages, in der letzten Raunacht, durch die Straßen und klopften ungestüm an Fenster und Türen.

Berchta ➛ «Weiße Klöße»

Berchtel Die «Berchtel» ging früher in Bayern und Österreich in der Adventszeit durch die Dörfer und schenkte den braven und fleißigen Kindern Nüsse und Hutzelbrot.

Berchtenbrauch Der «Berchtenbrauch», auch «Berchtenjagen» oder «Berchtenspringen» genannt, war ursprünglich ein separater Brauch, der am 6. Januar in Osttirol abgehalten wurde. In Felle und Lumpen gekleidet, rannten die Burschen an diesem Tag durch die Dörfer und erschreckten die Menschen, die sich nach Einbruch der Dunkelheit noch auf der Straße befanden. Er hat sich ab dem 18. Jahrhundert jedoch mit dem Nikolausbrauch vermischt.

Berchtengehen Bezeichnung für ➛ «Klöpfeln» im Werdenfelser Land.

Berchtennächte Alter Name für ➛ «Klöpfelsnächte».

Berchtesgaden Berchtesgaden und sein Umland kann man im Hinblick auf viele Nikolaus- und Weihnachtsbräuche als ein Paradies für weihnachtliches Brauchtum bezeichnen. In kaum einer anderen deutschen Gegend haben sich derart viele heidnische (germanisch-keltisch) und christliche Überlieferungen gehalten.

Berchtesgadener Christbaum Im Jahre 1912 schmückte der Maler Anton Reinbold seinen Christbaum erstmalig mit dem Miniaturspielzeug, das in der Berchtesgadener Region seit langer Zeit hergestellt wird. Er behängte die Zweige mit kleinen, bunt bemalten Häusern, Kirchen, Pferden, Möbelstücken, Kreiseln, Musikinstrumenten und winzigen Wickelkindern. In relativ kurzer Zeit wurde diese Art der Schmückung sehr beliebt. Vor allem die Menschen in den Städten übernahmen den rustikalen Baumschmuck, der auch heute noch von vielen Familien verwendet wird.

Berchtesgadner Waar Bezeichnung für geschnitzte und gedrechselte Krippenfiguren und Spielzeug aus dem Berchtesgadener Raum, auch «Bertholdsgadner Ware» genannt.

Bercht-Kücherl Die «Bercht-Kücherl» wurden früher auf dem oberbayerischen Land in einer Schüssel vor die Tür gestellt, damit die Geister dem Haus wohlgesinnt sein sollten.

Bergkirchenkrippe ➛ «Vilsbiburg»

«Bergkristall» Dramatische Weihnachtserzählung von Adalbert Stifter (1805–1868). «Bergkristall» erschien zuerst unter dem Titel «Der heilige Abend».

Bergmette Die «Bergmette» wurde von den Bergleuten von Johanngeorgenstadt abgehalten. Als der Pfarrer die Mette abschaffen wollte, weil die Bergleute mit Grubenlampen und mit «Brandewein» gut angewärmt in der Kirche erschienen, wollten die Bergleute jedoch die althergebrachte Tradition nicht aufgeben und verlegten die Feier am 24. Dezember in die Zechenstuben, die fortan «Bergmette» genannt wurde.

Bergweihnacht Romantische Vorstellung vieler städtischer Wohlstandsbürger. Ist jedoch teuer und sehr anstrengend, da man alles, was man zum Wohle braucht, selber auf die verschneite Berghütte tragen muss.

Bergwerkspyramide Erzgebirgische Weihnachtspyramide mit der Darstellung eines Bergwerkes.

Berigln Im Salzkammergut werden die ➛ «Perchten» auch vielfach als «Berigln» bezeichnet.

Berliner Pfannkuchen Der «Berliner Pfannkuchen» gehört im norddeutschen Raum traditionell zu jeder Silvesterfeier. In Süddeutschland wird dieses Schmalzgebäck «Krapfen» genannt.

Berlinger, Rudolf Dr. Rudolf Berlinger (1886–1967), Kunsthistoriker des Bayerischen Nationalmuseums, zählt zu den bedeutendsten Wissenschaftlern für Weihnachtskrippen. Wegen der Machthaber des Dritten Reichs verließ er 1938 Deutschland. Ab 1926 begann er systematisch sein großes Tafelwerk «Denkmäler der Krippenkunst» zu veröffentlichen, welches jedoch unvollendet blieb. Erst 1955, nach seiner Rückkehr nach Deutschland, erschien sein Buch «Die Weihnachtskrippe». Es gilt heute als Standardwerk der Krippenkunst.

Bernecker Pfeffernüsse Weit über die regionalen Grenzen hinaus bekanntes, lebkuchenartiges Weihnachtsgebäck aus Bad Berneck. Die Pfeffernüsse sind mindestens seit dem Jahr 1750 nachgewiesen.

Berner Kindlifresser-Brunnen In Bern in der Schweiz wurde im Jahre 1544 der so genannte «Berner Kindli-Brunnen» errichtet. Dieser erinnert an den mittelalterlichen Nikolausbrauch des «Kinderfressens», wobei das böse Kind im Sack abtransportiert wurde, jedoch durch «Loskaufen» und das Gelöbnis, sich zu bessern, wieder freikommen konnte. Dieser Brauch war früher auch im süddeutschen Raum weit verbreitet.

Bernsteinkrippe Aus einem faustgroßen Stück Bernstein arbeitete ein unbekannter Künstler aus Nordostdeutschland die Weihnachtsgeschichte heraus. Dieses kostbare Kunstwerk, auch «Bethlehem aus Bernstein» genannt, befindet sich im Besitz des Bayerischen Nationalmuseums. Eine weitere Bernstein-Krippe, die ein Odenwalder Elfenbeinschnitzer geschaffen hat, befindet sich in der Krippensammlung Würth.

Bescherabend In Hessen und in der Pfalz wurde früher der Heilige Abend auch «Bescherabend» genannt.

Bescherung Zeitpunkt der Geschenkübergabe am Heiligen Abend. Wer da nichts hat oder nichts bekommt, hat die «Bescherung».

Beschussamt ➛ «Handbuch für Böllerschützen»

Bethlehem Geburtsort Jesu. Liegt etwa 7 Kilometer südlich von Jerusalem und ist heute palästinensisches Autonomiegebiet. Der amtliche Name des Ortes lautet Bet Lahm und bedeutet «Brothaus». Hier in der Vaterstadt Davids steht auch die von Kaiser Konstantin im Jahre 330 errichtete Geburtskirche.

Bethlehem aus Bernstein ➛ «Bernsteinkrippe»

Bethlehemspiel Altes vorweihnachtliches Brauchtumspiel der Donauschwaben mit der Darstellung der Herbergsuche.

Beth Sahour Dieses kleine Dorf in der Nähe von Bethlehem gilt als der Ort der Hirten und der Hirtenfelder. Es ist auch der Ort von Ruth, der Urgroßmutter König Davids.

«Betrachtungen eines Greises über die Weihnachtsbescherungen» ➛ «Weihnachts-Aberglaube»

Bethmännchen «Bethmännchen» bestehen aus Marzipanteig. Man rollt daraus kleine Kugeln, bestreicht sie mit Wasser und drückt an jede Kugel drei halbe Mandeln, bis diese kleben bleiben, und lässt sie über Nacht ruhen. Dann kurz backen, und fertig sind die goldgelben «Bethmännchen».

Beweglicher Adventskalender Im Jahre 2003 ließ sich die katholische Kirchengemeinde von Baierbrunn im Isartal einen besonderen Adventskalender einfallen, den «Beweglichen Adventskalender». Diese ökumenische Aktion begann am 1. Advent mit einem Familiengottesdienst. Bis zum Heiligen Abend wurde dann an jedem Abend um 17 Uhr an wechselnden Orten in der Gemeinde ein Adventsfenster geöffnet. Vor diesem Fenster wurden Geschichten erzählt, Lieder gesungen und alte Weihnachtsbräuche erläutert.

Bickesel Der «Bickesel» ist seit dem 19. Jahrhundert in der Gegend um Mietersheim bei Lahr im Schwarzwald bezeugt. Es handelt sich dabei um einen schwarz vermummten Mann, der zum Nikolaustag mit dem bekrönten oder auch bekränzten Christkind umging und den Kindern Furcht einflößen sollte. Es ist dies das Strafprinzip aller Nikolausbegleiter.

Bienenwachskerzen Diese edlen Kerzen waren früher nur für den Adel und betuchte Kaufleute erschwinglich. Erst mit der Erfindung von Stearin und Paraffin konnten sich auch die ärmeren Bevölkerungsschichten Kerzenglanz, möglichst 24 Stück, für den Weihnachtsbaum leisten.

Bière de Noël Ein in Frankreich speziell für Weihnachten gebrautes Bier, das mit einem Champagnerkorken verschlossen wird.

Big Ben In London gehört es zur Tradition, sich in der Silvesternacht um den «Big Ben» zu versammeln. Man lauscht den Glockenschlägen um Mitternacht und wünscht sich ein gutes neues Jahr. Danach fasst man sich an den Händen und singt «Auld Long Syne» («Vor langer Zeit»).

Bigger Bezeichnung für Knecht Ruprecht im Schwarzwald. Siehe auch: «Steinacher Klausenbigger»

Biggesel Als Nikolausbegleiter in Haslach/Kinzigtal ist der Biggeresel am Abend des 5. Dezember unterwegs. Er wird gelegentlich auch «Pickeresel» gerufen. Im Elsass wird er ebenfalls «Biggesel» genannt.

Bilderbogenkrippen Mehrfarbige, auf Papier- oder Karton gedruckte Krippen zum Ausschneiden werden auch als «Bilderbogenkrippen» bezeichnet.

Birnenzelten Im Tannheimertal/Österreich ist es Brauch, Freunden und Verwandten am 1. Januar mit dem Neujahrswunsch «Birnenzelten» (Früchtebrot) zu verschenken, was angeblich viel Glück und Gesundheit bringen soll.

Bischof Zum festlichen Weihnachtsmahl genehmigen sich die Hamburger und Lübecker gerne einen «Bischof». Hierzu werden gegarte und eingekerbte Pomeranzen in die typische Bischofsschale, ein Gefäß mit einem Deckel, der einer Bischofsmütze ähnelt, gelegt und mit «Rotspon» (Rotwein) übergossen. Es wird geröstete Schwarzbrotrinde und Zimt dazugegeben und das Ganze einige Stunden warm gestellt. Danach vor dem Servieren erhitzt und mit Zucker abgeschmeckt.

Bischofsmantel Die Farbe des Bischofsmantels war ursprünglich braun. Die heutige Vorstellung vom Nikolaus mit weißem Bart und rotem Mantel ist dagegen eine amerikanische Erfindung von Coca-Cola. Anfang der dreißiger Jahre sackte der Konzern den Bischof als Werbeträger ein und verpasste ihm einen roten Mantel, da Weiß und Rot nun mal die Hausfarben des Softdrink-Herstellers sind.

Bischofsmütze Keine Kopfbedeckung für hohe kirchliche Würdenträger, sondern ein sehr markanter Berg (2456 m) im Westen der Dachsteingruppe in den Salzburger Kalkalpen.

Bischofsstab Der «Bischofsstab», auch Krummstab oder Hirtenstab genannt, ist ein bis zur Mannesschulter reichender Stab, der oben mit einer Krümmung (Kurvatur) und mit einem Knauf versehen ist. Er besteht meistens aus Metall, früher auch aus Bein und dient seit dem 10. Jahrhundert als Würde für Bischöfe und den heiligen Nikolaus.

Bittermandel «Bittermandeln» erkennt man an ihrem extrem bitteren Geschmack. In der Weihnachtsbäckerei verwendet man sie hauptsächlich für Stollen und Marzipan. Man sollte sie jedoch sehr sparsam verwenden, da sie die giftige Blausäure enthalten. Es gibt die Bittermandel auch als künstlichen Aromastoff.

Blautanne Der am häufigsten gekaufte und nicht nadelnde Tannenbaum in Deutschland. Dieses Nadelgehölz wird vorwiegend in hiesigen Landen angepflanzt und fällt durch ihre kräftige Farbe und starkes Geäst auf. Die Blautanne ist allerdings für Familien mit kleinen Kindern nicht unproblematisch, weil ihre Nadeln sehr stark stechen.

«Bleibt doch über Weihnachten» Weihnachtserzählung von Gabriele Wohmann (geb. 1932).

Blockschokolade Blockschokolade ist eine sehr einfache Schokolade. Sie wird gerieben oder auch geschmolzen für Teige und Füllungen verwendet.

«Blüh auf, gefrorner Christ» Weihnachtsreim des großen schlesischen Dichters Angelus Silesius (1624–1677), eigentlich: Johann Scheffler.

Bochselnächte Die «Bochselnächte» kennt man vor allem in Süddeutschland. Sie sind dem ➛ «Anklopfet» sehr ähnlich.

Bock Alte Begleitfigur des Nikolaus im Moselraum.

Bocketskook Buchweizenkuchen, der bis in die dreißiger Jahre des letzten Jahrhunderts an die Kinder verschenkt wurde.

«Böhmische Hirtenmesse» Diese Weihnachtspastoralmesse von Jakub Jan Ryba (1765–1815) erfreut sich internationaler Beliebtheit. Die «Böhmische Hirtenmesse» ist ein charakteristisches Beispiel tschechischer Musik aus der Zeit vor Smetana. Die Melodien von Ryba sind stark vom heimatlichen Volkslied geprägt.

Böller Das Zünden und Abschießen von Böllern hat im bayerischen Oberland eine lange Tradition. Zwar wurde die Betätigung mit Schwarzpulver, Ladestock und Zündbolzen in der Vergangenheit gelegentlich von den Behörden wegen groben Unfugs verboten, doch heutzutage erfreuen sich die Böllerschützen als touristisches Zugpferd zum → «Christkindlanschießen», → «Neujahrsanschießen» und vereinzelt zu Ostern und Fronleichnam steigender Beliebtheit.

Böse Braut Die «Böse Braut» ist eine alte Figur in Advents- und Nikolausspielen im Braunauer Ländchen im südlichen Erzgebirge. Sie diente als Kinderschreck.

Böse Nächte Die Nächte von Andreas (30. November), Nikolaus (6. Dezember) und Thomas (21. Dezember) gelten bei den alten Leuten in Bayerisch-Schwaben immer noch als die so genannten «Bösen Nächte», an denen man in der Dunkelheit das Haus nicht mehr verlassen sollte, da dies Unglück oder sogar Tod bringen könnte.

Böser Klaus In einigen Gegenden wird der Begleiter des Nikolaus wegen seines Furcht erregenden Aussehens auch «Böser Klaus» genannt.

Bohnenkönig Etwa seit dem 13. Jahrhundert existiert der Brauch des «Bohnenkönigs». Am Dreikönigsfest wird eine Bohne in einem Kuchen mitgebacken. Die Person, welche die Bohne in ihrem Kuchenstück findet, wird an diesem Tag zum Bohnenkönig gekürt.

Boklaus Bezeichnung für den Nikolaus im Braunschweiger Raum.

Bollebäuschen Die «Bollebäuschen» werden im Rheinland gerne zu Silvester verzehrt. Sie sind vom Teig her den → «Berliner Pfannkuchen» sehr ähnlich, unterscheiden sich jedoch dadurch, dass der Teig noch mit Rosinen und Korinthen verfeinert und ausgebacken mit Zucker und Zimt bestreut wird.

Bomwitzeltanz Uralter Weihnachtsbrauch in Oberfranken, der bereits 1534 und danach wieder 1694 in Wunsiedel/Oberfranken belegt ist: «Hernacher an Unßers Herrn Christi Geburths-Tag, kommen so wohl die Geistlichen als das Gemeine Volk, häufig in die Kirche da ist (puerilis statuncula in Altari colocuta) das Bildnuß (Bildnis) des Neu-geborenen Christ-kintleins, in einem Krippelein, umb den geleget, undt Tantzet die Jugend untereinander, Reyhenweiß, umb den Altar, dazu die Alten singen.»

Borgholzhausen Stadt in der Nähe von Bielefeld, die auch «Westfalens Nürnberg» genannt wird und zu deren Haupterwerbszweig das Backen von Honigkuchen gehört.

Bornkindel Mundartlicher Name für das Christkind in Sachsen und Thüringen.

Bornkindl Im oberbayerischen Raum und in Tirol wird das Fatschenkind auch vielfach «Bornkindl» genannt.

Bornkinnl Nach altem Brauch wird im Erzgebirge zu Weihnachten ein prächtig gekleidetes «Bornkind» (neugeborenes Kind = Christkind) auf den Altar gestellt. In Bärenwald, Reg.-Bezirk Chemnitz, steht eines der schönsten. Es ist eine Arbeit von Johann Heinrich Böhme d. Älteren, der aus einer bekannten Schneeberger Künstlerfamilie stammt. Er schuf das «Bornkinnl» um 1673. Im Erzgebirge werden auch die Weihnachtsgeschenke «Bornkinnel» genannt.

Bossirte Ware Im Thüringer Wald kam um 1750 die Fertigung von «bossirter Ware» auf. Man fertigte aus Leim, Wasser und Mehl einen Brei an, der in Figurenformen gepresst wurde. Die Masse diente für die privaten Schnitzer als Ersatz des immer knapper und teurer werdenden Holzes.

Bossler Alte Bezeichnung für Nürnberger Spielzeughersteller.

Boten Gottes Als «Boten Gottes» werden Engel in der Bibel auch bezeichnet.

Bouillon ➛ «Leonischer Draht»

Boxing-Day Mit dem Sport Boxen hat der Boxing-Day, wie der 2. Weihnachtsfeiertag in England auch genannt wird, überhaupt nichts zu tun. Mit «box» bezeichnet man auf der Insel ein Gefäß, mit welchem einst die Lehrlinge beim Lehrherrn ihre Weihnachtsgratifikation abholten. Aus diesem Brauch entwickelte sich dann im Familienkreis das Beschenken am 26. Dezember.

Bozener Engel Die weiß bemalten Engel aus gebranntem Ton erkennt man vor allem an ihren runden, weit aufgerissenen Mündern. Sie wurden 1951 von der Südtiroler Gräfin Lene Thun entworfen.

Brandstetter, Peter Der Jesuitenpater Peter Brandstetter

(1542–1625) aus Schwaz in Tirol war maßgeblich für die Entwicklung und Verbreitung der so genannten «Barockkrippen» verantwortlich. Er wirkte viele Jahre im Jesuiten-Konvent in Ingolstadt und war lange Mitarbeiter des heiligen Petrus Canisius (1521–1597). Als Brandstetter starb, schrieben seine Mitbrüder ins Totenbuch, er sei der «Urheber der Krippen» gewesen, «welche in den Kollegien der Provinz aufgebaut werden».

Bratapfel Mit Zucker bestreute Äpfel, im Rohr gebraten. Heiß servieren. Am besten schmeckt die Sorte «Boskop».

Brauchtumsgebäck ➛ «Stutzbockerl»

Braune Kuchen Alter Name für Pfeffer- und Lebkuchen. Im Norddeutschen auch heute noch gebräuchlich. Braune Kuchen sind dort flache, viereckige Kekse, die geschmacklich an Lebkuchen erinnern.

Brauner Zucker ➛ «Farinzucker»

Brauweiler, Abtei In der Benediktinerabtei zu Brauweiler bei Köln, gegründet 1024 durch den lothringischen Pfalzgrafen Ezzo und seine Frau Mathilde, Tochter Kaiser Ottos II., befindet sich eine imposante sitzende Nikolausfigur in Bischofstracht. Sie ist 2,20 Meter hoch, 230 Kilogramm schwer und ist aus einem einzigen Eichenstamm geschnitzt.

Bremer Klaben Der Hefeteigstollen, mit Mandeln und Rosinen verfeinert, wird von den Bremern gerne dick mit Butter bestrichen. Dazu trinkt man Tee mit ordentlich Rum.

Breslauer Möhrenlebkuchen Schlesische Lebkuchenspezialität mit Möhren, Rübensirup und Feigen, die mit einem leicht nach Zitrone schmeckenden Zuckerguss überzogen wird.

«Breslauer Wintersnacht» Dieses winterliche Gedicht stammt von dem expressionistischen Dichter Max Herrmann-Neisse (1886–1941).

Bretterkrippen ➛ «Krippenbaum»

«Brich an, du schönes Morgenlicht» Die Melodie komponierte Nikolaus Herman im Jahre 1540. Die Verse stammen von Max von Schenkendorf (1783–1817).

«Brief an den Weihnachtsmann» Satirisches Weihnachtsgedicht von Erich Kästner (1899–1974).

Brixen Der Südtiroler Ort besitzt, neben München und Neapel, eine der umfangreichsten und interessantesten Krippensammlungen.

Brixener Lebkuchenanschnitt Der Weihnachtsmarkt in Brixen/Südtirol wird traditionell mit dem so genannten «Lebkuchenanschnitt» eröffnet.

Bronze-Krippe In den Jahren 1967–1970 fertigte der bekannte Münchner Bildhauer Prof. Anton Hiller (1893–1985) seine «Bronze-Krippe». Sie besteht aus stereometrischen Elementen, die menschliche Gestalten nur erahnen lassen. Diese Krippe mit einer modernen Auslegung der Weihnachtsgeschichte befindet sich im Bayerischen Nationalmuseum.

Brot des kleinen Mannes Volkstümliche Bezeichnung für Maronen, die Früchte der Edelkastanie.

Brotkuchen ➛ «Lebekuoche»

Brotperchten Als «Brotperchten» bezeichnete man im österreichischen Pinzgau die bettelnden Kinder in der Weihnachtszeit.

Brummtopf In ganz Ost- und Westpreußen ging am Abend des Silvestertages der «Brummtopf» um. Der Brummtopf bestand aus einem kleinen Fässchen, dessen einer Boden entfernt und durch eine glatt gestrammte Lederhaut ersetzt wurde, in die man einen Rosshaarzopf einhängte. Durch Zupfen und Ziehen wurde ein brummender und grunzender Ton erzeugt, zu dem dann sog. «Brummtopflieder» wie: «Wir treten herein ohne allen Spott» und «Überraschung» gesungen wurden.

Bûche de Noël ➛ «Foie Gras»

Buchsbaum In Schwaben, im Allgäu und in der Pfalz wurde früher der Weihnachtsbaum auch «Buchsbaum» genannt.

Buddenbrook-Weihnachtscafé Vom 26. bis 28. Dezember öffnet das traditionelle «Buddenbrook-Weihnachtscafé» in der Hansestadt Lübeck seine Pforten. Hier können die Besucher im historischen Gewölbekeller der Familie Mann bei Kaffee und Weihnachtsstollen, fernab jeder Hektik, einkehren. Die Besucher erwartet eine Präsentation über das Weihnachtsfest in der Familie Mann und ein Weihnachtsbaum mit originalem «Buddenbrook-Weihnachtsschmuck».

Budelfrau Eine alte Begleiterin des Nikolaus wurde in Niederösterreich die «Budelfrau» genannt. Sie war gänzlich weiß gekleidet und lobte und bestrafte die kleinen Jungen und Mädchen.

Budenzauber Bezeichnung für die Stimmung durch den Lichterzauber, das Funkeln und Glitzern von Weihnachtsschmuck und die Gewürzdüfte auf den Weihnachtsmärkten am Abend.

Büchsenbub ➛ «Freiburger Dreikönigssingen»

Buggemann Rheinische Bezeichnung für ein Gebildebrot ➛ «Weckmann»

Bügelbaum Abwandlung der Weihnachtspyramide auf der Insel Hiddensee.

Bühnenkrippen ➛ «Theaterkrippen»

Bullerklas Bezeichnung für den Nikolausbegleiter in Westfalen.

Bullkater Alter pommerscher Name für den Nikolausbegleiter.

Bumann In Nordostdeutschland wird der Nikolausbegleiter auch als «Bumann» bezeichnet.

Buntes Papier In Nordeuropa nennt man selbst angefertigten papierenen Christbaumschmuck allgemein «Buntes Papier».

Buntzucker Eingefärbter Zucker in Form von Perlen (Liebesperlen) oder kleinen Stäbchen, der zur Verzierung von Lebkuchen und Buttergebäck verwendet wird.

Burger, Alois Im Jahre 1917 gründete Alois Burger (1880–1955) in Günzburg den «Verband der Bayerischen Krippenfreunde» und wurde Herausgeber der Zeitschrift «Der Bayerische Krippenfreund».

Büro für Weihnachtslieder Im österreichischen Graz befindet sich das «Büro für Weihnachtslieder». Hier sind rund 12 000 Weihnachtslieder archiviert, die man abrufen kann.

Burscheid, Abtei In der Abteikirche St. Johann Baptist des ehemaligen Zisterzienserklosters von Burscheid (gegründet: 997) wird die älteste bekannte Darstellung des heiligen Nikolaus nördlich der Alpen aufbewahrt. Dabei handelt es sich um eine byzantinische Mosaik-Ikone des Heiligen in einem silbervergoldeten Rahmen aus dem 13. Jahrhundert. Die Ikone ist vermutlich im 12. Jahrhundert in Konstantinopel entstanden.

Buschbaum Alte Bezeichnung in Thüringen für den Weihnachtsbaum.

Busebrecht In der Gegend um Augsburg zog die «Busebrecht», in alte Lumpen gehüllt, herum. Durch ihr geschwärztes Gesicht und die wirren Zottelhaare sah sie Furcht erregend aus. Sie trug einen Topf Mehl bei sich und staubte es den erschrockenen Menschen ins Gesicht.

Busseklas Alte Bezeichnung für den Nikolaus in der Region Braunschweig.

Butterbrief Papst Nikolaus V. erteilte 1447 in diesem Brief mit seiner päpstlichen Macht Ernst und Albrecht von Sachsen die Erlaubnis, für den Dresdner Stollen Butter zu verwenden, was damals ansonsten verboten war. Diese Erlaubnis ging in die Geschichte als «Butterbrief» ein.

Buttmandl Volkstümlicher Name für die grauseligen Begleiter des Nikolaus im Berchtesgadener Land. Trotzdem bestehen bei diesen unheimlichen Begleitern Zusammenhänge mit einigen christlichen Gestalten, die in der Vorweihnachtszeit auftreten, wie Martin, Ruprecht, Barbara und Thomas.

Buttermandllauf Dieser Lauf findet am ersten Adventssonntag und am Nikolausabend im Berchtesgadener Land statt. Die Burschen tragen hölzerne Masken, eine Verkleidung aus Stroh und Kuhglocken um den Hals. Sie werden vom Nikolaus und von einem Nikolausweiberl, einem Mann in Frauentracht, begleitet. Mit dabei ist der ➤ «Gangerl», ein kettenrasselnder Teufel. Die wilden Gestalten ziehen abends durch den Ort, ängstigen Kinder und scherzen mit den Mädchen, bis der heilige Nikolaus ihrem schaurigen Treiben ein Ende setzt. Danach werden Geschenke verteilt.

Butz Name für den Nikolausbegleiter in Schwaben.

Butzen-Bercht Früher war im alemannischen Sprachraum die «Butzen-Bercht» sehr bekannt. Sie zog am Nikolausabend durch die Dörfer und sammelte die bösen Kinder ein, die sie dann in ihren großen Weidenkorb steckte und mitnahm.

Butzenlutz Alter Name im Alpenraum für die grausige Lucia.

C/2002 X5 Neuer Komet, den die Japaner Tetuo Kuodo und Shigehisa Fujukawa am Morgen des 24. Dezember 2002 entdeckten. Der Schweifstern mit der Bezeichnung C/2002 X5 im Sternbild Herkules ist mit einem Fernglas gut zu entdecken. Der Komet erreicht Ende Januar seinen erdnächsten Punkt und verschwindet danach hinter unserem Zentralgestirn.

C + M + B Diese drei Buchstaben und die Jahreszahl werden am 6. Januar mit Kreide über die Haustüre geschrieben, was Glück und Segen für das Haus bringen soll. Diese drei Buchstaben stellen aber nicht die Abkürzung der Namen der Heiligen Drei Könige dar, die zwar als die Schutzpatrone von Haus und Hof gelten, sondern sie bedeuten «Christus Mansionem Benedicat», was übersetzt «Christus segne dieses Haus» heißt.

Cabalgota de Reges In Spanien findet in vielen Städten am 6. Januar ein Umzug der Heiligen Drei Könige statt, genannt «Cabalgota de Reges».

Caelestes Lateinisch: die Himmelsbewohner.

«Cantata per adventu» Weihnachtssinfonie für Sopran und Streicher (P16) von Joseph Haydn (1732–1809).

Cantus natale Lateinisch: Weihnachtsgesang, -gesänge.

Caput adventus Lateinisch: Adventbeginn

«Carmina Burana» Das wohl früheste Weihnachtsspiel ist in der bedeutendsten Liederhandschrift des Mittelalters, der «Carmina Burana», überliefert, die von Carl Orff (1895–1982) 1937 als szenische Kantaten vertont wurden.

Casa Santa Die «Casa Santa» – das «Heilige Haus», befindet sich in der Wallfahrtsbasilika von Loreto in Italien. Das Haus ist aus Ziegeln und Natursteinen gemauert und besitzt kein Fundament. Bei dem Bau soll es sich nach einer alten Überlieferung um das Haus aus Nazareth handeln, in dem die Jungfrau Maria geboren wurde und die Botschaft des Engels Gabriel empfing. Laut Überlieferung brachten Engel das Haus im Jahre 1291 zuerst nach Illyrien, dem heutigen Dalmatien, und von dort 1294 nach Italien in die Region der Gemeinde Recanati. Dokumenten des vatikanischen Geheimarchivs zufolge rettete die byzantinische Adelsfamilie Angeli, zu deutsch Engel, das Material des Hauses vor der Zerstörung durch die Muslime und ließ es nach Loreto bringen. Der ursprüngliche Kern des Heiligen Hauses besteht aus nur drei Seiten, wobei der untere Teil aus Natursteinen gemauert ist, die in der Gegend von Loreto nicht vorkommen. Auffällig ist, dass die Steine in einer Technik bearbeitet sind, die bei den Nabatäern gebräuchlich war, einem hebräischen Volk, das auch in Palästina heimisch war.

Caspar ➛ «Heilige Drei Könige»

Catello Piccolomini Der erste dokumentierte Hinweis auf eine private Hauskrippe findet sich im Jahre 1567 in einem Inventar des Castello Piccolomini in Amalfi. Constanza Piccolomini di Aragona, Herzogin von Amalfi, besaß 116 Krippenfiguren, mit denen die Ankunft und die Geburt Jesu dargestellt werden konnten.

Celoud, Anton Anton Celoud (1839–1918), weit über die Landesgrenzen hinaus bekannter Krippenbauer aus Mähren.

Cementdraht «Cementdraht» besteht aus Kupferdraht, auf dem durch Aufdampfen von Zink eine Messingschicht erzeugt wird, die einen Goldcharakter vorspiegeln soll. Wurde früher oft für die Herstellung von Christbaumschmuck verwendet.

Chamer Buchsbäuml Sechs Holzstäbe werden mit farbigen Papierstreifen umklebt und mit roten Äpfeln pyramidenförmig zu Dreiecken zusammengefügt. Auf den obersten Apfel wird eine Kerze gesteckt. Das «Buchsbäuml» wird mit Zuckerkonfekt behängt und wird im Oberpfälzer Raum auch heute noch gelegentlich vom Nikolaus gebracht.

Chamer Kampl Traditionelles Neujahrsgebäck in der Chamer Gegend. Der «Chamer Kampl» ist eine Lebkuchenspezialität, die sogar ins Wappen der Stadt aufgenommen wurde. Der Brauch, der bis ins 12./13. Jahrhundert zurückreicht, ist auch heute noch lebendig. Eine Besonderheit stellt der «Chamer Lebkuchen» dar, der die Form eines Kammes, des Wahrzeichens der Stadt, hat. Jeweils am 1. Januar verteilt der Bürgermeister der Stadt persönlich diese Lebkuchen an die Autofahrer und wünscht besonnenes, unfallfreies Fahren.

Chlamys Die Originalbezeichnung für den römischen Offiziersmantel des heiligen Martin, der, im Gegensatz zu den heutigen roten, weiß gewesen sein muss, da die kaiserliche Garde, zu der Martin gehörte, weiße Mäntel trug.

Chreschtkend Elsässischer Mundartname für Christkind.

Christabend Mundartlich für den Heiligen Abend in Thüringen Hessen, Franken, im Rheinland und in der Pfalz.

Christabendläuten In Süddeutschland ist es noch vielfach üblich, an den Samstagnachmittagen um zwei Uhr den Feierabend einzuläuten. Vor allem im fränkischen Raum hat sich daraus der schöne Brauch entwickelt, auch am Vortag des Weihnachtsfestes um die gleiche Zeit die Glocken zu läuten, um so den Christabend einzuläuten.

Christabendwoche Alte Bezeichnung im Bayerischen Wald für die Woche vor dem Heiligen Abend.

Christasche Kurz vor dem Mettengang wurde früher in der Oberpfalz nochmals der Ofen gereinigt, um danach ein starkes Feuer für die Christnacht zu entfachen. Diese Asche war hoch geweiht und sollte bei vielen Gelegenheiten helfen.

«Christbaum» Kurzes Gedicht über den «Christbaum» des deutschen Dichters Friedrich Wilhelm Weber (1813–1894).

Christbaum der armen Leute Darunter versteht man baumartige Holzgestelle, die mit Tannen- oder Buchsbaumzweigen umwickelt wurden, um so ein echtes Tannenbäumchen vorzutäuschen. Im Volksmund wurden diese Gestelle als «Christbaum der armen Leute» bezeichnet.

Christbaumeier Früher war es im Innviertel/Österreich Brauch, den Christbaum mit Eiern zu schmücken, die mit religiösen Motiven bunt bemalt waren.

Christbaumgebäck Gebäck aus Teig oder Zuckermasse, das als Christbaumschmuck diente.

Christbaumkalender Eine sehr schöne Variante des Adventskalenders ist der «Christbaumkalender». Hinter den Türchen des Kalenders in Form eines Christbaumes verbergen sich kleine Kugeln, Sterne, Engelchen, Glasfigürchen sowie kleine Lamettabündel, um die Vorfreude der Kinder auf die Schmückung des Weihnachtsbaumes zu steigern.

Christbaumkreuz Die ursprüngliche Form des heute gebräuchlichen Christbaumständers bestand früher aus zwei gekreuzten Brettern mit einer Lochaussparung in der Mitte, in der der Weihnachtsbaum verkeilt oder auch vernagelt wurde.

Christbaumkrönung Unter der «Christbaumkrönung» versteht man die Verzierung der Weihnachtsbaumspitze meistens durch einen Stern, eine kunstvoll geformte Glasspitze oder einen Engel.

Christbaumkugel → «Glaskugel»

Christbaum-Markt In einigen Orten in Bayern, Baden-Württemberg und auch in Österreich werden die Christbäume auf so genannten «Christbaum-Märkten» angeboten und verkauft.

Christbaumspiel Weihnachtliches Gesellschaftsbrettspiel aus dem 19. Jahrhundert, das mit zwei Würfeln gespielt wurde. Die Spieler zahlen je 6 Spielmarken in die Kasse. Beim Besetzen bestimmter Zahlenfelder müssen 2 Spielmarken in die Kasse gezahlt werden. Der Spieler, der zuerst das Feld mit der Zahl «100» erreichte, hatte gewonnen und erhielt die Kasse.

Christbaumspitze Ein Stern, aus Goldpapier geschnitten, gilt wohl als der älteste Schmuck des Christbaumes. Später gesellten sich noch der Papierengel und der vielstrahlige Strohstern dazu. Erst durch die industrielle Glasproduktion entwickelte sich die heute bekannte Spitze aus Glas mit ihrem kugeligen Unterteil. Daneben gab es auch Christbaumspitzen aus dünnen Glasscheiben mit aufgeklebten Heiligenbildchen, die, je nach Lichteinfall, silberweiß oder bläulich schimmerten. In den letzten Jahren sind durch eine Renaissance der Glasbläserei diese Scheiben wieder häufiger im Handel aufgetaucht.

Christbaumständer Tückisches Utensil, das nie zum Baum passen will und nicht nur ungeschickte Menschen leicht zur Verzweif-

Nº 1608.

Imagerie alsacienne R. Ackermann Wissembourg succr. de F. C. Wentzel.

Das Christbaumspiel.

Jeder Spieler zahlt 6 Marken in die Kasse. Jeder Spieler benützt ein anderes Zeichen zum Setzen. Man spielt mit zwei Würfeln und rückt immer so viel vorwärts, als di
ugen zeigen. Wer beim ersten Wurf 2 wirft, setzt sein Zeichen auf 24; wer beim ersten Wurf 2 und 6 hat, setzt sein Zeichen auf 26; wer beim ersten Wurf 12 hat, setzt sei
uf 28. Wer auf die Weihnachtsbäume kommt, zählt die geworfene Zahl noch einmal vorwärts. Wer auf 7, 47 oder 98 kommt, zahlt 2 Marken in die Kasse. Wer au
ihnachtsmann 18, 88 oder 81 kommt, muß wieder von vorn anfangen und 2 Marken zahlen. Wer über 100 kommt, zählt die übriggebliebenen Augen wieder rückwärts. We
kommt, erhält die Kasse.

lung treiben kann. Ursprünglich war der Ständer ein einfaches grün gestrichenes Holzkreuz, in dessen Mitte eine Vertiefung den Stamm eines kleinen Baumes festhalten konnte. Oft aber diente auch nur ein Holzschemel, dessen Griffloch rund erweitert wurde, als Ständer, weil man darunter einen Wassereimer stellen konnte. Christbaumständer aus massivem Metall kamen gegen Ende des 19. Jahrhunderts auf den Markt und setzten sich sehr schnell durch.

Christbaumständer-Krippe In Asch/Egerland wurden um 1900 Christbaumständer in den Handel gebracht, die auf dem Metallfuß eine Weihnachtskrippe zeigten.

Christbaumstehlen Das Stehlen des Weihnachtsbaumes im Wald war vor allem vor der großen Industrialisierung weit verbreitet, als sich weite Bevölkerungsschichten keinen Christbaum leisten konnten. Obwohl das Abschneiden der Nadelbäume unter Strafe verboten war, hielten sich vor allem die Bewohner der ländlichen Gebiete nicht an dieses Verbot. Das heimliche Schlagen des Baumes wurde sozusagen als «Kavaliersdelikt» betrachtet. Dies änderte sich erst, als man begann, Bäume in großen Mengen auf Plantagen zu züchten.

Christbaumversteigerung Bei vielen Vereins-Weihnachtsfeiern ist die Versteigerung eines Christbaumes der Höhepunkt. Zunächst werden die am Baum hängenden Waren, meistens Lebensmittel und Getränke, meistbietend versteigert. Anschließend wird dann auch noch der Christbaum versteigert, wobei es vorkommen kann, dass ein und derselbe Baum mehr als 50 Mal versteigert und wieder «geschenkt» wird, wodurch eine hübsche Summe in die Vereinskasse fließt.

Christbaum-Wilderer Wer sich im Forst zu Weihnachten unrechtmäßig seinen Christbaum absägt, wird in Bayern als «Christbaum-Wilderer» bezeichnet.

Christbescher Der Lichterhügel der Herrenhuter Brüderschaft in Christiansfeld wurde auch «Christbescher» genannt.

Christbescherung Im Raum Günzburg an der Donau wurde früher in jedem bäuerlichen Haus am Vorabend vor Weihnachten die «Christbescherung» gefeiert.

«Christbescherung» Stimmungsvolles Weihnachtsgedicht von Eduard Mörike (1804–1875), einem der bedeutendsten deutschen Lyriker.

Christbescherungsspiele ➛ «Lichterzug»

Christblume ➛ «Christrose»

Christbrand Im 18. und 19. Jahrhundert war es in einigen Gegenden in Oberfranken Brauch, vor dem Heiligen Abend auf einem Berg ein großes Feuer zu entzünden. Das Holz dafür wurde von den umliegenden Gemeinden gespendet. Man bezeichnete dieses Feuer als «Christbrand».

Christbusch In Thüringen nannte man früher den Weihnachtsbaum auch «Christbusch».

Christchindli-Märt So nennen die Schweizer des Kantons Aargau den Weihnachts- oder Christkindlmarkt.

Christdeihe Mittelalterlicher Name für das ➛ «Christei-Gebäck».

Christ-Ei Brauchtümliches Hefeteiggebäck aus der Pfalz, geformt als halbmondförmiger Leib mit aufgesetzten Brezen oder Spiralen wie auch mit menschenartigen Gestalten. Das «Christ-Ei» war meistens eine Gabe für die Dienstboten zu Weihnachten und Neujahr.

«Christen ätzet diesen Tag» Titel der Kantate zum 1. Weihnachtstag von Johann Sebastian Bach (1685–1750).

Christfest Alte deutsche Bezeichnung für das Weihnachtsfest.

Christfesttaler Bereits seit dem 16. Jahrhundert sind «Christfesttaler» überliefert. Die Darstellungen auf den Münzen erzählen von der Weihnachtsgeschichte. «Iesus ein Kindt geboren. V(on) einer Iunkfrauwen auserkor(en)» lautet eine Umschrift auf einem Silberstück im Gewicht eines Doppeltalers.

Christgarten Früher war es im Harz üblich, den Weihnachtsbaum mitten im «Christgarten» aufzustellen. Die Ausstattung ist ähnlich wie bei den norddeutschen «Weihnachtsgärten».

Christgeburt-Spiel Seit einigen Jahrzehnten ist es in der Schwabinger Rudolf-Steiner-Schule in München schon Brauch, in der Weihnachtszeit ein «Christgeburt-Spiel» von den

Schülern aufführen zu lassen. Dabei handelt es sich um das bedeutendste Christgeburt-Spiel in deutscher Sprache, das aus einer evangelischen Gemeinde Oberufer in der Nähe von Pressburg stammt. Es berichtet in 1338 Versen von der Geburt Jesu, der Hirten- und der Königsanbetung.

Christgeschenke Volkstümliche Bezeichnung in Oberegg/Unterallgäu für die Weihnachtsgeschenke. Siehe auch: «Weihnachts-Aberglaube»

Christi Geburt Das exakte und genaue Datum der Geburt Christi ist nach wie vor unbekannt. Erstmalig offiziell gefeiert wurde der Geburtstag Jesu Christi am 25. Dezember im Jahre 354 in Rom. Falsch dagegen ist jedoch die Annahme, dass Christus im Jahre 0 geboren wurde. Das wahre Geburtsdatum liegt vermutlich zwischen 4 und 12 Jahren vor Beginn unserer Zeitrechnung. Den Quellen zufolge war Christus geboren, als der römische Statthalter Quirinus die erste Volkszählung durchführen ließ. Diese wird von den Historikern in das Jahr 7 oder 11 vor Christi Geburt verlegt.

Christkind Traumfigur aller deutschen Kinder von zwei bis achzig Jahren. Wurde jedoch bislang noch nie gesichtet. Ist allerhöchstens durch das Schlüsselloch schemenhaft zu erspähen. Wird neuerdings immer häufiger vom Weihnachtsmann verdrängt. Das «Christkind» hielt zu Beginn des 19. Jahrhunderts Einzug in die deutschen Haushalte, vermutlich angeregt durch die Säkularisierung von Klöstern und Kirchen, die das christliche Brauchtum verstärkt ins Bewusstsein der Bürger brachte. Diese These wird allerdings nicht von allen Volks- und Brauchtumsforschern getragen.

«Christkind» Weihnachtslied von Peter Cornelius (1824–1874).

Christkind ansingen Seit 1813 ist es in Oberbayern und Tirol Brauch, das Kind in der Krippe «anzusingen» und somit das Fest der Geburt durch besondere Lieder feierlich zu gestalten.

Christkindbaum Geschmückter Nadelbaum mit vielen roten Äpfeln, die am Stamm befestigt wurden. Der «Christkindlbaum» war früher in der Oberpfalz weit verbreitet, mittlerweile ist er jedoch fast unbekannt.

Christkindbrauchtum ➛ «Heiliger Christ»

Christkind einläuten Im bayerischen Oberland ist es noch vielfach Brauch, am 24. Dezember um 12 Uhr die Glocken zu läuten und damit das «Christkind einzuläuten».

«Christkind mit Taube» Das Christkind der Margarete Ebner (1291–1351) in der Ebner-Kapelle des ehemaligen Dominikanerinnenklosters Maria Medingen bei Dillingen genoss schon früh eine sehr hohe Verehrung. Die Figur ist aus Holz und stammt aus dem 14. Jahrhundert.

Christkind-Umgang Alter Brauch im bayerischen/thüringischen Grenzgebiet. Nach Einbruch der Dunkelheit besuchen das Christkind und seine Begleiter die Familien, um die Kinder zu bescheren. Der Brauch hat sich nur noch in Breitensee im Königshöfer Grabfeld erhalten. Ein ähnlicher Brauch findet in der Thüringer Nachbargemeinde statt und wird dort das «Weihnachtsgehen» genannt.

Christkindelbaum Alter bayerischer Name für den Weihnachtsbaum.

Christkindele Elsässischer Name für das Christkind.

«Christkindeleins Wiegenlied» Max Reger (1873–1916) vertonte dieses Weihnachtsgedicht eines unbekannten Dichters (opus 137, Nr. 10).

Christkindl Wallfahrtsort in Oberösterreich, etwa 2 Kilometer von der Stadt Steyr an der Enns gelegen. Seine Geschichte begann im Jahr 1695 oder 1696. Der Steyrer Ferdinand Sertl, der von einer unheilbaren Krankheit befallen war, stellte eine Wachsfigur des Jesuskindes in die Höhlung eines Baumes und betete jeden Samstag vor diesem Baum. Bald darauf wurde Sertl wieder ganz gesund, was sich sehr schnell herumsprach. Dies wiederum lockte viele Pilger aus Bayern, Tirol, Steiermark und aus Italien an. Bereits 1699 wurde eine Kapelle «Zum gnadenreichen Christkindl im Baum unseres Himmel» errichtet. Im Jahre 1708 wurde mit dem Bau der barocken Wallfahrtskirche in der Form des Pantheons nach den Plänen des italienischen Baumeisters Carlo Antonio Carlone begonnen. So richtig berühmt wurde der Ort 1950, als man hier vom 1. Dezember bis zum 6. Januar ein Sonderpostamt eröffnete. Hier kann man seine Weihnachtspost mit dem «Christkindlstempel» versehen und weiterschicken lassen. Die Anschrift lautet: Postamt A-441 Christkindl – Oberösterreich.

Christkindl In Bayern bezeichnet man die Geschenke auch als «Christkindl».

Christkindla Dialektname für das Christkind in Franken.

Christkindl-Andachten In der Oberpfalz werden auch heute noch die so genannten «Christkindl-Andachten» abgehalten, wie zum Beispiel in der Karmeliterkirche St. Josef in Regensburg. Dabei wird zum Schluss dieser Andacht das Christkind im feierlichen Zuge unter den Klängen des eigens dafür komponierten «Christkindlmarsches» zum Hauptaltar getragen.

Christkindl anschießen Das «Christkindl anschießen» ist im Berchtesgadener Land ein sehr alter Brauch. Bereits aus dem Jahre 1666 datiert eine Nachricht, dass zu Beginn der Adventszeit die Schützen angetreten sind, um das «Christkind anzuschießen».

Christkindlbett Im südlichen Bayern war es auf dem Land Brauch, am Heiligen Abend in einer Stallecke eine dicke Lage Heu und Stroh, das so genannte «Christkindlbett», einzurichten.

Christkindl-Einläuten ➛ «Lazarustag»

Christkindleinsbüschel Alte volkstümliche Bezeichnung für den Weihnachtsbaum und für die geschmückten Tannen- und Fichtenzweige im Coburger Land.

Christkindl-Einsinga Im Bayerischen Wald ist in Spiegelhütte und in Lindenberg der alte Brauch des «Christkindl-Einsinga» bis auf den heutigen Tag erhalten. Es werden dann Weihnachtslieder gesungen und Texte aus dem Neuen Testament (Weihnachtsbotschaft) vorgetragen. Ursprünglich wurde dieser Vorweihnachtsbrauch in der Zwieseler Gegend am Thomastag abgehalten, nun ist der Aufführungstag der letzte Samstag vor Weihnachten.

Christkindleinssegen ➛ «Freiburger Dreikönigssingen»

Christkindleinszug Am vierten Adventssonntag zieht gegen 17.00 Uhr das Christkind in einem feierlichen Umzug in Innsbruck ein. Der Zug besteht aus drei Hauptgruppen: Zuerst kommt der Krippenwagen mit dem Christkind, danach folgen die Hirten in weiten Lodenmänteln und schließlich Lichter tragende Mädchen in langen Kleidern.

Christkindlesrunterläuten Mit dem «Christkindlesrunterläuten» hat sich im fränkischen Leutershausen ein alter Brauch erhalten. Mit dem «Christabendläuten» am Vorabend des Weihnachtsfestes werden nach altem Brauch die Kinder vom hohen Turm der Kirche herab beschert. Nach dem letzten Glockenschlag öffnet sich das Fenster des Turmstübchens, und es erscheint das Christkind mit seinem Begleiter, dem «Pelzmärtls». Danach wirbeln Bonbons, Marzipanbruch, gebräunter Wasserzucker und andere Süßigkeiten herab.

Christkindles Städle Vorweihnachtlicher Markt am Sonntag in Füssen/Allgäu.

Christkindlgläubige Früher wurden die Kinder, die noch an das Christkind glaubten, auch vielfach als «Christkindlgläubige» bezeichnet.

Christkindlkumedie Geistliches Volksspiel, das in Laufen an der Salzach aus einer alten Tradition wieder neu belebt wurde.

Christkindlmacherin Bayerische Bezeichnung für eine Restauratorin von alten Jesus- und Fatschnkindln.

Christkindlmarkt Nostalgischer Einkaufsmarkt für handgemachten Baumschmuck, Krippen und traditionelles Spielzeug – keine Computerspiele (was aber sicher nur noch eine Frage der Zeit ist). Der wohl bekannteste Markt ist der von Nürnberg, der sich bis in das Jahr 1697 zurückverfolgen lässt. Vermutlich der älteste Christkindlmarkt ist der von München, der bereits im 14. Jahrhundert urkundlich vermerkt wurde.

Christkindl-Medaille Zinnmedaille aus dem 18. Jahrhundert, die von der bayerischen Zinngießerei Schweitzer in Dießen am Ammersee für den Ort Christkindl bei Steyr in Österreich gegossen wurde.

Christkindlschifffahrt Von Ende November bis zum 21. Dezember erwartet die Besucher von Regensburg eine besondere Attraktion: die «Christkindlschifffahrt». Mehrmals in der Woche starten die Schiffe von der Steinernen Brücke zu einer gemütlichen Fahrt durch das Donautal. Weihnachtliche Musik, Kerzenschein und Glühwein verleihen dieser weihnachtlichen Tour eine besonders romantische Note.

Christkindlsegen In der Wallfahrtskirche Birkenstein bei Bayrischzell wird an den vier Adventssonntagen der so genannte «Christkindlsegen» gespendet.

Christkindlstadt ➛ «Grulich-Krippe»

Christkindlsuchen Beliebter Brauch in Oberbayern (Bad Aibling, Schleching), Tirol (Walchsee) und in Kärnten (St. Oswald), wobei die Kinder in den Wald zu einer Krippe ziehen und dort Gedichte aufsagen und Weihnachtslieder singen.

Christkindltrage Kleiner Holzkasten mit zwei Flügeltüren, innen ein barockes Christkindl im Strahlenkranz. Derartige Behältnisse wurden früher von hochgestellten Persönlichkeiten und Kirchenoberen auf langen Reisen mitgenommen. Zum anderen dienten sie Pfarrern, die in abgelegenen Weilern oder Filialkirchen den Weihnachtsgottesdienst abhalten mussten, zur Schmückung.

Christkindlverehrung ➛ «Seminarkindl»

Christkindl-Wallfahrt Seit über 250 Jahren pilgern die Menschen aus dem Bayerischen Wald zum «lieben Christkindl von Ringolay», dem heutigen Ringelai. In der dortigen Pfarrkirche hängt ein Bild, auf dem man die stehende Mutter Gottes sieht, wie sie mit gefalteten Händen vor dem Christkind steht, das auf einem mit einer Prunkdecke geschmückten Strohbettlein liegt. Das Bild ist eine Kopie eines Gemäldes, das sich im Dom zu Raab (Györ/Ungarn) befindet. Das Original stammt vom irischen Bischof Walter Lynch, der es 1649 auf seiner Flucht über Brüssel nach Wien und weiter nach Raab mitnahm. Das Bild wurde vom Volk hochverehrt. Es ist überliefert, dass am 17. März 1697, dem Fest des heiligen Patrick, der Mutter Gottes auf dem Gnadenbild drei Stunden lang blutige Tränen aus den Augen liefen. Dies ist auch auf dem Ringelaier Bild ausgedrückt. Im Jahre 1747 wurde in Ringelai das «Michaelskirchlein» erbaut. Genau 50 Jahre nach dem «Tränenwunder von Raab» stiftete Jakob Urleinsberger, Fürstbischof zu Passau, eine Kopie des Gnadenbildes. Noch im selben Jahr setzten die Wallfahrten zum Christkindl von Ringelai ein. Die «Christkindl-Wallfahrt», die jeweils am 3. Adventswochenende stattfindet, ist einzigartig in Deutschland. Auch in Steyr in Österreich kennt man seit dem 16./17. Jahrhundert eine «Wallfahrt zum Christkindl».

Christkindlwiegen In Südbayern und in Tirol wurden um 1800 besonders kunstvoll geschnitzte und gedrechselte Wiegen für das Jesuskind hergestellt, die auch kunstvoll bemalt wurden. Einige besonders schöne und kostbare Exponate kann man in der Krippensammlung des Bayerischen Nationalmuseums in München bewundern.

Christkindlwiegen Der Weihnachtsbrauch des «Christkindlwiegen» soll ursprünglich in einem Wiener Frauenkloster entstanden sein und wird in Deutschland nur noch sehr selten gepflegt. Diese schöne und alte Tradition wird im Raum Peiting in Oberbayern noch aufrechterhalten. Sechs junge Männer tragen in der Weihnachtszeit ein Jesuskind aus Wachs von Haus zu Haus. In der guten Stube wird die Wiege auf den Tisch gestellt, und die ganze Familie darf das Jesuskind schaukeln. Die Träger der Christkindlwiegen erhalten süße Gaben und Geld. In Alsfeld wird diese Weihnachtssitte seit nahezu 200 Jahren ebenfalls noch gepflegt. Dabei ziehen die Gläubigen, begleitet von Chor und Bläsern, dreimal um den Turm der Walpurgiskirche. Nach jeder vollen Stunde erklingen die Weihnachtslieder: «Vom Himmel hoch, da komm ich her», «Lobt Gott, ihr Christen, allzugleich» und «Ehre sei Gott in der Höh».

Christkönigsfest Katholisches Hochfest am letzten Oktobersonntag.

Christmann Der Christmann trug laut Überlieferung einen langen weißen Mantel, ritt auf einem Schimmel und führte große Taschen mit kleinen Geschenken mit sich, die er an die Kinder verteilte.

Christmarkt Alter Name für den Weihnachtsmarkt, zum Beispiel in Berlin, Freiberg, Lüneburg und Meißen. Siehe auch: «Weihnachtsaberglaube».

Christmas Carol Die Carole ist ein Ketten- und Rundreigen, der im Mittelalter mit Tanzliedern in Italien und Frankreich aufkam. Die englische Form «Carol» entstand Ende des 14. Jahrhunderts und versteht sich seit dem 16. Jahrhundert als volkstümliches Lied, vor allem weihnachtlichen Inhalts.

«Christmas Comes To Us All Once Year» Gefühlvoll und inbrünstig interpretiert die große Soul- und Gospelsängerin Mahalia Jackson dieses Weihnachtslied.

Christmas Crackers Typisch englisches Weihnachtsvergnügen, bei uns bekannt als Knallbonbons zu Silvester. Alle Paare an der Weihnachtstafel finden einen «Christmas-Cracker» vor sich. Jeder Partner zieht an einem Ende, und mit einem Knall offenbart sich der Inhalt.

Christmas-Creek Kleiner Nebenfluss des Fitzroy-Rivers in Westaustralien

Christmas Island ➤ «Weihnachtsinseln»

Christmas Single Malt-Whisky Dieser Whisky der schottischen Firma Glenfarclas wurde am 24. Dezember 1980 destilliert und gilt als eine Besonderheit. Er erhielt das Prädiket «Cask Strength», was «unverwässerte Qualität» bedeutet.

«Christmas Waltz» Diesen schmissig-modernen Weihnachtswalzer hat das Chet Baker / Wolfgang Lackerschmidt-Quartett im August 1987 eingespielt.

Christmas-World Die «Christmas-World» auf der alljährlichen «Frankfurter Frühjahrsmesse – Premiere» stellt wohl eine der größten Themensparten dieser internationalen Messe dar. Über 1000 Aussteller stellen in einer eigenen Messehalle die neuesten Trends für das kommende Weihnachtsfest vor.

Christmette Mitternächtlicher Kirchgang am Heiligen Abend, der besonders feierlich und stimmungsvoll begangen wird. Der Name hat allerdings nichts mit Messe zu tun, sondern ist die Eindeutschung der lateinischen «hora matutina», des Morgengebets. Denn früher wurde die «Mette» eine Zeit lang in den frühen Morgenstunden des 25. Dezember gefeiert.

Christmonat Alter deutscher Name (15.–18. Jahrhundert) für den Monat Dezember.

Christmond Alte germanische Bezeichnung für den Monat Dezember.

«Christnacht» Chorstück im klassisch strengen Sprach- und Formstil von August Graf von Platen (1796–1835).

Christnachtfeier Alter Südtiroler Name für die Christmette.

Christnachtgang Bayerisch/Tiroler Ausdruck für den Weg zur Christmette.

Christnachtshafer Im südlichen Schwarzwald bekommen die Pferde in der Heiligen Nacht den «Christnachtshafer». Den anderen Tieren im Stall wurde Weihwasser und geweihtes Salz dem Futter zugesetzt.

Christologie «Christologie» (griech.) ist die Lehre von der Person und dem Werk Christi, des Gottesmenschen.

Christophorus Katholischer Heiliger und Märtyrer. Einer der vierzehn Nothelfer. Er hat nach der Legende das Christuskind über das Wasser getragen.

Christpuppe Früher zog in der Adventszeit die «Christpuppe», begleitet von weiß gekleideten Gestalten mit Taschen voller Gaben, durch die Dörfer. Der alte Brauch ist heute nahezu unbekannt.

Christrose Lateinisch: Heleborus niger. Auch Schneerose und Nieswurz genannt. Die Christrose ist ein Staudengewächs, dessen weiße und rötliche Blüten trotz Schnee und Kälte von Dezember bis März blühen. Im Volksmund wird sie auch Christblume oder Christwurz genannt.

Christtag In vielen Gegenden Deutschlands und Österreichs wird der 25. Dezember auch als «Christtag» bezeichnet.

Christtagszweig In der Region um Bayreuth wurden die ➛ «Barbarazweige» früher (ab ca. 1870) auch als «Christtagszweige» bezeichnet.

Christusbrot In Griechenland reicht man zum Weihnachtsfest das «christpsomo», übersetzt: Christusbrot. Es wird aus einem süßen Teig mit Nüssen gebacken.

Christusdorn Lat.: Euphorbia millii. Ist ein Wolfsmilchgewächs und erhielt seinen Namen von den kräftigen Dornen, die in großer Anzahl an den Stängeln sitzen. Die Pflanze hat viele winzige rote Blüten, die wie Blutstropfen aussehen. Sie blühen auch zur Weihnachtszeit.

«Christuslegenden» Die wundervollen, warmherzigen «Christuslegenden» stammen aus der Feder der großen schwedischen Dichterin und Nobelpreisträgerin Selma Lagerlöf (1858–1940).

Christusmonogramm Es besteht aus den ersten beiden Buchstaben des Namens Christus. Die Laute «Ch» und «R» werden im Griechischen durch die Zeichen «chi» und «rho» dargestellt, die den lateinischen Buchstaben X und P ähneln.

Christusträger Der heilige Christophorus wird vielfach auch als «Christusträger» bezeichnet.

Christvesper Mit der Christvesper begehen die evangelischen

Christen am frühen Abend feierlich das Weihnachtsfest mit der Geburt Christi. Dabei wird auch oft ein Krippen- oder Verkündigungsspiel aufgeführt.

Christwoche In der Rhön wurde früher die Woche vor dem Heiligen Abend auch als «Christwoche» bezeichnet.

Christwurz ➛ «Christrose»

Church, Francis P. Der New Yorker Journalist Francis P. Church von der New York Sun antwortete 1897 in einem Brief, den er in seiner Zeitung veröffentlichte, der achtjährigen Virginia O'Hanlon, die in einem Leserbrief angefragt hatte, ob es Santa Claus wirklich gäbe, denn «wenn es in der Sun steht, stimmt es, sagt Daddy». Churchs Antwort ist ein ergreifendes Plädoyer für die Phantasie und das Staunen. Und natürlich für Santa Claus. Dieser Brief hat auch heute noch volle Aktualität.

«Cinque Profeti» Vom italienischen Universalkomponisten Alessandro Scarlatti (1659–1725) stammt die Weihnachtskantate «Die fünf Propheten», die man zur Weihnachtszeit immer wieder gerne hört.

Clauwau Im schweizerischen Samnaun wird der Nikolaus auch «Clauwau» gerufen.

Clawsdach Alter niederländischer Name für den Nikolaustag, auch Klagesdach genannt.

Closonoi-Krippe Interessantes Krippenbild aus Südafrika, das eine moderne Anbetungsszene der Heiligen Drei Könige zeigt. Die Krippe befindet sich im Besitz der Sammlung Würth.

Coburger Schmätzchen Lebkuchen-Spezialität aus Coburg, die seit dem Jahr 1643 nachgewiesen ist.

«Concerto grosso» Das große und vielfach aufgeführte Weihnachtskonzert «Concerto grosso» op. 3,12 in C-Dur wurde von dem italienischen Komponisten Francesco Manfredini (1684–1762) geschrieben.

Corderados In Spanien wird am 6. Januar das biblische Spiel der Heiligen Drei Könige (Corderados) aufgeführt.

Corelli, Arcangelo Der italienische Komponist Arcangelo Corelli (1653–1713) und Meister des Hochbarocks, gilt als einer der Schöpfer des weihnachtlichen Concerto grosso und hatte großen Einfluss auf die europäische Musik Anfang des 18. Jahrhunderts. Von ihm stammt auch das Concerto grosso in g-Moll, op. 6,8 «Fatto per la Notte di Natale».

Cotillionsorden Etwa Mitte des 19. Jahrhunderts tauchte dieser Orden, der ursprünglich auf Bällen den besten Tanzpaaren verliehen wurde, auch vermehrt als Christbaumschmuck auf. «Cotillionsorden» wurden aus Metallpapier gestanzt und aufwendig bemalt und mit Seidenornamenten noch zusätzlich verfeinert.

Cranach, Lucas der Ältere Dem berühmten Maler Lucas Cranach der Ältere (1472–1553) verdanken wir wohl die erste bildliche Darstellung eines mit Strohsternen und Lichtern geschmückten Christbaumes. Es handelt sich dabei um einen Kupferstich aus dem Jahr 1509, auf dem Cranach Bräuche mittelalterlicher Mysterienspiele zeigte.

Cripl Alte (um 1650) Bezeichnung im Oberbayerischen für die Weihnachtskrippe. Gelegentlich auch «Crüpl» genannt.

Crottendorfer Christkind Etwa um 1930 entstand zum ersten Mal das «Original Crottendorfer Christkind». Es war dies eine Figur mit einem Lichterbogen (Höhe ca. 60 cm und Breite des Bogens ca. 30 cm). Die Figur sollte das Christkind darstellen und trug eine gestrickte Haube. Traditionell waren Hände und Füße aus Holz geschnitzt. Die Christkindfigur trug ursprünglich einen Mantel aus weißem, aufwendig verarbeitetem Kaninchenfell. Heute wird das Crottendorfer Christkind aus modernen Materialien hergestellt.

Crottendorfer Räucherkerzchen ➛ «Räucherkerzchen»

Crüpl ➛ «Cripl»

Cunewalder Christnachtsandacht In der Cunewalder Talgemeinde ist bis heute ein alter Weihnachtsbrauch erhalten: Bereits seit dem Jahre 1817 tragen die Konfirmanden des Jahres am 24. Dezember zur Christnachtsandacht die Lausitzer Pyramidenleuchter in die Hallenkirche, die vom Licht von über 500 Kerzen erhellt wird.

Dachauer Weihnachtstaler Seit 1985 wird in der Kreisstadt Dachau/Obb. ein Weihnachtstaler geprägt. Die schön gestalteten Medaillen zeigen auf der Vorderseite Kirchen des Landkreises, auf der Rückseite werden Details aus dem Kircheninneren dargestellt.

«Da Christus geboren war» Altes Weihnachtslied aus dem 15. Jahrhundert nach einer Melodie der «Böhmischen Brüder». Text nach dem lateinischen «In natali Domini».

Dampetei Alter Name für Nikolausgebäck in Baden.

«Darmstädter Madonna» ➛ «Madonna des Bürgermeisters Meyer»

«Das alte Jahr vergangen ist» Dieses kirchliche Lied zur Jahreswende schrieb der Nürnberger Organist Wolfgang Karl Briegel (1626–1712) im Jahre 1687. Die beiden ersten Strophen stammen aus Erfurt um 1568, die restlichen vier wurden 1588 von Johann Steuerlein (1546–1613) hinzugefügt.

«Das Apostelspiel» Vielfach aufgeführtes Weihnachtsspiel des österreichischen Schriftstellers und Dramatikers Max Mell (1882–1971).

«Das Attenhamer Christkindl» Weihnachtliches Volksstück von Schauspieler und Regisseur Werner Asam (geb.: 1944).

«Das bayerische Krippenspiel» Im Jahre 1949 wurde dieses Krippenspiel von dem Münchner Hans Vogl (geb.: 1912) veröffentlicht und seitdem unzählige Male aufgeführt. Er ist auch der Autor des historischen Weihnachtsspiels: «Das wundersame Fatschenkindl» und «Unheilige Nacht».

«Das Blutenburger Weihnachtsspiel» Eine bayerische Dichtung mit religiösem Hintergrund von Matthias Pöschl. Dieses Weihnachtsspiel ist zusammengesetzt aus Volksmusik und Weihnachtsliedern.

«Das Christkind aus den großen Wäldern» Weihnachtliche Erzählung von Ezard Schaper (1908–1984).

«Das Christkind lernt gehen» Wunderbare Holzfigur des Christkindes aus der ausgehenden Gotik (Ende 15. Jahrhunderts). Die im Besitz des Bayerischen Nationalmuseums befindliche Statue ist ein absoluter Schatz der Gotik und stammt von einem unbekannten Künstler aus Oberschwaben.

«Das Christkindl in der Glashütte» Weihnachtliche Erzählung von Paul Friedl (1842–1885), genannt «Baumsteffenlenz».

«Das Christkind von Samoa» Weihnachtserzählung des deutschen Bestsellerautors Heinz G. Konsalik (1921–1999).

«Das doppelte Weihnachtsessen» Weihnachtserzählung von Lord Dunsany (1878–1957).

Das Essentragen Verloren gegangener Brauch der Oberpfalz. In der Christnacht trug man früher die Reste des Fastenessens (Fisch mit Nudeln und Hutzelbrühe) zu den Obstbäumen im Garten, um eine ertragreiche Ernte im nächsten Jahr zu sichern.

«Das Friedensfest» Das Theaterstück «Das Friedensfest» des deutschen Dichters und Nobelpreisträgers Gerhart Hauptmann (1862–1946) handelt von der geplanten Versöhnung einer Familie, die am Heiligen Abend stattfinden soll, was jedoch dramatisch scheitert.

Das gute Jahr In Biberachzell bei Neu-Ulm bekamen früher an den Weihnachtsfeiertagen die Tauf- und Firmpaten von den Eltern ihrer Patenkinder Geschenke überreicht. Diese nannte man «Das gute Jahr».

«Das Jahr geht still zu Ende» Kirchenlied nach Weisen von Bartholomäus Gesius (1560–1613) um 1603 und Georg Philipp Telemann (1681–1767) um 1730. Die Strophen schrieb Eleonore Fürstin Reuß (1835–1903) im Jahre 1867.

«Das kleine Weihnachtsfest» Weihnachtliche Erzählung von Agnes S. Turnbull (1888–1982).

«Das Lied vom verlorenen Jesuskind» Dieses Gedicht stammt von dem großen französischen Dichter und Dramatiker Jean Anouilh (1910–1987) und beschreibt die Mildtätigkeit Jesu.

«Das Mädchen mit den Schwefelhölzchen» Romantisches Weihnachtsmärchen des dänischen Dichters Hans Christian Andersen (1805–1875).

«Das Mädchen mit den Wunderhölzchen» Amerikanischer Film nach dem Märchen von Hans Christian Andersen (1805–1875).

«Das neue Jahr» Fröhlich stimmendes Gedicht zum neuen Jahr des deutschen Dichters Heinrich Hoffmann von Fallersleben (1798–1874).

«Das neugeborene Kindelein» Weihnachtliche Kantate von Dietrich Buxtehude (1637–1707).

«Das neugeborene Kindlein» Kantate von Melchior Vulpius (1570–1615).

«Das Paket des lieben Gottes» Sozialkritische Weihnachtsgeschichte von Bertolt Brecht (1898–1956), in der er einen eigenartigen Weihnachtsabend in Chicago 1908 beschreibt.

«Das Peitschchen» Diese Weihnachtsgeschichte, drei Kindern erzählt, wurde von dem Erzähler Rudolf G. Binding (1867–1920) geschrieben.

«Das Spiel von den Heiligen Drei Königen» Sehr stimmungsvolle Weihnachtslegende des bekannten flämischen Autors Felix Timmermans (1886–1947). Von ihm stammt auch die Erzählung «Das Triptychon von den Heiligen Drei Königen».

«Das Volk, so im Finstern wandelt ...» Dieses Gedicht schrieb der deutsche Kirchenlieddichter Simon Dach (1605–1659). Dach war Professor für Poesie an der Universität zu Königsberg, ihm wird auch das bekannte Gedicht «Ännchen von Tharau» zugeschrieben.

«Das Weihnachtsbäumchen» Hübsches Weihnachtsgedicht von Christian Morgenstern (1871–1914).

«Das Weihnachtsfest» Weihnachtliche Erzählung des Italieners Carlo Dossi (1849–1910).

«Das Weihnachtsfest war nahe» Kurze Betrachtung über das Weihnachtsfest der österreichischen Erzählerin Marie von Ebner-Eschenbach (1830–1916).

«Das Weihnachtskind» Die Erzählung «Das Weihnachtskind» der englischen Autorin Miss Read (eigentlich Dora Saint) erzählt von der Versöhnung zweier Familien, die am Weihnachtstag all ihre Vorurteile aufgeben.

«Das Weihnachtsmahl» Erzählung des Amerikaners Nathaniel Hawthorne (1804 bis 1864).

«Das Wunder» Diese Weihnachtsgeschichte stammt aus der Feder von Marie Luise Kaschnitz (1901–1974).

«Das Wunder» Weihnachtliche Erzählung von Josef Martin Bauer (1901–1970), von dem auch der bekannte Roman «So weit die Füße tragen» stammt.

Das Wunder von Manhattan ➛ «Kriss Kringle»

Datteln Gerade zur Weihnachtszeit gibt es die Datteln frisch, man sollte sie jedoch nur zum Garnieren verwenden. Zum Backen empfehlen sich getrocknete Früchte, da frische Datteln zu viel Flüssigkeit in sich haben.

Dauerfrost Er ist der schlimmste Feind aller Laternenparker, weil sie in der kalten Jahreszeit zweimal täglich die Scheiben ihrer Autos freikratzen müssen. Für Frostblumen können sie deshalb wenig Begeisterung aufbringen.

«Dazu ist erschienen der Sohn Gottes» Kantate (BWV 40) zum 2. Weihnachtstag von Johann Sebastian Bach (1685–1750).

Deggendorfer Losnächt Das musikalische Orakelspiel «Die Deggendorfer Losnächt» wird traditionell am 5. Januar in der Stadthalle aufgeführt. Dabei werden die Losnächte in zwölf typischen Szenen, wie «Pantoffel werfen», «Zaunlatten und Saatkörner befragen» und «Bleigießen», dargestellt. Danach folgt eine typische Bauernhochzeit, mit der das «Oralkellosen» endet. Die «Deggendorfer Losnächt» ist ein historisches Dokument von Seltenheitswert.

«Dein König kommt in niedern Hüllen» Adventslied von Johannes Zahn (1817–1895), entstanden 1852. Zahn vertonte den Text des Dichters Friedrich Rückert (1788–1866) von 1834.

Deko-Tannen Zusätzliche schmückende Dekoration für die Vorweihnachtszeit aus Holz, Metall oder Kunststoff.

Dekret-Krippe Eine deutsche Krippe mit der seltenen Darstellung des Dekrets von Kaiser Augustus. Sie befindet sich in der Sammlung Würth.

«Dem Andenken eines Engels» Violinkonzert des österreichischen Komponisten Alban Berg (1885–1935).

«Den die Hirten lobeten sehre» Weihnachtliche Weise aus dem 14. Jahrhundert. Text nach dem lateinischen «Quem pastorales laudavere» aus dem 9. Jahrhundert sowie aus «Nunc angelorum gloria» aus dem 14. Jahrhundert.

«Den geboren hat ein Magd» ➛ «Quem nunc virgo peperit»

Denis, Johann Michael Der Schriftsteller und Priester Johann Michael Denis (1729–1800) schrieb 1774 das bekannte Adventslied «Tauet Himmel den Gerechten».

«Denkmäler der Krippenkunst» ➛ «Berlinger, Rudolf»

«... denn sie hatten keinen Raum in der Herberge» Erzählung der englischen Schriftstellerin Daphne du Maurier (1907–1989).

«Der armen Kinder Weihnachtslied» Ein Weihnachtsgedicht, das die Menschen zum Nachdenken anregen soll, hat uns der Dichter Otto Julius Bierbaum (1865–1910) hinterlassen.

«Der Bartl und der Niklo» Informative Erzählung um Nikolaus und seinen Begleiter von Peter Rosegger (1843–1918).

«Der Bayerische Krippenfreund» Vierteljährlich erscheinende Zeitschrift für Krippenfreunde in Bayern.

«Der Bethlehemische Kindermord» Ergreifendes Gedicht von Georg Britting (1891–1964).

«Der Christabend» Weihnachtserzählung des bekannten bayerischen Dichters Ludwig Thoma (1867–1921).

«Der Christbaum aus dem Wald» Pfiffige, sehr realistische Weihnachtserzählung um den

Diebstahl von Weihnachtsbäumen, die von dem bekannten Münchner Schriftsteller und Maler Carl Erras (1925–2001) aufgeschrieben wurde.

«Der Christbaum bringt es an den Tag» Humorvolle Betrachtung über das Aufputzen des Christbaumes von dem Münchner Autor Herbert Schneider (geb. 1922).

«Der Christbaum ist der schönste Baum» Die Melodie ist eine alte Volksweise, wer jedoch Musik und Text geschrieben hat, ist nicht überliefert.

«Der Christkindlmarkt auf dem Platz am Hof» Stimmungsvolles Ölgemälde von Johann Nepomuk Geller (1860–1954). Geller gehörte zu den so genannten «Wachaumalern». Das Bild ist im Historischen Museum der Stadt Wien zu betrachten.

«Der Dezember» Zum Nachdenken anregendes Weihnachtsgedicht des bekannten deutschen Jugendbuchautors, Schriftstellers und Lyrikers Erich Kästner (1899–1974).

«Der erste Schnee» Vorweihnachtliche Erzählung des englischen Dichters John Boynton Priestley (1894–1984).

«Der gleitende Purpur» Dieses pathetische Weihnachtsgedicht mit Kaiser Otto als großem Spender im Mittelpunkt, stammt von dem großen Schweizer Erzähler Conrad Ferdinand Meyer (1825–1898).

«Der Grashofer macht sich eine Weihnachtsfreude» Schlitzohrige Weihnachtserzählung um einen gestohlenen Tannenbaum aus der Feder des bekannten Autors und Komödienschreibers Joseph Maria Lutz (1893–1972).

«Der Heiland ist geboren» Von Peter Cornelius (1824–1874) stammen Text und Melodie dieses schönen Weihnachtsliedes.

«Der heilige Abend» ➛ «Bergkristall»

«Der Herr bricht ein um Mitternacht» Weihnachtslied des Komponis-

ten Johann Crüger (1598–1662) aus dem Jahre 1653. Den Text verfasste Johann Christoph Rube (1665–1746).

«Der kleine Lord» Weihnachtserzählung von Frances Hodgson Burnett (1849–1924). Die Verfilmung mit Alec Guinness (1980) ist ein Klassiker der Weihnachtskinderfilme geworden.

«Der Knabe am Weihnachtsabend bei Christus» Meisterhafte und tief religiöse Weihnachtserzählung des großen russischen Dichters Fjodor M. Dostojewski (1821–1881).

«Der Koffer» Weihnachtliche Erzählung von Peter Härtling (geb. 1933).

«Der Krippenfreund» Zeitschrift der österreichischen Krippenfreunde.

«Der Löwe im Winter» Ein Weihnachtsstück der ganz besonderen Art von James Goldman (geb. 1934). Das Stück spielt 1183 im Schloss Chinon in Frankreich. Mit von der Partie sind Henry II., König von England, seine Frau Eleanor von Aquitanien und Richard Löwenherz, ihr ältester Sohn, sowie Alais Capet, eine französische Prinzessin, und Philipp Capet, der König von Frankreich. Das Stück hält sich zwar an geschichtlich nachprüfbare Fakten, jedoch sind Leben und Leidenschaften der Personen historisch nicht überliefert. Trotzdem wird das Publikum Zeuge eines höchst merkwürdigen Weihnachtsfestes in königlichen Kreisen. Das Stück kam 1966 zur Uraufführung in New York und wurde auch erfolgreich verfilmt. James Goldman erhielt für das Drehbuch einen Oscar.

Der Mann am Rande Alte Bezeichnung für Josef, den Ziehvater Jesu. Viele Jahrhunderte wurde Josef in der Darstellung an den Rand gestellt. Erst eine Gegenbewegung für «den Mann am Rande» mit Bernardin von Siena (1380–1444), Bernhard von Clairvaux (1091–1153), Ignatius von Loyola (1491–1556), Franz von Sales (1567–1622) und in der neueren Zeit durch

Theresa von Avila (1873–1897) verhalf dem heiligen Josef zu größerer Bedeutung.

«Der Morgenstern ist aufgegangen» Sehr stimmungsvolles Weihnachtslied vom Komponisten und Musiktheoretiker Michael Praetorius, eigentlich Schultheiß, (1571–1621). Den Text verfasste Daniel Rumpius (1549–1600) im Jahre 1587.

«Der Nikolaus» Gemälde von Wilhelm Kaulbach (1805–1874).

«Der Ochse und der Esel» Weihnachtserzählung des spanischen Dichters Benito Pérez Galdós (1843–1920).

«Der Pelzmärtel» Vorweihnachtliches Gedicht über den «Pelzmärtel», einen unheimlichen Begleiter des heiligen Nikolaus, geschrieben von Franz Graf von Pocci (1807–1876).

«Der Stern der Geburt» Gedicht des russischen Nobelpreisträgers Boris Pasternak (1890–1960).

«Der Stern von Bethlehem» Klassisches Adventskonzert (op. 164) von Josef Gabriel Rheinberger (1839–1901) mit den Sätzen: «Erwartung», «Die Hirten», «Erscheinung des Engels», «Bethlehem», «Die Hirten an der Krippe», «Der Stern», «Anbetung der Weisen», «Maria» und «Erfüllung».

«Der Sunnwendmann» Ursprünglich nationalsozialistisches Weihnachtslied über den Nikolaus, das später dann auch Eingang in sozialistische Ideologie der DDR fand.

«Der Tannenbaum» Traurige Weihnachtserzählung des großen dänischen Dichters Hans Christian Andersen (1805–1875).

«Der Traum» Weihnachtsgedicht von Heinrich Hoffmann von Fallersleben (1798–1874).

«Der Weihnachtsabend» Stimmungsvolles Märchen von Hans Christian Andersen (1805–1875). Andersen hat dieses Weihnachtsmärchen bereits im Jahre 1825 zu Papier gebracht.

«Der Weihnachtsabend» Die Erzählung «Der Weihnachtsabend» des Schriftstellers und Pädagogen Christoph von Schmid (1768–1854) erreichte zahlreiche Auflagen in Deutschland und in Europa bis weit ins 20. Jahrhundert hinein. Schmid schrieb Kinder- und Jugenderzählungen. Von ihm stammt auch das Weihnachtslied «Ihr Kinderlein kommet».

«Der Weihnachtsbaum» Ernstes, weihnachtliches Gedicht des Dichters Ernst Moritz Arndt (1769–1860).

«Der Weihnachtsbaum» Else Lasker-Schüler (1876–1945) verfasste diese weihnachtliche Erzählung.

«Der Weihnachtsfund» Gemütvolle Weihnachtsnovelle von Hermann Kurz (1813–1873).

«Der Weihnachtsmorgen» Weihnachtserzählung des irischen Dichters Frank O'Connor (1903–1966).

«Der Winter» Hübsche Weihnachtserzählung von Moritz von Schwind (1804–1871).

«Der Winter» Dieses sinfonische Werk «Der Winter» hat der vielseitige russische Komponist Alexandr Konstantinowitsch Glasunow (1865–1936) verfasst.

«Der Winter war vielerlei» Erzählung des bekannten deutschen Kinderbuchautors Max Kruse (geb. 1921). Aus seiner Feder stammt auch die Geschichte von «Urmel aus dem Eis».

«Der Wunderstern» Pfiffiges Gedicht von Wilhelm Busch (1832–1908).

«Des Herrn Geburt» Brillantes und treffendes Vier-Zeilen-Gedicht des großen Barockdichters Andreas Gryphius (1616–1664). Der Mensch war Gottes Bild. Weil dieses Bild verloren, Wird Gott, ein Menschenbild, In diese Nacht geboren.

Designer-Weihnachtsbäume Seit einigen Jahren tauchen immer mal wieder sog. «Designer-Weihnachtsbäume» auf. Sie sind aus Holz, Aluminium oder aus Messing gefertigt. Diese futuristischen Weihnachtsbäume, die meistens zusammenlegbar sind, haben mit gewöhnlichen Christbäumen kaum etwas ge-

meinsam. Sie kosten, je nach Material und Größe von 100,– bis über 1000,– Euro. Einzige Vorteile dieser neuen Weihnachtsbäume: Sie nadeln nicht und können übers ganze Jahr stehen bleiben.

«Des Jahres letzte Stunde» Im Jahre 1784 komponierte Johann Abraham Peter Schulz (1774–1800) dieses Weihnachtslied. Der Text stammt von dem Dichter Johann Heinrich Voß (1751–1826).

De Tamble Bibliothek In dieser Bibliothek des St. Andrews Presbyterian College in Laurinburg (North Carolina/USA) befindet sich ein umfangreiches «Stille-Nacht-Archiv» mit amerikanischen Editionen von «Stille Nacht!» sowie der Nachlass von Prof. E. Williams.

Deutsch-Amerikanischer Weihnachtsmarkt Bereits seit einigen Jahren wird in der Westernstadt «Pullman City» in Eging am See (Passau) der traditionelle «Deutsch-Amerikanische Weihnachtsmarkt» gefeiert. Neben amerikanischen Weihnachtsliedern im Western- und Countrystil wird auch eine Weihnachtsshow aufgeführt. Die Veranstaltung findet immer mehr Anhänger.

«Deutsche Kriegsweihnacht» Vom Hauptkulturamt der NSDAP 1944 herausgegebenes Weihnachtsbuch mit Gedichten, Liedern und Geschichten, das bei Soldaten und Bevölkerung die Kriegsverdrossenheit lindern sollte.

Deutsche Spielzeugstraße Rund 300 Kilometer lang ist die «Deutsche Spielzeugstraße», deren Ursprung bis ins 13. Jahrhundert zurückreicht. Es sind die alten Handelsstraßen, die von der Freien Reichsstadt Nürnberg über Erfurt nach Leipzig führt und den Handel u. a. auch mit Spielzeug (Nürnberger Tand geht durch alle Land!) ermöglichten. Entlang dieser Reichsstraßen entstanden auch deshalb die Zentren des deutschen Spielzeugs: Aus Nürnberg und Fürth kam das Metallspielzeug. Sonneberg-Neustadt und das Umland wurden der Mittelpunkt für Puppen und Plüschspielzeug. Der Thüringer Wald steht für Holzspielzeug, und der Ort Lauscha wurde Zentrum der Glas- und Christbaumschmuckindustrie.

Deutsches Weihnachtsland ➛ «Erzgebirge»

Deutsches Weihnachtsmuseum In Rothenburg ob der Tauber wurde im Jahr 2000 das «Deutsche Weihnachtsmuseum» eröffnet. In elf Ausstellungsräumen wird die Entwicklung der Weihnachtstradition vom Beginn des 4. Jahrhunderts bis heute dargestellt. Darunter befinden sich seltene Exponate aus der Biedermeierzeit, geschmückte Weihnachtsbäume, kostbarer Christbaumschmuck, Baumspitzen, Kugeln, Rauschgoldengel, Sebnitzer Schmuck, Figuren aus leonischem Draht, Glasschmuck aus Gablonz und Lauscha, Papierkrippen, Adventskalender und vieles Sehenswerte mehr.

Devisen-Lebkuchen Der «Devisen-Lebkuchen» wurde zu Beginn des 19. Jahrhunderts in Neuruppin erfunden. Auf den Lebkuchen wurde ein Bildchen mit Spruch geklebt, auf das wiederum ein umrandeter Freiplatz aufgedruckt war, wo man eben einen Geldschein (Devise) draufkleben konnte.

Dezember Kommt aus dem lateinischen *decem* und bedeutet die Zahl «Zehn». Im alten Rom war der Dezember der zehnte Monat. In einigen Gegenden wird dieser Monat auch als Christ- oder Julmond bezeichnet.

«Dezembernacht» Weihnachtsgedicht von Marie Luise Kaschnitz (1901–1974).

Diaconus, Johannes Von Johannes Diaconus (ca. 824–ca. 881) stammt die nachweislich älteste lateinische Biographie des heiligen Nikolaus, die «Vita s. Nicolai episcopi».

Dia de los Reges Spanisch für «Heilige Drei Könige».

«Dialog über den neugeborenen Knaben» Die in den Evangelien so dramatische Darstellung der Geburt Christi bot Stoff für viele Weihnachtsspiele. Eines der frühesten Weihnachtsspiele «Dialog über den neugeborenen Knaben» entstand 1591 in Waidhofen an der Ybbs in Österreich.

Dickens, Charles Englischer Schriftsteller (1812–1870), der uns neben den großen Werken zahlreiche Weihnachtsgeschichten («A Christmas Carol») hinterlassen hat.

«Die Anbetung der Könige» Jan Brueghel der Ältere (1568–1625) schuf im Jahre 1598 dieses stim-

Mijnheer Winter.

Hoe de gestrenge Mijnheer Winter begint te [r]egeren, de ijskorst in de stilte van den nacht over [he]t water legt, en ijverig bezig is het ijs glad te maken.

Hoe Mijnheer Winter den volgenden morgen bij eenen boer in huis komt, en voor zijn werk een warm kopje koffij verlangt.
„Wat? den winter zoude ik ook nog iets geven?“ roept de boer, „er uit gij koude knaap, mijn huis uit, hier kunt gij niet blijven!“

Daar strompelt Mijnheer Winter verdrietig de deur uit en strooit de witte sneeuw dik over weg en steg. Maar ook hier laat men hem geen rust; met schop en bezem vernielt de straatveger zijn moeijelijk werk, en verjaagt den ouden met zijnen zilveren baard.

„Gaat het niet op het land, dan gaat het misschien in de stad,“ denkt Mijnheer Winter. Maar wee den ongelukkigen! In het eerste het beste burgerhuis, waar hij binnentreedt, bindt eene vlugge dienstmeid den grijsaard aan de warme kagchel en pijnigt hem met de hitte, tot dat hij woedend van smart zijn banden verbreekt en naar buiten stormt.

De kersnacht is gekomen. Uit alle huizen schijnt een helder feestelijk licht en het juichen der vrolijke kinderen klinkt naar buiten tot in de met sneeuw bedekte achterstraten. Daar trippelt een mannetje onvermoeid voort en gluurt aan alle deuren, of niet iemand hem open maken en den versierden kersboom van hem als een welkom geschenk zal aannemen. — Te vergeefsch! — Geen deur gaat open om hem binnen te laten, hem onder wiens regering toch het kersfeest door groot en klein wordt gevierd.

Daarop besluit Mijnheer Winter naar het bal te gaan en bij den klank der ruischende muzijk en in den snellen dans zijn leed te vergeten. Maar reeds aan den trap van het feestelijk versierd huis vlugten huiverend de vrolijke gasten zijne nabijheid, en de baardige deurwachter wijst met harde woorden den ijskouden gast de deur, naar buiten in den donkeren nacht.

Zoo gaat het Mijnheer Winter gedurende zijne geheele regering. Niemand neemt hem gastvrij op. Wanneer echter de ijskorst breekt en de warme zonnestralen de sneeuw van bergen en dalen doen verdwijnen, dan zoekt de oude het eerst ontluikende bloempje; dit legt hij de lente op de lieve wieg en keert onder storm en buijen in zijn ijskoud land terug, tot dat zijn tijd weder daar is.

mungsvolle Bild, das sich im Besitz der «National Gallery» in London befindet.

«Die beinahe verhinderte Weihnacht» Weihnachtserzählung von Stefan Andres (1906–1970).

«Die Bescherung» Pointierte Weihnachtserzählung des bekannten Kabarettisten Hanns Dieter Hüsch (geb. 1925).

«Die Christmette» Erzählung von Oskar Maria Graf (1894–1967).

«Die drei dunklen Könige» Eindrucksvolle und sehr realistische Weihnachtsgeschichte der Nachkriegsjahre von Wolfgang Borchert (1921–1947).

«Die drei stillen Messen» Weihnachtserzählung des französischen Dichters Alphonse Daudet (1804–1897).

«Die Enzyklopädie der Engel» In diesem Buch über Engel (2001) geht die Autorin Alix de Saint-André auf amüsante Weise folgenden Fragen nach: Sprechen Engel, und wenn ja, welche Sprachen? Essen sie, und was genau gibt es im Himmel zu beißen? Wie viele Engel gibt es, und wohnen sie alle auf der gleichen Etage? Welche Art Engel ist Satan?

«Die Flucht der heiligen Familie» Tief religiöses Gedicht des Dichters der Romantik Joseph von Eichendorff (1788–1857).

«Die Geburt Christi» Das Gemälde von Hans Baldung, genannt Grien (1484/85–1545) hängt in der Alten Pinakothek in München.

«Die Glocke von Innisfare» Weihnachtsgedicht des österreichischen Dramatikers Friedrich Halm, eigentlich Elegius Franz Freiherr von Münch-Bellinghausen (1806–1871).

«Die gute Nacht» Ironische Weihnachtserzählung des deutschen Dramatikers Bertolt Brecht (1898–1956).

«Die heil'gen Drei Könige» Dieses dreistrophige Gedicht hat Heinrich Heine (1797–1856) niedergeschrieben.

«Die Heilige Familie» ➛ «Pellegrini, Giovanni Antonio»

«Die Heiligen Drei Könige» Sehr stimmungsvolles Gedicht auf die Heiligen Drei Könige des großen frühromantischen Dichters August Wilhelm von Schlegel (1767–1845).

«Die heiligen vier Könige» Deutsch/italienischer/französischer TV-Bibelfilm aus dem Jahr 1997.

«Die Heilige Sippe» Hochaltarbild in der berühmten Wieskirche im Pfaffenwinkel. «Die Heilige Sippe» wurde von dem Münchner Hofmaler Balthasar Albrecht zwischen 1746 und 1748 erstellt und zeichnet sich durch warme Farben und große Ausdruckskraft aus.

«Die Hirten» Stimmungsvolle Weihnachtsmusik von Peter Cornelius (1824–1874).

«Die Hirten bey der Krippe zu Bethlehem» Weihnachtliche Weise von Georg Philipp Telemann (1681–1767). Den Text verfasste Karl Wilhelm Ramler (1725–1798).

«Die Hirtenstrophe» Von Peter Huchel (1903–1981) stammt dieses stimmungsvolle Gedicht, das mit dem Wunsch schließt: «Die Erde aufgeteilt gerecht, wir hätten's gern gesehen.»

«Die Hoffnung im Advent» Besinnliches Gedicht des deutschen Lyrikers Rainer Maria Rilke (1875–1926).

«Die Kinder bei der Krippe» So ist das bekannte Weihnachtslied «Ihr Kinderlein kommet» von Christoph von Schmid (1768–1854) ursprünglich betitelt.

«Die Kinder des Weihnachtsmanns» Weihnachtliche Erzählung des bekannten italienischen Dichters Italo Calvino (1923–1985).

«Die Könige» Drei-Königs-Gedicht des Komponisten Peter Cornelius (1824–1874).

«Die Könige sind unterwegs» Erzählung von Georg Britting (1891–1964).

«Die Krippe» Weihnachtserzählung von Hans Carossa (1878–1956).

«Die Last der Engel» Hinter diesem Titel verbirgt sich ein spannender Weihnachtskrimi von Annette Döbrich (geb. 1949).

«Die Lebkuchen» Erzählung von Eugen Roth (1895–1976).

«Die Leiden des jungen Werther» Johann Wolfgang von Goethe hat im «Werther» 1774 vermutlich die früheste literarische Beschreibung eines Christbaumes festgehalten.

«Die Leihgabe» Nachdenkliche Weihnachtserzählung von Wolfdietrich Schnurre (1920–1989).

«Die Madonna Tempi» Zauberhaftes Gemälde von Rafael (Raffaello Santi da Urbino, 1483–1520). So benannt, weil das Bild aus dem Hause Tempi in Florenz stammt. Heute kann man es in der Alten Pinakothek in München bewundern.

«Die Mutter am Christabend» Ein weihnachtliches Loblied auf alle Mütter aus der Feder des geistreichen Erzählers und gemütstiefen Mundartdichters Johann Peter Hebel (1760–1826).

«Die Nacht ist vorgedrungen» Adventslied von Johannes Petzold (1912–1985) aus dem Jahre 1937. Der Text stammt von dem Schriftsteller Jochen Klepper (1903–1942), der die Verse im Jahre 1938 verfasste.

«Die Reise aus dem Morgenland» Dieses Weihnachtsgedicht schrieb der englische Dichter Thomas Stearns Eliot (1888–1965).

«Dies ist der Tag, den Gott gemacht» Sehr stimmungsvolles Gedicht zur Geburt Christi von Christian Fürchtegott Gellert (1715–1769). Die Melodie, zu der Gellert dieses Weihnachtsgedicht verfasste, schrieb Martin Luther (1483–1546) bereits im Jahre 1539.

«Dies ist die Nacht, da mir erschienen» Die Melodie dieses Weihnachtsliedes komponierte im Jahre 1738 Johann Balthasar König (1691–1758). Der Text stammt von Kaspar Friedrich Nachtenhofer (1624–1685).

«Die unverlierbare Herberge» Weihnachtsspiel von Rüdiger Syberberg (1900–1978). Es wurde am 27. Dezember 1945 in München uraufgeführt.

«Die Verkündigung an Maria» Monumentales Gemälde von Fra Filippo Lippi (1406–1469). Das Bild befand sich früher in königlichem Privatbesitz und hängt nun in der Alten Pinakothek in München.

«Die Weihe der Nacht» Sehr gefühlvolles Weihnachtsgedicht von Friedrich Hebbel (1813–1863).

«Die Weihnachtsfeier» Weihnachtserzählung von Friedrich Schleiermacher (1768–1834). Die 1805 geschriebene Erzählung hat bis heute nichts von ihrer Aktualität verloren.

«Die Weihnachtsgans» Erzählung des irischen Dichters O'Henry (1862–1910). O'Henry ist das Pseudonym von William Sidney Porter, unter dem er vor allem humorvolle und satirische Kurzgeschichten verfasste.

«Die Weihnachtsgans» Zeitkritisch realistische, aber auch ironische Weihnachtsgeschichte des bayerischen Dichters Oskar Maria Graf (1894–1967).

«Die Weihnachtsgeschichte» Von Ezard Schaper stammt die feinsinnige Erzählung «Die Weihnachtsgeschichte».

«Die Weihnachtsgeschichte des Seemanns Kuttel Daddeldu» Lustiges Weihnachtsgedicht von Joachim Ringelnatz (1883–1934).

«Die Weihnachtskrippe» Wichtiges Fachbuch über Weihnachtskrippen von Rudolf Berlinger (1886–1967). Das Buch erschien 1955 in München.

«Die Weihnachtsmaus» Lustiges Weihnachtsgedicht des bekannten deutschen Kinderbuchautors James Krüss (1926–1997).

«Die wunderbare Gesellschaft in der Neujahrsnacht» Wundersame, phantasievolle und witzige Erzählung von Jean Paul (1763–1825).

Dilsberger Nachtumzug In der Silvesternacht versammeln sich Gäste und Einwohner von Dilsberg bei Neckargemünd vor dem Stadttor und warten dort auf den «Stadtwaibel» (alter Name für den Amtsboten und Feldwebel) und seine acht Nachtwächter. Um Mitternacht wird die Bürgerglocke zwölfmal geschlagen, danach blasen die Nachtwächter kräftig in ihre Hörner, worauf sich der Zug der Nachtwächter in Bewegung setzt und durch den kleinen Ort auf dem Burgberg zieht. Dieser alte Brauch, sprich der erste Dilsberger Nachtwächter, ist bereits 1510 nachgewiesen und wurde 1923 wieder zu neuem Leben erweckt.

«Dingt das Neujahr an» ➛ «Martinswecken»

Dinner for One Seit 1963 ist der Fernseh-Sketch «Dinner for One» der klassische Einstieg in den Silvesterabend. Es ist die schon legendäre Geschichte von Miss Sophie (May Warden), die ihren 90. Geburtstag feiert. Dabei vertritt Butler James (Freddie Frinton) die eingeladenen, jedoch längst verstorbenen vier Freunde: Sir Toby, Admiral von Schneider, Mr. Pommeroy und Mr. Winterbottom. Und wieder wird Butler James wie jedes Jahr fragen: «Same procedure as last year, Miss Sophie?» Und Miss Sophie wird antworten: «Same procedure as every year, James.» Wahrlich ein «Kult-Juwel»! Diesen Status hat dieses Fernsehspiel allerdings einzig in Deutschland erreicht. In England ist dieser Film weitgehend unbekannt.

Diorama Bethlehem ➛ «Einsiedeln»

Diorama-Krippe Weihnachtskrippe, die in Rundform in einem dunklen Raum aufgebaut und mit einer Hintergrundmalerei versehen ist.

«Dixit Maria» Adventliche Musik von Hans Leo von Hassler (1564–1612), die noch deutlich von der venezianischen Schule beeinflusst ist.

Doag Bayerisch für «Teig» und Grundlage für alle Plätzchen.

Dockenmacher Im Nürnberger Raum nannte man die Spielzeugschnitzer im 16. und 17. Jahrhundert auch «Dockenmacher».

Döppchestag In der Rhön wurde der Tag nach Heilige Drei Könige auch «Döppchestag» genannt. An diesem Tag mussten die Dienstboten bis in die Nacht hinein arbeiten, um die während des Jahres zerbrochenen Töpfe abzuarbeiten.

Dollochs Mittelalterlicher Name für den Nikolaus-Begleiter.

Domina perchta Lateinischer Name für ➛ «Frau Perchta». Sie ist in Oberbayern auch Begleiterin des Nikolaus.

Domkrippe Die älteste heute noch vorhandene Kirchenkrippe ist die Domkrippe in Augsburg. Sie stammt nachweislich aus dem Jahr 1590.

Doppelgrotten-Krippen Derartige Weihnachtskrippen waren im 18. Jahrhundert verbreitet. Dadurch konnte eine neue Dimension der Betrachtung ermöglicht werden. Der Mittelpunkt der Krippe wurde in zwei Grotten aufgeteilt, wo in der einen die Geburt Jesu, in der anderen die Hirten und Tiere dargestellt wurden. Die Grotten sind nach hinten offen, der Betrachter kann in der Tiefe das glitzernde Meer oder die weite Landschaft erkennen.

Dorfweibel Im Schweizer Hottwil/Jura pflegt man noch einen besonderen Neujahrsbrauch: Seit Jahrzehnten begibt sich das so genannte Dorfweibel an Silvester mit Laterne und Horn auf seinen Rundgang durch Hottwil und wünscht allen Bewohnern ein glückliches neues Jahr.

«Dörfliche Moselweihnacht» Weihnachtserzählung des deutschen Dichters Stefan Andres (1906–1970).

Dotleklaus Volkstümlicher Name für Nikolausgeschenke von den Paten (Dotle) in Oberthingau bei Oberstdorg im Allgäu. In Sonthofen werden sie als «Patenklaus» bezeichnet.

Drehkrippen Darunter versteht man Weihnachtskrippen, die sich um die eigene Achse drehen. Eine der noch wenigen erhaltenen Drehkrippen befindet sich im Museum Carolino Augusteum in Salzburg.

Drehturm Bezeichnung für die Weihnachtspyramide im Erzgebirge.

Dreidimensionaler Weihnachtsbaum Kleiner Schmuck-Weihnachtsbaum aus bedrucktem oder bemaltem Karton. Eine spezielle Stanzung ermöglicht es, den Papierbaum drei- oder vierteilig aufzufalten. Den dreidimensionalen Weihnachtsbaum gibt es auch als Adventskalender.

Drei heilige Messen Dazu wird die Nachtmesse (Mette), Frühmesse (Hirtenamt) und die Tagesmesse (Weihnachtshochamt) gezählt. Sie bilden den Mittelpunkt des weihnachtlichen Gottesdienstes in Bayern.

Dreikönigs-Altar In der Stifts- und Pfarrkirche Banz gibt es einen besonders eindrucksvollen «Dreikönigs-Altar». Das Gemälde des Altars ist eine bemerkenswerte Schöpfung von Johann Joseph Scheubel d. Ä. und stammt aus dem Jahr 1728. Auffallend sind die prächtig gekleideten Heiligen Drei Könige, die genau besehen drei Generationen darstellen.

«Dreikönigsaltar» Eines der Meisterwerke des niederländischen Malers Rogier van der Weyden (1399/1400–1446), das sich in der Alten Pinakothek in München befindet.

Dreikönigsdult Früher gab es am Tag vor Heilige Drei Könige die so genannte «Dreikönigsdult», diese Dult (süddt.) ist ein Jahrmarkt mit Verkaufsbuden und -ständen.

Drei-Königs-Fladen Hefeteiggebäck der Provence, in welches eine Bohne eingebacken wurde, die demjenigen, der die Bohne in seinem Stück fand, Glück und Gesundheit im neuen Jahr bringen soll.

Dreikönigskrippe Collagierte, lebensgroße Weihnachtskrippe, die von den Künstlern Kai Altoff und Abel Auer aus Sperrmüllteilen angefertigt wurde. Die aus den Resten unserer Wegwerfgesellschaft angefertigte Krippe vermittelt dem Betrachter ein interessantes religiöses Szenario und wurde auf diversen Ausstellungen (Freisinger Diözesanmuseum und Stuttgart) dem Publikum vorgestellt.

Drei-Königs-Kuchen Nur in Franken hat sich noch der Brauch des «Drei-Königs-Kuchens» erhalten, den man dort bereits im Mittelalter gebacken hat. Im Elsass pflegt man diesen Brauch ebenfalls noch. In Spanien, Portugal und in Südamerika dagegen ist der Drei-Königs-Kuchen ein wesentlicher Bestandteil des Weihnachtsfestes.

Dreikönigslegende Die Entwicklung der «Dreikönigslegende» wurde vor allem in den Publikationen des Karmelitermönchs Johannes von Hildesheim (1130–1205) zusammengefasst, die Magier- und Dreikönigsspiele wurden in dieser Zeit in geistlichen Dramen besonders aufgewertet.

Dreikönigsorakelspiele Aus der Zeit, als man den Dreikönigstag auch noch als «Oberneujahr» und ➤ «Großneujahr» bezeichnete, haben sich bis heute noch einige Orakelspiele erhalten. Diese Spiele sollen die Zukunft verraten. So befragt man mit Scheitergreifen, Kartenlegen, Schuhwerfen und Bleigießen das Orakel der Liebe, Hochzeit und des Todes. Auch das «Stärketrinken» zu Dreikönig gehört dazu.

Drei-Königs-Rufen In der Oberpfalz, zum Beispiel in Biberbach und in Rötz, wurden früher am Vorabend des Dreikönigstages von einer Anhöhe aus dreimal laut die Namen der Heiligen Drei Könige ausgerufen.

Dreikönigssalz Das geweihte Dreikönigssalz wurde von der Bäuerin nach Durchsetzung mit Wasser zu einem steinharten Salzkuchen getrocknet. Dieses Salz wurde zu Segnungen von Speise und Trank verwendet.

Dreikönigsschrein Im Jahre 1164 brachte Rainald von Dassel, Kanzler von Kaiser Friedrich Barbarossa (1125–1190), die vermeintlichen Reliquien der Heiligen Drei Könige von Mailand nach Köln, wo sie im kunstvoll angefertigten «Dreikönigsschrein» aufbewahrt wurden. Über diesem Schrein soll dann angeblich der Kölner Dom errichtet worden sein.

Dreikönigssegen In älteren Gebeten findet man wiederholt Hinweise auf den «Dreikönigssegen». Dieser soll vor Dämonen und schlimmer Zauberei schützen.

Dreikönigsspiele «Dreikönigsspiele» haben eine uralte Tradition. Bereits um 378 wurden Wechselgesänge zwischen Maria und den Magiern (Heilige Drei Könige) nachgewiesen. Viel später, im 16. Jahrhundert, entstand daraus der Brauch der von Haus zu Haus ziehenden «Sternsinger».

Dreikönigstag Allerletzter Tag zur Erholung vom Weihnachtsstress am 6. Januar. Danach steigen wir wieder voll in den Alltagsstress ein.

Dreikönigstreffen Traditionelles Treffen der FDP-Politiker in Stuttgart, die dann davon träumen dürfen, richtige Könige zu sein.

Dreikönigs-Umritt Im oberbayerischen Arget, südlich von München wird seit einigen Jahren wieder der Brauch des «Dreikönigs-Umritts» gepflegt. Mehr als 100 festlich geschmückte Pferde und Reiter beteiligen sich am 6. Januar an dem 5 Kilometer langen Ritt.

Dreikönigsweihe Vielerorts war und ist es Brauch, am Drei-Königs-Abend an die Türen von Haus, Stall, Scheune, Werkstatt und Backofen mit geweihter Kreide die Buchstaben C+M+B mit der neuen Jahreszahl zu schreiben, um Unheil abzuwenden und Glück und Segen zu bringen. Früher war es ausschließlich das Recht von Franziskanern, Kapuzinern und Minoriten, diese Weihe zu vollziehen.

Dreikönigsweihwasser Vom heiligen Dreikönigswasser erzählt die Sage, dass es nie in den geweihten Gefäßen verderbe. Es wurde übers ganze Jahr für alle Segnungen für Freud-, Leid- und sonstige Notfälle verwendet.

Dreikönigswind Nach altem Brauch ist es gut und heilsam, im Dreikönigswind spazieren zu gehen und das Haus zu lüften.

Dreikönigszettel Zu den mannigfaltigen Ausdrucksformen der Verehrung der Heiligen Drei Könige gehörten auch Papierzettel, die mit dem Zeichen «C+M+B» und mit verschiedenen Beschwörungs- und Wunschformeln versehen waren. Dieser Dreikönigszettel wurde vor allem von den Pilgern und Reisenden auf beschwerlichen und gefährlichen Reisen im Mittelalter als beruhigende Reisepapiere mitgeführt. Die große Verehrung der Heiligen Drei Könige als Patrone von Reisenden spiegelt sich auch heute noch in den Namen vieler Gasthäuser und Hotels, wie zum Beispiel: «Zur Krone», «Zum Mohren» oder «Zum Stern» wider.

Dreizahl der Weisen Die «Dreizahl der Weisen» entwickelte sich im 3. und 4. Jahrhundert. Seit dieser Zeit werden drei Gaben bringende Magier dargestellt. Vermutlich resultiert die Dreizahl aus der in der Bibel festgehaltenen Anzahl der Geschenke. Vom 12. Jahrhundert an versinnbildlichen die Heiligen Drei Könige auch die bis dahin drei bekannten Erdteile: Europa, Afrika und Asien, aber auch die drei Lebensalter: Jüngling, Mann und Greis.

Dresdner Pappe Um 1900 kamen die so genannten Luxuspapiere auf den Markt. Es handelte sich dabei um mehrlagige Pappen, die auf der Oberseite mit Glanzpapieren beschichtet waren. Der mehrfarbig gedruckte Aufhängeschmuck wurde gestanzt und mit einer Relief-Prägung versehen.

Dresdner Pflaumentoffel Der Dresdner Pflaumentoffel ist die Nachbildung eines Schornsteinfegers aus Dörrpflaumen. Diese Figuren wurden in der Weihnachtszeit vor allem von Kindern mit einem Bauchladen angeboten. Man nannte sie in Dresden schon bald «Striezelkinder». Der bekannte Maler Ludwig Richter stellte 1853 zwei Striezelkinder auf einem Holzschnitt dar.

Dresdner Stollenfest Traditionell findet am 6./7. Dezember in Dresden das «Stollenfest» statt. Das Fest geht auf die Zeit von August dem Starken zurück. Am Nikolaustag wird der Riesenstollen (4,30 Meter lang und 4 Tonnen schwer) in einer feierlichen Prozession durch die Altstadt gefahren, und nach dem Anschnitt mit dem großen Dresdner Stollenmesser werden die Portionen auf dem Striezelmarkt für einen guten Zweck verkauft.

Dresdner Stollenmädchen Alljährlich wird im November in Dresden ein «Stollenmädchen» berufen, das in der Weihnachtszeit für sächsische Backwaren, speziell den Dresdner Stollen, werben soll. Höhepunkt ihres Auftretens ist das Dresdner Stollenfest.

Dresdner Stollentaler Nach einem Altdresdener Hofrezept werden die sogenannten «Dresdner Stollentaler» aus Stollenteig gefertigt und mit einer süßen Rum-Marzipan-Masse gefüllt.

Dromedar Unter den Krippenfiguren nimmt das «Dromedar» oder «Kamel» eine besondere Stellung ein. Es gehört zum Tross des «Königszuges» und trägt die kostbaren Ladungen der «Drei Weisen aus dem Morgenlande».

Duden-Adventskalender Im Jahr 2003 startete der Duden-Verlag erstmalig einen besonderen Adventskalender. Unter der Internetadresse www.duden.de kommt der Nikolaus nicht mit der gewohnten Rute, sondern mit der Rechtschreib-Keule. Neben linguistischen Erklärungen erfährt man auch vieles über weihnachtliche Bräuche.

Duft-Christbaum Der französische Designer Jean Paul Gaultier hat im Jahr 2001 einen duftenden Christbaum kreiert. In flammendem Rot, leuchtendem Blau oder schimmerndem Gold präsentieren sich seine Duft-Bäume. Die Hülle für den Duftbaum verwandelt sich in eine kleine Abendtasche mit einer Satinkordel für «Sie» und «Ihn» und wird mit einem silbernen oder goldenen Karabinerhaken am Gürtel befestigt; den Baum kann man auch aufstellen.

«Du lieber heil'ger frommer Christ» Religiöse Weihnachtsverse des Historikers und Dichters Ernst Moritz Arndt (1769–1860).

Dunkelheit Wird erst durch Kerzenschein und behagliche Stimmung in der warmen Stube so richtig schön.

Düppekuchen Der «Düppekuchen», ins Hochdeutsche übersetzt «Topfkuchen», ist eine alternative «Martinsgans» und besteht hauptsächlich aus Kartoffeln und war früher in Nordwestdeutschland das Weihnachtsessen der armen Leute.

Düppelstreifen 1945, nach dem Zweiten Weltkrieg, verwendete man erst einmal die Reste der noch vorhandenen «Düppelstreifen» für Lametta. Die dünnen Stanniolbänder wurden im Krieg ursprünglich von Flugzeugen abgeworfen, um das feindliche Radarsystem auszuschalten.

Durchbrochene ➛ «Fondant»

Düsseli: In der Schweiz wird der Nikolausbegleiter auch als «Düsseli» bezeichnet.

Düvel Im Rheinland wird der Begleiter des heiligen Nikolaus vielfach auch «Düvel» (Teufel) genannt.

Ebenseer Hirtenliedermesse Die «Hirtenliedermesse» des österreichischen Komponisten Rudolf Nowotny († 2000) geht auf Liedgut des Salzkammerguts zurück und beinhaltet sowohl gregorianische Messordinarien als auch moderne rythmische Akzente, wie sie von Carl Orff (1895–1982) vielfach eingesetzt wurden.

Eckernkinder ➤ «Zapfenkinder»

Eckkripperl Ursprünglich standen die Krippen im Herrgottswinkel und hatten dadurch einen dreieckigen Grundriss. Sie wurden deshalb auch als «Eckkripperl» bezeichnet.

Egg Nogg Amerikanisches Gegenstück zum deutschen Glühwein. Der «Egg Nogg» wird aus frischen Eiern, braunem Zucker, Whisky und braunem Rum gemixt. Das Getränk wird heiß serviert und mit einer Prise geriebener Muskatnuss versehen.

«Ehre sei Gott in der Höhe» Weihnachtlicher Kanon für vier Stimmen des Organisten und Schulmusik-Pädagogen Ludwig Ernst Gebhardi (1787–1862). Die Melodie entstand um 1830, der Text stammt aus dem Lukas-Evangelium (2,14).

Eier Frische Eier sind ein wesentlicher Bestandteil der Weihnachtsbäckerei.

Eierkrippe Seltene Darstellung der Geburt Jesu in einem Ei. Eine besonders wertvolle Eierkrippe befindet sich im Museum San Martino in Neapel. Sie wird jedoch wegen ihrer großen Zerbrechlichkeit nicht öffentlich ausgestellt. Die Krippe ist in einem Gänseei untergebracht, und die Figuren sind sehr klein.

Eiermarzipan Alte süddeutsche Bezeichnung für ➤ «Springerle».

Eieropfer Früher wurde in den ländlichen Gegenden Südbayerns (Sendling, Grassau, Unterwindach bei Landsberg) ein Teil der vor Weihnachten gelegten Hühnereier von den Bäuerinnen in die Kirche getragen und dem Christkind geopfert.

Eierpunsch Alte Punschvariante. Dabei wird Punsch mit Pomeranzen- und Zitronenschalen sowie Gewürzen angesetzt und zum Schluss Eigelb zugesetzt, um so das Getränk noch zusätzlich zu stärken.

Eierringe Hefeteiggebäck, das Mädchen in Vorarlberg/Österreich am Neujahrstag von ihren Paten erhielten.

Eierrudern Alter Brauch der Berliner Wassersportler. In der Silvesternacht wurden auf den Berliner Gewässern Bootsrennen veranstaltet. Jede Wirtschaft entlang der Ufer hielt am 31. Dezember 15 Eier bereit, die derjenigen Bootsmannschaft gehörten, die nach Mitternacht als erste per Boot das Lokal aufsuchte.

Eierzöpfe Hefeteiggebäck, das Jungen in Vorarlberg/Österreich am Neujahrstag von ihren Paten erhielten.

Eierzucker ➛ «Springerle»

Einbescherung Alte schlesische Bezeichnung für den Heiligen Abend.

«Eine Frage» Der Dichter Johann Peter Hebel (1760–1826) beschreibt in seinem Gedicht «Eine Frage» trefflich, was das Weihnachtskindlein ist.

«Eine kleine Weihnachtsgeschichte» Diese besinnliche Weihnachtsgeschichte sowie noch weitere Erzählungen um die Heilige Nacht stammen von der großen amerikanischen Erzählerin Pearl S. Buck (1892–1973). Sie erhielt für ihr literarisches Schaffen sowohl den Pulitzer- wie auch den Nobelpreis.

«Ein Engel kommt nach Babylon» Am 22. Dezember 1953 wurde in München die Komödie «Ein Engel kommt nach Babylon» von Friedrich Dürrenmatt (1921–1990) uraufgeführt.

«Einen guten Rutsch» Wohl einer der gebräuchlichsten Wünsche zum Jahreswechsel. Damit will man ausdrücken, dass man von Silvester auf Schnee und Eis gut ins neue Jahr hinübergelangt, ohne dabei «auszurutschen» oder gar zu Fall zu kommen.

«Eine Weihnachts-Erinnerung» Wunderbare, liebevolle und einfühlsame Weihnachtserzählung von Truman Capote (1924–1985), die man jedes Jahr wieder mit neuem Genuss lesen und vorlesen kann.

«Eine Weihnachtserinnerung, die ich nicht vergaß» Diese Weihnachtserzählung schrieb der bekannte deutsche Lyriker Karl Krolow (1915–1999).

«Ein Fisch hat keinen Heiligen Abend» Weihnachtserzählung der österreichischen Schriftstellerin Brigitte Schwaiger (geb. 1949).

«Ein Gang über den Weihnachtsmarkt» Sehr stimmungsvolle Erzählung von Wilhelm Raabe (1831–1910).

Eingerichte Unter «Eingerichte» versteht man die Darstellung von Heiligenszenen, wie Weihnachtskrippen und Andachtsbilder, die unter einem Glassturz stehen. Andachtsbilder findet man auch gerahmt und verglast.

«Ein Gleichnis» Dieses nachdenkliche Weihnachtsgedicht schrieb der bekannte Münchner Schriftsteller Eugen Roth (1895–1976).

«Ein guot selig ior!» So lautete der Wunschtext der allerersten Glückwunschkarte aus dem Jahre 1490.

Einkehrbrauch Der Besuch des Nikolaus bei den Kindern wird in der Oberpfalz auch als «Einkehrbrauch» bezeichnet.

Einkehr des heiligen Nikolaus Der alte Brauch der Einkehr des Nikolaus, der die Kinder befragt und beschenkt, ist seit Mitte des 17. Jahrhunderts belegt. Dieser Brauch ist die Nachfolge der mittelalterlichen Mirakelspiele.

«Ein Kind geboren zu Bethlehem» ➛ «Puer natus in Bethlehem»

Einlegebrauch Der «Einlegebrauch», bei dem der Nikolaus seine Gaben in die Schuhe, Strümpfe und Körbchen der Kinder legte, ist seit dem 16. Jahrhunderts belegt. Heute ist dieser Name nahezu unbekannt.

«Ein Lobgesang von der Geburt Christi» Dieses kurze Kirchengedicht stammt von Martin Luther (1483–1546).

«Ein neues Jahr ist angefangen» Den Text zu diesem Neujahrslied schrieb Heinrich Puchta, der 1806 auf Schloss Cadolzburg in Mittelfranken geboren wurde. Als Student wurde er von Friedrich Rückert dichterisch inspiriert.

«Ein Nikolaustag» Vorweihnachtliche Erzählung des bayerischen Dichters Joseph Maria Lutz (1893–1972).

«Einsam am Heiligen Abend» Einfühlsame Weihnachtsgeschichte vom dänischen Schriftsteller Hermann Bang (1857–1912).

«Einsame Weihnachten» Weihnachtliche Betrachtungen des bekannten schlesischen Dichters Paul von Schönthan (1853–1905).

«Ein Säcklein voll Rätselnüsse» Dieses lustige Rätselgedicht, das man vor der Bescherung knacken sollte, stammt von August Heinrich Hoffmann von Fallersleben (1798–1874).

Einsiedeln In der Schweizer Stadt Einsiedeln befindet sich die größte Krippe der Welt, die so genannte «Diorama Bethlehem». Ursprünglich wurde die Krippe vom Südtiroler Krippenschnitzer Ferdinand Pöttmesser in den dreißiger Jahren angefertigt und in Südtirol, Tirol und in den angrenzenden Ländern mit großem Erfolg ausgestellt. Anfang der fünfziger Jahre verkaufte er die über 470 Figuren nach Einsiedeln. Die Krippe ist im Halbrund aufgebaut, wobei sich der Hintergrund auf 35 Meter beläuft. Sie zeigt rund 80 qm plastische Landschaft, die eine Nachbildung der Gegend um Bethlehem darstellt.

Einsiedler Kräpfli Braune und weiße Lebkuchen, die erstmals im Jahre 1681 in Einsiedeln in der Schweiz in einem Dokument genannt werden. Im Volksmund als «Läbchuoschybe» bezeichnet, werden sie schon um 1550 erwähnt.

Einspeiber Alter Name im süddeutschen Raum für Nikolaus-Begleiter.

Einwärts «Es geht wieder einwärts», heißt es in Bayern, wenn die Tage wieder kürzer werden.

«Ein Weihnachtsfest einst in den Bergen» Weihnachtsgeschichte aus dem 19. Jahrhundert vom Wiener Schriftsteller Peter Altenberg (1859–1919).

«Ein Weihnachtslied» Weihnachtsgedicht von Georg Britting (1891–1964).

«Ein Wunder des Heiligen Martin» Erzählung des bekannten Schweizer Dichters Gottfried Keller (1819–1890).

«Ein Zweig Tannengrün» Weihnachtsgedicht von Hermann Claudius (1878–1980).

Eisenberta Weibliche, als Bär verkleidete Begleitung des heiligen Nikolaus in der Steigerwaldregion. Wird in Mittelfranken auch als «eiserne Berta» bezeichnet.

Eisstockschießen Verbreiteter Volkssport während der kalten Jahreszeit. Wenn es die Winterverhältnisse zulassen, dann beginnt die Saison am Stephanitag. Es spielen zwei Mannschaften mit jeweils vier bis fünf Personen gegeneinander. Die Mannschaft, die die meisten Eisstöcke an der Holzdaube platzieren kann, hat gewonnen (ähnlich wie beim Curling). Wer genügend Zielwasser (Obstler) intus hat, trifft dann auch das Ziel. Den Eisstock zu schieben, immerhin zwischen fünf und zehn Kilo schwer, erfordert allerdings einiges an Kraft und Kondition.

Eiszapfen Zum traditionellen Weihnachtsglasschmuck gehört auch der Eiszapfen. Er ist meistens zwischen 10 und 15 cm lang und ist mit einer weißen Glimmerschicht versehen, die ihm ein noch stärkeres Winteraussehen geben soll. Vor über 100 Jahren wurde in Roth bei Nürnberg bereits Weihnachtsschmuck aus Draht, die so genannten «Eiszapfen», hergestellt. Hunderte von Kindern und Erwachsenen verdienten sich so ein kleines Zubrot in der kalten Jahreszeit. Die Heimarbeiter drehten an Handspindeln aus platt gewalzten Drähten die seinerzeit sehr beliebten spiralförmigen «Eiszapfen» zusammen.

Eklogen Etwa im letzten Drittel des 16. Jahrhunderts begannen die Jesuiten in den Kirchen Hirtenspiele aufzuführen. Diese waren ursprünglich als reine Dialoge ausgelegt, die so genannten «Eklogen». Erstmals belegt wurden sie im Jahre 1566 als eine «Ecloga pastoralis» für die Jesuitenkirchen in Prag. Die Hirtenspiele verbreiteten sich sehr schnell und nahmen immer mehr weltliche Elemente auf. Durch eine größer werdende Schar von Darstellern und viel Lärm bei der Aufführung entfernte man sich vom kirchlichen Ursprung.

Elektrische Kerzen Die künstlichen Kerzen kommen aus der «Neuen Welt». 1912 wurde in New York auf dem Madison Square ein Weihnachtsbaum aufgestellt, der mit elektrischen Kerzen ausgestattet war. In den folgenden Jahren fand die elektrische Beleuchtung immer mehr Anhänger, auch weil durch das elektrische Licht die Häufigkeit von Christbaumbränden durch Wachskerzen deutlich vermindert werden konnte. In Deutschland traten die elektrischen Kerzen nach dem Zweiten Weltkrieg ihren Siegeszug an. Heute kann man unter unzähligen Formen von Lichterketten auswählen, wobei der Großteil für die Außenbeleuchtung von Bäumen, Fenstern und Häusergiebeln Verwendung findet.

Elfenbeinkrippe Fein gearbeitetes Krippenrelief aus Elfenbein und Schildpatt. Um das Jahr 1700 vermutlich in München entstanden und heute im Besitz des Bayerischen Nationalmuseums.

Elisabeth-Tag Der «Elisabeth-Tag» wird von den katholischen Christen am 19. November gefeiert. Der Tag ist nach der heiligen Elisabeth von Thüringen (1207–1231) benannt. Sie widmete sich intensiv und hingebungsvoll der Armen- und Krankenpflege. Bereits im Jahre 1235 wurde sie heilig gesprochen. Früher war es auch Brauch, am «Elisabeth-Tag» das so genannte ➛ «Wintergrün» einzuholen, das als Kirchenschmuck verwendet wurde.

El Niño Sehr moderne Weihnachtsoper von John Adams (geb. 1947), uraufgeführt 2000 in Paris. Manchmal schrill, mit schwingenden Lichtreflexen, eine Art religiöse «Westside Story», die unterschiedlichste Text- und Musikformen vereint.

Engel Zauberhafte Wesen mit Flügeln und langen weißen Gewändern. Auch niedliche Kinder, die sich später oft zu «Bengeln» auswachsen. Generell gelten die himmlischen Wesen als Beschützer auf allen Wegen.

Engelberg Bekannter Wintersportplatz in der Zentralschweiz, wo man «himmlisch» dem Skisport frönen kann.

Engelbrecht, Martin Kupferstecher und Bildverleger aus Augsburg (1684–1756). Fertigte auch sehr aufwendige Papierkrippen an. Von den wenigen noch erhaltenen Exemplaren befindet sich eines im Besitz des Bayerischen Nationalmuseums in München.

Engele-Fliegen Alter Vorweihnachtsbrauch in Isny im Allgäu. Dabei wurden früher die Kinder in der Vorweihnachtszeit auf besondere Weise beschenkt. Vor dem Kinderzimmerfenster erschien ein Engel, der an einer Schnur herabgelassen wurde und in den Händen zwei Kerzen und Körbe mit Geschenken hielt. Die Kinder öffneten die Fenster und sangen Weihnachtslieder. Heute fliegt jedes Jahr in der Vorweihnachtszeit eine Engele aus einem Fenster des Rathauses hinab auf den Marktplatz und beschenkt dort die Kinder.

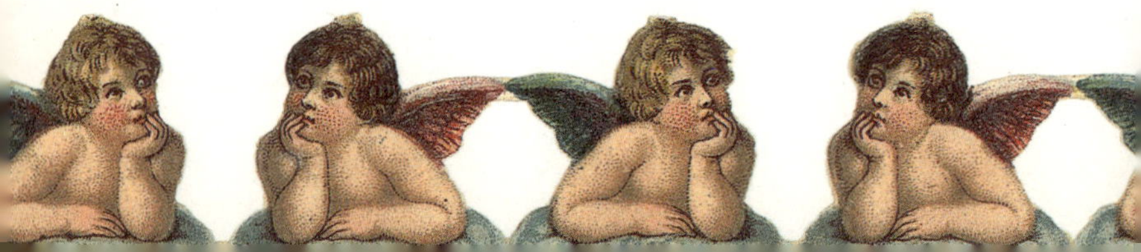

Engelgehen In Strub, einem kleinen Dorf bei Berchtesgaden, entwickelte sich nach dem Zweiten Weltkrieg aus einem alten Tiroler Weihnachtsspiel das neue und eigenartige «Engelgehen», das am Dreikönigstag von den Flüchtlingskindern begangen wurde. Dabei zogen Kinder in weißen Gewändern singend durch das Lager. Dieser neue Brauch verschwand jedoch in den 50er Jahren wieder, als das Flüchtlingslager aufgelöst wurde.

«Engel in der Nacht» Weihnachtliche Erzählung der österreichischen Schriftstellerin Ilse Aichinger (geb. 1921).

Engelsamt ➛ «Rorate»

Engelsbrot Alte Bezeichnung für Oblaten.

Engelsburg 136–139 n. Chr. von Kaiser Hadrian (117–138) am rechten Tiberufer in Rom erbauter Rundbau. Ursprünglich Grabstätte, später Festung und Zufluchtsort. Den Namen «Engelsburg» erhielt das Bauwerk 590 n. Chr., als Papst Gregor der Große (590–604) glaubte, dass er bei einer Pestprozession über dem Mausoleum den Erzengel Michael gesehen hätte.

Engelschor In Norddeutschland ist der «Engelschor» immer noch ein schöner Adventsbrauch für die Kinder. Vom 1. Dezember an gesellt sich an einem zentralen Ort jeden Tag zu dem allein stehenden ersten Sänger ein weiterer dazu, bis schließlich am 24. Dezember singende und musizierende Engel das Weihnachtsfest mit den Kindern feiern können.

Engels-Flügel «Engels-Flügel», nicht flugtauglich, sind als Deko-Objekt mit echten Federn derzeit der neueste Schrei der Weihnachtszeit.

Engelsgroschen Der Annaberger «Engelsgroschen», auch «Schreckenberger» genannt, ist ein aus Silber gemünzter sächsischer Groschen.

Engelshaar Traditioneller Baumbehang aus gesponnenem Glas. Das Engelshaar ist auch Ausdruck der himmlischen Herrlichkeit.

Engelshof Ort in der Oberpfalz. Ob diese scheuen Wesen dort leben, ist nicht nachgewiesen.

Engelsküsse Feines und leichtes Weihnachtsgebäck aus Eiweiß und Gelierzucker.

Engelsmessen ➝ «Propheten-Chor»

Engelsreihen Um die Jahrhundertwende waren auf den süddeutschen Christkindlmärkten neben kristallversponnenem Gezweig auch so genannte «Engelsreihen» sehr beliebt. Diese wurden aus gefaltetem Gold- oder farbigem Seidenpapier geschnitten und ergaben entfaltet schwebende Engelsreihen, die man als Schmuck ganz oben in den Weihnachtsbaum hängte.

Engelsspeise Im bayerischen Oberland war es früher Brauch, vor dem Mettengang auf einen gesonderten Tisch eine Schüssel mit Mettenwürsten sowie anderen nahrhaften Speisen aufzustellen, damit sich die Geister davon bedienen konnten. Der Rest wurde nach der Christmette von der Familie und den Bediensteten verzehrt. In der Oberpfalz dagegen verstand man unter der «Engelsspeis» das üppige und fette Essen nach der Christmette.

Engelsstiege Mit der «Engelsstiege» wird in der Wallfahrtskirche Christkindl der Weg hinab zur Geburtsgrotte dargestellt.

Engelstransport Der Transport der «Casa Santa», des «Heiligen Hauses», nach Loreto wurde von Engeln vorgenommen. In Italien wird dies als «Engelstransport» bezeichnet.

Engelsverkündigung Früher benutzter Name für geistliche Weihnachts- und Hirtenspiele.

«Engelsworte» Weihnachtliches Gedicht des Schweizer Lyrikers und romantischen Erzählers Conrad Ferdinand Meyer (1825–1898).

Engerer Festkreis Begriff aus der katholischen Liturgie. Der «engere Festkreis» der Weihnachtsgeschichte beginnt mit der Herbergssuche. Es folgt darauf die Verkündigung an die Hirten und die Heiligen Drei Könige sowie die Anbetung im Stall zu Bethlehem. Der bethlehemitische Kindermord und die Flucht nach Ägypten schließen den engeren Kreis ab.

«Englischs, was» Bayerisch-österreichische Bezeichnung für engelhaft, zum Beispiel im Weihnachtslied «Auf, auf nun, ihr Hirten», wo es heißt: «Es muß ja was Englischs verborgen dort sein.»

Epiphanias Dieses aus dem Griechischen stammende Wort bedeutet «Erscheinung». Gemeint ist damit die Erscheinung des Herrn, die in den ersten christlichen Jahrhunderten am 6. Januar gefeiert wurde, bevor man das diesem Ereignis gewidmete Fest im 4. Jahrhundert auf den 25. Dezember vorverlegte. Erst viel später bekam der 6. Januar den Namen «Dreikönigstag».

«Epiphanias» Humorvolles Gedicht über die Heiligen Drei Könige von Johann Wolfgang von Goethe (1749–1832).

«Episcopus puerorum» ➛ «Knabenbischof»

Erbsbär Alter Name in Mitteldeutschland für den Nikolaus-Begleiter.

Erbsenampel In der fränkischen Schweiz und im «Knoblauchland» war früher die «Erbsenampel» weit verbreitet und bekannt. Dies war eine ausgehöhlte Runkelrübe, die mit Sand angefüllt wurde. Der Sand wurde mit Erbsen und Kressesamen vermischt, die zu Weihnachten grünen sollten. In einigen Dörfern bezeichnete man sie auch als «Weihnachtsampeln».

Erbsenstrohbär In der Rhön wurden früher junge Burschen in Erbsenstroh eingebunden, und sie stülpten sich einen Bärenkopf aus Pappmaché über den Kopf. Ursprünglich war der «Erbsenstrohbär» eine reine Faschingsfigur, doch er wurde später auch als der Begleiter in die Wilde Horde in der ➛ «langen Nacht» aufgenommen. Der Brauch der «langen Nacht» wird heute noch in Lautertal-Engelrod im Vogelsberg gepflegt.

Erdspiegel In Dinkelscherben im Kreis Augsburg pflegte man früher in der Thomasnacht (21. Dezember) unter bestimmten Gebeten und Sprüchen einen Spiegel an einem Kreuzweg ein- und in der Silvesternacht wieder auszugraben. Sodann würde man in diesem Spiegel Diebe, Mörder und Brandstifter erkennen und zur Rechenschaft ziehen können. Auch die Hindelanger kannten diesen Brauch. Dort erhielt der Ausgraber angeblich die Kraft, auf jede seiner Fragen die richtige Antwort zu erhalten.

«Erhabene GrosMama, erhabener GrosPapa!» So lauten die Titel der Neujahrsgedichte, die Johann Wolfgang von Goethe im zarten Alter von sieben Jahren geschrieben hat. Es sind die ersten erhaltenen Gedichte des Dichters. Allerdings gilt es als eher unwahrscheinlich, dass diese kunstvollen Verse im Versmaß des Alexandriners von dem jungen Goethe allein erdacht und niedergeschrieben wurden.

«Ermuntere dich, mein schwacher Geist» Weihnachtslied von Johann Schopp und dem Darmstädter Hofkapellmeister Wolfgang Karl Briegel (1626–1712). Text von Johann Rist (1607–1667) aus dem Jahre 1641.

«Ermuntert euch, ihr Frommen» Adventslied von Melchior Teschner (1584–1635). Der Text stammt von Lorenz Lorenzen (1660–1722).

Erscheinungsfest In Italien wird der 6. Januar auch «Erscheinungsfest» genannt.

Erzgebirge Gebirgszug, der Deutschland und Tschechien trennt. Dieses Mittelgebirge, dessen höchste Berge der Keilberg (1243 m) und der Fichtelberg (1214 m) sind, wurde früher wegen seiner Silbervorkommen auch «Silbernes Erzgebirge» genannt. Durch die Spielzeugherstellung wird es heute auch liebevoll als «Deutschlands Weihnachtsland» bezeichnet.

Erzgebirger Fensterstern Der «Erzgebirger Fensterstern» besteht aus faltbarem Material und ist an seinen langen und spitzen Strahlenarmen zu erkennen. Der Fensterstern wird von einer kleinen Birne im Innern beleuchtet und soll den «Stern von Bethlehem» symbolisieren.

Erzgebirger Spielzeug Klassisches, naives Holzspielzeug mit hübscher Bemalung. Es hat eine sehr lange Tradition. Es wurde früher in Heimarbeit hergestellt, um in den Zeiten der Arbeitslosigkeit zum Überleben beizutragen. Zu Zeiten der DDR war Spielzeug aus dem Erzgebirge ein Exportschlager.

Erzgebirger Weihnachtslaterne Bunt bedruckte Lampe, meistens mit religiösen Motiven (Weihnachtskrippe) aus Papier oder Pappe, die von innen beleuchtet wird.

Erwartung Angenehm aufregendes, freudiges Gefühl vor der Weihnachtsbescherung.

Esel Der Esel begleitet in vielen Gegenden, geführt von Engeln, den Nikolaus auf seinem Weg. Er trägt die Geschenke für die braven Kinder.

Eselpicker Nikolausbegleiter im Schwarzwald und Variante des so genannten «Klausenesel» im Kinzigtal, von dem letztmalig im Jahr 1932 in einer Zeitung berichtet wurde.

«Es hätte sehr feierlich sein können» Eine nachdenkliche Erzählung von Peter Härtling (geb. 1933).

«Es ist ein Ros entsprungen» Einer Legende nach soll ein Mönch namens Laurentius vor über dreihundert Jahren im eiskalten Winter auf eine blühende Rose gestoßen sein. Die Melodie dieses «Trierschen Christliedleins» stammt vom evangelischen Kantor Michael Prätorius (1571–1521) und entstand vermutlich um das Jahr 1600. Andere Forschungen sehen dagegen den Ursprung des heutigen Textes etwas anders. Danach soll Nikolaus Ludwig Graf von Zinzendorf (1700–1760), der Stifter und spätere Bischof der Herrenhuter Brüdergemeinde, das Wort «Reis» sprachlich in eine «Rose» umgewandelt haben.

«Es ist für uns eine Zeit angekommen» Zu dieser alten Volksweise schrieb P. Hermann 1788 den Text.

«Es ist gewißlich an der Zeit» Choralvorspiel des deutschen Komponisten und Organisten an der Marienkirche in Zwickau Johann Ludwig Krebs (1713–1780).

«Es kam die gnadenvolle Nacht» Weihnachtslied nach einer volkstümlichen Melodie aus der Schweiz. Den Text verfasste der Schweizer Pfarrer Johann Caspar Lavater (1741–1801) im Jahre 1780.

«Es kommt ein Schiff geladen» In Straßburg lebte von 1300 bis 1361 der bekannte Prediger Johannes Tauler. Der Dominikanermönch beherrschte die Kunst, in einer bildhaften Sprache zu predigen. Von ihm stammt dieses Weihnachtslied, das zu den ältesten gehört, die wir kennen. Den Text schrieb Daniel Sudermann (1550–1631) im Jahre 1626.

Estenhofer, Anton Von Pater Anton Estenhofer (1670–1711), der im Chorherrenstift Reichersberg bei Passau wirkte, stammen die Weihnachtspastorellen «Joseph, lieber Joseph mein» und «Gaillarde Natalizantis».

«Es weihnachtet sehr» Ursprünglich war dies die freudige Feststellung aller Weihnachtsmenschen, wenn es auf die Adventszeit zuging. Heute dagegen hat sich die Werbung dieses Ausspruches bemächtigt, um den Weihnachtsumsatz besser anzukurbeln.

«Es wird schon gleich dunkel» Dieses alpenländische Weihnachts- und Wiegenlied stammt aus Tirol und wird vielfach im Dialekt gesungen («Es wird scho glei dumpa»).

«Es zieh'n aus weiter Ferne» Altes Dreikönigslied aus der Obersteiermark, im ganzen Alpenraum verbreitet.

Fabriano, Gentile de Der italienische Maler Gentile de Fabriano (um 1370–1427) schuf ein beeindruckendes Nikolausgemälde, auf dem der heilige Nikolaus, gleich nach seiner Geburt, schon aufrecht stehen kann.

Faden-Krippe Moderne Form der Weihnachtskrippe, bei der bunte Fäden auf Karton gefädelt werden. Eine in Deutschland entstandene «Faden-Krippe» befindet sich im Besitz der Sammlung Würth.

Farinzucker Den leicht karamellisierten Zucker bezeichnet man auch als «Braunen Zucker» oder «Kandisfarin». Er wird aus Zuckerablaufsirup hergestellt. Farinzucker verwendet man für dunkle Teige und für Lebkuchen.

Fasenickel Bezeichnung für den Nikolaus in der Gegend von Köln und in der Pfalz.

Fastenkrippen Fasten- oder Passionskrippen zeigen, im Gegensatz zu den Weihnachts- und Jahreskrippen, nur die Geschehnisse der Fasten- und Osterzeit.

Father Christmas Englischer Name für den Weihnachtsmann.

Fatschenkind Die Darstellung des reich ausgestatteten Christkindleins zählt zu den ältesten Zeugnissen weihnachtlichen Brauchtums. Ursprünglich wurden die Fatschenkinder von Nonnen angefertigt und mit viel Liebe zum Detail wertvoll ausgestattet. Die geschmückten Kindlein dienten zur Schmückung von Kirchen und Gebetsräumen. Sie wurden auch den jungen Novizinnen als «Trösterlein», «Prager Jesulein», «Paradiesknabe», «Kleiner König» oder «Himmlischer Bräutigam» mitgegeben. In der Barockzeit gelangte das Christkindlein schließlich über die Kirchen auch in die Stuben der Bürger. Meistens wurde die kleine Figur, deren Kopf traditionell aus Wachs bestand, mit fein gestickten Bändern (Fatschen) umwickelt, um so das Jesuskind in Windeln zu symbolisieren. Das Fatschenkind wurde neben der Weihnachtskrippe zu einem wichtigen Bestandteil des weihnachtlichen Brauchtums in Oberbayern und Tirol.

Fatschnkindl-Kurs Seit einigen Jahren nimmt bei der oberbayerischen Bevölkerung das Interesse für die Fatschnkindl wieder zu. In einigen Orten, wie zum Beispiel in Sachrang, werden jetzt «Fatschnkindl»-Kurse für Erwachsene und Kinder angeboten, in denen man von der Entstehung dieser langen Tradition erfahren und unter Anleitungen ein Fatschenkindl selber anfertigen kann.

«Fatto per la Notte die Natale» ➤ «Corelli, Arcangelo»

Faule Krippe Als «faule Krippe» bezeichnet man Weihnachtskrippen, bei denen keine beweglichen Figuren vorhanden sind.

Februatio Lateinischer Name des heidnischen Festes am 2. Februar, welches alle Vergehen sühnen und die Einflüsse böser Dämonen vertreiben sollte. Im 5. Jahrhundert führte Papst Sergius I. (Gelatius) dieses Fest als ➤ «Maria Reinigung» ein.

Fehrenbacher, Albert Von Albert Fehrenbacher (geb. 1911), langjähriger Restaurator des Berliner Völkerkundemuseums, stammt die «Völkerkrippe von Bethlehem», die in Schrammberg im Schwarzwald zu besichtigen ist. Sie zeigt die Geburt Jesu aus der Sicht von 22 Ländern.

Feien In der nordostdeutschen Mark ziehen in der Vorweihnachtszeit die so genannten «Feien» durch die Nächte. Es sind dies meistens junge Leute mit geschwärzten Gesichtern in Frauenkleidern, die Kinder und Erwachsene erschrecken. Dieser uralte Brauch ist heidnischen Ursprungs und wird nur noch selten praktiziert.

Feiertage Lohnende Möglichkeit, zu sich und anderen zu finden. Wird jedoch oft leichtfertig verspielt.

Feldchristbaum Kleines, künstliches Weihnachtsbäumchen (ca. 40 cm Höhe), in einem halbrunden Glas- oder Blechsockel stehend. Diese Kuriosität wurde im Ersten Weltkrieg als «Gruß aus der Heimat» in passend geformten Pappschachteln mit dem Hinweis: «Feldpost – Eilig, Weihnachtsbaum» an die

Fronten geschickt und war ein wichtiges emotionales Bindeglied zwischen Front und Heimat.

Fensterbild-Adventskalender Moderne Adventskalender aus transparenter Folie und mit einer von einer Batterie gespeisten Lichtquelle. Die 24 Szenen, die abgedeckt und mit Nummern versehen sind, ergeben – eins nach dem anderen geöffnet – eine inhaltlich zusammenhängende Fortsetzungsgeschichte oder auch ein komplettes Bild, wie zum Beispiel das «Anbetungsfenster» im Kölner Dom.

Fensterbilder Fensterbilder haben eine alte Tradition. Anfänglich waren es einfache aus Papier geschnittene Bildszenen, die man zur Dekoration in die Fenster klebte. Später entwickelte sich eine regelrechte Industrie, die bunte Bilder mit Winterlandschaften und Krippenszenen herstellten. Heute werden diese Bilder auf selbstklebende Folien gedruckt und sind teilweise auch beleuchtet.

Fensterkrippen Die Fensterkrippen gehören zu den geschlossenen Krippen. Die Seitenwände bestehen aus bemalten Holz- oder Pappwänden, während die Vorder- bez. Ansichtsseite mit einer Glasscheibe verschlossen wird.

Fest der Heiligen Familie Am Sonntag nach ➛ «Epiphanie» feiert die katholische Kirche seit dem 17. Jahrhundert das «Fest der Heiligen Familie». Heute feiert die katholische Kirche das Fest am Sonntag nach dem Heiligen Abend.

Fest der Lichtgeburt ➛ «Heilige Drei Frauen»

Fest der unschuldigen Kinder Am 28. Dezember wird das «Fest der Unschuldigen Kinder» gefeiert, die auf Befehl von König Herodes umgebracht wurden. In vielen Gemeinden werden an diesem Tag mit besonderen Gottesdiensten die Kinder gesegnet.

Fest des heiligen Apostels und Evangelisten Johannes Am 27. Dezember feiern die katholischen Christen das Fest des heiligen Apostels und Evangelisten Johannes.

«Fest des Tannenbaums» DDR-Bezeichnung für das Weihnachtsfest.

«Feste» Humoristisches Gedicht von Heinz Erhardt (1909–1979) über die merkwürdigen Emotionen zu Weihnachten und Ostern.

Festlose Zeit Als «festlose Zeit» bezeichnete man früher die Zeit zwischen dem Erntedankfest und dem 1. Advent.

Feuerwerk Neben Champagner und Glückssymbolen gehört auch das Feuerwerk traditionell zur Silvesternacht. Bereits im 8. und 9. Jahrhundert wurde in China Schießpulver für Feuerwerke eingesetzt. In Europa wird das Feuerwerk erstmals in einem Dokument aus dem Jahre 1535 beschrieben als: «sich durch Raketenkraft selbst bewegende Sonne». Im 17. und 18. Jahrhundert waren es vor allem die Königs- und Fürstenhäuser in Europa, die mit riesigen Feuerwerken ihre Herrschaft unterstrichen. So ist zum Beispiel festgehalten, dass am preußischen Hof 1728 ein gigantisches Feuerwerk mit über 75000 Raketen, Schwärmern und Figurenlichtern mittels 109 Helfern gezündet wurde. Heute kann sich jeder weitaus profaner sein Feuerwerks-Set für rund 20 Euro im Schreibwarenladen oder am Kiosk um die Ecke kaufen.

Feuerzangenbowle Die Feuerzangenbowle ist für viele romantische Zeitgeister bei der Silvesterfeier immer noch ein wichtiger Bestandteil. Zwei Liter Bordeaux in einen Kupferkessel geben. Orangen-, Zitronenschale und Nelken in ein Säckchen geben, zubinden und in den Wein hängen. Die Feuerzange über den Kessel legen, den Zuckerhut daraufstellen, mit Rum tränken und anzünden. Das Licht ausdrehen (wegen der romantischen Stimmung) und Rum nachgießen, bis der Zucker karamellisiert und in den Rotwein getropft ist. Heiß servieren!

Fichte Beliebter deutscher Weihnachtsbaum, der sich allerdings auf dem Rückzug befindet, weil er sehr leicht nadelt. Die Fichte ist dafür das preiswerteste Weihnachtsgehölz. Sie sollte erst eine Woche vor dem Fest geschlagen werden, damit sie am Weihnachtsabend auch noch Nadeln vorweisen kann.

Fichteln Erzgebirglerische Bezeichnung für eine kleine Fichte.

«Fichten im Winter» Gemälde von Caspar David Friedrich (1774–1840). Das Motiv wird heute immer noch gerne für Adventskalender, Post- und Glückwunschkarten, Geschirr und Servietten verwendet.

Fichtennadel-Duftspray Für Liebhaber von Plastik-Christbäumen empfiehlt es sich, wenigstens ein «Fichtennadel-Duftspray» zu benützen, damit es zumindest ähnlich wie im Wald riecht.

Fieger, Wenzel Weit über die Grenzen von Böhmen und Mähren hinaus waren die Entwürfe für Papierkrippen von Wenzel Fieger (1860–1924) bekannt und verbreitet.

Figurenkasten Eine ziemlich ungewöhnliche Themenzusammenstellung einer Weihnachtskrippe stellt der so genannte «Figurenkasten» mit der Anbetung der Heiligen Drei Könige dar. Über und unter der Anbetungsszene befinden sich Darstellungen aus dem ländlichen Leben wie auch eine Szene aus dem städtischen Leben. Der Figurenkasten ist um 1800 in Berchtesgaden entstanden und befindet sich heute im Besitz des Bayerischen Nationalmuseums.

Filzpantoffel-Adventskalender Neumodischer Adventskalender in Form von 24 bunten Filzpantoffeln, die an einer Leine hängen und mit Süßigkeiten, kleinen Geschenken oder mit Gutscheinen gefüllt werden können.

Finimenti (ital.) Zubehörteile für neapolitanische Weihnachtskrippen wie Tiere, Musikinstrumente, Lebensmittelkörbe und Säcke, Obst und Gemüse usw., die aus Terrakotta geformt, gebrannt und nach dem Bemalen nochmals gebrannt werden.

Finsterauer Stubenweihnacht Im Freilichtmuseum von Finsterau im Bayerischen Wald zeigt man zur Weihnachtszeit die so genannte «Finsterauer Stubenweihnacht», ein ➤ «Eingericht» aus der Zeit um 1910. Es ist eine Darstellung des Christuskindes in der Krippe mit Maria und Josef sowie dem Gloriaengel und weiteren Anbetungsengeln. Alle Figuren sind aus Wachs gegossen und mit Kleidern und Zierrat ausgestattet. Ein mundgeblasener Glassturz schützt die Heilige Familie.

First Footer In England hat sich noch vielfach ein alter Brauch erhalten: Man beeilt sich, nach 24.00 Uhr in der Silvesternacht möglichst als erster «First Footer» bei guten Freunden oder Verwandten aufzutauchen und ein Stückchen Kohle als Glücksbringer zu überreichen.

Fischsuppe In vielen norddeutschen und skandinavischen Gegenden isst man zu Silvester und Neujahr Fischsuppe, weil dies Glück und Gesundheit im neuen Jahr bringen soll.

Fitzelkinder Am 2. Weihnachtsfeiertag zogen die Kinder mit Zweigen von der Mistel, Rosmarin und Wacholder in den ländlichen Gebieten von Oberfranken von Haus zu Haus, um die weiblichen Mitglieder des Hauses zu «fitzeln» (= streichen mit der Lebensrute, was im neuen Jahr viel Glück und Gesundheit bringen würde). Dafür erhielten die Kinder kleine Gaben.

Flachkrippen Krippen, die auf einer Ebene in die Tiefe des Raums gebaut werden, bezeichnet man in der Fachsprache auch als «Flachkrippen».

Flath, Otto Der Segeberger Bildhauer Otto Flath (1906–1987) schuf 1925 eine Weihnachtskrippe, deren Figuren in ihren strengen Formen sich sehr an den expressionistischen Skulpturen dieser Zeit orientierten.

Fledermaus «Die Fledermaus» ist seit vielen Jahren geradezu zu einer Silvesteroperette avanciert. Dabei ist es egal, ob man das Musikspiel im Theater oder zu Hause vor dem Fernseher anschaut.

Flittergoldschmuck Dieser Baumschmuck ist heute nur noch als «Lametta» gebräuchlich. Um 1890 gab jedoch der Flittergoldschmuck aus fein ausgehämmertem Metallgold, darunter versteht man eine Legierung aus Kupfer und Zinn, dem Weihnachtsbaum ein sehr festliches Aussehen, vor allem, wenn die Wachskerzen brannten.

Flucht nach Ägypten Mit dem biblischen Thema der «Flucht nach Ägypten» haben sich große Maler aller Jahrhunderte befasst. Zum Beispiel: Albrecht Altdorfer (1480–1538), Michelangelo Caravaggio (1573–1610), Albrecht Dürer (1480–1528),

Carl Spitzweg (1808–1885) u. a. Die Flucht nach Ägypten schließt auch den «engeren Festkreis» ab.

Föhrer Pöberkuchen Traditioneller Weihnachtskuchen der nordfriesischen Insel Föhr, bestehend aus Rübensirup, Gewürzen, Mehl und Schmalz.

Foie Gras In Frankreich wird das Weihnachtsfest am 25. Dezember groß gefeiert. Zum traditionellen Essen gehören die «Foie Gras» (Gänsestopfleber) sowie der «Buche de Noël», eine Biskuitrolle in Form eines Baumstammes.

Foliensterne Foliensterne sind wegen ihrer Auffälligkeit ein gern gesehener und weit verbreiteter Aufklebeschmuck für Weihnachtsbriefe, Geschenke und für die Fenster.

Fondant (franz.) Zuckerguss. Figuren aus Fondant (bunt oder einfarbig), wie Sterne, Tannenbäume, Glocken, Tiere und Ringe, die auch «Durchbrochene» genannt werden, sind ein beliebter Schmuck für den Weihnachtsbaum und herrliche Leckereien für den Weihnachtsteller.

Forchheimer Adventskalender Die Forchheimer bezeichnen ihren Adventskalender als den schönsten der Welt. Er verbirgt sich hinter der einmaligen Fachwerkfassade des Forchheimer Rathauses. Hinter den eigens dafür angefertigten Fensterläden sind weihnachtliche Motive versteckt. Vom 1. Dezember bis zum Heiligen Abend wird täglich um 18.00 Uhr feierlich ein Fenster geöffnet.

Formgebäck Darunter versteht man Festtagsgebäck, das in Formen, wie z. B. «Spekulatius», gebacken wird.

Formkugeln Gegen Ende des 19. Jahrhunderts wurde durch die so genannten «Formkugeln» – das erhitzte Glasrohr wurde in eine Gips- oder Biskuitporzellanform eingelegt und dann Luft in die Form geblasen – der Weg zu einer neuen Formenvielfalt für den Christbaumschmuck gefunden.

Formschneider Im 17. und 18. Jahrhundert bezeichnete man die Modelschnitzer, die gekonnt Nikolaus, Christkind, Reiter und Tiere in Holz schnitten, auch als «Formschneider».

Förtchen Im nordelbischen Raum gehören die «Förtchen» zu jeder Silvesterfeier. In den süßen Hefeteig gehören viele Eier, Rosinen und Mandeln.

Fosnatbrezn ➛ «Sebastians-Brezln»

«Fragt der Nicola:» Kurzes Nikolausgedicht von Abraham a Sancta Clara, eigentlich: Johann Ulrich Megerle (1644–1709), bedeutender Sittenschilderer und Kanzelredner.

Frankfurter Brenten Das traditionelle Weihnachtsgebäck der Frankfurter Brenten unterscheidet sich von den Aachener Printen vor allem dadurch, dass anstelle von Honig Marzipan in den Teig untergearbeitet wird.

Frankfurter Neujahrsmünze Von der Stadt Frankfurt/Main existieren sehr seltene Zweidritteltaler und ein Halbtaler von 1660 mit der Inschrift: «Zum guten Neuen Jahr».

Fränkische Zimtsterne Sehr altes Weihnachtsgebäck aus Franken, bestehend aus Mandeln, Eiweiß und Zimt. Sie waren vor den Lebkuchen die beliebtesten Plätzchen im Frankenland.

Franzosentisch Der «Franzosentisch» ist ein wichtiges Werksteil der früheren ➛ «leonischen Drahtindustrie». Im Fabrikmuseum in Roth bei Nürnberg kann man einen Franzosentisch besichtigen. Darauf befinden sich Drahtspulen, deren verschiedenfarbige Drähte über eine axiale Spindel zu einer Kordel zusammengedreht werden. Diese mechanische Vorrichtung wurde in Frankreich erfunden.

Frasdorfer Dorfweihnacht Gemütlicher Weihnachtsmarkt in Frasdorf/Obb., auf dem am letzten Novemberwochenende viele kunsthandwerkliche Erzeugnisse angeboten werden.

Frau Berchte Eine «Frau Berchte» ist seit dem frühen Mittelalter nachweisbar. Sie ist der Sage nach eine Herrscherin über Leben und Tod, die am 5. Januar lautlos erscheint.

Frauentag ➛ «Lichtmesstag»

Frauentag Als «Frauentag» wurde früher auch der 8. Dezember, der Tag «Marias unbefleckter Empfängnis», bezeichnet.

Frau Holle Wintermärchen der Brüder Jakob (1785–1863) und Wilhelm (1786–1859) Grimm.

Frau Holle Gruselige Begleitfigur der Vorweihnachtszeit und der Raunächte. Ursprünglich abgeleitet vom Namen der germanischen Göttin Holda (auch: Holla, Hulla, Hulle oder Huller). Die Figur der Frau Holle war in Teilen Westfalens, Franken und auch in Thüringen bekannt.

Frau Hulle ➛ «Hullefrau»

Frau Perchta «Frau Perchta» gilt als Fruchtbarkeitsbringerin. Ihr Name kommt vom althochdeutschen «Peratha», was so viel wie «Leuchtende» bedeutet. Sie wacht über alles Wachstum auf Erden und wurde deshalb überall hoch geehrt und geachtet.

Frautragen Zu den Adventsbräuchen in Bayern, Tirol und dem Salzburger Land gehört das «Frautragen». Nach Einbruch der Dunkelheit wird von Kindern ein Marienbild von einem Haus zum andern getragen. Dadurch soll Fruchtbarkeit erfleht werden. Auch in der Oberpfalz wird dieser stille Brauch gepflegt. So ist bereits im 19. Jahrhundert ein «Herbergstragen» in Amberg belegt. Das «Frauentragen» soll außerdem die Herbergssuche von Maria und Josef symbolisieren.

Freiberger Neujahrsmedaillen Im Jahre 1916 gab die Bergbauakademie Freiberg/Sachsen zum 150-jährigen Jubiläum eine so genannte «Neujahrsmedaille» heraus. Seit 1964 gibt es diese Prägungen jährlich. Die abgebildeten Themen beziehen sich auf den jahrhundertealten Bergbau. Die künstlerisch gestalteten Medaillen werden aus Gusseisen gefertigt, die Oberfläche ist schwarz mattiert.

Freiburger Bruderschaft der Bäckerknechte Das früheste schriftliche Zeugnis eines geschmückten Weihnachtsbaumes stammt aus dem Jahr 1419: Die Freiburger Bruderschaft der Bäckerknechte schmückte einen Baum mit Äpfeln, Birnen, Oblaten, Lebkuchen, Flittergold, goldenen Nüssen und mit bunten Papierblumen.

Freiburger Dreikönigssingen In der Stadt Freiburg im Breisgau ist das «Dreikönigssingen» ein alter Brauch. Am Vorabend von Dreikönig und am Dreikönigstag ziehen junge Chorknaben bei einbrechender Dunkelheit von Haus zu Haus. Voran schreitet der «Glöcklibub», der während des ganzen Weges ein Glöckchen läutet, danach der «Laternenbub» mit einer brennenden Stalllaterne, gefolgt vom «Büchsenbub», der während des Singens von den Umstehenden Gaben sammelt. Dahinter folgt in gemessenem Abstand der «Sterndreher», der an einem langen Stock den durch einen Schnurzug beweglichen, großen und beleuchteten Dreikönigsstern trägt. Dabei werden die alten Weihnachtslieder gesungen, deren letztes immer mit der Bitte um den Christkindleinssegen für Haus und Hof endet.

Freisinger Dreikönigsspiel ➛ «Officium Stellae Frisingense»

Freisinger Spiel ➛ «Ordo Rachelis Frisingensis»

«Freudengedicht der seligmachenden Geburt Jesu Christi» Im Jahre 1650 schrieb Johann Klaj (1616–1656) diese geistlich spirituelle Friedensdichtung, die auch heute noch gelegentlich in Weihnachtskonzerten gelesen wird.

«Freudenreiche Comedia von der Geburt Christi» Mittelalterliches Weihnachtsspiel des Südtiroler Paters Benedikt Edelpock.

«Freue dich, du Tochter Zion» Dieses Adventskonzert stammt aus der Feder von Andreas Hammerschmidt (1612–1675).

«Freuet euch, ihr Christen alle» Weihnachtslied vom Komponisten und Organisten Andreas Hammerschmidt (ca. 1611/12–1675). Den Text verfasste Christian Reimann im Jahre 1646.

«Freut euch, ihr lieben Christen, freut euch» 1585 schrieb der Komponist Leonhard Schröder dieses Weihnachtslied. Er wurde um 1540 in Torgau geboren und war Kantor in Magdeburg.

Friedberger Zeiten In Friedberg bei Augsburg wird ein besonderer Lebkuchen hergestellt. Es ist der «Friedberger Zeiten», der die Form einer Taschenuhr hat und mit Zuckerguss-Zeigern versehen wird. Der Lebkuchen soll an das weltweit bekannte Uhrenhandwerk erinnern.

«Friede auf Erden» Weihnachtsgedicht des Schweizer Dichters Conrad Ferdinand Meyer (1825–1898).

Friedensengel Seit vielen Jahren feiern und erwarten in München Künstler, Schriftsteller und Studenten das neue Jahr am «Friedensengel» an der Isar. Der Friedensengel wurde 1895 erbaut und erinnert an den 25 Jahre zuvor errungenen Sieg im Krieg 1870/1871.

Friedenslicht Im Alpenraum wird auch heute noch oft eine geweihte Kerze, das so genannte «Friedenslicht», vor der Bescherung feierlich angezündet. In neuerer Zeit wird das Friedenslicht in Bethlehem entzündet und von Pfadfindern nach Europa getragen. Das Licht wird in den Kirchen gesegnet und danach in Krankenhäuser, Altersheime und Hotels gebracht, um so die Reisenden und auch die am Heiligen Abend arbeitenden Menschen an der Geburt des Heilands teilhaben zu lassen.

Friedensweihnacht Als «Friedensweihnacht» bezeichnet man das Christfest des Jahres 1648. Im Herbst desselbigen Jahres ging der Dreißigjährige Krieg zu Ende.

Frisch-und-g'sund-Schlagen Alter Brauch der Donauschwaben. Durch das Schlagen mit der Lebensrute am «Tag der Unschuldigen Kinder» soll man im neuen Jahr frisch und gesund bleiben. Der Brauch wird auch «Kindeln» genannt.

«Frohe Weihnacht» Unbedacht ausgesprochener Satz zur Weihnachtszeit, der vielfach leider nicht in Erfüllung geht.

«Fröhlich soll mein Herze springen» Den Text dieses Weihnachtsliedes hat Paul Gerhardt (1607–1676) 1653 geschrieben. Die Melodie dazu steuerte 1653 Johann Crüger (1598–1662) bei.

«Fröhliche Weihnacht überall» Den Text schuf Heinrich von Fallersleben zu einer Melodie des 19. Jahrhunderts aus England.

«Fröhliche Weihnachten» Weihnachtserzählung von der englischen Schriftstellerin Daphne du Maurier (1907–1989).

«Fröhliche Weihnachten oder Das Wunder von Striegeldorf» Weihnachten in der Zelle, davon berichtet diese Erzählung von Siegfried Lenz (geb. 1926).

Fröschle, Jakob Jakob Fröschle (1742–1780) aus Krumbach/Schwaben entwickelte um 1770 die so genannte «Schwäbische Papierkrippe».

«Frohlocket, ihr Völker auf Erden» Friedrich Mendelssohn-Bartholdy (1809–1847) schrieb die weihnachtliche Musik für achtstimmigen Chor.

Fronfasttage Seit alters her kennt man in einigen Kantonen der Schweiz die so genannten «Fronfasttage» im Dezember. In diesen Tagen wird das tägliche Essen auf ein Minimum reduziert.

Frühkirche Die Weihnachtsmette wurde auch «Frühkirche» genannt, da sie zwischen drei und sechs Uhr morgens abgehalten wurde.

Fuchsenkrippe Die «Fuchsenkrippe» von Forchheim ist eine mechanische fränkische Krippe, die vom Vergoldermeister Georg Fuchs in den Jahren von 1892 bis 1895 erbaut wurde. Sein Sohn Heinrich verfeinerte die Mechanik und entwickelte eine Technik für die komplizierten Bewegungsabläufe. Die Krippe wurde zunächst mit zwei Räderwerken von Kirchturmuhren und später mit Elektromotoren ausgestattet.

Fügen im Zillertal Der Orgelbauer Carl Mauracher brachte das Weihnachtslied «Stille Nacht» vermutlich kurz nach dem Entstehen ins Zillertal. An seinem Wohnhaus (Kapfing 13) erinnert eine Gedenktafel daran. Für die weitere Verbreitung sorgte die Sängerfamilie Rainer. Gedenktafeln am ehemaligen Schloss Bubenberg erinnern unter anderem an eine Aufführung vor Kaiser Franz I. und Zar Alexander I. im Jahre 1822. Das Heimatmuseum in Fügen beherbergt eine Sammlung des Stille-Nacht-Forschers Argus Rainer.

Führer, Robert Johann Nepomuk Von dem Organisten und Komponisten Robert Johann Nepomuk Führer (1807–1861) stammt das bekannte Präludium nach dem böhmischen Weihnachtslied «Geboren ist Christus, der Herr».

Führich, Josef von Der Österreicher Josef von Führich (1800–1876) zählt zu den bekanntesten Gestaltern der künstlerisch hoch stehenden Papierkrippen. Er skizzierte bei seinen Reisen nach Rom und ins Heilige Land vor Ort die Grundlagen für seine Landschaftsgestaltungen.

Fürst-Krippe Die historische «Fürst-Krippe» aus dem Inn-Salzach-Gau konnte Ende der 80er Jahre in immenser Kleinarbeit rekonstruiert und restauriert werden. Sie kann nun wieder in Traunstein besichtigt werden.

Fulda Die hessische Stadt Fulda gilt auch heute noch als die Hochburg der Kerzenhersteller. Noch vor 30 Jahren deckten die Fuldaer Unternehmen rund 80 Prozent des Welthandels ab. Inzwischen hat die Produktion, bedingt durch die asiatische Konkurrenz, an Wichtigkeit verloren, und die Herstellung von Weihnachtskerzen ist stark zurückgegangen.

Funkentag ➛ «Martinsfeuer»

Futtjes ➛ «Förtchen»

Gabenbringer Bis in die Biedermeierzeit galt der heilige Nikolaus als Gabenbringer. Danach wurde er durch das Christkind beziehungsweise durch den Weihnachtsmann abgelöst.

Gabensack Der große Sack ist neben dem Bischofsstab das wichtigste Utensil des heiligen Nikolaus. Aus dem «Gabensack» holt der Nikolaus für die braven Kinder Geschenke hervor.

Gabenteller In der Zeit gleich nach dem Zweiten Weltkrieg war der Gabenteller, ein aus Papier gepresster und bedruckter Teller, oft die einzige Gabe unter dem Weihnachtsbaum. Man hütete seinen Teller, der wenigstens eine Orange, eine Tafel Schokolade, Plätzchen und einen Lebkuchen mit dem aufgeklebten Bild des Nikolaus enthalten musste, wie seinen Augapfel. Waren mehrere Kinder in der Familie, dann wurden sogar die Plätzchen durchgezählt. So schön kann Weihnachten sein!

Gabentisch Ein Tisch, der besonders groß und stabil sein sollte, damit auch alle Geschenke darauf Platz haben.

Gabenträger In einigen Gegenden in Oberbayern bezeichnet man den Christbaum auch als «Gabenträger».

Gablonzer Christbaumschmuck Darunter versteht man hohl geblasene und auf feinen Draht gezogene bunte Glasröhrchen und -perlen, die einen phantasievollen Baumbehang ergaben. Dieser Schmuck erlebte um die Jahrhundertwende seine volle Blütezeit. Alter Gablonzer Christbaumschmuck wird heute als eine echte Kostbarkeit angesehen.

Gämmerler, Theodor Theodor Gämmerler (1889–1973) war der letzte bedeutendste Münchener Krippenschnitzer. Gämmerler kam vom Marionettentheater und setzte seine große Erfahrung als Bühnenbildner und Beleuchter ein, wenn er Szenen aus dem Alten und Neuen Testament in seine wechselnden Landschaften hineinkomponierte. Die Landeshauptstadt München besitzt eine Gämmerler-Krippe, in der das Weihnachtsgeschehen am Jakobsplatz angesiedelt ist.

Gangerl Nikolausbegleiter in den Alpen und im Bayerischen und Böhmerwald. Ursprünglich ein germanischer Berggeist, der Steinschlag und Lawinen auslöst.

Gänsebraten Der knusprige Gänsebraten gehört in deutschen Landen zum Weihnachtsfest wie der Tannenbaum und der Glanz der Kerzen. Ursprünglich kommt dieser Festtagsbraten allerdings aus England, wo man heute jedoch den Puter vorzieht. Die Geburtsstunde der Weihnachtsgans schlug am Heiligen Abend 1588 am Hofe von Königin Elisabeth I. Damals gab es zufällig Gänsebraten, als der Königin die Nachricht vom Sieg der Flotte über die spanische Armada überbracht wurde. Zur Erinnerung daran galt die Gans fortan als Festtagsbraten.

Gänsefett Deftig schmeckendes, mit Zwiebeln, Apfel und Grieben versehenes Überbleibsel von der Weihnachtsgans. Kräftiger Brotaufstrich in der kalten Jahreszeit.

Garstner Advent Der Adventsmarkt in Garsten/Oberösterreich, der sich durch die unverfälschte Tradition von typischen Handwerksvorführungen der Region auszeichnet.

Gaudete-Sonntag Dritter Adventssonntag. Übersetzt: Sonntag der Freude. Aus dem Philipperbrief.

Gebäckdosen Aus Weißblech geformte runde oder rechteckige Dosen mit Deckel, die außen mit winterlichen Städteansichten, Winterlandschaften, Kindern und Engeln bedruckt sind. Sie sind, neben den großen, aufklappbaren Lebkuchentruhen, ein unentbehrliches Requisit zur Aufbewahrung des Weihnachtsgebäcks.

«Gebet des Ochsen» Sehr schöne weihnachtliche Tierfabel von Jules Supervielle (1884–1960).

Gebildebrot Bezeichnung für besonders geformte Gebäckstücke zu bestimmten religiösen und festlichen Anlässen. Die aus dem Teig geformten Backwaren zeigten Menschen, Heilige, Phantasiegestalten, Tiere, Symbole und Ornamente. Die Gebildebrote wurden als Opfer, Gelübde oder zur Beschwörung geschenkt und verzehrt. Gebildebrote gibt es bereits seit über 1000 Jahren.

Gebnacht Früher wurde die Weihnachtsnacht auch «Gebnacht» (von geben, schenken) genannt.

Gebnachtdult In Südbayern bezeichnete man im 17. und 18. Jahrhundert die am Vorabend des Heiligen Abend angefangene Dult oder Messe auch als «Gebnachtdult».

«Geborn ist uns Immanuel» Festliche Weihnachtsmusik von Michael Praetorius (1571–1621).

«Geburt Christi» Nachdenkliches, sehr differenziertes Gedicht von Rainer Maria Rilke (1875–1926).

Geburt-Christi-Spiel Mittelalterliches Weihnachtsspiel.

Geburtsgrotte Über der als Geburtsstätte geltenden Grotte in Bethlehem ließ Konstantin der Große (273–337) die fünfschiffige Geburtskirche erbauen.

Geburtskirche ➛ «Weihnachtskirche»

Gefrorenes Theater Die Darstellung des Weihnachtskreises in Krippen, speziell in den Wechselkrippen, wurde von Rudolf Berlinger (1886–1967), dem Krippen-Fachmann des Bayerischen Nationalmuseums, oft als «gefrorenes Theater» bezeichnet.

Gefüllte Spekulatius Hier wird zwischen zwei Spekulatiusscheiben noch eine Marzipanmasse gefüllt. Die Oberseite wird auch noch mit Rosinen, Mandeln oder mit Pistazien verschönert. Diese Variante ist besonders an der niederländischen Grenze zum Nikolausabend sehr beliebt.

Geißelchlöpfer Begleiter des Nikolaus im Alpenraum.

Gelbe Rüben In Schwaben isst man am Heiligen Abend und an Silvester gerne Rüben, damit man im neuen Jahr immer genug Geld in der Börse hat.

Geldumschlag Die Geldhülle ist ein Relikt aus jener Zeit, in der Löhne und Gehälter noch nicht überwiesen wurden, sondern jeweils am Freitag oder am Monatsende den Arbeitnehmern persönlich überreicht wurden. Speziell für das Weihnachtsgeld wurden Briefumschläge mit weihnachtlichen Motiven bedruckt und mit einer Linie versehen, auf die die Namen der Mitarbeiter handschriftlich eingetragen wurden. Heute wird die Weihnachtsgeldhülle nur noch vereinzelt verwendet.

«Gelobet seist du, Jesu Christ» Die Kantate «Gelobet seist du, Jesu Christ» (BWV 91) von Johann Sebastian Bach (1685–1750) ist zur Weihnachtszeit vielfach auf den Konzertprogrammen zu finden. Sie ist auch deshalb interessant, weil sie eine wunderbare Tenorarie enthält, die von drei Solo-Oboen begleitet wird. Den Text (Strophen 2–7) von «Gelobet seist du, Jesu Christ» verfasste Martin Luther (1483–1546) im Jahre 1524.

Genueser Krippe In Brixen in Südtirol befindet sich in der Hofburg eine sehr wertvolle Krippe, die aus Elfenbein geschnitzt ist.

Die fein gearbeitete Genueser Krippe stammt aus dem 17. Jahrhundert.

Gerhardt, Paul Der wohl bekannteste Kirchenlieddichter Paul Gerhardt (1607–1676) hat neben «O Haupt voll Blut und Wunden» und «Befiehl du deine Wege» auch viele Weihnachtslieder, wie «Ich steh an deiner Krippe hier», «Fröhlich soll mein Herze springen» und «Wie soll ich dich empfangen» verfasst.

German Christmas Market In der japanischen Stadt Sapporo fand im Jahr 2001 zum ersten Mal der «German Christmas Market» (vom 23. November bis 15. Dezember) statt. Dieser Weihnachtsmarkt wird nach deutschem Vorbild abgehalten.

Geschenkabtausch Im 19. Jahrhundert wurde vielfach das Ritual des «Geschenkabtausches» gepflegt. Dabei wurden abwechselnd die Weihnachtsgeschenke getauscht, und man hatte dadurch die Möglichkeit, die erhaltene Gabe mit einem noch größeren Geschenk zu übertrumpfen.

«Geschenke, Geschenke» Kurzes und herzhaftes Weihnachtsgedicht von Theodor Storm (1817–1888).

Geschenk-Gutschein Bequeme, aber meist phantasielose Weihnachtsgabe, bei der man sich das Nachdenken und das Herumrennen erspart. Allerdings vermeidet man auch komplette Fehlgriffe.

Geschenkkarton Zum Verpacken von Weihnachtsgeschenken gibt es Unmengen von Geschenkkartons aus Holz, Blech und Pappe. Es gibt sie in runden, ovalen, quadratischen, rechteckigen, hohen und flachen Formen. Auch das Design lässt keine Wünsche offen. Mit einer aufwendigen Luxus-Kartonage macht sogar noch das einfachste Geschenk etwas her.

Geschlossene Krippen ➛ «Kapselkrippen»

Geschlossene Zeit Alte oberschlesische Bezeichnung für die Zeit zwischen Advent und Heilige Drei Könige.

Getreide- und Salzweihe Am Dreikönigstag wird in den katholischen Kirchen Salz und Getreide geweiht. Auf dem Land versammelt sich dann am Nachmittag die bäuerliche Familie und zieht mit brennendem Weihrauch und den gesegneten Gaben durch den ganzen Hof, wobei immer im Stall angefangen wird. Danach wird traditionell mit Kreide auf den Türsturz «C+M+B» mit der geteilten Jahreszahl geschrieben.

Gewürztaler Altes, traditionelles Weihnachtsgebäck aus Lebkuchenteig mit Honig, Haferflocken und Mandeln.

Gimagi-Krippen Traditionelle sizilianische Weihnachtskrippen mit Figuren aus Ton, die mit leimgetränkten Stoffen (Leinen) umhüllt und bemalt sind.

Glaskugel Im Jahr 1835 begann in Lauscha die Produktion von Glasaugen. Die Idee, Glaskugeln als Weihnachtsschmuck herzustellen, wurde der Legende nach 1847 aus der Not geboren. Es waren arme Glasbläser, die sich echte Äpfel und Nüsse nicht leisten konnten. Also versuchten sie, diese Früchte aus Glas zu blasen, was ein voller Erfolg wurde. Den Siegeszug traten die Glaskugeln ab 1872 an.

Glasseiden-Ornamente Um 1900 waren Glasseiden-Ornamente sehr beliebt. Die zarte, fast durchsichtige und doch als Fläche wirkende Scheibe wirkte faszinierend. In der Mitte wurden auf beide Seiten so genannte Oblatenbilder mit religiösen Motiven geklebt.

Glattbach Kleine Gemeinde bei Aschaffenburg. Hier befindet sich seit 1988 in einem Fachwerkbau, von der Bevölkerung «Stengerhaus» genannt, ein Krippenmuseum. Inzwischen ist der Bestand auf über 400 Krippen aus 40 Ländern angewachsen.

Glimmer Gold- und Silberglimmer ist immer noch eine gern benutzte Verzierung für Adventskalender, Glückwunschkarten und Weihnachtsanhänger. Mit den glitzernd erscheinenden Partikeln soll eine gewisse Kostbarkeit vorgetäuscht werden. Früher wurde Glimmer aus Glas und Steinen hergestellt, wurde jedoch wegen gesundheitlicher Gefahren (Augen und Mund) verboten. Heute gibt es Glimmer aus Aluminium und Kunststoff in allen Farben.

«Glocken» am Heiligabend Der schöne Brauch des «Glocken», welcher früher im Raum Reutlingen vielfach gepflegt wurde, hat

u. a. in Betzingen überlebt. Nach überlieferten Aufzeichnungen geht die Tradition des «Glocken» auf das Jahr 1850 zurück. Wie jedes Jahr treffen sich Kinder und Jugendliche um 4.00 Uhr morgens am Heiligen Abend vor der Mauritiuskirche. Von dort ziehen sie mit kleinen Glocken und Schellen in Gruppen durch den Ort. Dabei stecken ihnen die Bewohner Süßigkeiten und Geld zu, das die Kinder für einen guten Zweck spenden.

Glöckisinger In Berchtesgaden werden die Klöpfsinger auch als «Glöckisinger» bezeichnet.

Glöckler Wenn am Vorabend des ➛ «Bauernneujahrs» (in der Nacht zum Dreikönigstag am 6. Januar) im Salzkammergut die Glöckler den Winter vertreiben, werden sie mit Most und «Glöcklerkrapfen» (Schmalzgebackenes) bewirtet. Sie finden sich in den Abendstunden zum «Glöcklerlauf» zusammen. Die weißen Gestalten mit ihren Schellengurten sollen Glück bringen.

Glöcklibub ➛ «Freiburger Dreikönigssingen»

Glögg Der «Glögg» ist die skandinavische Variante unseres Weihnachtspunsches. Dabei müssen Rotwein, Muskateller, Wermut und Angustura zusammen mit Rosinen, Orangenschalen, Kardamomsamen, Nelke und Zimtstangen mindestens über Nacht ziehen. Der Glögg wird schließlich vor dem Verzehr erhitzt und noch mit Zucker, Mandeln und Aquavit verfeinert.

«Gloria» Weihnachtskantate von Francis Poulenc (1899–1963).

«Gloria in excelsis Deo» Im Lukas-Evangelium, Kapitel 2, Vers 14 ist diese Lobpreisung des Herrn festgehalten. Wörtlich übersetzt lautet der Text: «Ehre sei Gott in der Höhe». Auf vielen Christbäumen in Bayern schwebt an der Spitze des Weihnachtsbaumes ein Engel, der ein Spruchband mit dem lateinischen Text in Händen hält.

«Gloria in excelsis Deo» Nikolaus Decius (ca. 1500–ca. 1541) hat dieses herrliche Weihnachtsgedicht auf die Geburt Jesu geschrieben.

Glosenhölzle Dialektbezeichnung für das ➛ «Klausenhölzle» im Schwarzwald.

Glücksbrot In Irmelshausen im Grabfeld/Rhön erhalten die Kinder vom Gutspächter des Schlosses nach dem Neujahrs-Gottesdienst das so genannte «Glücksbrot», ein mit Kümmel gewürztes Brot

Glücksgebäck ➛ «Neujahrskringel»

Glückgreifen Das «Glückgreifen» war in Ostpreußen ein beliebtes Silvesterspiel. Dabei gab es folgende 7 Zeichen: Geldbeutel, Ring, Mann/Frau, Kind, Leiter, Brot und Totenkopf. In der Stunde von null Uhr bis 1 Uhr in der Silvesternacht wurden die Figuren auf den Tisch gelegt und unter einem Tuch verschoben, damit niemand mehr wusste, wo dieses oder jenes Zeichen lag. Jeder Mitspieler durfte dreimal zugreifen und erhielt mit der Aufdeckung der gegriffenen Symbolfiguren einen Hinweis für das kommende Jahr.

Glückspfennig Beliebt waren zu Silvester auch die «Glückspfennige», die gemäß der alten Volksweisheit «Wer den Pfennig nicht ehrt, ist des Talers nicht wert» ihre Glück bringende und Geld vermehrende Bedeutung bis heute aufrechterhalten konnten. Allerdings stellt sich die Frage, ob der neue «Cent» diese wichtige Aufgabe übernehmen kann.

Glücksschwein Warum gerade das Schwein Glück bringen soll, ist nicht einwandfrei zu klären. Der Volksmund spricht dafür, dass «Schwein haben» so viel wie Glück haben bedeutet. Auch in einigen Kartenspielen, wie Schafkopf und Skat, gilt die «Sau» als allerhöchster Trumpf, die sogar Ober und König stechen. Viele Säue zu haben bringt also nicht nur dem Bauer Glück und Erfolg.

Glücksschwein-Museum In Bad Wimpfen am Neckar befindet sich das so genannte «Glücksschwein-Museum» mit über 14000 Ausstellungsexponaten. Darunter befinden sich auch unzählige «Silvester-Glücksschweine».

Glückwunschkarten Der echte Weihnachtsmensch schreibt, nach wie vor, Karten zum Weihnachtsfest und erwartet auch solche. Bereits 1490 wurde die erste Weihnachtskarte mit einem Christkind-Motiv angefertigt. Sich zu Weihnachten Karten zu schreiben ist erst durch Sir Henry Cole Tradition geworden. In der Vorweihnachtszeit des Jahres 1843 überlegte er, womit er seinen Freunden und Geschäftspartnern zum nahen Feste eine Freude bereiten könnte. Jedem einen persönlichen Brief zu schreiben wäre bei über hundert Leuten viel zu zeitaufwendig gewesen. Also ließ er von dem Künstler John Callcott Horsley Zeichnungen entwerfen. Dieser präsentierte ihm drei Motive: In der Mitte eine Familie, die dem Adressaten zuprostete, links und rechts waren arme Leute zu sehen, die an Weihnachten etwas Besonderes aßen und zu Neujahr kleine Gaben erhielten, wie es damals der allgemeine Brauch war. Cole gefiel die Darstellung sehr gut, und er ließ 1000 Karten drucken und kolorieren. Weil Sir Henry Cole nach seiner erledigten Weihnachtspost noch viele Karten übrig blieben, ließ er diese von «Summerly's Home Tresury Office» für einen Shilling verkaufen, und schon war die erste kommerzielle Weihnachtskarte geboren. Wenngleich seine Freunde und Geschäftspartner von seiner Idee weniger begeistert waren, so etablierte sich dieser Brauch trotzdem schnell in England und kam mit den Auswanderern über den Teich nach Amerika. Der findige Unternehmer Joel Hall aus Kansas City setzte auf eine industrielle Fertigung und konnte bereits 1881 über fünf Millionen Karten verkaufen. Noch vor 1900 entwickelte sich auch in Deutschland der Markt für Weihnachtskarten, und es entstanden viele Verlage, die sich ausschließlich mit der Produktion von Glückwunschkarten befassten. Am 24. November 2001 wurde eine Originalkarte von Sir Henry für £ 22500 versteigert.

«Glück zum Neujahr, lang zu leben, selig zu sterben» Alter Neujahrswunsch in der Eifel.

Gluhschwanz Der Sage nach zieht in der Braunschweiger Gegend am Abend vor Neujahr der «Gluhschwanz», ein feuriger Drache, durch die Lüfte. Er trägt dabei Geld, Fleisch und auch Dreck bei sich mit. Wer den Drachen über sich sieht und laut «Half Part» ruft, bekommt von oben die richtige Hälfte ab.

Glühwein Heißes, weinhaltiges Gebräu, mal süß, mal sauer schmeckend, mit dem man sich leicht die Zunge verbrennt und rasch den Kopf vernebelt.

Glühweineis Allerneueste Eiskreation für Weihnachtsmarktbesucher, denen das Wetter zu warm für Glühwein ist.

Göbbelche ➛ «Pfeifenkerl»

Gobelger Mittelalterlicher Name für Gebäck in Vogelform, das die Kinder im Raum Köln am Nikolaustag geschenkt bekamen.

Goldberger Weihnachtssingen Im Jahre 1362 wütete die schwarze Pest sehr schlimm in Schlesien. In der Stadt Goldberg überlebten lediglich sieben Personen. Diese trafen sich am 24. Dezember auf dem «Ring» und begannen Weihnachtslieder zu singen. Seit dieser Zeit hat sich dieser Brauch bis ins 20. Jahrhundert erhalten und wird auch als «Ringsingen» bezeichnet.

Goldener Die Sternsinger wurden früher in der Oberpfalz auch als «Goldener» bezeichnet, was sich vermutlich von ihren gelb-goldenen Umhängen ableitete.

Goldener Sonntag ➛ «Silberner und Goldener Sonntag»

Goldenes Buch Der heilige Nikolaus bezieht sein Wissen über die Kinder aus dem «Goldenen Buch», welches er mit sich führt. Mancherorts führt er aber auch noch ein «Schwarzes Buch» mit sich, in dem die Untaten der Kinder vermerkt sind.

Goldenes Rössl Kostbare burgundische Schmuckkunst um 1400. Isabeau von Frankreich, eine gebürtige Bayerin, schenkte diese prachtvolle Figur ihrem Gemahl Karl VI. 1404 als Neujahrsgabe. Auf einer Empore mit je einer Treppe links und rechts zeigt sich Maria als Königin des Himmels und minnigliche Magd. Das Christkind neigt sich zu Katharina und steckt ihr den Verlobungsring an. Weiter unten kniet Karl VI. mit seinem Marschall, und unter dem Podest hält ein Knappe das wiehernde Ross aus Elfenbein mit Goldbesatz, welches der Gruppe seinen Namen gegeben hat. Das «Goldene Rössl» befindet sich nach einer langjährigen Renovierung wieder in der Schatzkammer der Wallfahrtskirche von Altötting.

Goldenes Rössel Früher brachten der heilige Nikolaus oder das goldene Rössl am 24. Dezember die Geschenke für die Kinder.

Goldkordel Mehrfach in sich gedrehte Goldfarben ergeben eine gleichmäßige und schön strukturierte dicke Schnur, die sich vorzüglich zum Verpacken von Geschenken aller Art eignet.

Goldner Um etwas Geld oder Lebensmittel zu erheischen, zogen in der Vorweihnachtszeit Burschen durch die Dörfer und baten um Gaben. Sie wurden im Mittelalter als «Goldner» oder «Göllner» bezeichnet.

Göllentreiben In der Oberpfalz findet an den drei Donnerstagen vor Weihnachten der alte Brauch des «Göllentreibens», eine Variante der Klöpfler- oder Klöcklertreiben, statt.

Gottesduft Volkstümliche Bezeichnung für Weihrauch, eine der Gaben der Heiligen Drei Könige.

Gottesgebärerin Alte Bezeichnung für Maria, die Mutter Gottes.

«Gottes Sohn ist gekommen» Adventslied aus dem 15. Jahrhundert. Text und Melodie stammen vermutlich von den «Böhmischen Brüdern», einer religiösen Gemeinschaft, die aus den Hussiten hervorgegangen ist.

Gottsdorfer Stallweihnacht Mit über hundert Mitwirkenden wird im niederbayerischen Gottsdorf (Landkreis Passau) die so genannte «Stallweihnacht» aufgeführt. Dargestellt werden die Botschaft des Engels an Maria, der Befehl des Kaisers Augustus, die Herbergssuche, die Hirten auf dem Felde, die Geburt Christi und die Anbetung der Heiligen Drei Könige. Umrahmt wird das Weihnachtsspiel von Instrumental- und Gesangsgruppen aus Österreich und Bayern. Gespielt wird jeweils am 3. und 4. Adventswochenende.

«Gott sei Dank durch alle Welt» Martin Luther (1483–1546) schrieb die Noten zu diesem Adventslied im Jahre 1524. Der Text von Heinrich Held (ca. 1620–1659) stammt aus dem Jahre 1658.

Grabbelsack Säckchen mit kleinen Gaben, das an Stammtischen oder bei Vereinsfeiern die Runde macht.

Graciosus Jesulus ➔ «Prager Jesulein»

Granatapfel Die wohlschmeckende Frucht des Granatapfelbaumes gehört für die alteingesessenen Hamburger Familien zu den besonderen Köstlichkeiten des Weihnachtstellers. Der «Granatapfel» gehört als alttestamentarisches Symbol der Liebe und Fruchtbarkeit zu Weihnachten. Sein Verzehr soll nach der Überlieferung reichlich Glück bringen.

«Grauschleier am Christstollen» Satirische Glosse des Münchner Volksschriftstellers Herbert Schneider (geb. 1922)

Greflinger, Georg Von Georg Greflinger (ca. 1620–1677) stammt das Gedicht «Weihnacht-Gedanken»: «Gedicht an die Mutter Jesu/Mit angehenkten/Newen Jahres/wuntsch» – welches er im Jahre 1639 verfasste.

Gregor Name für die Figur des Truthahns in der englischen Weihnacht.

Griesnächte Alter Name für die Raunächte in Oberfranken und Teilen des Bayerischen Waldes.

Grippe Sehr lästige Begleiterscheinung der nasskalten Jahreszeit.

Gripschen Vom niederdeutschen Wort «griepen», welches greifen oder erheischen bedeutet. Bezeichnet das Tun der Kinder beim Heischegang zu Martini am 11. November, wo nach Gaben gebettelt wird.

Grittibänz Nikolausgebäck in der deutschsprachigen Schweiz.

Großdeutsche Friedensweihnacht Nach dem Anschluss des Sudetenlandes an das Deutsche Reich 1938 wurde von den Nationalsozialisten die so genannte «Großdeutsche Friedensweihnacht» propagiert.

Große Küstentanne Die große Küstentanne (Abies grandis) ist in Nordwest-Amerika, Kanada und auch in Europa beheimatet. Sie ist schnell wachsend und kann bis zu 90 Meter groß werden, in Europa wird sie jedoch kaum höher als 50 Meter. Auf Grund ihrer Anspruchslosigkeit, was den Boden angeht, und des schnellen Wachstums findet die große Küstentanne als Weihnachtsbaum bei uns immer mehr Beachtung.

Großer Schneeberg Höchster Berg (1425 Meter) des Glatzer Berglandes.

«Großer Stern» ➛ «Sterngang»

Großes Schwarzbrot ➛ «Marzipanbrot»

Großneujahr Im bäuerlichen Leben fing mit dem Fest der Heiligen Drei Könige das eigentliche Bauernjahr an und wurde daher auch Großneujahr genannt. Die Nacht vor dem Dreikönigstag galt auch als die gefährlichste aller Raunächte.

«Groß-Stadt-Weihnachten» Leicht ironisches Weihnachtsgedicht, stammt von dem Publizisten und Satiriker Kurt Tucholsky (1890–1935).

«Grüaß di Gott, Christkindl» Bayerisches Weihnachts- und Krippen-Singspiel der Familie Well (Biermösl-Blosn).

Grünhainichen Kleine Ortschaft im Erzgebirge, nahe der tschechischen Grenze und das Zentrum der Holzfigurmanufakturen. Die dort hergestellten bekannten Engelfiguren sind durch 11 Punkte auf den Flügeln gekennzeichnet.

Grünkohl Das Grünkohlessen zählt in Schleswig-Holstein, besonders nördlich der Elbe, immer mehr zum klassischen Weihnachtsessen in Clubs und Vereinen. Zum süßsauren Kohl reicht man kleine runde Bratkartoffeln, die in Zucker gewendet werden. Lediglich die Fleischbeigaben wechseln je nach Region (Pinkel, Rauchfleisch oder geräucherte Mettwurstenden).

Grulicher Krippe In Grulich am Adlergebirge im böhmisch-mährischen Raum entwickelte sich um 1700 durch die Entstehung der Wallfahrt zum nahen «Muttergottesberg» eine eigene Schnitztradition. Erste Krippen wurden dort nachweislich um 1662 in Dorfkirchen aufgestellt. Das auffälligste Merkmal der «Grulicher Krippe» ist die prächtige Stadt mit vier- und fünfstufigem Aufbau. Die reiche Ausstattung der Renaissance- und Barockfassaden der Häuser ist wohl der Grund für die im Adlergebirge gebräuchliche Bezeichnung der Krippe als «Christkindlstadt» (Chrestkendlastodt).

Gschlampertes Christkindl Bayerische Definition für zu Unordnung neigende Menschen beiderlei Geschlechts.

Guckkastenbilder Aus Nordböhmen stammen die so genannten «Guckkastenbilder». Es handelt sich dabei um einfache Papierkrippen, die in geschlossenen Kästen untergebracht und zur Schau gestellt wurden.

Guruz Der «Guruz» trieb früher in den Adventsnächten in Tiefenbach im Bayerischen Wald sein Unwesen. Er hockte gerne in der Ofenecke und verdarb herumstehende Lebensmittel.

«Guten Abend, schön Abend» Populäres Weihnachtslied der DDR.

Gutenzeller Barockkrippe Berühmte barocke Weihnachtskrippe in der ehemaligen Klosterkirche der Zisterzienserinnen-Reichsabtei in Gutenzell/Oberschwaben. Sie ist vermutlich zwischen 1740 und 1755 entstanden. Mit über 200 Figuren können sechs verschiedene Szenen eindrucksvoll dargestellt werden.

Gute Taten im Advent In katholischen Schulen war es früher Brauch, dass die Kinder für eine gute Tat in der Adventszeit einen kleinen Strohhalm in das noch leere Kripplein legen durften.

Gütermann, Theo Der Krippenschnitzer Theo Gütermann aus Enzklösterle im Schwarzwald schuf lebensgroße, gewichtige Krippenfiguren und eine überaus lebendig gestaltete, beeindruckende Tierwelt, die man in der Dauerausstellung «Krippena 2000», neben weiteren 60 Sammlerkrippen, in Enzklösterle ganzjährig bewundern kann.

Gutheilstag Im Fränkischen nennt man den letzten ➛ Klöpfelstag wegen der «Gutheils-Verse» auch «Gutheilstag».

Gut-Jahr-Anwünschen Früher erhielt der Nachtwächter von Glött bei Dillingen an der Donau zu Weihnachten und Neujahr für das «Gut-Jahr-Anwünschen» von den Bürgern ➛ «Hutzelbrot», so genannte ➛ «Zelten».

Gutneujahrsringe ➛ «Neujahrsringe»

Gutsle Fränkische Verniedlichung (von «gut») für Weihnachtsgebäck.

Habergoaß → «Rauwuggl»

Hagelzucker Diesen grobkörnigen Zucker verwendet man gerne zum Bestreuen von Weihnachtsgebäck.

Haggeri Im Kanton Zürich in der Schweiz pflegt man in der Nacht des 30. Dezember auch heute noch das «Haggeri-Jagen». Gruppen von jungen Männern ziehen lärmend mit Schellen und Peitschen durch die Orte. Im Mittelpunkt steht jeweils ein «Haggeri», ein an einer langen Stange befestigter Pferdekopf mit aufklappbarem Kiefer. Der hölzerne Kopf ist von innen beleuchtet. Er wird an den Fenstern des 1. Stocks der einzelnen Häuser vorbeigeführt, von wo aus die Bewohner Geldstücke in den Schlitz werfen können.

Hagios Griechisches Wort für «heilig», entspricht dem lateinischen «sanctus».

Hagios Nikolaos Griechisch: heiliger Nikolaus.

Halbfastenzeit Der Advent galt früher in Süddeutschland als «Halbfastenzeit», in der Musik- und Tanzveranstaltungen verboten waren. In diesen Wochen war die Kirchenfarbe violett. Früher wurde auf dem Lande in dieser Zeit gefastet.

Halbwintertag Früher war der 25. Januar, der Tag «Pauli Bekehrung», ein halber Feiertag. Nach altem Volksglauben hatte man an diesem Tag bereits die Mitte des Winters erreicht, weshalb dieser Tag auch als «Halbwintertag» bezeichnet wurde.

«Halleluja» Jubelchor aus Händels «Messias», wird speziell zu Weihnachten gerne geschmettert.

«Halleluja» Mundart-Gedicht von Ludwig Thoma (1867–1921).

Halt, die Als «Halt» bezeichnet man bei den Landschaftskrippen den gemalten Hintergrund, der meistens Motive aus der eigenen Umgebung, aber auch Städte und orientalische Landschaften zeigt.

Hamamelis: ➛ «Zaubernuss»

Hambeck, Walter Walter Hambeck (1882–1963) zählte zu den bekanntesten Schnitzern des Erzgebirges.

Hamburger Apfelkuchen Dieser Hefeteigkuchen aus dem Alten Land mit Korinthen, Kardamom, Zimt, Zitronat und vielen Äpfeln wird gerne zur Silvesterfeier aufgetischt.

Hamburger Dom Der «Hamburger Dom» ist kein Gotteshaus, sondern Hamburgs größte Kirmes, die mehrmals im Jahr stattfindet. Früher zählte der «Hamburger Dom» zweifellos zu den berühmtesten Weihnachtsmärkten Norddeutschlands. Urkunden aus dem Jahre 1337 belegen, dass bereits damals in den Seitenkapellen und im Kreuzgang des Domes gelegentlich der Handel mit allerlei Weihnachtsartikeln stattfand. Etwa Mitte des 18. Jahrhunderts, nachdem der «Hamburger Dom» mehrfach umgezogen war, entwickelte sich aus dem einstigen Weihnachtsmarkt immer mehr ein Rummel.

Hamburger Quarkstollen Der «Hamburger Quarkstollen» ist eine Variante des nordwestdeutschen «Klöben», bei dem in den Teig Quark untergemengt wird, der aber keine Mandeln enthält.

Hamburger Weihnachtspyramide Die «Hamburger Weihnachtspyramide» ist auf der Grundfläche eines Quadrats errichtet. Das Quadrat stellt die vier Elemente dar: Feuer, Erde, Wasser und Luft. Die Seitenansicht der Pyramide ist ein Dreieck, welches die himmlische Dreifaltigkeit symbolisieren soll. Um die Pyramide erstreckt sich der Paradiesgarten. Auf der Spitze der Pyramide thronte meistens die Hamburger Flagge.

Hamburger Weihnachtstaler Die «Hamburger Weihnachtstaler» sind heute nur noch sehr selten zu finden. Sie wurden aus Gold oder Silber gefertigt und wurden den Täuflingen meistens zur Weihnachtszeit in die Wiege gelegt. Diese Prägungen gelten für Numismatiker nur im weiteren Sinne als richtige Münzen, denn sie verzichteten auf die Nennung der Hansestadt als Herkunftsort und ließen auch das Wappen weg.

Hamburger Weihnachtswunsch Hamburg war im 18. und 19. Jahrhundert die Hochburg für gedruckte Weihnachtswünsche. Der «Hamburger Weihnachtswunsch» war ein doppelter Briefbogen mit einem bunt gedruckten Rahmen. Auf der Vorderseite waren kleine Bildszenen der Weihnachtsgeschichte sowie einige vorgedruckte Textzeilen und ein Bibelspruch zu sehen. Sogar der Wunschtext für Weihnachten und das neue Jahr war meistens schon vorgedruckt. Die «Hamburger Weihnachtswünsche» waren in den Schulen eine vorzügliche Möglichkeit, den Kindern eine schöne Schreibschrift anzugewöhnen. Die Weihnachtswünsche wurden in hohen Auflagen gedruckt. Gegen Ende des 19. Jahrhunderts erlebten die «Hamburger Weihnachtswünsche» einen letzten Höhepunkt. Nach dem Ersten Weltkrieg wurden im Norden noch viele Wunschbriefe geschrieben, auch heute ist dieser Brauch noch vereinzelt Tradition, wenn auch die graphische und bildliche Komposition nunmehr den Kindern überlassen wird.

Handbuch für Böllerschützen Was der gestandene Böllerschütze alles sorgsam beachten muss, kann er im «Handbuch für Böllerschützen» ganz genau nachlesen. Das Buch beinhaltet alle einschlägigen Vorschriften und Sicherheitsregeln, wie zum Beispiel, dass der Schütze nur Böller verwenden darf, die vom staatlichen «Beschussamt» getestet wurden. Es darf auch kein einziges Gramm Pulver auf dem Postweg befördert oder in der Kleidung mitgeführt werden.

Hanfsuppe Traditionelle Suppe am Heiligen Abend im Beuthener Land in Schlesien. Dabei handelt es sich um eine Suppe aus gekochten Hanfsamen, Hirse und Zwiebelscheiben.

Hänge-Christbaum Früher wurden in den kleinen Stuben und Kammern des Vogtlandes meistens kleine Weihnachtsbäume an der Decke aufgehängt, um so Platz sparen zu können.

Hanichkäok'n Der «Hanichkäok'n» ist eine westfälische Weihnachtsspezialität. Es handelt sich dabei um Kuchen, dessen Teig aus einer Mischung von Honigkuchen und Früchtebrot besteht und mit allerlei Nüssen, getrockneten Pflaumen und Birnen sowie Rosinen angereichert wird. Wichtig ist auch, dass der Teig wenigstens vier Wochen ruhen, jedoch in dieser Zeit immer wieder durchgeknetet werden soll.

Hans Ruprecht Alter Name für den Weihnachtsmann in Thüringen.

Hanselmann Der «Hanselmann» ist ein Gebildebrot ➛ aus Hefeteig.

«Hansels Bescherung» Weihnachtserzählung von Nobelpreisträger (1910) Paul Heyse (1830–1914).

«Hänsel und Gretel» Der Komponist Engelbert Humperdinck (1854–1921) schrieb diese Weihnachtsoper für seine beiden kleinen Nichten. Das 1890 im Familienkreis aufgeführte Singspiel wurde später zu einer Oper umgearbeitet und wurde in der heutigen Fassung am 23. Dezember 1893 in Weimar unter der Leitung von Richard Strauss uraufgeführt.

Hansjakob, Heinrich Der katholische Pfarrer, Politiker und Volksschriftsteller Heinrich Hansjakob (1837–1916) beschreibt in seinem Buch «Aus meiner Jugendzeit» sehr detailgetreu die alten Bräuche um Nikolaus, Weihnachten und Heilige Drei Könige in seiner Heimatstadt Haslach im Schwarzwald. Er gilt auch als der wichtigste Sammler der alten Weihnachtslieder, die in seiner Geburtsstadt gesungen werden. Die Liedersammlung wurde unter dem Titel «Haslacher Weihnachtslieder» veröffentlicht und weit über die Grenzen der Stadt hinaus bekannt.

Hardanger-Stern Ein besonders schöner Tischschmuck ist der «Hardanger-Stern». Diese berühmte norwegische Handarbeit (Durchbruchstickerei) erfordert viel handwerkliches Geschick bei der Durchbrecharbeit des Baumwollgewebes. Es bedarf viel Sinnes für Genauigkeit, um nach vielen komplizierten Arbeitsschritten diesen geometrischen Stern entstehen zu lassen.

Hartmonat ➛ «Hartung»

Hartung Alte deutsche Bezeichnung für den Monat Januar. «Hart» = gefrorener Schnee. Im Südbayerischen spricht man deshalb auch vom «Hartmonat».

Harzer Bergmann-Krippe Alte deutsche Krippe aus dem Harz, bei der Bergleute in einem typischen Bergwerk in die Weihnachtsgeschichte integriert worden sind. Die Krippe ist im Besitz der Sammlung Würth.

Haselnüsse Wichtiger Bestandteil für viele Weihnachtsplätzchen wie Makronen, Kipferl und Mürbteiggebäck.

«Haslacher Weihnachtslieder» ➛ Hansjakob, Heinrich

Haßler, Hans Leo von Hans Leo Haßler (1564–1612), fränkischer Komponist. Er gilt neben Michael Praetorius (1571–1621) als der bedeutendste Meister um 1600. Seine Advents- und Weihnachtsmotetten und -messen gehören zu den traditionellen Werken der Weihnachtszeit.

Hätscheklaus Alter Name für den Nikolaus im Grabfeld (bayerische Rhön).

Hauzenberger Nikolausgilde Die «Hauzenberger Nikolausgilde» wurde im Jahre 1955 gegründet. Seit dieser Zeit ziehen am Nikolaustag inzwischen über fünfzig Nikoläuse mit ihren Stellvertretern durch die Fußgängerzone von Hauzenberg im südlichen Bayerischen Wald, wobei Tausende von Zuschauern dem Umzug beiwohnen.

Heelechrist Volkstümlicher Name (Ostniederdeutsch) für den Weihnachtsmann.

Hefekerl ➛ «Gebildebrot», ähnlich wie ➛ «Stutenmann».

Heilagmanoth Kaiser Karl der Große (768–814) versuchte anstelle der römischen Monatsnamen volkstümliche deutsche Namen einzuführen, die der fränkische Geschichtsschreiber Einhard, auch Eginhard (um 770–840), im Jahre 835 in die erste Kaiserbiographie des Mittelalters «Vita Caroli magni» aufnahm.

Heilandskrippe Im 19. Jahrhundert versuchten die bayerischen Krippenbauer mit der «Heilandskrippe» eine historische Treue wiederzuerlangen, indem das weihnachtliche Geschehen in der Landschaft Palästina und mit den dort wohnenden Menschen dargestellt wurde.

Heilbronn In Heilbronn am Neckar ist der «Weihnachtscircus» fast schon Tradition. Jedes Jahr vom 20. Dezember bis zum

6. Januar findet dieses Weihnachtsspektakel in der Stadt viele begeisterte Besucher.

Heilechrist Alter Name für den Weihnachtsmann in Nordostdeutschland.

«Heil'ge Nacht, heil'ge Nacht» H. G. Nägeli (1773–1836) hat diese Weihnachtsweise geschrieben.

«Heil'ge Nacht, ich grüße dich» Zweistrophiges Weihnachtslied des Komponisten Johann Willem Franck (1720–1761). Der Schöpfer des Textes ist unbekannt.

Heiligabend-Fische Bereits im Mittelalter wurde das Gesinde mit den so genannten «Heiligabend-Fischen» bedacht. Dieser Brauch ist im Fränkischen bis 1817 nachgewiesen.

«Heiligabend in der Dorfkirche» Sehr stimmungsvolle Weihnachtserzählung von Peter Rosegger (1843–1918).

Heiligabendlicht Spezielle Kerze, oft auch geweiht, die im Erzgebirge nur am Heiligen Abend auf dem Tisch angezündet wird, wenn das Abendmahl (➛ «Neunerlei») aufgetischt wurde.

Heilige Barbara In einigen Gegenden des Rheinlandes ist die «heilige Barbara» die Begleiterin des Nikolaus.

Heilige Drei Frauen Angeblich die Vorgänger der «Heiligen Drei Könige». In heidnischer Zeit feierten Kelten und Germanen am 6. Januar das «Fest der Lichtgeburt», an dem drei Göttinnen erschienen. Die christliche Kirche übernahm aus taktischen Missionierungsgründen die drei germanischen Göttinnen samt ihren Runen: C+M+B und gab ihnen die Namen Catharina, Margaret und Barbara. In alten bildlichen und figürlichen Darstellung wurde die heilige Barbara schwarz dargestellt, wohl die Ableitung der germanischen Schwarzen Göttin, der Norne Skuld. Deshalb wurde früher auch der heilige Balthasar schwarz dargestellt.

Heilige Drei Könige Am 6. Januar feiert die katholische Christenheit den Tag der drei Weisen (Magier) aus dem Morgenland: Caspar (übersetzt: «Schatzmeister»), der aus dem fernen Persien kam, Melchior (Der Name stammt aus dem Hebräischen und heißt «Mein König des Lichts»), dessen Palast sich in Afrika befand, und Balthasar (das babylonische «Balatsuucur» heißt übersetzt «Beschütze sein Leben»), von der Küste eines fernen Meeres, der über ein Jahr unterwegs gewesen sein soll. Diese Bezeichnungen datieren aus dem 6. Jahrhundert und haben eine hohe symbolische Bedeutung. Erwähnenswert ist auch, dass die drei Könige die drei Lebensalter Jüngling, Mann und Greis darstellen. Sie zogen zusammen aus, um das Kindlein zu finden und anzubeten. Im Matthäus-Evangelium, Kapitel 2, Vers 9 bis 12 steht geschrieben: «Als sie nun den König gehört hatten, zogen sie hin. Und siehe, der Stern, den sie im Morgenland gesehen hatten, ging vor ihnen hin, bis dass er kam und stand oben über, da das Kindlein war. Da sie den Stern sahen, wurden sie hocherfreut und fanden das Kindlein mit Maria, seiner Mutter, und fielen nieder und beteten es an und taten ihre Schätze auf und schenkten ihm Gold, Weihrauch und Myrren.»

Heilige Familie Maria, Joseph und das «Kindlein in der Krippe» bezeichnen die Christen in aller Welt als die «Heilige Familie».

«Heilige Nacht» Klassische Weihnachtsgeschichte in Mundart von Ludwig Thoma (1867–1921).

«Heilige Nacht» Dieses Weihnachtsgedicht hat der Pfarrer und Lyriker Eduard Mörike (1804–1875) geschrieben.

«Heilige Nacht» Vierzeiler des Barockdichters Andreas Gryphius (1616–1664).

Heilige Steine Unter «Heiligen Steinen» werden die gebrannten Ziegel und Natursteine der «Casa Santa» verstanden. Im Jahre 1294 wurden diese von Niceforo Angeli von Epiros seiner Tochter Margherita zur Heirat mit Phillippe d'Anjou als Brautgabe geschenkt und nach Loreto gebracht. Die Überlieferung fand ihre Bestätigung im so genannten «Chartularium

Culisanense», einer Dokumentensammlung, die erst 1985 veröffentlicht worden ist.

Heiliger Christ Martin Luther setzte sich um 1535 für die Abschaffung des Nikolaus als Gabenbringer ein. Man setzte dafür den «Heiligen Christ» ein. Dies war die Geburtsstunde des «Christkindbrauchtums» und der weihnachtlichen Bescherung in Deutschland.

Heiliger Mann Alter Name für den Nikolausbegleiter am Niederrhein.

Heiliger Nikolaus Der heilige Nikolaus ist der Patron des Wassers und der Schiffer und schützt vor Seenot. Er gilt zudem als Schutzheiliger der Pilger und Reisenden.

Heiliges Haus ➛ «Casa Santa»

Heiliges Land Bezeichnung für Palästina im Alten Testament (Sacharja 2, 16).

Heilignachtwecken Kletzenbrot, das nach der Christmette im bayerisch/österreichischen Raum feierlich angeschnitten wurde, dick mit Butter bestrichen und mit einem Stamperl Schnaps verzehrt wurde.

Heiliwogholen In Endigen am Kaiserstuhl pflegt man noch den alten Brauch des «Heiliwogholens». Dabei begeben sich die Bürger in der Christnacht an einen der fünf öffentlichen Brunnen von Endingen und schöpfen Wasser. Dieses Wasser soll heilen und Glück bringen.

Heimatkrippen Mit «Heimatkrippen» sind Weihnachtskrippen gemeint, die aus Holz hergestellt sind und damit eine gewisse «Bodenständigkeit» und «Echtheit» für sich in Anspruch nehmen. Sie heben sich damit von der maschinell gefertigten Massenware deutlich ab.

Heinzelmännchen Die Heinzelmännchen sind die deutschen Verwandten der skandinavischen Nisse, Trolle und Tomte. Sie sind angeblich sehr fleißig und hilfreich. Besonders bekannt sind bei uns die Kölner Heinzelmännchen.

Heischeumzüge Im norddeutschen Raum versteht man darunter Umzüge in der Vorweihnachtszeit, um von den Dorfbewohnern mit Lärm, Musik, Liedern oder Gedichten allerlei Gaben und Geld zu erheischen. Zu diesen Bräuchen gehörten z. B. der ➤ «Julbock», der Rummelpott und die Rügebräuche. Heute sind diese alten Bräuche fast schon in Vergessenheit geraten.

Heißer Bischof Glühwein, u. a. mit Weißwein hergestellt, der in Norddeutschland sehr beliebt ist.

Helechrist Alter Name in Mecklenburg und Pommern für den «Heiligen Christ», der die Weihnachtsgaben überbringt.

Helgoländer Aromatisches Buttergebäck in Blütenform. Gibt es auch auf dem Festland. Es muss vor dem 5. Dezember gebacken sein, denn an diesem Tag ziehen die Kinder von Haus zu Haus und singen ein Nikolauslied. Dafür bekommen sie ein Tütchen mit Helgoländern.

Helije Mann Alter niederrheinischer Name für den Nikolaus.

Helniklos In Franken wird der Nikolaus als «Helniklos» und auch als «Helnickel» bezeichnet.

Helsete Im alemannischen Sprachraum gingen die Kinder am Neujahrstag zu ihren Paten und forderten mit einem lustigen Sprüchlein eine Gabe, das «Helsete», ein.

«Herbei, o ihr Gläubigen» Die Melodie zu diesem Weihnachtslied stammt von Friedrich Silcher (1789–1860). Der Texter ist nicht bekannt.

Herbergskästchen Das Übergeben von so genannten «Herbergskästchen», das die Symbolik der Herbergssuche darstellen soll, ist ein sehr alter Brauch, der heute nahezu vergessen ist. Dabei wandert das Herbergskästchen von einer zur nächsten Familie.

Herbergsspiele Die Herbergssuche des Heiligen Paares in Bethlehem wird in der Adventszeit in vielen Gegenden Deutschlands und Österreich spielend nachvollzogen. Es handelt sich dabei meistens um kleine Stücke mit Gesängen und Gebeten.

Herbergssuche Die «Herbergssuche» befindet sich im Lukasevangelium, Kapitel 2. Die Szene dieses Geschehens wurde früher sehr oft nachgespielt. Im Alpenraum hat sich der Adventsbrauch der Herbergssuche noch vereinzelt erhalten: Die vergebliche Suche nach Unterkunft wird mit Holzfiguren, die

Maria und Joseph darstellen, versinnbildlicht, und diese werden im Dorf von Haus zu Haus gereicht, wo sie jeweils einen Tag als «Gast» aufgenommen werden.

Herbergstragen ➛ «Frautragen»

Herodes Herodes (um 73 v. Chr.–4 v. Chr.), jüdischer Herrscher. Er stammte aus reichem idumäischem Geschlecht, war also kein direkter Angehöriger des jüdischen Volkes und daher nicht sehr beliebt. Er befahl nach Matthäus 2, 16 den bethlehemitischen Kindermord.

Herodeskasten ➛ «Tragkrippen»

«Herodes und die drei Weihnachtskarpfen» Weihnachtserzählung aus der Breslauer Zeit von Alfons Teubner.

«Herr der Welt» Historische Künstlerkrippe aus Neapel, in der die Geburt Christi in einen königlichen Palast verlegt wurde.

Herrgottskramer In der Adventszeit kamen früher die so genannten «Herrgottskramer» aus dem Bayerischen Wald hinaus ins flache Land. In den Kraxen trugen sie geschnitzte Kreuze, Figuren und Hinterglasbilder, die sie zum Kauf anboten.

Herrnhuter Sterne «Herrnhuter Sterne» schmücken in der Advents- und Weihnachtszeit viele Wohnungen, Kirchen und Fenster. Vor rund 150 Jahren siedelte die evangelische Brüder-Unität aus Mähren auch in Deutschland und gründete den Ort Herrnhut. Um den Kindern im Erziehungswerk die Trennung von den Eltern während der Adventszeit etwas zu erleichtern, begannen die Erzieher, aus Pappe und Papier die charakteristischen vielstrahligen und plastischen Strahlensterne zu basteln. Bereits um 1900 wurden die «Herrnhuter Sterne» industriell hergestellt und werden heute in die ganze Welt geliefert.

Herrscheklaus In der Rhön wurde der Nikolaus früher auch «Herrscheklaus» oder «Herrscheklos» gerufen. Die Bedeutung des Wortes «Herrscheklos» ist unklar und steht eventuell mit dem Hirsch als germanische Kultgestalt und mit dem Namen Klaus (Nikolaus) im Zusammenhang.

«Herr Winter» Von Moritz von Schwindt (1804–1871), dem bekannten Maler und Märchenzeichner, stammt das Vorbild der gutmütigen und wohlwollenden Gestalt des Nikolaus. Er

zeichnete ihn erstmals im Jahre 1847 als «Herr Winter» für den «Münchner Bilderbogen».

Hertelt, Carl Der bekannte Schnitzer aus dem Erzgebirge Carl Hertelt (1837–1871) schuf die große Weihnachtskrippe der Martin-Luther-Kirche in Oberwiesenthal.

«Hessisches Weihnachtsspiel» Weihnachtsspiel um die Herbergssuche von Maria und Joseph, entstanden um die Mitte des 15. Jahrhunderts.

Heustadlkrippen Krippen, in denen die Weihnachtsgeschichte in einem Heustadl dargestellt wird, nennt man «Heustadlkrippen». Man findet solche Krippen besonders in Oberbayern, zum Beispiel im Städtischen Krankenhaus in Bad Tölz.

Hexenhaus Hexenhäuser waren früher in der Weihnachtszeit überaus beliebt, auch wenn das Märchen von «Hänsel und Gretel» kein Weihnachtsmärchen ist. Den Bezug zu Weihnachten stellt jedoch das Haus aus Lebkuchen her, in dem die Hexe wohnt.

Hillig Mann Bezeichnung für den Nikolaus im Rheinland.

Himmelsboten Engel bezeichnet man vielerorts auch als «Himmelsboten».

Himmelsherold Altdeutscher Name für den Engel der Verkündigung.

Himmelskönigin Die heilige Maria, Mutter Gottes, wird in Bayern auch vielfach «Himmelskönigin» genannt. In einigen Deckenfresken in Kirchen Ostbayerns, wie in der Wallfahrtskirche zu Feichten, ist die Himmelskönigin festgehalten.

Himmelskugel ➛ «Weltkugel-Krippe»

Himmelskutsche Bezeichnung für den Nikolausschlitten, auf dem er die Geschenke bringt.

Himmelsleiter In Dänemark wie auch in Schleswig-Holstein gilt die so genannte «Himmelsleiter» immer noch als wichtigster Schmuck für den Weihnachtsbaum. Aus langen und kräftigen weißen oder bunten Papierbändern werden Treppen gefaltet, die von der Spitze des Baumes bis zum Boden reichen müssen.

Damit soll der Weg des Menschen von der Erde zum Himmel symbolisch dargestellt werden.

Himmelstadt Ihre Wunschzettel können Kinder an das Weihnachtspostamt in «Himmelstadt» (Landkreis Main/Spessart) senden, die vom Christkind und von seinen 25 Helfern beantwortet werden.

Himmelstreppe Eine Spezialität des Erzgebirges ist auch die so genannte «Himmelstreppe». Sie besteht aus vielen Holzstäben, die spiralförmig aneinander geklebt werden. Auf einigen Stufen stehen musizierende Engelchen. Die «Himmelstreppe» wird an einer festen Schnur aufgehängt und dreht sich lautlos in der Wärme.

Himmelswerkstatt Die himmlische Werkstatt war unerschöpfliches Thema für Weihnachtskarten und Adventskalender. In den farbigen Darstellungen arbeiteten Engel und Zwerge mit sichtbarer Begeisterung an der Herstellung von allerlei Spielzeug. Meistens waren auch der Weihnachtsmann oder das Christkind mit von der Partie.

Himmlische Heerscharen Biblische Himmelsflieger, die seit Jahren durch die verstärkt auftretenden Weihnachtsflüchtlinge verdrängt worden sind.

Himmlischer Bräutigam ➛ «Fatschenkind».

Hinterklaus Auch «Hinterklaas». Nikolausbegleiter in den Niederlanden.

«Hinterm Dorf» Bayerische Ortsangabe, wo sich das Geburtshaus Christi befindet.

Hinternachten ➛ «In den Zwölften»

Hirschhornsalz Doppelsaures Ammonium, wird als Treibmittel beim Backen von Pfefferkuchen benötigt. Früher wurde es aus Hirschhorn gewonnen. Heute stellt man es aus Ammoniak her. Die Nase hält man besser nicht rein, denn es brennt ganz fürchterlich.

Hirtenamt Traditionell wird das so genannte «Hirtenamt» (Frühmesse) in der katholischen Kirche am 1. Weihnachtsfeiertag gefeiert und zählt zu den «Drei heiligen Messen» an Weihnachten.

Hirten auf dem Felde Einfache Hirten waren es, die zuerst von der Ankunft des Herrn erfuhren. Wie sich dies genau abgespielt hat, hat der Evangelist Lukas in Kapitel 2, Vers 8 bis 14 niedergeschrieben: «Und es waren Hirten in derselben Gegend auf dem Felde bei den Herden, die hüteten des Nachts ihre Herde. Und siehe, des Herrn Engel trat zu ihnen, und die Klarheit des Herrn leuchtete um sie, und sie fürchteten sich sehr. Und der Engel sprach: Fürchtet Euch nicht, siehe, ich verkündige Euch große Freude, die allem Volk widerfahren wird; denn Euch ist heute der Heiland geboren, welcher ist Christus, der Herr, in der Stadt Davids. Und das habt zum Zeichen: Ihr werdet finden das Kind in Windeln gewickelt und in einer Krippe liegen. Und alsbald war bei dem Engel die Menge der himmlischen Heerscharen und lobten Gott und sprachen: Ehre sei Gott in der Höhe und Friede auf Erden und den Menschen ein Wohlgefallen.»

«Hirtenhund» Weihnachtliches Gedicht der französischen Schriftstellerin Francoise Sagan (geb. 1935).

«Hirten in der Stadt» Weihnachtserzählung des Pfarrers und Theologen Adolf Sommerauer (1909–1995).

«Hirtenkantate» Pater Franz Schnizer, der von 1740–1785 an der Reichsabtei Ottobeuren wirkte, hat diese «Hirtenkantate» speziell für die ➛ «Gutenzeller Barockkrippe» geschrieben.

«Hirtenmusik» Instrumentale Weihnachtsmusik von Domenico

Zipoli (1688–1726). Diese Pastorale hat ihren Ursprung im weihnachtlichen Musizieren der «Pifferari», der italienischen Hirten, die zur Weihnachtszeit in Rom vor Madonnenbildern musizierten. Daher stammt auch der Begriff «Piffa» in Händels «Messias».

Hirtenprozession Andere Bezeichnung für ➤ «Hirtenspiel».

Hirtenschlaf Im Krippenbau gibt es eine Figurengruppe, die aus drei Hirten besteht, von denen zwei wachen und einer schläft. Man nennt diese Gruppe auch vielfach «Hirtenschlaf».

Hirtenspiel Geistliches Spiel des Mittelalters, bei dem die Anbetung des Kindes in der Krippe dargestellt wird. In lateinischer Fassung wurde das Hirtenspiel erstmals in der «Benediktbeurer Handschrift» aus dem 13. Jahrhundert erwähnt.

Hirtenstab ➤ «Bischofsstab»

Hirtenstäbchen Traditionelles Weihnachtsgebäck der Oberpfalz mit vielen Trockenfrüchten.

Hirtentreffen Seit über 50 Jahren treffen sich am Dreikönigstag in Hersbruck bei Nürnberg die Hirten. Dieser Brauch ist jedoch viel älter und ist seit 1751 dokumentiert.

«Historia trium regum» Die «Geschichte der Drei Könige» von Johannes von Hildesheim (1130–1205) zählt zu den wichtigsten geistlichen Geschichtsbüchern in Bezug auf die Heiligen Drei Könige. Das Werk wurde in vielen lateinischen Abschriften verbreitet und in mehrere Sprachen übersetzt. 1476 wurde es erstmalig in Deutsch, 1477 in Lateinisch gedruckt und mehrfach neu aufgelegt.

Historisches Weihnachtsmuseum Einen Rückblick auf rund zwei Jahrhunderte Weihnachtsgeschichte zeigt das im Jahre 2001 eröffnete «Historische Weihnachtsmuseum» in Neustadt bei Coburg. Die Sammlung, die vor allem aus dem Privatbesitz des Weihnachtsschmuckfabrikanten Klaus Müller-Blech stammt, umfasst etwas 25 000 Exponate. Darunter befinden sich mehr als 1650 verschiedene Christbaumständer. Das neue Museum ist das ganze Jahr täglich von 10–17 Uhr geöffnet.

Hitjepuppen Die Hannoveraner «Hitjepuppen» ähneln dem ➤ «Adam-und-Eva-Gebäck». Sie unterscheiden sich allerdings in der Zusammensetzung, der Teig hier besteht aus hellem Pfefferkuchenteig.

Hoadenengel Östereichische Bezeichnung für Verkündigungsengel.

Hochfest der Erscheinung des Herrn In Bayern bezeichnet man in vielen Gegenden den «Heiligedreikönigstag» auch als das «Hochfest der Erscheinung des Herrn».

«Hodie Christus natus est» Francis Poulenc (1899–1963) hat dieses stimmungsvolle Chorwerk geschrieben.

Hoeyholm, Peer Klare und einfache Linien kennzeichnen die Krippenfiguren aus den 60er Jahren des dänischen Kunsthandwerkers Peer Hoeyholm. In Norddeutschland fand diese Stilrichtung rasch Anklang.

«Hoheit in der Parkstraße» Beschauliche Erzählung um das bürgerliche Weihnachtsfest, verfasst vom Schriftsteller Gustav Freytag (1816–1895).

«Hohe Nacht der klaren Sterne» Weihnachtslied, 1936 von Hans Baumann (1914–1988) komponiert, das während der NS-Zeit als Gegenstück zu «Stille Nacht, heilige Nacht» zum germanischen «Jul-Fest» gesungen wurde. Das Lied hat sich jedoch nie durchsetzen können.

Hohenneujahr In einigen Gegenden im Erzgebirge wird der Dreikönigstag auch als «Hohenneujahrstag» bezeichnet.

Hohlperlen Glasperlen, die anfangs einzeln, um 1874 in Mehrfachformen geblasen und auf der hohlen Innenseite verspiegelt wurden. Die Hohlperlen wurden zum Beispiel als Christbaumschmuck sowie für den Kleiderschmuck der Fatschnkindl verwendet.

Holdes Kind ➛ «Prager Jesulein»

Hollawatsche ➛ «Hullefrau»

Hollentag Im oberfränkischen Raum wurde früher der Thomastag (21. Dezember) auch vielfach als «Hollentag» bezeichnet. Wohl eine Ableitung von der Perchta Frau Holle, die aus der germanischen Göttin Frigga hervorging.

Holzer, Johann Evangelist Johann Evangelist Holzer (1709–1740). Tiroler Maler und Zeichner, der in Augsburg wirkte. Er war vor allem wegen seiner ➛ «Mandlbögen» (Ausschneidebögen für Papierkrippen) bekannt.

Honig Aus dem Nektar, den die Bienen aus den Blütenkelchen aufsaugen, in den Honigmagen aufnehmen und der nach Verarbeitung durch die Speicheldrüsen von den Arbeitsbienen in den Waben des Bienenstockes gespeichert wird, entsteht der Honig. Er enthält in seiner reinsten Form etwa 75 % Zucker, 19 % Wasser und bis 2,7 % Eiweiß sowie Fermente und Würzstoffe für den Geschmack. Honig ist für die Weihnachtsbäckerei ein wesentlicher Bestandteil.

Honigbusserl Weihnachtsgebäck aus Honig, Zucker und Haselnüssen.

Honigkuchen Kalorienreiches, sehr süßes Weihnachtsgebäck, welches mindestens 50 % reinen Bienenhonig enthalten sollte. Der Lebkuchen ist ebenfalls ein Honigkuchen.

Honigteig-Lebkuchen Diese Lebkuchen, mit einem besonders hohen Bienenhoniganteil, werden fast ausschließlich als Figuren (Nikolaus, Hampelmann, Tiere) goldgelb ausgebacken. Sie sind vor allem bei den Kindern sehr beliebt.

Hoppin' John Dinner In den Südstaaten der USA war es früher Brauch, zu Neujahr das so genannte «Hoppin' John Dinner» aufzutischen. Es handelt sich dabei um ein herzhaft deftiges Reis-Bohnen-Gericht mit geröstetem Schinken. In das Gericht wird eine Silbermünze gelegt. Wer diese auf seinem Teller findet, soll ein Jahr lang Glück haben.

Hora matutina Aus diesen lateinischen Wörtern entstand der deutsche Begriff «Mette» für die Christmette.

Horchen gehen Alter oberfränkischer Weihnachtsbrauch. Man ging in der Heiligen Nacht allein hinaus auf einen Kreuzweg, zeichnete in den Schnee einen Kreis und stellte sich hinein. So konnte man erfahren, was einem das kommende Jahr bringen würde. Man durfte jedoch den Kreis nicht vor Ende der Mitternachtsstunde verlassen, das verhieß viel Unglück.

Hörnerbrote ➛ «Gebildebrot» aus dem Salzburger Land in Form von Musikhörnern.

«Hört der Engel helle Lieder» Weihnachtslied von Theophil Rotenberg (geb. 1912) nach dem lateinischen «Gloria in excelsis Deo».

Hosianna Hebräischer Gebets- und Freudensausruf.

Hosianna Hebräisch, übersetzt: «Hilf doch!»

«Hosianna dem Sohne Davids» Sehr schöne und stimmungsvolle Motette von Georg Friedrich Telemann (1681–1767). Auch Johann Sebastian Bach (1685–1750) und Thomás Luis de Victoria (1540–1613) komponierten unter dem gleichen Titel geistliche Chormusik.

Hot Pint Die Schotten stoßen erfahrungsgemäß selten mit Sekt auf das neue Jahr an. Sie bevorzugen den «Hot Pint», einen Punsch aus Starkbier, Whiskey und Eiern. In der Vergangenheit trugen die Schotten das heiße Gebräu in Kupferkesseln durch das Dorf und überbrachten damit zugleich die Neujahrswünsche.

Hot Toddy Im Staate Kentucky/USA wärmt in der Vorweihnachtszeit der «Hot Toddy» zuverlässig die Menschen. Er besteht aus Bourbon-Wiskey, Orangen- und Zitronensaft sowie Honig. Alles zusammen erhitzt, ergibt einen wärmenden Vitamin-C-Trunk.

Huglfing In der Pfarrkirche St. Magnus in Huglfing/Obb. ist in den Seitenaltären eine gotische Madonna (rechts) aus dem Jahre 1501 sowie ein Gemälde des heiligen Nikolaus (links) zu bewundern.

Hühnerei-Krippe Eine seltene Weihnachtskrippe, die aus Hühnereiern angefertigt wurde, kann man neben weiteren 55 Krippen auf dem Oberammergauer Krippenweg bewundern.

Hullapöpel ➛ «Hullefrau»

Hullefrau In Würzburg erinnern sich alte Leute noch an die Legende der Frau Hulle. Sie schlich sich in der Vorweihnachtszeit durch die Straßen der Stadt, hatte eine weiße Haube auf dem Kopf und war in eine weiße Kutte gehüllt. In der Hand trug sie eine lange Reisigrute. Der Sage nach schlich sie von Haus zu Haus und holte die bösen Kinder heraus, die sie dem Teufel überbrachte. Heute ist Frau Hulle fast vergessen, obwohl in der Christnacht noch immer vermummte Gestalten herumgeistern, um böse Kinder zu erschrecken. Diese Spukgestalt nennen die Würzburger noch jetzt «Hullefrau» oder den Hullepotz. In der Region wird diese Figur auch «Hollawatsche», «Hullapöpel», «Hulleklatsch», «Hullepäter» oder «Hullermann» genannt. In Rückerdorf, Erlangen, Wunsiedel, Plech und Neunkirchen am Sand war die «Hullefrau» ebenfalls bekannt. Dort trat sie allerdings mit Besen und Zuckerwaren vor die Kinder. Im Thüringer Wald treiben die «Hullefrauen» während der Silvesternacht ihr Unwesen. Man spricht auch von der «Hullefraansnacht» oder dem «Wilden Lauf ins neue Jahr». In der bayerischen Rhön und im Steigerwald wird sie auch «Hullefra» genannt.

Hulleklatsch ➛ «Hullefrau»

Hullepäter ➛ «Hullefrau»

Hullepotz ➛ «Hullefrau»

Hullermann ➛ «Hullefrau»

Humbacher Nikolausspiel Nur alle zehn Jahre wird in Humbach, in der Nähe von Wolfratshausen in Oberbayern, das «Humbacher Nikolausspiel» in den Häusern der Bewohner aufgeführt. Zuletzt 1998. Bei diesem seltenen Spiel treten nacheinander zwölf Figuren auf, die jedoch *nicht* den Jahreslauf symbolisieren, sondern die Sünde der Bestechlichkeit. Ein Bettler bittet den heiligen Nikolaus um eine Gabe für Frau und Kinder und erhält von ihm eine großzügige Spende. Ein weiterer Bettler möchte an der Gabe teilhaben, und die beiden geraten darüber in einen heftigen Streit. Der Polizist will die Bettler hinauswerfen, lässt sich aber von den beiden bestechen und wird schließlich von diesen auch vertrieben. Der Mohrenkönig tritt ins Geschehen. Er macht dem Nikolaus Vorwürfe, weil er zu großzügig sei. Der Nikolaus ruft deshalb den Klaubauf (Knecht Ruprecht) herbei, der die beiden Bettler bestraft. Historisch gesehen ist das «Humbacher Nikolausspiel» schon eine Besonderheit, denn es gibt, außer einem ähnlichen Spiel, das alle sieben Jahre in dem etwa 15 Kilometer entfernten Neufahrn aufgeführt wird, kein weiteres vergleichbares Nikolausspiel in Oberbayern. Zentrum der «Nikolausspiele» ist Tirol. Dort sind derartige Spiele seit 1700 belegt.

Hummel-Engel Nach wie vor sind diese inzwischen weltbekannten Weihnachtsengel von Schwester Maria Innocentia Hummel, eigentlich Berta Hummel (1907–1946), vor allem bei Sammlern äußerst beliebt. Die meisten Figuren stammen aus ihrer großen Schaffensperiode von 1927 bis 1931.

Hutschebarbara Gruselige, vermummte Begleitfigur der Vorweihnachtszeit in Franken, Hessen und Niedersachsen. Der Name steht wohl im Zusammenhang mit christlichen Gestalten, die in der Adventszeit auftreten, wie die Heiligen Martin, Ruprecht, Thomas und Barbara. Die Dialektform von «hutscheln» (lachen) ist ebenfalls im Namen dieser Figur enthalten.

Hutscheklas Früherer Name für Nikolaus in Hannover.

Hutzelbrot Mit Dörrobstschnitzeln gebackenes Brot.

Hutzelzelta Volkstümlicher Name in Bayerisch-Schwaben (Bubesheim) für Birnenbrot/Lebkuchen.

Hyperhagios Griechisch: «Überheiliger». Ein Heiliger, der über den anderen Heiligen steht. In der griechisch-orthodoxen Kirche ist diese Bezeichnung ein Ehrentitel für den Nikolaus.

«Ich steh an deiner Krippe hier» Von Paul Gerhardt (1607–1676), dem wir viele Kirchenlieder verdanken, stammt der Text, 1653 verfasst. Kein Geringerer als Johann Sebastian Bach (1685– 1750) hat 1736 die Melodie dazu komponiert.

«Ich und der Weihnachtsmann» Ergreifende Weihnachtsgeschichte des deutschen Journalisten Sebastian Haffner (1907–1999).

«Ich verkündige euch große Freude» Diese häufig aufgeführte Weihnachtsmusik stammt von Johann Vierdanck (1605–1645).

Iffeleträger Der Name kommt von «Inful» (lat. Kopfbinde). ➛ «Lichterkläuse»

«Ihr Himmel, tauet obn herab» Volkstümliches Weihnachtslied aus Niederösterreich, das auch heute noch vielfach gesungen wird.

«Ihr Hirten, erwacht» Die Melodie dieses Liedes ist eine alte Volksweise. Wer diese Melodie und den Text verfasst hat, ist nicht überliefert.

«Ihr Kinderlein, kommet» Im Winter des Jahres 1794 dichtete Kaplan Christoph von Schmid in Thannhausen, einem kleinen Ort in Schwaben, den Text dieses Weihnachtsliedes. Wenig später schmetterten unzählige Jungen und Mädchen dieses Lied, zu dem der Komponist Johann Abraham Schulz 1795 eine passende Melodie geschrieben hatte.

«Ihr lieben Christen, freut euch nun» Adventslied aus dem 15. Jahrhundert. Die Melodie stammt von Nikolaus Hermann (1500–1561), den Text schrieb Erasmus Alber im Jahre 1546.

«Im Fett schwimmen» Nach einer alten Vorstellung soll man am Jahresende «im Fett schwimmen», weil man dann im darauf folgenden Jahr immer reichlich und gut zu essen habe.

«Im Lande des Christkinds» ➛ «Münchner Weihnachtskalender»

Immaculata Lateinisch «die Unbefleckte». Es ist der Ehrenname

Marias, der Mutter Jesu. Siehe auch: «Unbefleckte Empfängnis Maria»

Impulskrippen Immer mehr Künstler haben in den vergangenen Jahren mit so genannten «Impulskrippen» versucht, Aufmerksamkeit zu erlangen. Durch ein modernes oder auffälliges Design wollen sie so die Betrachter der Krippen zum Nachdenken über die heutige Bedeutung von Weihnachten anregen.

Impwecken Alter Brauch im Berchtesgadener Raum, bezeichnet das Ausräuchern der Bienenstöcke am Heiligen Abend. Dabei wurde in den Bienenstock ein besonders kleines Brotgebäck gelegt.

«Im Winter» Diese Hymne auf den Schnee stammt von Adalbert Stifter (1805–1868).

In den Zwölften Im Alpenraum bezeichnet man die Tage vom 25. Dezember bis zum 6. Januar auch als «In den Zwölften» oder die «Hinternachten».

«In der Christnacht» Weihnachtsgedicht von Karl Stieler (1842–1885).

In der staadn Zeit Vorspiegelung der stillen und besinnlichen Vorweihnachtszeit, die durch Dichter und Werbeleute immer wieder beschworen wird, die aber allenfalls im Januar zu verspüren ist, wenn der Rummel sich gelegt hat.

«In dulci jubilo» «Nun singet und seid froh». «In dulci jubilo» ist eines der ältesten Weihnachtslieder in Deutschland und maßgebliche Grundlage für viele Kirchenlieder. Erstmals geschrieben findet man es in einer Fassung vom Anfang des 15. Jahrhunderts in der Universitätsbibliothek Leipzig, doch es ist bereits im 14. Jahrhundert erwähnt. Die meisten Überlieferungen präsentieren einen deutschen und lateinischem Text. Die Musik dazu komponierte Johann Walter, seinerzeit Kantor in Torgau und Freund Martin Luthers.

Ingwer Lateinisch: Zingiber Roscoe. Das Gewürz wird aus den Wurzelknollen der schilfähnlichen Pflanze gewonnen. Ingwer gedeiht in Indien, Thailand, China, in Afrika und auch auf Jamaica. Es war eines der ersten Gewürze, das den Mittelmeerraum erreichte und wurde vermutlich von den Phöniziern eingeführt. In Deutschland kennt man Ingwer seit dem 9. Jahrhundert. Der Geschmack geht von brennend scharf über würzig bis hin zu einer schwachen Bitternote. Ingwerplätzchen sind vor allem in England sehr beliebt. Ingwer findet auch als bestimmender Geschmacksstoff für Getränke (Ginger-Ale) Verwendung.

«In natali Domini» Mittelalterliche Weihnachtsmusik von Michael Praetorius (1571–1621).

«In native Domini» Dieses kleine, kurz nach dem Jahr 1000 in Regensburg entstandene Gedicht, welches mit den Zeilen: «Grates nunc omnes redamus Domini Deo ...» (Dank wollen wir jetzt sagen dem Herren Gott ...) beginnt, ist das erste aus Bayern bekannte Weihnachtslied. Die Sequenz wurde während der Frühmesse des Weihnachtstages «In Galli Cantu» gesungen.

Internächte Im Erzgebirge bezeichnet man die Raunächte als «Internächte».

«In Weihnachtszeiten» Dieses kurze Gedicht stammt von dem Erzähler und Nobelpreisträger Hermann Hesse (1877–1962).

«Ins neue Jahr springen» In vielen Gegenden Deutschlands ist es Brauch, anstatt in der Silvesternacht zu tanzen, um Punkt null Uhr auf einen Stuhl zu steigen und mit Mut und Schwung ins neue Jahr zu springen.

Introitus Gegen Ende des 12. Jahrhunderts begann man damit, die biblische Weihnachtsgeschichte rund um die Krippe zu Beth-

lehem auch in den Kirchen aufzuführen. Dieses Krippenspiel bildete sozusagen den «Introitus», den Eingang zur eigentlichen Messe am ersten Weihnachtstag.

Ischler Krippenspiel In Bad Ischl im Salzkammergut wurde 1975 letztmalig das alte Krippenspiel aufgeführt, dessen Ursprünge bis ins Jahr 1603 zurückgehen.

«It's Christmas» Amerikanischer Weihnachts-Hit, den fast jedes Kind singen oder wenigstens summen kann.

«Jacob, der Weihnachtsbär» Weihnachtliches Theaterstück für Kinder von Christine Fink (geb. 1971)

Jahresendflügelfigur Offizielle Definition der DDR für den Weihnachtsengel.

Jahreskrippe Zur Blütezeit des Krippenbaus im 18. Jahrhundert, als sich auch das einfache Volk Krippen durch viel Eigenarbeit leisten konnte, ging man daran, die Weihnachtsgeschichte auszuweiten und sie um einige Stationen des Jahreslaufs zu erweitern. Die wohl berühmteste dieser Jahreskrippen ist die «Salonkrippe» mit rund 4000 Figuren, die im Museum von Brixen aufbewahrt wird. Sie wurde von Augustin Probst (1758–1807) und seinem Halbbruder Joseph (1773–1861) erschaffen.

Jahresschlusskalender Linientreuer Bildkalender der DDR, der als Gegenstück zum Adventskalender gedacht war und für die letzten 31 Tage des Jahres ausgerichtet war.

Jahve ➛ «Zebaoth»

Januar Ein halbes Jahrhundert vor Christi Geburt führte Julius Cäsar die 31 Tage für den ersten Monat des Jahres ein. Der Name des Monats geht zurück auf Janus, den römischen Gott des Ein- und Ausganges. Durch seine beiden Gesichter (Januskopf) konnte er gleichzeitig in die Vergangenheit und in die Zukunft schauen. Hartung, Hornung, Schneemond oder Eismond sind alte Bezeichnungen für den Monat Januar, die noch in überlieferten Bauernsprüchen erhalten sind.

Japanischer Weihnachtsmarkt Einen «Japanischen Weihnachtsmarkt» veranstaltet an den Adventswochenenden eine asiatische Kunstgalerie im Münchner Stadtteil Schwabing. Hier können sich Interessierte informieren, wie in Japan Weihnachten gefeiert wird.

«Jauchzet, frohlocket» Der berühmte Eingangschor «Jauchzet, frohlocket» stammt aus der ersten Kantate des Weihnachtsoratoriums von Johann Sebastian Bach (1685–1750).

«Jauchzet Gott in allen Landen» Weihnachtslied von Johann Sebastian Bach (1685–1750). Den Text schrieb Erwin Neumeister (1671–1756).

«Jauchzet, ihr Himmel» Weihnachtslied aus dem 15. Jahrhundert nach einer Weise aus Stralsund. Der Text stammt von dem evangelischen Dichter und Mystiker Gerhard Tersteegen (1697–1769) aus dem Jahr 1731.

Jerichorose Die Rose von Jericho (lat.: Anastatica hierochuntica) ist ein ca. 10 bis 20 cm hoher einjähriger Kreuzblütler des östlichen Mittelmeerraumes. Vertrocknen die Äste, biegen sie sich kugelig ein. Kommen die kugeligen Gebilde mit feuchter Luft oder Wasser in Verbindung, setzen sie erneut Grün an und entfalten sich wieder. Die «Jerichorose» gilt für die Menschen im Mittelmeerraum auch als Symbol für neues Leben.

Jess, Wilfried Bekannter Krippensammler aus Stormarn. Im Lauf der Jahre hat er zusammen mit seinem Vater Hans Jess über 156 Krippen gesammelt, von denen jedes Jahr in der Vorweihnachtszeit einige ausgestellt werden.

Jesuskind-Plastiken Die älteste erhaltene Jesuskind-Plastik (Wien 1344) befindet sich als Gnadenbild im Kloster Maria Mödingen in Schwaben. In der Barockzeit gab es rund 50 Wallfahrtsstätten mit einer figürlichen Darstellung des Jesuskindes. Davon sind heute noch 12 Plastiken erhalten. U. a.: Santa Bambino in Ara Coeli in Rom, das Prager Jesuskindl, das Jesuskind von St. Maria Loretto in Salzburg, Roi de Grâce von Beaune, das Steyrer Christkindl, das wundertätige Sarner Kindl, das Seminari-Kindl in München, das Jess-Kindl der Kolumba Weigl in Altenhohenau, das Niño de Atocha in Plateros/Mexico, das Jesuskind in Cebú-City/Philippinen und das Jesuskind in Tacloban/Philippinen.

«Jesukind von Flandern» Ergreifender Roman um die Herbergssuche, 1917 vom flämischen Dichter Felix Timmermans (1886–1947) verfasst.

«Jesu, meine Freude» Weihnachtskantate von Dietrich Buxtehude (1673–1707), von dem auch die bekannte Kantate «In dulci jubilo» stammt.

«Jesu, nun sei gepreiset» Altes Kirchenlied zur Jahreswende von Melchior Vulpius (1560–1615). Der Text stammt von Johannes Hermann (1586–1630).

Jesuskind-Wallfahrt Im Benediktinerkloster Holzen, zwischen Augsburg und Donauwörth gelegen, gibt es jedes Jahr in der Adventszeit noch die so genannte «Jesuskind-Wallfahrt».

Jesuswiegen Die so genannten «Jesuswiegen» tauchten kurz nach 1300 auf. Sie waren für kultische Weihnachtsspiele, vor allem in den süddeutschen Nonnenklöstern, bestimmt.

Johannen-Jesulein ➛ «Kolumba-Jesulein»

Johannesminne ➛ «Johanniswein»

Johanngeorgenstadt Stadt im Erzgebirge und «Stadt des Schwibbogens». Hier wurde im Jahre 1778 der erste ➛ «Schwibbogen», damals aus Schmiedeeisen, angefertigt. Heute erstrahlen in der Weihnachtszeit in der Stadt Tausende von Schwibbogen.

Johanniswein Am Fest des heiligen Johannes, dem 27. Dezember, wird bis heute in vielen Winzergemeinden Unterfrankens, wie Wiesentheid, Bürgstadt, Eibelstadt, Randersacker, Großostheim, Volkach und Zeil am Main, der Brauch der Segnung des «Johannisweins» gepflegt. Im Gottesdienst wird der Wein im Namen des Evangelisten Johannes gesegnet. Die Gläubigen trinken anschließend den Rebensaft. Der Ursprung dieses Brauches wird auch als «Johannesminne» bezeichnet und geht auf die Legende zurück, dass Johannes einen Giftbecher getrunken und ohne Schaden überlebt habe.

Jólesveinar Island ist das Land der Elfen und Kobolde. Dementsprechend ist auch der Advent durch den «Jólesveinn» (12. bis 24. Dezember) geprägt, zumindest ebenso wie durch die christlichen Auffassungen. Jólesveinar (pl.) heißt übersetzt so viel wie «Weihnachtskerle». Dabei handelt es sich um die 13 Söhne von Grýla und Leppalúðl, einem Riesen-Ehepaar aus dem 13. Jahrhundert. Da ihr Mann bettlägrig war, musste

Grýla sich um die Nahrungsbeschaffung kümmern, was unter anderem auch dadurch geschah, dass sie unartige Kinder einfing. Inzwischen sind die Kobolde milde und harmlos geworden und stecken den braven Kindern Süßigkeiten in die Schuhe auf dem Fenstersims.

Jolkafest Kommunistisches Weihnachtsfest in Russland, das in der letzten Dezemberwoche gefeiert wird.

Jöölboom Mundartliche Bezeichnung für den Weihnachtsbaum auf der nordfriesischen Insel Sylt.

Jordanweihe ➛ «Wasserweihe»

Jorhan-Kindl Der Bildhauer Christian Jorhan der Ältere (1727–1804), ein Meister des Rokoko, hat unzählige Puttos angefertigt, welche in Fachkreisen als «Jorhan-Kindl» bezeichnet werden.

Josephitragen Mittelalterlicher und religiöser Brauch in der Obersteiermark. Ähnlich wie das «Frautragen».

Josefshose Gegen Ende der Barockzeit rückte die Figur des heiligen Josef immer mehr in den Mittelpunkt der biblischen Weihnachtsgeschichte. In den Bildern dieser Zeit findet man auch Darstellungen, wie Josef aus seinen Hosen Windeln für das Kindlein schneidet. Im Volksmund wurden daher früher die Windeln auch als «Josefshosen» bezeichnet.

«Joseph, lieber Joseph mein» Eines der ältesten überlieferten deutschsprachigen Weihnachtslieder (Joseph, lieber Joseph neve min . . .), welches von dem Mönch Hermann von Salzburg im späten 14. Jahrhundert geschrieben wurde.

Joulupukki Finnischer Name des Weihnachtsmannes.

Jülbuum Nach alter friesischer Tradition ist der «Jülbuum» zentrales Element der häuslichen Weihnachtsdekoration. Der «Jülbuum» ist ein schlichtes Holzgestell, welches mit immergrünen Zweigen, Obst und allerlei symbolträchtigen Figuren, meistens aus gebackenem Mehlteig, behängt wird.

Jul-Ål Sehr leichtes (3%) schwedisches Weihnachtsbier.

Jul-Baum Nationalsozialistischer Versuch, den Christbaum in den «Jul-Baum» umzubenennen.

Julbier Sehr bekannt und auch beliebt war bei den Germanen der

Brauch des «Julbiertrinkens» (Met) zu Ehren der Götter, besonders Oðin und Jólnir.

Julbock In einigen kleinen Dörfern in Schleswig-Holstein, nahe der dänischen Grenze, kennt man vereinzelt noch «Julbock-Aufzüge». Der «Julbock» ist ein junger Mann, in Fell und Hörner verkleidet, der mit einer verwegen aussehenden Begleitschar in der Vorweihnachtszeit durch die Dorfstraßen zieht und mit derben Sprüchen von den Bewohnern Gaben einfordert.

Julbord Umfangreiches, meist warmes Buffet, das in Skandinavien als klassische Festmahlzeit am Heiligen Abend zelebriert wird und auch im norddeutschen Raum immer mehr Zuspruch findet.

Jule-Akquavit ➛ «Weihnachts-Akquavit»

Julemand In Dänemark bringt der «Julemand» am 24. Dezember die Weihnachtsgaben. Dabei stehen ihm viele friedliche Geister, nämlich die «Nisse», hilfreich zur Seite. Für die Nisse, die mit den Tomte in Schweden und den norwegischen Trollen verwandt sind, stellt man am Heiligen Abend eine Schüssel mit gesüßtem Haferbrei oder rahmiger Milch vor die Tür, um sie so zu bewirten. Der Glaube an dieses kleine Völkchen ist tief in der nordischen Mythologie verwurzelt. Es soll damit an jene Zeiten erinnert werden, als man in der nordischen Weihnachtsnacht die wilde Jagd über den Schnee hinwegbrausen hörte.

Julenisse Der «Julenisse» ist der dänische Verwandte der Weihnachtswichtel.

Juleøl Das Brauen von Weihnachtsbier hat bei den norwegischen Bauern eine sehr lange Tradition, die bis in die Zeit der Wikinger zurückgeht. Die Wikinger brauten das Bier jedoch nicht für Weihnachten, sondern zur Feier der Wintersonnenwende. Heute ist das private Bierbrauen in Norwegen verboten. Doch in den Läden des staatlichen «Vinmonopolet» und den Supermärkten bekommt man das «Juleøl» bereits im November. Das norwegische Weihnachtsbier hat einen Alkoholgehalt von ca. 7% und ist süßer und dunkler als das normale Bier.

Julfeuer In der Nacht zur Wintersonnenwende wurden bei den alten Germanen alle Feuer gelöscht bis auf das «Julfeuer», das sorgsam bewacht wurde, damit es nicht erlosch. Die Nacht hindurch bediente man sich der althergebrachten Rituale, um die Sonne (das neue Licht) für den kommenden wichtigen Tag zum Wiederauftauchen zu bewegen. Bei Sonnenaufgang wurden dann viele Feuer neu angezündet. Der Asche dieser Feuer wurde eine Glück bringende Kraft zugeschrieben, die man gut aufbewahrte, um sie bei Bedarf zur Hand zu haben.

Julklapp Schwedische Weihnachtsfeier und alter Brauch, bei dem man sich gegenseitig Päckchen schenkt. Auf dem Land geht man zu Freunden und Nachbarn und klopft an die Türen, wobei man «Julklapp, Julklapp» ruft.

Julklappabend Alter Name für den Heiligen Abend in Nordostdeutschland.

Jul-Klotz Norddeutscher Name für den ➤ «Mettenblock».

Julkuchen Schwedisches Weihnachtsgebäck aus zwei runden Plätzchen, die von Preiselbeergelee zusammengehalten werden.

Julmonat Alter deutscher Name (15.–18. Jahrhundert) für den Monat Dezember.

Julmost Kräuterlimonade, die in Schweden zu Weihnachten gerne getrunken wird.

Julschmuck Darunter versteht man mundgeblasene Glaskugeln, die mit Eichenlaubverzierung, Radkreuz, Runen, Fahnen, den Nationalfarben und Hakenkreuz bemalt waren und hauptsächlich von der Lauschaer Glasindustrie hergestellt wurden. Dieser Christbaumschmuck der NS-Zeit wurde von weiten Teilen der Bevölkerung nicht angenommen.

Jultanne Die Jultanne war eine Erfindung des Nationalsozialismus. Der mit Laubsägearbeiten, kleinen Propagandaheftchen, germanischen Symbolen und Abzeichen des Winterhilfswerks geschmückte Baum konnte sich nicht durchsetzen.

Jultomte Dies sind rot gewandete Zwerge mit Zipfelmützen und gutmütigen Gesichtern, die in Schweden in der Weihnachtsnacht erscheinen und den schlafenden Kindern leise die Geschenke vor das Bett stellen.

Jultupp Für die alten Germanen war der Julschmaus eine wichtige Angelegenheit. Er ist im Prinzip bis heute unverändert erhalten. Dabei kam der «Jultupp», der Weihnachtshahn, auf den Tisch. Das feierliche Mahl diente außerdem zur Besinnung, und in der Gemeinschaft wurde dabei auch der Ahnen gedacht.

Kakaopulver Die gerösteten und aufgebrochenen Bohnen werden gemahlen. Je nach Entzug der darin enthaltenen Kakaobutter erhält man das stark entölte «Kakaopulver» von mindestens 8% bis 20%. Meistens wird das Pulver unter den Plätzchenteig gesiebt.

Kälberweil Alter Oberpfälzer Name für Maria Lichtmess.

Kale Ort in der Südtürkei, in dem Bischof Nikolaus nachweislich gewirkt hat.

Kalter Markt Der «Kalte Markt» findet im schwäbischen Ellwangen seit über 1000 Jahren statt und beginnt immer am Montag nach Heilige Drei Könige. Es ist der Markt der Pferde.

Kalwang Kleiner Ort bei Eisenerz in Österreich. Das Dorf nennt sich «Adventsdorf» und pflegt intensiv alte vorweihnachtliche Bräuche.

Kamel ➛ «Dromedar»

Kaminkehrer Die Männer in der schwarzen Montur, ausgestattet mit Bürste und Leiter, sollen angeblich Glück bringen, wenn sie einem über den Weg laufen. So wird es wenigstens seit Jahrhunderten weitergegeben. Seinerzeit waren die Kaminkehrer die ersten Handwerker, die am Neujahrstag zu ihren Kunden gingen und ihnen Glück und Gesundheit wünschten. Heutzutage ist der schwarz gekleidete Glücksbringer nur noch selten anzutreffen. Lediglich als zierendes Beiwerk für die Silvesterfeier und für Neujahrglückwunschkarten und Geschäftsanzeigen feiert er nach wie vor fröhliche Urstände.

Kandierte Äpfel Rote, kandierte Äpfel am Stil gehören, neben Magenbrot und Lebkuchen, zu den begehrten kleinen Naschereien auf den Christkindlmärkten.

Kandisfarin ➛ «Farinzucker»

Kandiszucker Speziell in der kalten Jahreszeit ist Kandiszucker für Tee und einige alkoholische Heißgetränke unabdingbar. Kandiszucker sind weiße, gelbe oder braune Zuckerkristalle in unterschiedlichen Größen.

Känsterle Alte Bezeichnung (18. Jahrhundert) für die Weihnachtskrippe in Baden und Württemberg.

Kantate zum 1. Weihnachtstag Johann Sebastian Bach (1685–1750) komponierte die Kantate zum 1. Weihnachtstag unter dem Titel «Christen, ätzet diesen Tag» (BWV 63).

Kantille Leonisches Gespinst, das durch schraubenartiges Aufwinden von feinst ausgezogenen gold- oder silberfarbigem Metalldraht entsteht. Es wird zur Herstellung von Borten, Litzen, Tressen oder auch für Weihnachtsschmuck verwendet. Siehe auch: «Leonischer Draht»

Kapselkrippen «Kapselkrippen» gibt es in verschiedenen Größen, meistens mit einem trapezförmigen Grundriss und aus einer Holzfassung. Die Wände der Krippen sind aus Glas, die Rückwände farbig bemalt. Da sich diese Krippen vollkommen hinter Glas befinden, spricht man auch von ➛ «Geschlossenen Krippen».

Kardamom Kardamom (lat. Elettaria cardamomum) ist neben Ingwer eines der am längsten bekannten Gewürze und kommt aus Indien. Die grünen Samenkapseln werden kurz vor der Reife geerntet und getrocknet. Je größer und je grüner, desto

besser ist der Verkaufserlös. Das gemahlene Gewürz ist hocharomatisch, süßlich, mild bis kräftig brennend. Speziell in Skandinavien wird Kardamom in Broten und Kleingebäck verwendet. In Deutschland finden wir das Gewürz in Printen und in Spekulatius.

Kardinal, Josef Josef Kardinal aus Nürnberg besitzt die wohl größte Schneekugel-Sammlung der Welt mit über 6000 Exponaten aus aller Welt.

Karoline von Bayern Karoline von Bayern (1776–1841), der Frau von König Maximilian I. Joseph von Bayern (1756–1825), verdanken es die Münchner, dass auf dem Marienplatz jedes Jahr der höchste Christbaum der Stadt (28 Meter) aufgestellt wird.

Kartoffel-Kugeln Im Schulmuseum der Stadt Lohr am Main befinden sich mundgeblasene und vergoldete Weihnachtskugeln in der Form von Kartoffeln.

Kartoffel-Lebkuchen In Bayern kennt man auch noch das alte Rezept der «Kartoffel-Lebkuchen». Dabei werden dem normalen Lebkuchenteig noch gekochte und passierte Kartoffeln beigemengt. Dadurch erhalten die Lebkuchen, die nach dem Backen mit Schokoladenglasur verziert werden, einen ganz besonderen Geschmack.

Karton-Eierkrippen Eine Besonderheit im süddeutschen Raum sind Weihnachtskrippen in Eiern aus Pappmaché oder gelegentlich auch aus Holz. Die Eier sind mit aufklappbaren Türen versehen und innen mit religiösen Figuren, wie Engel und Lamm, verziert. Der Innenraum der Eier ist meistens als Grotte gestaltet, in der sich eine kleine Krippenszene mit Maria, Josef und dem Jesuskind auf Moos befindet. Derartige Krippen sind heute jedoch nur noch sehr selten zu sehen.

«Kaschubisches Weihnachtslied» Klassisches «Erzählgedicht» von Werner Bergengruen (1892–1964).

«Kasperles Weihnacht» Weihnachtserzählung von Franz von Pocci (1807–1876).

Kastenkrippen Die Kastenkrippe ist eine Besonderheit der böhmischen Krippenkunst im Rokoko. Die biblische Szene der Geburt Jesu wurde in einem gerahmten Kasten untergebracht, den man auch auf Reisen mitnehmen konnte.

Katerfrühstück Wer auf der Silvesterfeier zu tief ins Glas geschaut hat, benötigt am nächsten Tag ein «Katerfrühstück». Das sollte sich aus leichter, eiweißreicher und mineralhaltiger Kost zusammensetzen, um den Magen nicht noch mehr zu belasten.

Katharina Der 25. November ist der Gedenktag der heiligen Katharina. Der Legende zufolge war sie eine ungewöhnlich schöne und gelehrige Adelige, die andersgläubige Philosophen zum Christentum bekehrte. Die Heilige gehört zu den Vierzehn Nothelfern. Ihr Gedenktag ist auch ein Lostag für das Wetter des kommenden Winters. Der Katharinentag war der letzte Tag vor dem Advent, an dem Lustbarkeiten erlaubt waren. Daher auch der Brauch des Katharinen- oder Kathreintanzes. Früher war es an diesem Tag verboten zu arbeiten.

Katharinen-Markt ➛ «Altdeutscher Weihnachtsmarkt»

Kathreinmarkt In vielen oberbayerischen Gemeinden wie in Kirchseeon, Peißenberg, Plattling, Vohburg oder in Hengersberg ist es Brauch, zu Kathrein einen Markt abzuhalten.

Katzenbrot Früchtebrot, welches früher im süddeutschen Raum am Nikolaustag an die braven Kinder verteilt wurde.

Kehraus Mittelalterliche Bezeichnung für den Nikolausbegleiter in Deutschland.

Kenkenbuum Der Kenkenbuum (nordfriesisch: Christkind-Baum) ist ein kleiner, schlichter Weihnachtsbaum aus Holz. Da es auf der Insel keine Tannenbäume gab, war diese Variante früher auf Amrum und Föhr weit verbreitet. Zwischenzeitlich geriet er immer mehr in Vergessenheit. Doch in den letzten Jahren tauchte er während der Weihnachtszeit wieder häufiger in den Fenstern der Inselhäuser auf.

Keppler, Richard Ernst Der Maler Richard Ernst Keppler fertigte für den Verleger Gerhard Lang das Aquarell für den ersten Adventskalender «Im Land des Christkindes» an.

Keramikkrippe ➛ «Urbino»

Kerbenholz Im ausgehenden 19. Jahrhundert kannte man noch den Brauch des «Kerbenholzes». Es war ein kleines hölzernes Stöckchen, in das die Kinder in den Vortagen des Advents für jede gute Tat eine Kerbe einschneiden durften. Diese wurde dann dem heiligen Nikolaus bei seinem Besuch vorgezeigt, und die Kinder durften den Kerben entsprechend Geschenke erwarten.

Kerschbaumer-Krippe Alte Kastenkrippe der Berchtesgadener Kaufmannsfamilie Kerschbaumer, die um 1850 entstanden sein dürfte. Die Krippe verfügt über 100 Figuren sowie über drei auswechselbare Einsätze, die es ermöglichen, die Ereignisse der Weihnachtsgeschichte nacheinander im Krippenkasten zu zeigen. Die Kerschbaumer-Krippe befindet sich heute im Heimatmuseum von Berchtesgaden.

Kerzen Wichtiger Bestandteil des Weihnachtsbaumes. Obwohl es die klassische Weihnachtskerze erst seit rund 250 Jahren gibt, so ist doch überliefert, dass bereits im 4. Jahrhundert, zur Zeit

Konstantins von Byzanz, Kerzen zur Feier von Christi Geburt verwendet wurden. Wachskerzen kamen erst im 15. Jahrhundert in Klöstern auf und waren sehr kostbar. Sie wurden daher nur in Schlössern, Burgen sowie in Klöstern entzündet, wo sie zuerst nur in der Liturgie Verwendung fanden. Erst als das Bienenwachs als Rohstoff erschwinglich wurde, konnten sich auch die einfachen Bürger diese warm brennenden Lichter leisten. 1818 erzeugten Braconet und Simonin die erste Stearinkerze, die aus einem Gemisch aus Stearin- und Palmetinsäure bestand. Um 1930 wurde das Paraffin entdeckt, das aus Rückständen der Erdölraffinierung gewonnen wurde.

Kerzen-Adventskalender Dieser Adventskalender besteht aus 24 Kugelkerzen. Jeden Tag wird eine der nummerierten Kerzen angezündet und verkürzt so die vorweihnachtliche Wartezeit.

Kerzen-Ausblasrohr Neben dem bekannten Kerzenlöscher, einer leichten Stange aus Holz oder Metall mit einem an der Spitze aufgesetztem Bronzeglöckchen, das über die brennende Kerzenflamme gestülpt wurde, gab es um die Jahrhundertwende auch noch das Kerzen-Ausblasrohr. Mit dem Teleskoprohr aus Pappmaché sollte durch kräftiges Pusten das Auslöschen der weiter oben am Christbaum brennenden Kerzen leichter ermöglicht werden. Doch das Blasrohr konnte sich nicht so recht durchsetzen.

Kerzenhalter Metallene Klammern mit Federmechanik und aufgesetzter Krone, in die die Kerzen gesteckt werden. Über den einfachen Kerzenhalter hinaus kamen schon bald weihnachtliche Gestaltungen wie Tannenbäume, Reiterfiguren, Vögel und Schmetterlinge auf den Markt. Um 1910 kam dann der so genannte «Pendelhalter» in den Handel. Unter der Blechkrone war ein Draht angelötet, der am unteren Ende mit einem Ziergewicht aus gestanztem Blech, später auch aus Glas versehen war, das als Gegengewicht fungierte, um so die Kerze in der Senkrechten zu halten.

Kerzenziehen Ohne die Kunst des Kerzenziehens wäre die Advents- und Weihnachtszeit nur halb so schön. Dafür wurden früher aus Kostengründen Bienenwachs und Tierfett zur Herstellung von Kerzen verwendet. In das erhitzte Fett tauchte man Baumwollschnüre, die an einem Drahtgitter befestigt waren. Nach jedem Tauchvorgang ließ man die Schüre erkalten, und die Kerze baute sich dadurch Schicht um Schicht auf. Dieser Vorgang wurde so lange wiederholt, bis die Kerzen die gewünschte Stärke erreicht hatten.

Kettenthomas Alte Perchtenfigur, die früher am 6. Dezember als Nikolausbegleiter z. B. in Neunkirchen am Brand in Oberfranken auftrat.

Keyser Alte Bezeichnung für Lebkuchengebäck in Süddeutschland.

Kiefernzapfen Die meist runden Zapfen von Kiefern und Föhren eignen sich hervorragend zur Anfertigung von weihnachtlichem Baumbehang. Mit Goldkordeln oder roten Bändern versehen, ergeben die naturbelassenen silber- oder goldbronzierten Zapfen einen hübschen Schmuck für Adventskränze und Christbäume.

Kindeln ➛ «Frisch-und-g'sund-Schlagen»

Kinderbescherfest Alte Bezeichnung für das Weihnachtsfest.

Kinderbescherung Geschenke und Kinderbescherung zu Weihnachten sind erstmals 1440 urkundlich belegt. Damals schenkte man allerdings nur Dinge, die man zum Leben benötigte. Die Bescherung speziell für Kinder geht zurück auf eine Idee Martin Luthers.

Kindereintreicheln In Arth (Kanton Schwyz) in der deutschsprachigen Schweiz ist das «Kindereintreicheln» ein traditioneller Nikolausbrauch, der am 23. November begangen wird. Rund 300 Kinder ziehen mit Laternen und Lichtern durch den Ort. Anschließend erhält jedes Kind vom Samichlaus (= Nikolaus) einen Lebkuchen auf der Rathaustreppe.

Kinderfresser Im südöstlichen Teil Deutschlands wurde der Begleiter des heiligen Nikolaus auch «Kinderfresser» genannt, um so die Kinder einzuschüchtern.

«Kinderland» Weihnachtserzählung der deutschen Dramatikerin des 20. Jahrhunderts Marieluise Fleißer (1901–1974).

Kind im Stern «Das Kind im Stern» gehört traditionell zu den Tirschenreuther Krippen. In den Weihnachtsstern, der die Heiligen Drei Könige leitet, wird das Jesuskind eingeschnitzt.

Kindjees Früher wurden in Schleswig-Holstein Printen in besonderen Formen hergestellt, die «Kindjeespoppen» (Kinderpuppen) genannt wurden.

Kindjesus Alter mundartlicher Name in West- und Nordostdeutschland für den Weihnachtsmann.

Kindlmarkt In Breslau wurde der Weihnachtsmarkt volkstümlich auch als «Kindlmarkt» bezeichnet.

Kindlas-Markt Alte fränkische Mundartbezeichnung für den Nürnberger Christkindles-Markt.

Kindlein In Süddeutschland wird das Jesuskind in der Krippe auch vielfach «Kindlein» genannt.

Kindleinbescheren Das «Kindleinbescheren» entstand als Brauch durch die Reformation. Der älteste Beleg für die «Kindleinsbeschenkung» stammt aus Nürnberg aus dem Jahr 1559.

Kindleins-Markt Ursprüngliche Bezeichnung für den Nürnberger Christkindles-Markt.

Kindleinstag Im Fränkischen feierte man früher am 28. Dezember den so genannten «Kindleinstag» (➛ «Tag der unschuldigen Kinder»), der auch als «Pfefferleinstag» (von: pfeffern = schlagen) bezeichnet wurde.

Kindleinswiegen Der Brauch des «Kindleinswiegens» dürfte im 14. Jahrhundert bei den Klosterfrauen entstanden sein. Jede Klosterfrau musste beim Eintritt in das Kloster ein hölzernes Christkind haben, welches in der Weihnachtszeit wie ein lebender Säugling behandelt, also auch gebadet und gewiegt wurde. Im 16. Jahrhundert breitete dieser Brauch sich auch auf die Bevölkerung aus, und sehr viele Frauen besaßen ein Christkind aus Wachs (Fatschenkind) in seidenem Gewand, reich mit Perlen und bunten Bändern geschmückt.

Kindswerck Soldaten und Krippenfiguren aus Zinn wurden früher auch als «Kindswerck» bezeichnet.

Kinnjes Alter Name für das Christkind in Vorpommern.

Kinken Nordfriesische Bezeichnung für das Christkind.

Kinkenjüch Figürliches Gebäck, das in der Vorweihnachtszeit auch heute noch in vielen Bäckereien in Nordfriesland zu bekommen ist.

«Kirchenlied auf die heilige Christnacht» So lautete der ursprüngliche Titel des weltbekannten Weihnachtslieds «Stille Nacht, heilige Nacht» von Joseph Mohr.

Kiritimati Ehemals Christmas Island, zu Deutsch Weihnachtsinsel, ist ein Korallenatoll im westlichen Pazifik. Die Insel, rund 360 km^2 groß, wird von etwa 2500 Menschen bewohnt und wurde von James Cook am 24.12.1777 entdeckt.

Klaas Niederländischer Name für den Nikolaus.

Klabauf Altdeutscher Name für den Nikolausbegleiter.

Klagesdach Alter Name für den Nikolaus am Niederhein.

Klais-Kapelle Die Klais-Kapelle ist eines der meist fotografierten Kalender- und Weihnachtskarten-Motive. Die romantische Kapelle liegt zwischen Garmisch-Partenkirchen und Mittenwald und wurde 1597 erstmalig schriftlich erwähnt. Die Bemalung von Heinrich Bickel erinnert an die Mönche, die 763 hier ein Kloster begründeten, das aber schon 772 nach Schlehdorf verlegt wurde. Die kleine Kapelle ist dem heiligen Petrus geweiht.

Klaj, Johann Johann Klaj (ca. 1616–1656) war Lehrer und Pfarrer in Nürnberg und Kitzingen. Von ihm stammt das Weihnachtsgedicht: «Loblied auf Maria».

Klapfet Mundartliche Bezeichnung für ➤ «Klöpfeln» im Augsburger Raum (Bobingen).

Klappenpuppe Die Seiffener «Klappenpuppe» ist die Urform des Seiffener Spielzeugs. Die anfänglich nur als einfache Holzdocke gestaltete Figur, abgeleitet von der Form der Mangeldocke, bekam noch eine weitere Funktion hinzu: den Klang. Die Puppenformen wurden hohl gedrechselt und mit kleinen

Steinchen oder getrockneten Hülsenfrüchten gefüllt und wieder verschlossen. Wenn man die bunt bemalten Puppen schüttelte, gaben sie einen klappernden Ton von sich.

Klapperbock Auf der Insel Usedom treibt zwischen dem Andreastag und der Christnacht der «Klapperbock», ein Jüngling mit Ziegenkopf, sein Unwesen. Der Unterkiefer des stilisierten Ziegenkopfes ist beweglich und kann mittels einer Schnur zum Klappern gebracht werden.

Klas Bur Alte Bezeichnung für den Nikolaus im Raum Hannover.

Klasenmann Bezeichnung im Rheinischen für das Gebildebrot ➤ «Weckmann».

Klasenring Typisches Nikolausgebäck in Ringform aus Hefeteig.

Klasenvögel Nikolausgebäck in Form von Vögeln, meistens aus Mürbteig.

Klaubauf Altdeutsche Bezeichnung für den Begleiter des Nikolaus, meistens ist er mit rasselnden Ketten ausgestattet.

Klaubaufgehen Alter Nikolausbrauch in Osttirol. Am Vorabend des Nikolaustages zieht der Nikolaus in Begleitung einer maskierten Schar (Narr, Krampus, Kramperl und Klaubauf) durch zahlreiche Gemeinden und besucht die Kinder, die nach einer Befragung getadelt oder beschenkt werden.

Klaubeiß Grauslige Figur der Adventszeit und der Raunächte in Oberbayern und Tirol. Er beißt Kinder und Erwachsene, die sich in dunklen Raunächten draußen aufhalten.

Klauben Früher wurden die getrockneten Birnen (Kletzen) auch «Klauben» oder «Klaupern» genannt.

Kläubler Alter Name für Nürnberger Spielzeughersteller.

Klaus Kurzform für Nikolaus.

Klausen Im Raum Günzburg an der Donau werden die Lebkuchen auch als «Klausen» bezeichnet.

Klausenbärbel-Treiben In Oberstdorf im Allgäu findet alljährlich am 4. Dezember das «Klausenbärbel-Treiben» statt. Junge Mädchen schlüpfen dann in Hexenkleidung und machen mit Ruten und Schellen den Ort unsicher.

Klausenbaum Im südlichen Bayern wie auch in der Schweiz wurde früher am Nikolaustag der «Klaus-» oder «Klausenbaum» aufgestellt. Im Prinzip ähnelt er der «Weihnachtspyramide» und wurde mit Äpfeln und Nüssen geschmückt. Der Klausenbaum wurde später vom Weihnachtsbaum abgelöst. In Niederbayern wurde noch zusätzlich eine Nikolausfigur unter den Baum gestellt.

Klausenbigger Große, weiß gekleidete Figur mit langem, vorne spitz zulaufenden Tierkopf, großen Ohren und einer Rosskappe. Der «Klausenbigger» ist ein Nikolausbegleiter, jedoch als Figur so dominant, dass er der Nikolausgruppe in Steinach im Kinzigtal den Namen gab und gibt.

Klausenbretzen Nikolausgabe der Paten in Illertissen/Schwaben.

Klausenesel Im Hauserbachtal, nahe der Schwarzwaldstadt Haslach, kannte man früher als Nikolausbegleiter den «Klausenesel». Es war dies eine große, in Leinentuch gehüllte Gestalt, deren freie Hautpartien mit Mehl geweißt wurden.

Klausenhölzle Weit verbreitet ist im Süden Deutschlands der Brauch des «Klausenhölzle», auch «Vaterunser-Hölzle» genannt. Dabei schneiden die Kinder vor dem Nikolaustag in einen Holzstab jeweils eine Kerbe für jedes gebetete Vaterunser, um so vom heiligen Nikolaus mehr Gaben zu bekommen.

Klausenmann Er stellt eine aus Brotteig gebackene Nachbildung des heiligen Nikolaus dar und darf in Süddeutschland in keinem gefüllten Strumpf oder Schuh fehlen.

Klausenpicker Alter Name für den Nikolausbegleiter am Oberrhein.

Klausenrogel In Boos im Unterallgäu bekamen früher die Kinder zu Nikolaus von ihren Paten u. a. einen «Klausenrogel», ein Backwerk in der Form eines Bischofs.

Klausentag Im alemannischen Sprachraum erhalten die Patenkinder von ihrem Paten am 6. Dezember ein Männlein aus Hefeteig, das mit Rosinenaugen versehen ist. Der Nikolaustag wird in der schwäbischen Region auch als «Klausentag» bezeichnet.

Klausentreiben Im alemannischen Sprachraum waren früher das «Klausentreiben» oder auch Klausenumzüge, die auf die Nikolausmythologie zurückgingen, ein gern gesehenes Spektakel, das heute fast in Vergessenheit geraten ist.

Klausenzopf Im Raum Illertissen/Schwaben erhielten am Nikolaustag die Kinder u. a. den so genannten «Klausenzopf» (Hefeteiggebäck).

Klausjagen Mit Lärm und Getöse versuchte man in der Vorweihnachtszeit in einigen Gegend der Schweiz böse Geister und Dämonen zu vertreiben. Diesen heidnischen Kult konnte auch das Christentum nicht verhindern, und so fügte man dem Treiben die christliche Figur des heiligen Nikolaus hinzu. Am 28. November 1928 wurde die Küssnachter St.-Nikolaus-Gesellschaft gegründet, um den uralten Brauch würdig zu begehen. Am Vorabend des Nikolaustages erscheinen die «Iffeler», die den Nikolaus verzerrt darstellen. Sie tragen weiße Hemden und lange Bärte aus weißem Werg. Die Iffeler springen vor den Klausjägern einher, die mit ihren Instrumenten einen möglichst großen Lärm verursachen.

Klauskerlchen Rheinischer Name (Neuss) für den ➛ «Weckmann».

Klausklöpfen Früher stiegen die Burschen in der Schweiz am Nikolausvorabend auf die nächstgelegenen Hügel und Berge und knallten mit ihren Peitschen. Der Lärm sollte die Dämonen, Hexen und die bösen (Winter-)Geister vertreiben.

Klausnzelta Im Schwäbischen kennt man auch heute noch den Brauch, am Nikolaustag die so genannten «Klausnzelta», ein Gebildebrot aus dunklem Honiglebkuchen, an die Kinder zu verschenken.

Klawes In Niedersachsen wird der Nikolaus in einigen Gegenden auch «Klawes» genannt.

Klees'chen In Luxemburg wird der Nikolaus Klees'chen genannt. Bereits Wochen vor dem Nikolaustag beobachtet er mit seinem Begleiter, dem «Hoùseker», die Kinder, ob sie auch brav sind. In der Nacht zum 6. Dezember verteilt er dann seine großen Gaben.

Kleine Heilige ➛ «Santos»

Kleine Nikoläuse Früher liefen in Südwestdeutschland am Nikolausabend die Kinder als Poltergeister verkleidet durch die Dörfer. Sie wurden als «kleine Nikoläuse» bezeichnet.

Kleine Raunacht ➛ «Beaschdn»

Kleiner Grazienkönig Mittelalterlicher deutscher Name für das Jesuskind, abgeleitet von «Roi de Grâce von Beaune» in Burgund/Frankreich.

Kleiner Heiliger Abend Im Volksmund gilt der Silvesterabend als «kleiner» oder «zweiter» Heiliger Abend.

Kleiner König ➛ «Fatschenkind»

«Kleines Lexikon der Engel» Dieses Lexikon von Heinrich Krauss über Engel von Ariel bis Zebaoth ist für alle Freunde der Engel ein unumgänglicher Ratgeber und Aufklärer, der sich sachlich und ohne esoterisches Beiwerk präsentiert und von den vielen oberflächlichen Werken wohltuend abhebt.

Kletzenbrot Vitaminreiches Früchtebrot mit gedörrten Birnen und Nüssen.

Kletzen-Cocktail Der «Kletzen-Cocktail» oder auch Kletzenlikör ist eine steirische Weihnachtsspezialität, die aus getrockneten Birnen hergestellt wird.

Kletzenmandl Lustige Figuren aus getrockneten Pflaumen und Walnüssen.

«Kling, Glöckchen, klingelingeling» Der Text zu diesem Weihnachtslied stammt von Karl Enslin (1814–1875). Wer die Melodie zu diesem weltbekannten Lied verfasst hat, ist leider nicht übermittelt.

Klöben Der «Klöben» ist eine einfachere Ausführung des arbeitsaufwendigen «Dresdner Stollens» und wird hauptsächlich noch in Nordwestdeutschland gebacken.

Klöckeln Alter Südtiroler Brauch (von: klocken = anklopfen an der Haustüre). Ähnlich und vergleichbar mit dem süddeutschen ➛ «Anklöpfeln». Der seltene Brauch des «Klöckelns» hat sich in Südtirol nur noch in entlegenen Ortschaften erhalten: Neben Schalders wird das «Klöckeln» nur noch in Gröden und im Sarntal durchgeführt. Die Kinder ziehen dabei von Haus zu Haus und singen Lieder. Dafür werden sie mit Obst und Süßigkeiten belohnt.

Klompsack Alter Name für den Nikolausbegleiter.

Klopfian In den letzten Tagen des Advent bekamen früher die Kinder in Lauingen an der Donau von ihren Tauf- oder Firmpaten Geschenke. Der Name leitet sich vermutlich ab vom früheren Umsingen und Klopfen der Kinder an den Haustüren.

Klöpfler So wurden früher die Kirchensinger, meistens arme Leute wie Taglöhner oder Handwerker, genannt.

Klöpflertrunk In einigen Gegenden in Oberbayern und Tirol erhalten die Klöpfler als Lohn für ihre Gebete und Lieder den so genannten «Klöpflertrunk», eine deftig würzige Suppe.

Klöpflestage Früher war es an den «Klöpflestagen», den drei Donnerstagen vor Weihnachten, vielerorts Brauch, sich gegenseitig zu beschenken. Die Mädchen schenkten ihren Liebhabern das so genannte «Klöpflischeit». Die heiratslustigen Burschen fertigten dann in einer der Klöpflisnächte ein kleines Holzhäuschen, in das Erbsen gesteckt wurden, und stellten es ihrer Auserwählten vor die Türe. Nahm diese das Geschenk an, so bedeutete das eine eindeutige Zusage für den gemeinsamen Lebensweg.

Klöpflinsnacht Die laute und wilde Augsburger «Klöpflinsnacht» hat eine lange Tradition. Erstmalig wurde sie 1462 urkundlich genannt. Sie wird in den ersten drei Donnerstagnächten im Dezember begangen.

Klos Der «Klos» kommt am 5. Dezember südlich von Augsburg zu den Kindern und ist ein wüster Geselle ohne Mitra und Bischofsstab.

Klosa Dieses Gebildebrot aus Hefeteig mit Rosinenaugen wird mit Eigelb bestrichen und dunkelbraun gebacken. Es ist im schwäbischen Raum noch weit verbreitet.

Klosabüchle Kleines Heft, in das früher die Kinder in der Adventszeit die verrichteten Gebete und guten Taten, wie Holzholen, Einkaufen, Aufräumen, mit Strichen neben eingeklebten Oblatenbildchen eintrugen. So sollte der heilige Nikolaus wohl gestimmt werden.

Kloskählsche Mundartlicher Name in Neuss am Rhein für den ➤ «Weckmann», zu Hochdeutsch: Klauskerlchen.

Kloßbaum ➛ «Perlmettla»

Klosterarbeiten ➛ «Schöne Arbeiten»

Klosterkirche Blaubeuren Die Klosterkirche des ehemaligen Benediktinerklosters in Blaubeuren (Reg.-Bezirk Tübingen) beherbergt einen der großen Altäre der Spätgotik. Die Figuren und Szenen der «Anbetung der Könige» des Hochaltars sind von monumentaler Größe. Die volle Farbigkeit ist der Höhepunkt dieser wertvollen Komposition.

Kloster Muri-Gries Im Grieser Krippenmuseum in Südtirol, das im romanischen Turm der Benediktinerabtei untergebracht ist, werden in der Weihnachtszeit alte Krippen ausgestellt, von denen die älteste aus dem Jahre 1750 stammt. Daneben sind auch Krippen der heutigen Südtiroler Krippenproduktion zu sehen, zu der auch rund vierzig Figurengruppen volkstümlicher Kunst gehören.

Kloster Reutberg Der Altarraum im Franziskanerinnenkloster Reutberg ist eine exakte Nachbildung der «Casa Santa», des «Heiligen Hauses» von Loreto. Zur Weihnachtszeit stellen die Schwestern eine barocke Krippe auf, die wegen ihres hervorragenden Erhaltungszustands eine seltene Kostbarkeit darstellt.

Kluibenschedl, Heinrich Heinrich Kluibenschedl (1849–1929) wurde in Tirol und Südbayern als Hersteller von aufwendigen Papierkrippen sehr bekannt.

Knabenbischof Im Hochmittelalter feierte man in den süddeutschen Knabenschulen mit dem Tag des «episcopus puerorum», dem 6. Dezember, ein ausgelassenes Schülerfest, bei welchem aus dem Kreis der Schüler ein «Knabenbischof» gewählt wurde. Der durfte dann diesen Tag gestalten.

Knallbonbon Das Knallbonbon, 1840 von dem englischen Konditor Tom Smith erfunden, ist der klassische Scherzartikel jeder Silvesterfeier. Die bunt eingewickelten Bonbons aus Frankreich als Vorbild, streute Smith Salpeterpulver zwischen das gedreht gewickelte Papier, das beim Aufreißen einen laut hörbaren Knall verursachte. Anstelle von Süßigkeiten stecken heute meistens Glückssymbole oder kleine Zettelchen mit positiven Orakelsprüchen im Knallbonbon.

«Knecht Ruprecht» Dem Dichter Theodor Storm (1817–1888) aus Husum, der grauen Stadt am Meer, verdanken wir eines der bekanntesten Weihnachtsgedichte, welches auch in das deutsche Weihnachtsliedgut eingegangen ist.

«Knecht-Ruprecht-ärgere-dich-nicht» Weihnachtliche Variante des Klassiker-Spiels «Mensch-ärgere-dich-nicht».

Knusperhäusen Das in der Adventszeit beliebte Lebkuchenhaus wird auch vielfach «Knusperhäuschen» genannt.

Kokosflocken Geraspeltes Fruchtfleisch der Kokosnüsse, das man für Makronen und Kokosplätzchen benötigt.

Kolende Alter Neujahrsbrauch in Oberschlesien. Am Neujahrstag gingen die Geistlichen durch die Ortschaften und segneten Haus und Hof. Dafür erhielten sie kleine Geldbeträge, die Kolende.

Kölner Dom Im Kölner Dom befinden sich die Gebeine der drei Weisen aus dem Morgenland. Ursprünglich brachte Kaiserin Helena die Reliquien nach Konstantinopel. Von dort gelangten sie nach Mailand, das 1164 von Kaiser Friedrich Barbarossa erobert wurde. Dessen Kanzler, Rainald von Dassel, zugleich Erzbischof von Mainz, entführte die Reliquien nach Köln, wo sie seither im Dom in einem kostbaren Schrein aufbewahrt werden.

Kolumba-Jesulein Das «Kolumba-Jesulein» auch «Trauben-Jesulein» genannt, befindet sich im Dominikanerinnenkloster Altenhohenau/Obb. Es ist eine 52 cm große Schnitzfigur des «Meisters von Seeon». Die Figur hat lockiges Haar und hält in der linken Hand eine Traube. Das Jesulein kann mit 15 kostbaren Gewändern und ebenso vielen Schuhpaaren bekleidet werden. Ursprünglich als «Johannen-Jesulein» im Besitz der Sr. Maria Johanna Zunhammer, erhielt es seinen jetzigen Namen durch die visionäre Verehrung der stigmatisierten Mystikerin Kolumba Weigl (1713–1783).

«Kommet, ihr Hirten» Die wenigsten wissen, dass der Text dieses hübschen Weihnachtsliedes von Joseph Mohr, dem Schöpfer von «Stille Nacht, heilige Nacht», stammt. Die Noten zu diesem Lied hat ebenfalls Franz Xaver Gruber geschrieben.

«Kommt und lasst uns Christum ehren» Altes Weihnachtslied aus dem 14. Jahrhundert, zu dem Paul Gerhardt (1607–1676) im Jahre 1666 den Text schrieb.

«Könige und Hirten» Modernes und nicht minder realistisches Weihnachtsgedicht des Lyrikers und Erzählers Georg Britting (1891–1964).

Königlicher Weihnachtsmarkt Einen königlichen Weihnachtsmarkt kann man in Stockholm besuchen. Es ist Tradition, dass die königliche Familie jeweils am 8. und 9. Dezember die Ausrichtung eines Weihnachtsmarktes im Park von Schloss Drottingholm erlaubt. Die festlich geschmückten Stände sind in der Dämmerung hübsch anzusehen und immer einen Besuch wert.

König-Ludwig-Weihnachtsbaum Im Historischen Weihnachts-Museum in Neustadt bei Coburg kann man den so genannten «König-Ludwig-Weihnachtsbaum» bewundern. Dieser Baum ist mit bunten Glaskugeln geschmückt, die die Bildnisse von König Ludwig II. und der österreichischen Kaiserin Sisi zeigen. Am Fuße des Weihnachtsbaumes steht ein von Schwänen gezogener Schlitten.

Königszug Bei den Krippenfiguren spricht man bei den «Heiligen Drei Königen» auch vom «Königszug». Die Tiere der Könige sind meistens ein Pferd, ein Dromedar und ein Kamel.

Kordieren Drehung oder Verzierung von einem oder mehreren Drähten zu gekordeltem Draht, der auch zur Christbaumschmuckherstellung verwendet wurde.

Koreatanne Neuerdings findet die Koreatanne (Abies koreana) als Weihnachtsbaum in Deutschland immer mehr Anhänger.

Koriander «Koriander» (Coriandrum sativum) ist ein sehr altes Würzkraut, das bereits im Alten Testament (2. Buch Mose) genannt wird. Es stammt ursprünglich aus dem Vorderen Orient, hat sich schnell im ganzen Mittelmeerraum ausgebreitet. Für die Weihnachtsbäckerei, speziell für die Pfefferkuchen, ist es ein wichtiger Würzbestandteil.

Korinthen «Korinthen» sind, wie Rosinen, getrocknete Weinbeeren, jedoch aus kleineren Beeren.

Korvatunturi Wenn man den Finnen Glauben schenkt, dann residiert der Nachfolger des heiligen Nikolaus von Myra im Berg «Korvatunturi», dessen Eingang aber noch niemand gefunden hat. Korva heißt übrigens Ohr, denn der Berg ist wie ein großes Ohr geformt, womit der heilige Nikolaus die Wünsche aller Kinder dieser Welt hören kann.

Kraller Der «Kraller» trieb sich früher in den Wäldern um Waldkirchen/Bayerischer Wald herum. Wenn er Menschen antraf, tötete er sie; wenn sie schliefen, offenbarte er ihnen im Traum, wie das neue Jahr verlaufen würde.

Kramperlmarkt In Österreich wird der Nikolausmarkt auch als «Kramperlmarkt» bezeichnet.

Kramperl-Tee Österreichischer Name für Glühwein.

Krampus Wird auch Knecht Ruprecht genannt. Er begleitet den heiligen Nikolaus mit rasselnder Kette und Rute und jagt den Kindern Angst ein.

Krampus-Bier Im Jahr 2001 wurde zum ersten Mal der «Krampus» ausgeschenkt. Das geschah pünktlich zum Nikolaustag am 6. Dezember auf dem Münchner Flughafen. Der vorweihnachtliche Festtrunk mit zwölf Prozent Stammwürze verdankt seine Farbe dem dunklen Malz. 200 Hektoliter stehen den durstigen Passagieren jedes Jahr zur Verfügung.

Krampuslarven Krampuslarven haben besonders im Salzburger Land in Österreich eine lange Tradition. Die älteren Larven sind meistens aus Holz geschnitzt, neuere sind aus Pappmaché oder gelegentlich auch aus Kunststoff gefertigt. Allen gleich ist ihr wildes Aussehen mit Hörnern und Fellbesatz. Inzwischen gibt es auch Krampuslarven-Ausstellungen (St. Veit im Defreggental), um der Bevölkerung diese alten Larven wieder näher zu bringen.

Krampuslauf Der traditionelle «Krampuslauf» durch die Salzburger Innenstadt findet jedes Jahr drei bis vier Tage vor dem Nikolausfest statt.

Kränzelschwimmen Alter Vorweihnachtsbrauch. Am Andreastag

(30. November) legten die Mädchen in Schlesien zwei Myrtenzweige oder -kränzchen in einen mit Wasser gefüllten Teller. Näherten sich die Zweige oder Ringe einander, so würden die gedachten Personen innerhalb Jahresfrist ein Paar. Dieser Brauch wurde früher auch in Südbayern und in Tirol gepflegt.

Kranzen An den Weihnachtsfeiertagen fand früher im Raum Illertissen/Schwaben (Oberhausen) in den Gasthäusern das so genannte «Kranzen» statt, wobei neben Wurstwaren und Fleisch 20 bis 30 gebackene Kränze verlost wurden.

Kranzständer Vielfach werden heute die Adventskränze nicht mehr an der Zimmerdecke aufgehängt. Vor allem bei kleineren Kränzen bevorzugt man inzwischen einen «Kranzständer». Der Ständer wird von drei gedrechselten Beinen getragen, an seiner Spitze befindet sich eine Steckkugel, die die Bänder des Adventskranzes sicher hält.

Kranzverlosungen In Bayerisch-Schwaben pflegte man früher im Landkreis Neu-Ulm (Biberachzell) die so genannten «Kranzverlosungen». Sie wurden in den Gasthäusern abgehalten und verlaufen ähnlich wie die weitaus bekanntere ➛ «Christbaumversteigerung».

Krapfen ➛ «Berliner Pfannkuchen»

Krapfenzeche Am Abend des Neujahrsfestes versammelten sich früher in Hochaltingen bei Nördlingen die Burschen und Männer in den Gasthäusern und forderten die «Krapfenzeche» von den Wirten ein. Meistens erhielten sie dann unentgeltlich Bier, Hutzelbrot und einen Schnaps.

Kräpflesnacht/Kröpfleinstag In einem schmalen Gebietsstreifen vom südlichen Dachau bis zum Tölzer Land wurde der ➛ «Klöpfelstag/-nacht» auch Kröpfleinstag und Kräpflesnacht genannt.

Kräst Alte Bezeichnung (auch: Krast) in Bayern und Österreich für den Nikolaus.

Krauss, Heinrich Krauss (geb. 1922), Münchner Engelforscher, Jurist und Philosoph, hat sich mit den zwei wissenschaftlichen Büchern «Die Engel» und «Kleines Lexikon der Engel» (C. H. Beck Verlag) auch in Fachkreisen einen Namen gemacht.

Krawatte Die Krawatte zählt nach wie vor zu den Spitzenreitern der nutzlosen Weihnachtsgeschenke für den Mann. Er hat davon bereits eine ganze Armada im Kleiderschrank hängen, die er nicht benutzt.

Kreiskinnele In der bayerischen Rhön wird das Christkind im Dialekt auch liebevoll als «Kreiskinnele» bezeichnet.

Kressdôôg In der Rhön wird der Christtag (24. Dezember) auch «Kressdôôg» genannt.

Kresskengee Im Fuldaer Raum wird das Christkind auch «Kresskengee» oder «Kresskenche» genannt, welches auch oft von der ➛ «Hullefrau» begleitet wurde.

Kreuzberger, Elfriede Die Österreicherin Elfriede Kreuzberger besitzt eine der größten privaten Sammlungen von historischem Weihnachtsschmuck. Ihre Sammlung besteht aus über 7000 Stücken aus den Jahren 1830 bis 1930.

Kriegsschmuck ➛ «Volksweihnacht»

Krinner-Ständer Dieser universelle Christbaumständer wurde 1988 von Klaus Krinner in Straubing erfunden. In diesen Ständer kann man den unbehauenen Stamm des Weihnachtsbaums stellen und diesen mittels eines Fußpedals innerhalb von zehn Sekunden so fest fixieren, dass man den Christbaum nur noch mit Gewalt umwerfen kann.

Krintenkerl Rheinländischer Name für ein Gebildebrot ➛ (Weckmann).

Krippe füllen ➛ «Strohhalmstecken»

Krippena 2000 Ganzjährige Krippenausstellung in Enzklösterle im Schwarzwald mit über 60 Sammlerkrippen. Darunter auch eine Krippe mit lebensgroßen Figuren von Theo Gütermann.

Krippenaltar In der Spätgotik (um 1350 bis 1420) tauchten vor allem im Alpenraum die so genannten «Krippenaltäre» auf. Die Altäre stellten unveränderliche Szenen der Geburtsgeschichte dar, die nur durch das Anfügen von Altarflügeln erweitert werden konnten. Im 16. Jahrhundert tauchten spezielle Figurengruppen, zum Teil aus Porzellan, auf, die die Anbetung der Hirten oder der Heiligen Drei Könige darstellten und in theaterähnlichem Charakter aufgestellt wurden. Solche «Krippenaltäre» befinden sich z. B. in St. Ulrich in Augsburg und in Überlingen am Bodensee. Auch der «Traminer Altar» und der Flügelaltar in Bozen/Südtirol werden als «Krippenaltar» bezeichnet.

Krippenandacht Die «Krippenandacht» geht auf die Jesuiten zurück. Vor Weihnachten sangen sie mit den Gläubigen vor der großen Krippe in der Kirche, da die Krippen eine willkommene Verbildlichung des Weihnachtsevangeliums darstellten. In dieser Zeit (um 1600) entstanden die ersten Krippenlieder.

Krippenbaum Im Mittelalter wurden im Alpenraum vielerorts so genannte Krippenbäume an den Außenwänden von Kirchen angebracht, um auch jenen Personen, die den Kirchenraum nicht betreten durften, die Geburt Jesu darzustellen. Der Krippenbaum war ca. 20–30 cm breit und hatte eine Höhe bis zu 2 Metern. Die Krippenbäume verschwanden schließlich, nachdem die Kirchenräume für alle Menschen geöffnet wurden. Wegen ihrer Unhandlichkeit wurden die bemalten Bretter einfach abgenommen und als selbständige Krippen in den Kirchen aufgestellt. Sie sind heute als «Bretterkrippen» be-

kannt. Eine solche Bretterkrippe ist zur Weihnachtszeit in der Volksschule in Garsten/Österreich zu sehen.

Krippenbauschule In Bamberg gibt es eine «Krippenbauschule», in der man unter fachkundiger Anleitung in das Geheimnis des Krippenbaus eingeweiht wird.

Krippenberg Der «Krippenberg» zählt neben den Figuren und dem Hintergrund zu den drei wichtigsten Elementen der Tiroler Weihnachtskrippen.

Krippendorf ➛ «Plößberg»

Krippendorf Thaur Die Tiroler Gemeinde Thaur, zwischen Innsbruck und Hall, wird auch als «Krippendorf» bezeichnet. Der kleine Ort kann auf eine lange Krippentradition (17. Jahrhundert) zurückblicken. Die älteste in Tirol erhaltene Hauskrippe steht beim «Maxenbauer» in der Dörferstraße. In Thaur wirkten auch viele bekannte Krippenschnitzer, wie Johann Giner der Ältere und Johann Giner der Jüngere, Maler von Krippenhintergründen wie Andrä Leitl und Franz Pernlocher, sowie Fini Platzer (geb. 1913), die durch ihre Keramik-Krippen bekannt wurde.

Krippen-Engel Engel kommen in vielen Krippenszenen vor: Sie verkünden den Hirten auf dem Feld die Ankunft des Herrn,

umrahmen das Jesuskind in der Krippe oder schweben vom «Krippenhimmel» herab. Diese Engel sind durch Bekleidung, Bewegung und Gesichtsausdruck von den anderen Figuren deutlich abgehoben und bilden einen Teil der göttlichen Sphäre.

«Krippenfeier» Weihnachtserzählung des Nobelpreisträgers (1972) Heinrich Böll (1917–1985).

Krippengang In katholischen Regionen wird die Besichtigung von Weihnachtskrippen auch als «Krippengang» bezeichnet.

Krippenhaus Im Mittelalter wurde die Weihnachtskrippe auch als «Krippenhaus» bezeichnet.

Krippen im Krieg Im 1. und 2. Weltkrieg spielten Papierkrippen für die Soldaten an der Front eine große Rolle. So wurde zum Beispiel während des 1. Weltkrieges eine «Führich-Krippe» aus Papier an die Feldtruppen und an österreichische Kriegsgefangene verschickt, damit diese ihnen Trost spenden konnte in ihrer Sehnsucht nach Familie, Glück und Geborgenheit.

Krippenjackl Der Krippenjackl ist eine hölzerne Gliederpuppe in südostbayerischer Tracht. Die Figur hat zwei auswechselbare Köpfe, einen lachenden und einen weinenden. Sie dürfte um 1800 von Vater oder Sohn Weißenkirchner aus Laufen an der Salzach gefertigt worden sein und befindet sich heute im Besitz des Bayerischen Nationalmuseums in München.

Krippenkalender Darunter versteht man Adventskalender, deren Bild die biblische Krippenszenerie zeigt.

Krippenkirche Sehr selten gewordene mechanische Krippen in Form einer barocken Kirche, die früher im bayerischen Raum weit verbreitet waren. Warf man ein Fünf-Pfennig-Stück ein, dann hörte man kleine Glöckchen erklingen, und ein verstecktes Licht erleuchtete die Szenerie. Es öffnete sich ein Türchen, und das Jesuskind trat hervor und erteilte dem Betrachter seinen Segen. Danach drehte sich die Figur wieder um und verschwand hinter der sich schließenden Tür. Derartige «Krippenkirchen» findet man z. B. noch in Altötting und in Traunreut/Obb.

Krippenkrise Die sogenannte «Krippenkrise» wurde durch das Verbot von König Max I. Josef (1756–1825), in der Öffentlichkeit Krippen aufzustellen, ausgelöst.

Krippenlegen Alter bayerischer Brauch, der um 1930 im Kloster Niederaltaich wieder neu eingeführt wurde. Dabei wird in der Christnacht das Fatschen-Christkindl in die Krippe gelegt, um so die Geburt Jesu symbolisch darzustellen.

Krippenlieder ➛ «Krippenandacht»

Krippenmobile Etwa zwei Meter hohes und transparentes Mobile von Heike Schleer, welches 2003 auf der internationalen Krippenausstellung in Mindelheim/Schwaben zu sehen war.

Krippenpfad In Imst in Tirol kann man auf dem «Krippenpfad» ab Ende November Krippen aus der ganzen Welt sehen. Die Palette reicht von traditionellen alpenländischen Krippen über orientalische Modelle bis hin zu modernen Arbeiten aus Ton.

Krippenpferd «Krippenpferde» findet man häufig in sizilianischen Weihnachtskrippen vor.

Krippenprospekt Ist der Fachbegriff für den gemalten Hintergrund einer Krippe.

Krippen-Schauen Bayerischer Ausdruck für das Anschauen von Krippen in der Vorweihnachtszeit in Privathäusern und Kirchen. In Nordschwaben beginnt das «Krippenschauen» dagegen erst an Heilige Drei Könige und dauert bis Maria Lichtmess.

Krippenspiele Bei Krippen- oder Weihnachtsspielen werden szenische Darstellungen aus dem Weihnachtsevangelium nachgestellt beziehungsweise gespielt. Sie wurden früher fast ausschließlich in Kirchen oder in Klöstern aufgeführt. Heute gehören Krippenspiele auch in Schulen, Kindergärten und im Familienkreis zur Vorbereitung auf Weihnachten.

Krippentag ➛ «Santa Maria la Nova»

Krippenvater In Österreich bezeichnet man den Krippenbesitzer gerne auch als «Krippenvater».

Krippenverbot Im fränkischen Forchheim wurde 1805 im Rahmen der Säkularisation ein so genanntes «Krippenverbot» erlassen. Es durften, unter Strafe, in den Kirchen und Klöstern keine Weihnachtskrippen mehr zur Schau gestellt werden.

Krippenvereine Im Jahre 1917 wurden die ersten Krippenvereine im süddeutschen Raum gegründet. Sie setzten sich zum Ziel, den Bestand alter, vom Verfall bedrohter Weihnachtskrippen zu erhalten. Mitte der 20er Jahre gab es in Bayern bereits über einhundert derartige Vereine.

Krippenwastl Der bekannte bayerische Krippenschnitzer Sebastian Osterrieder (1854–1932) wurde von den Münchnern auch liebevoll Krippenwastl genannt.

Krippenweg In Landshut kann man, nach Jahren der Vergessenheit, wieder den «Krippenweg» bewundern. Der Weg führt von der Jesuitenkirche St. Ignatius zum spätgotischen Münster von St. Martin, dem Dreifaltigkeitsplatz, der Stadtresidenz, dem Heiliggeistspital, der Ursulinenkirche St. Joseph bis hin zur St.-Jodok-Kirche. Auf diesem Weg kann man Krippen aus drei Jahrhunderten bewundern. Vom Verkehrsverein gibt es zum Krippenweg einen 28-seitigen kostenlosen Prospekt mit genauer Beschreibung.

Krippenwiege Im bayerischen und österreichischen Alpenraum wird die Krippe im Stall auch als «Krippenwiege» bezeichnet.

Kripperl Sorgsam gehütetes Familienrequisit. Die Darstellung der Heiligen Familie erhält jedes Jahr ihren Stammplatz in der Weihnachtsstube. Bereits in den ersten Jahrhunderten nach Christi Geburt tauchten die ersten Krippen auf, die jedoch schon bald wieder in Vergessenheit gerieten. Schließlich war es Franz von Assisi, der am Heiligen Abend 1223 erstmals wieder einen Stall mit Holzfiguren der Heiligen Familie nebst Tieren als Symbol für die Geburt Christi aufstellte. Das Aufstellen vom «Kripperl» wird vor allem in Bayern, Tirol und in Italien besonders gepflegt.

Kripperlmacher Erst 1764 wird in Bayern ein «Kripperlmacher» in Vilshofen erwähnt. Im 18. Jahrhundert wurden schließlich auch von großen Künstlern Krippenfiguren angefertigt. So von dem Weilheimer Bildhauer Franz Xaver Schmädl (1705–1777) für die Klosterkirche in Dießen am Ammersee und dem Bildhauer Ignaz Günther (1725–1775) für die Benediktinerabtei in Ettal.

Kripperlmarkt Im 19. Jahrhundert war es Tradition, dass in jedem bürgerlichen Haushalt zu Weihnachten eine Krippe aufgestellt werden musste. Aus diesem Grund gab es deshalb den «Kripperlmarkt», der ursprünglich nichts mit den Christkindlmärkten zu tun hatte. Auf dem «Kripperlmarkt» kaufte man geschnitzte und bemalte Holz- und Tonfiguren, Krippenställe, Bäume, Moos und sonstiges Zubehör zur Ausschmückung und Ergänzung der Weihnachtskrippe.

Kriss Kringle Figur eines Kaufhausweihnachtsmannes (gespielt von Richard Attenborough) in dem Weihnachtsfilm «Das Wunder von Manhattan».

Kriß-Rettenbeck, Lenz Lenz Kriß-Rettenbeck (geb. 1923) ist ein bekannter Volkskundler (Bayerisches Nationalmuseum) und Krippenfachmann.

Kristallkrippe Die größte «Kristallkrippe» der Welt befindet sich im Kristallmuseum von Viechtach im Bayerischen Wald. Die Krippe und ihre Figuren sind aus über 30 verschiedenen Mineralien aus aller Welt gearbeitet und wiegen zusammen über drei Zentner.

Kristmann Im südlichen Bayern und Teilen von Österreich wurde der Nikolaus früher auch vielfach als «Kristmann» bezeichnet. In Sachsen und in Thüringen ist der «Kristmann» dagegen eine Schreckgestalt der Weihnachtszeit und wird dort volkstümlich auch «Helich Kräst» gerufen.

Kröpfelsnacht Im 18. Jahrhundert nannte man in München die «Klöpfelsnacht» auch vielfach «Kröpfelsnacht», da an diesem Abend die Dienstboten für ihre Einkäufe übers Jahr in den Geschäften mit kleinen Gaben beschenkt wurden.

Krüllkuchen In Bremen und in Ostfriesland gehört traditionell der

«Krüllkuchen», auch Neujahrshörnchen genannt, zum Jahreswechsel. Der Teig wird im Waffeleisen gebacken und danach sofort zu Hörnchen gedreht. Mit frisch geschlagener Sahne schmecken sie besonders gut.

Krummstab ➛ «Bischofsstab»

Kuchensingen Im Erzgebirge war es früher der Brauch, zu Weihnachten einen besonderen Kuchen beim Bäcker backen zu lassen. Dieser wurde von den «Kuchensingern» heimgetragen. Dann wurden Lieder gesungen, bevor der Kuchen angeschnitten und verteilt wurde.

Kugelmarkt Seit 1991 findet in Lauscha/Thüringen, der Wiege des Glasschmuckes, am ersten und zweiten Adventswochenende der «Kugelmarkt» statt. Hier kann man Weihnachtskugeln in allen Formen und Farben bewundern und erwerben.

Kunstschnee ➛ «Schneekanone»

Kürbiskrippen In Peru werden Krippenszenen aus Salzteig oft in Flaschenkürbisse eingebaut, die aufzuklappen beziehungsweise verschließbar sind.

Kurrende Um 1580 zogen ursprünglich zehn Schüler mit ihrem Lehrer von drei Uhr nachmittags bis zehn Uhr abends durch die Stadt, um durch ihr Singen Brot und Geld für ihr Schulstudium zu sammeln. Die Gruppe wurde «Kurrende» genannt.

Auch heute noch gehen die Kurrendensänger an den Adventssonntagen in den Orten des Erzgebirges mit Laterne und leuchtendem Stern von Haus zu Haus und wünschen mit Chorälen und festlichen Liedern den Einwohnern eine gesegnete Advents- und Weihnachtszeit. Dieser alte Brauch lässt sich bis ins Mittelalter zurückverfolgen. Der Name «Kurrende» leitet sich von dem lateinischen Wort «curro» ab, was übersetzt «laufen» heißt. Die Kleidung der «Kurrende» ist schlicht und besteht aus einem schwarzen Übergewand. Um 1935 schuf Max Schanz die für Seiffen heute so bedeutsamen Kurrendenfiguren. Diese «Urkurrende» bestand aus 5 Figuren mit Büchern in den Händen sowie einem Sternträger.

Kurvatur Die Krümmung des Bischofsstabes wird auch als «Kurvatur» oder Krümme bezeichnet.

Kuvertüre «Kuvertüre» ist ein glänzender Guss für Gebäck. Kuvertüre enthält mehr Kakaobutter als Schokolade und schmilzt besser. Sie lässt sich daher viel leichter verteilen. Kuvertüre gibt es in Hell (Vollmilchschokolade), Dunkel (Bitterschokolade) und Weiß (weiße Schokolade).

Kurz- oder Wergwoche Im Alpenraum bezeichnet man die Woche nach dem 3. Advent auch als «Kurz- oder Wergwoche».

Kyrieleis Weihnachtliche Hymne von Martin Luther (1483–1546).

La Befana Diese alte Hexe mit ihrer dicken Knubbelnase war im 19. Jahrhundert eine weihnachtliche Besonderheit in Italien. Sie flog mit ihrem Besen von Haus zu Haus, sauste durch die Kamine und brachte den braven Kindern Geschenke. Unartige Kinder erhielten dagegen lediglich ein Stück schwarze Kohle oder ein Häufchen Asche.

Labekuchen Woher der Name «Lebkuchen» stammt, darüber sind sich die Gelehrten auch heute noch nicht einig. Zur Ableitung wird auch der Begriff «Lebenskuchen» oder auch «Labekuchen» (von sich «laben») herangezogen. Dagegen scheint jedoch die wahrscheinlichste Theorie zu sein, dass das lateinische Wort «libium» (Fladen) dieser süßen Köstlichkeit zu ihrem Namen verhalf.

«La celebre Natività del Redentori» Klassisches Weihnachtsoratorium von Anton Cartellieri (1772–1807).

Lahn ➛ «Leonischer Draht»

Lake Christmas Kleiner See im Staate Oregon/USA

Lametta Lametta zählt nach wie vor zum traditionellen Baumschmuck und wurde 1600 in Franken erfunden. Das Wort stammt aus dem Italienischen und ist die Verkleinerungsform zu «Lama». Es bezeichnet ein flach gehämmertes Metallblatt. Heute sind es dünne, flach ausgewalzte, schmale Streifen aus Zinn oder Aluminium. Im Jahre 1608 erhielt ein Nürnberger von Kaiser Rudolf II. das Privileg, «leonische Waren» herstellen zu dürfen. Seit dieser Zeit ist Nürnberg ein wichtiges Zentrum der Lamettaherstellung.

Lammdukaten ➛ «Neujahrsmedaillen»

Lamprechtshausen Das Franz-Xaver-Gruber-Museum befindet sich im Obergeschoss des Schulhauses in Lamprechtshausen/Österreich, wo Gruber wohnte. Die Räume sind teilweise noch mit den Originalmöbeln ausgestattet.

Landschaftskrippen Im Raum Marktredwitz hat die Landschaftskrippe eine besondere Bedeutung. Bei dieser Art von Krippe beschränkt man sich nicht nur auf das Krippenhaus oder den -stall, sondern man bezieht Berge, Wälder und Flüsse in die Darstellung ein. Es war Brauch, dass die Bürger ihre Krippen Freunden und Bekannten vorstellten. In der Blütezeit um 1900 wurden bis zu 100 Landschaftskrippen aufgestellt.

Lang, Gerhard Gerhard Lang (1881–1975) gilt als Erfinder des Adventskalenders.

Lange Nacht Am Vorabend des Heiligen Abend ziehen die Burschen von Lautertal-Engelrod im Vogelsberg durch die Straßen des Ortes, um vor Weihnachten die bösen Geister zu vertreiben. Die so genannte «Lange Nacht» ist ein Jahrhunderte alter Brauch. Bereits am Nachmittag verkleiden sich die Burschen in die traditionellen Kostüme von Polizist, Nachtwächter, Schornsteinfeger, Vogelhändler, Clown, Schimmel oder als ➛ «Erbsenstroh-Bär». Bei ihrem vierstündigen Umzug durch das Dorf sammeln sie neben Geld auch Eier, Brot und «flüssige Nahrung», die spät am Abend gemeinsam verzehrt wird.

La Nott de bisò In der Stadt Faenza in der Emilia-Romagna findet am 5. Januar, am Vorabend des Dreikönigstages, das Fest «La Nott de bisò» statt. Auf der Piazza wird symbolisch das alte Jahr auf einem Scheiterhaufen verbrannt. Man feiert mit viel Glühwein und romagnolischen Spezialitäten.

La porta del Sol Kleiner Ort in der Nähe von Madrid/Spanien. In der Kirche gibt es eine sehr große Glocke, die um Mitternacht des 31. Dezember geläutet wird. Das spanische Fernsehen überträgt diesen alten Brauch landesweit, was jährlich viele Familien vor den Fernsehschirm bannt. Wenn die Glocke zu schlagen beginnt, versucht jeder Zuschauer 12 Weintrauben zu essen, was Glück für das neue Jahr bringen soll.

Lappland-Krippe Skandinavische Weihnachtskrippe mit Holzfiguren, die mit den typischen Stoffen der Samen, rot, blau und grün gemustert, bekleidet sind. Die Geburtsszene ist in einem Lappenzelt untergebracht. Die «Lappland-Krippe» gehört zur Sammlung Würth.

La Réveillon Französischer Name für den großen Weihnachtsschmaus mit Austern, Pasteten und Truthahn.

Lasmant Alte Bezeichnung für den Monat Januar (auch: Losmand)

«Lasst uns das Kindlein wiegen» Das Weihnachtslied für die Münchner Frauenkirche stammt von Franz Xaver Anton Murschhauser (1663–1738).

«Lasst uns froh und munter sein» Dieses fröhliche Weihnachtslied stammt aus dem Hunsrück. Es ist jedoch nicht überliefert, wer die volkstümliche Melodie und den Text geschrieben hat.

«Lasst uns lauschen, heilige Engel» Altes Weihnachtslied aus Schlesien.

«Last Christmas» Ken Vong schrieb diesen Weihnachtsschlager, der in der ganzen Welt die Hit-Paraden stürmte.

Laternenbub ➛ «Freiburger Dreikönigssingen»

Laubsägearbeiten Speziell zu Weihnachten wurden früher sehr viel Weihnachtsschmuck und auch Spielzeug (Puppenhäuser) aus Sperrholz hergestellt. Die meistens dreilagigen Holzplatten ließen sich mit der Laubsäge leicht bearbeiten. Mit bunten Farben lackiert und mit Silber- oder Goldbronze verziert, erhielten die Figuren ein hübsches Aussehen. Alte Laubsägearbeiten sind heute wieder hochbegehrt, jedoch nur teuer zu erstehen.

«Laudate Dominum» Diese stimmungsvolle Advents- und Weihnachtsmusik stammt von Wolfgang Amadeus Mozart (1756–1791).

Laufabrauð In Island darf das «Laufabrauð» (= Laubbrot) bei keinem Weihnachtsfest fehlen. Das Laubbrot besteht aus einem Teig aus Mehl, Salz, Backpulver und Milch. Der feste Teig wird in Rollen geformt und in Scheiben geschnitten, die mit kunstvollen und alt überlieferten Mustern verziert werden. Die Scheiben werden bei großer Hitze in Fett ausgebacken.

Laufener Barockkrippe Diese schöne Barockkrippe ist eine der ältesten noch erhaltenenen Krippen Bayerns. Sie stammt aus dem Jahre 1651.

Lauschaer Glasschmuck Lauscha in Thüringen, urkundlich erstmals 1597 erwähnt, wurde durch die Errichtung einer Glashütte, vor allem aber durch die Herstellung von Glasaugen bekannt. 1835 hat Ludwig Müller-Uri in Lauscha das künstliche Menschenauge erfunden. Erst später, bedingt auch durch die zahlreichen Heimwerkstätten, entwickelte sich der Ort zum Zentrum der künstlerischen Glasherstellung. Lauschaer Glasschmuck wurde in die ganze Welt exportiert.

Lazarustag Am Lazarustag (17. Dezember) war es früher in den überwiegend katholischen Gemeinden der Brauch, ab drei Uhr nachmittags nach dem «Christkindl-Einläuten» Bekannte und Freunde zu besuchen.

Leazelte Volkstümlicher Name für Lebkuchen in Bayerisch-Schwaben.

Lebekuoche Aus diesem alten mittelhochdeutschen Wort leitet sich der süddeutsche Ausdruck für Lebkuchen ab. Es handelt sich dabei um den «Laib» (Brot), sodass Lebkuchen auch als «Brotkuchen» bezeichnet werden kann.

Lebendiges Christkind In der westlichen Oberpfalz war es bis in die fünfziger Jahre noch Brauch, dass das Christkind am Heiligen Abend persönlich kam. Dazu verkleidete sich ein junges Mädchen und hüllte sich in einen Schleier. Sie wurde ins Haus bestellt, um sich von den Kindern vorsingen oder vorbeten zu lassen und war auch bei der nachfolgenden Bescherung anwesend.

Lebensrute ➛ «Peffertag»

Lebensschiffchen Das Lebensschiffchen ist ein alter Brauch in der Rhön. Am St.-Andreas-Tag (30. November) lassen junge Leute auf Bächen und Flüssen die «Lebensschiffe» schwimmen. Eine besondere Bedeutung hat es dabei, wenn sich zwei Schiffchen berühren: Die Liebenden werden sich zu einer glücklichen Ehe finden.

Lebkuchen Das Brot der Weihnachtszeit. Die runden und eckigen, mit Schokolade oder mit Zuckerguss überzogenen und mit

Mandeln und Walnüssen gebackenen Kalorienbomben schmecken am allerbesten vor Weihnachten. Nach überliefertem Brauch sollen Leb- oder Pfefferkuchen mit sieben- oder neunerlei Gewürzen gebacken werden. Die Zahl Sieben war im Mittelalter Ausdruck der Vollendung der Erschaffung unserer Welt. Die neun Gewürze bezogen sich dagegen auf die Lobpreisung des Herrn. Im Mittelalter war die dreimalige Drei (Vater, Sohn und Heiliger Geist, Erde, Luft und Wasser sowie Erde, Himmel und Hölle) allgegenwärtig.

Lebkuchenanhänger Sterne, Herzen, Monde und Engel aus Lebkuchenteig gebacken und mit Zuckerglasur überzogen. Sie werden nach Trocknung mit bunter Zuckerfarbe beschriftet und ergeben, mit roten oder goldenen Bändchen versehen, einen hübschen Christbaumschmuck.

Lebkuchenautomat Um 1900 waren Lebkuchenautomaten in den größeren Städten sehr beliebt. Meistens hatte der Automat die Form eines Hexenhauses und bestand aus bemalten Blech. Nach dem Einwurf eines 10-Pfennig-Stückes drehte man an einer Kurbel und konnte dann aus einem offenen Schacht einen kleinen Lebkuchen entnehmen.

Lebkucheneis Weihnachtliche Eiskreation mit Zimtgeschmack.

Lebkuchenfrau Früher erhielten die Mädchen in Bayern am Tag der unschuldigen Kinder (28. Dezember) von ihren Paten einen Lebkuchen in Form einer Frau, Buben bekamen einen Lebkuchenmann.

Lebkuchengewürz Es besteht aus einer Mischung aus Piment, Anis, Nelken, Muskatnuss, Vanille, Kardamom und Zimt.

Lebkuchenhaus Aus braunen Lebkuchenseiten gebautes Haus, welches mit buntem Zuckerguss reichlich verziert wird. Auch heute noch von den modernen und aufgeklärten Kindern und Erwachsenen sehr begehrt, weil das Zuckerbäckerhaus mit Watte-Rauch und bunten Papierfenstern eine der wenigen Möglichkeiten ist, etwas aus der kindlichen Weihnachtswelt in die später so ernste Welt hinüberzuretten. Lebkuchenhäuser erhalten spätestens am Nikolaustag einen Ehrenplatz in der Wohnung.

Lebkuchenlikör Eine süße Verlockung in der Vorweihnachtszeit ist der «Lebkuchenlikör». Den ca. 18%igen, nach Mandeln und Marzipan schmeckenden Likör gibt es auch als «Adventskalender-Likör» in einer 24fach eingeteilten «Maßbandflasche». So kann man sich, Schlückchen für Schlückchen, zum Weihnachtsfest vorarbeiten.

Lebkuchenmarkt Der Augsburger Christkindlmarkt, der seit 1498 urkundlich nachgewiesen ist, wurde in seiner Anfangszeit «Lebkuchenmarkt» genannt. Er diente als Verkaufsplatz für Lebzelter (Lebkuchenbäcker), die vor dem Rathaus ihre Waren feilboten.

Lebkuchenstrudel Weihnachtliche Strudelvariante von Meisterkoch Alfons Schubeck.

Lebkuchentrüffel Feine Weihnachtspraline aus Sahne, Glukosesirup, Lebkuchengewürz, Butter, Kuvertüre und Kakao.

Lebkuchentruhe Große rechteckige und bemalte Blechschachtel mit aufklappbarem Deckel, die ein großes Lebkuchensortiment beinhaltet. Später dienen die Truhen den Hausfrauen als ideales Behältnis für die Weihnachtsbäckerei.

Lebkuchen-Zentren Als deutsche Lebkuchen-Zentren gelten Aachen, Braunschweig und Nürnberg, welches auch als «Metropole der Lebkuchen» bezeichnet wird, sowie Pulsnitz/Oberlausitz und Ulm.

Lebküchner Alter Name für Lebkuchenbäcker.

Lebzeltentorte Weihnachtliche Köstlichkeit aus drei verschiedenen Teigen. Die Dreischicht-Torte ist mit einem Schokoladenüberzug versehen und bei Lebkuchenliebhabern sehr beliebt.

Lebzelter Lebkuchen wurden früher nicht nur in häuslicher Arbeit hergestellt. Bereits im Mittelalter schlossen sich Gesellen und Meister zur Zunft der Lebzelter zusammen, um die Lebkuchen industriell herzustellen. Die Lebzelter werden erstmalig in einer Akte von Schweidnitz/Schlesien 1293 urkundlich erwähnt. In München gab es im Jahr 1500 bereits vier Zunftmeister, die sich mit der Herstellung der süßen Kuchen befassten.

Leckerl Früher bezeichnete man die Lebkuchen auch als «Leckerl» oder «Lebzelten».

Leckkuchen Mittelalterlicher Name für Lebkuchen. Genannt um 1548 in Seligenporten bei Rothenburg ob der Tauber.

«Legenda Aurea» Die «Legenda Aurea» enthält wohl den bekanntesten Bericht über das Wirken des heiligen Martin und seiner Wunder (Mantelteilung, Krankenheilung, Wunder des schwarzen Vogels, der zum Eisvogel wurde). Sie stammt von dem Dominikanermönch Jacobus de Voragine (1228/29–1292), dem späteren Erzbischof von Genua, und entstand in der zweiten Hälfte des 13. Jahrhunderts.

Leinberger, Hans Der Landshuter Bildhauer Hans Leinberger (ca. 1480–ca. 1530) schuf in seiner Wirkungszeit Figuren mit kraftvollem Ausdruck. Seine Skulpturen, meistens Madonnen, sind wirkungsvoll bemalt. Ein stark ausgeprägter Faltenstil ist kennzeichnend. Man spricht deshalb auch von der «Leinberger Madonna». Zu seinen Hauptwerken zählt der Hochaltar der ehemaligen Stiftskirche Sankt Kastulus in Moosburg/Isar (1513–14), die «Rosenkranzmuttergottes» (um 1516–18) in Sankt Martin in Landshut sowie die thronende Muttergottes mit dem Christusknaben in der Kirche des ehemaligen Augustiner-Chorherren-Stifts in Polling bei Weilheim in Oberbayern.

Leipzig Auf dem Sachsenplatz in Leipzig kann man den weltgrößten Adventskalender mit 857 qm bewundern. Er ist im Guinness-Buch der Rekorde verzeichnet.

Leipziger Weihnachtsmarkt Der «Leipziger Weihnachtsmarkt» mit seinen über 260 Ständen zählt zu den größten Weihnachtsmärkten der Welt. Zu seinen Besonderheiten zählen auch der historische Weihnachtsmarkt «Alt Leipzig» sowie das «Südtiroler Weihnachtsdorf».

«Leise rieselt der Schnee» Eduard Ebel (1839–1905) komponierte dieses bekannte Weihnachtslied und schrieb auch den Text dazu.

Lekherl Mittelalterliche Bezeichnung für gebackene Süßigkeiten aus der «Münchner Lebzelterordnung» von 1694.

Leonischer Draht Die maschinelle Fertigung von so genannten «Leonischen Drähten» begann im Jahre 1870. Dabei wurden die Drähte in verschiedenen Verarbeitungstechniken verwendet: spiralartig umwunden als «Kantille», gekraust als «Bouillon» oder flach gedrückt als «Lahn». Durch das Einspinnen der leonischen Drähte in Glas, Wachs und Watte erreichte man ein kostbares Aussehen des Weihnachtsschmuckes.

Leonische Waren ➛ «Lametta»

«Les anges dans nos campagnes» Die Ursprünge dieses schönen Weihnachtsliedes lassen sich nur bis ins 18. Jahrhundert zurückverfolgen. Wahrscheinlich handelt es sich dabei um ein altes französisches Volkslied, das in Frankreich und auch in England große Verbreitung gefunden hat. Das Weihnachtslied ist auch in Deutschland gut bekannt, es existieren allerdings unzählige Textvarianten: «Engel lassen laut erschallen», «Engel haben Himmelslieder» und «Hört der Engel helle Lieder».

Leuchtende ➛ «Frau Percht»

Leuchtende Perchta Die altgermanische «Leuchtende Perchta» kann als Vorgängerin des heutigen «Christkindleins» angesehen werden, vermuten die Altertumsforscher.

Leuchterbrauch ➛ «Lichtert»

Leutfresser In den Ostalpen wurde früher der Nikolausbegleiter auch als «Leutfresser» bezeichnet.

Liberius, Papst Papst Liberius (352–366) verlegte im Jahr 354 nach Chr. das Weihnachtsfest auf den 25. Dezember, den Tag, an dem man im Römischen Reich den «sol invictus», die unbesiegbare Sonne, gepriesen hatte.

«Liber sancti Godehardi» Alte Beschreibung der wundersamen Nikolauslegenden in Form der Hildesheimer Handschrift aus dem 12. Jahrhundert.

Libeti Lebkuchen aus dem Kloster Heilsbronn. In den 1338 beginnenden Heilsbronner Rechnungsbüchern verzeichnet die Klosterbäckerei bereits im Jahre 1408 Einnahmen aus dem Verkauf von Lebkuchen, die «Libeti» genannt wurden. Sie werden heute wieder nach dem alten Klosterrezept gebacken.

Libium ➛ «Labekuchen»

Lichtbringerin Alter deutscher Name für die heilige Lucia, die in der Nacht des 13. Dezember, nach dem gregorianischen Kalender die längste Nacht des Jahres, wieder Licht in das Dunkel bringen sollte.

Lichtbringer-Kinder So werden im Salzburger Land die Kinder genannt, die in der Vorweihnachtszeit in den Dörfern von Haus zu Haus ziehen und alte weihnachtliche Weisen singen.

Lichtelzeit Im Erzgebirge nennt man die Adventszeit wegen ihrer vielen Lichter auch «Lichtelzeit».

Lichtenauer Zucker Süße Spezialität aus dem fränkischen Lichtenau. Der «Lichtenauer Zucker» wurde vor über hundert Jahren aus Rosenwasser-Marzipan hergestellt und ist deshalb auch an seiner hellroten Farbe zu erkennen. Grund für die Erfindung dieses Zuckerersatzes war der damals noch sehr teure Zucker, der aus Kuba importiert werden musste, den sich die Bürger nicht leisten konnten. Der Lichtenauer Zucker fand auch vielfach als Christbaumschmuck Verwendung.

Lichterbaum Elektrisch beleuchteter Christbaum.

Lichterbogen Der «Lichterbogen» ist dem ➛ «Schwibbogen» ähnlich. Er misst im Durchschnitt 40–50 cm, es gibt aber auch Bögen mit einer Spannweite bis zu zwei Metern. Er unterscheidet sich jedoch dadurch, dass er, außer den metallischen Kerzenhaltern, keinerlei Zierrat wie Figuren, Häuser oder Sterne aufweist. Trotzdem ist er für Fenster und Anrichten ein sehr eleganter Schmuck.

Lichtergang In Höhenkirchen-Siegertsbrunn hat man seit einigen Jahren wieder die alte Tradition des «Lichtergangs» eingeführt. Am 26. Dezember, dem Stefanitag, treffen sich die Familien mit ihren Kindern vor der Wallfahrtskirche St. Leonhard. Ausgerüstet mit Laternen, begleiten sie das Christkind zur nahen «Angstkapelle», wo eine kurze Andacht abgehalten wird.

Lichterglanz Lässt nach wie vor die Herzen höher schlagen.

Lichterhäuschenfest Jedes Jahr findet am 7. Dezember das «Lichterhäuschenfest» auf dem Weiher von Schloss Blutenburg im

Münchener Westen statt. Organisiert wird der alte Brauch, der an den Lucientag erinnern soll, von der Internationalen Jugendbibliothek, die im Schloss untergebracht ist. Unzählige Kindergärten der Umgebung beteiligen sich an diesem Fest. Das «Lichterhäuschenfest» zieht inzwischen jährlich über 2000 Menschen an, die dieses Spektakel von mehr als 300 beleuchteten Häuschen auf dem Schlossweiher bewundern.

Lichterhäuser Lichterhäuser haben im Erzgebirge eine lange Tradition. Die in liebevoller Handarbeit gefertigten Häuschen, mit kleinen Kerzen oder elektrischen Lämpchen von innen beleuchtet, bringen ein Stück Erzgebirge ins vorweihnachtliche Heim.

Lichterhügel Eine Sonderform des Adventslichtes stellt der so genannte «Lichterhügel» dar, welcher in der Herrnhuter Brüdergemeinde in Christiansfeld in Nordschleswig, heute Dänemark, am Nikolaustag aufgestellt wurde. Ursprünglich war der Lichterberg ebenfalls ein Nadelbäumchen, welches im Lauf der Jahre zu einem Hügel wurde, der mit Kerzen umgeben und mit kleinen Geschenken bedeckt war. Für die Kinder sollte dies einen Vorgeschmack auf das Weihnachtsfest symbolisieren.

Lichterkläuse In Küssnacht in der Schweiz treten in einem Umzug am Nikolausabend die so genannten «Lichterkläuse» auf, die sehr große Fackeln in Form einer Mitra über ihren Köpfen tragen. Sie werden auch «Iffeleträger» genannt.

Lichterkönigin ➛ «Stjärngossar»

Lichterkronen ➛ «Baumleuchter»

Lichtermesse ➛ «Lichtmesstag»

Lichterschlauch Diese Außendekoration für Fenster, Türen und Hausgiebel wurde in den letzten Jahren immer beliebter. Der «Lichterschlauch» besteht aus einem flexiblen Kunststoffschlauch, in dem sich eine Lichterkette befindet.

Lichterschwemme ➛ «Lucienhäuschen»

Lichterschwimmen Vorweihnachtlicher Brauch in Zürich/Schweiz. Das «Lichterschwimmen» am 19. Dezember ist traditionell ein Höhepunkt des Züricher Advent. Über 800 Kerzenschiffchen werden von der Rathausbrücke auf ihre Reise auf die Limmat geschickt. In Grafenwöhr in der Oberpfalz wird dieser schöne Brauch seit 1993 ebenfalls gepflegt.

Lichtert Der «Lichtert» (Leuchter) wie auch das «Lichtertsingen» sind sehr alte siebenbürgische Weihnachtsbräuche. Sie gehen auf die Zeit vor der Reformation zurück und sind im «Brooser Stuhl» bereits 1334 erwähnt. Einige der Leuchter sind sternförmig und bilden ein so genanntes «Siebengestirn», was den Abendstern symbolisieren soll. Meistens jedoch schließt der oberste Kranz oder Reifen den Lichtert nicht ab, sondern wird durch zwei Halbkränze mit der Spitze der Tragstange verbunden, woraus eine Krone entsteht. Die Leuchter sind, je nach Ausführung, zwischen 1,50 m und 2,00 m hoch.

Lichterzug In Nürnberg findet seit 1952 in der Dezembermitte der so genannte «Lichterzug» statt. Dabei ziehen die Schulkinder nach Einbruch der Dunkelheit mit Kerzen und Laternen vom Hauptmarkt bis zur Nürnberger Burg, wo anschließend ein Krippenspiel stattfindet. Der alte Brauch einer szenischen Darstellung des Geschehens an der Krippe geht auf die «Christbescherungsspiele» zurück, die bereits seit 1668 urkundlich nachgewiesen sind.

Lichtfest Vom 8. bis Ende des 11. Jahrhunderts war die Bezeichnung «Weihnachten» noch nicht geläufig. Man sprach in dieser Zeit daher von Christ- oder «Lichtfest». Das Wort Weihnachten tauchte erst im 12. Jahrhundert vermehrt auf.

Lichtfewer ➛ «Lichtmesstag»

Lichtgeburt ➛ «Wintersonnenwende»

Lichtkind ➛ «Vorweihnachten»

Lichtleskirchen Bei den Rorateämtern gab es früher vielerorts keine Kirchenbeleuchtung, dafür brannten in den Kirchenstühlen nur die selbst mitgebrachten Kerzen. Solche «Lichtleskirchen» gab es im fränkischen Raum z. B. in Goldmann, Ebersberg, Ebermannstadt, Hollfeld und in der Gemeinde Marktbreit.

Lichtmessspiele In den Jahren zwischen 1700 und 1770 wurden in

Österreich so genannte «Lichtmessspiele» aufgeführt, die jedoch 1770 von Maria Theresia per Hofdekret als «unschicksamer Missbrauch» angesehen und verboten wurden.

Lichtmesstag Der Lichtmesstag war früher im bäuerlichen Leben ein sehr wichtiger Tag. An diesem Tag nämlich wechselten die Dienstboten ihre Arbeit bei den Bauern. Zum anderen ist der 2. Februar der letzte Tag des Weihnachtskreises. Dieser Tag hatte früher auch die Namen: Mariae Lichtmess, Maria Reinigung, Bauernneujahr, Lichtweih, Frauentag, Lichtermesse und im 14. und 15. Jahrhundert «Lichtfewer».

Lichtmesswachs Geweihtes Wachs, aus dem die Bäuerinnen zu Lichtmess kleine Bildstöckchen modellierten, die die Mädchen geschenkt bekamen. Die Buben erhielten dagegen kleine Kerzen, die so genannten «Pfenniglichter», die dann erst im nächsten Advent bei den Engelämtern angezündet wurden.

Licht-Silhouetten Moderne, aus weißem oder buntem Kunststoff bestehende Gebilde, die man mit Saugknöpfen an Fenstern oder Türen befestigen kann. Im Inneren dieser Gebilde verbergen sich bis zu 30 kleine Lämpchen, die die Silhouetten nach beiden Seiten leuchten lassen.

«Licht überm Graben» Erzählung von Friedrich Wolf (1888–1953), die von Weihnachten 1916 an der französischen Front berichtet.

Lichtweih ➛ «Lichtmesstag»

Lichtzepter ➛ «Weihnachtszepter»

Liebenburger Krippenspiel Dieses bekannte «Christ-Geburtsspiel» von Rudolf Otto Wiener (1905–1997) wird in vielen Kirchen am 24. und 25. Dezember aufgeführt und handelt von der Vor- und Nachgeschichte zu Christi Geburt.

«Liebesleutend» Weihnachtsgedicht von Joachim Ringelnatz (1883–1934).

Liebesperlen Die kleinen bunten Kügelchen werden häufig als Verzierung für vielerlei Gebäcksorten verwendet. In Frankreich werden die «Liebesperlen» Nonpareilles (Unvergleichliche) genannt.

Lieselotten-Lebkuchen Gewürzlebkuchen mit Eiern, Orangeat, Zitronat und Rum.

Limesmuseum Während der Adventszeit wird im Limesmuseum in Aalen eine interessante Weihnachtskrippe gezeigt. Interessant deshalb, weil die Szenerie den Betrachter in die Zeit der Regierung von Herodes (37–4 v. Chr.) versetzt. Die zivilen Krippenfiguren geben einen Eindruck von der zu dieser Zeit getragenen Kleidung. Daneben befinden sich auch römische Soldaten sowie Figuren in hellinistischer und jüdischer Kleidung.

Linsen In Italien ist es Brauch, zu Neujahr ein Leinensäckchen mit Linsen zu verschenken, was Glück bringen soll.

Linsensuppe Eine klassische Silvesterspeise in vielen europäischen Ländern ist die Linsensuppe. Sie soll Reichtum und Segen bringen.

Liudger Der Gründungsbischof Liudger (um 742–809) des Bistums Münster hat bereits vor dem Jahre 800 in Billerbeck die erste Kirche nördlich der Alpen gebaut und sie dem heiligen Nikolaus geweiht.

Liwanzen Dieses Hefeteigplätzchen stammt ursprünglich aus dem Böhmerwald und wird auch heute noch in der Vorweihnachtszeit zubereitet. Es wird beidseitig gebacken, mit Pflaumenmus bestrichen und mit Zucker bestreut.

Loahmmandelfiguren Die so genannten «Loahmmandelfiguren» sind aus Lehm geformt und gehen auf alte Steyrer Modeln zurück.

«Lobet Gott, ihr Christen alle» Von Dietrich Buxtehude (1637–1707), dem deutschen Komponisten von kirchlichen Stücken, stammt diese Adventsmusik.

«Loblied auf Maria» Mittelalterliches Weihnachtsgedicht von Johann Klaj (ca. 1616–1656).

«Lobt Gott, ihr Christen alle gleich» Weihnachtslied von Nikolaus Hermann (1500–1561), der im Jahre 1554 Melodie und Text dieses Liedes geschrieben hat.

Lockenbeemle Erzgebirgler Bezeichnung für ein Weihnachtsbäumchen, das aus langen Holzspänen geformt und zusammengeklebt wird.

Logos-Kind Kostbares, aus Elfenbein geschnitztes Jesuskind, liegend und nackt dargestellt. Es stammt aus der ehemals portugiesischen Kolonie Goa in Indien.

Lorbeerzweige Die alten Römer begrüßten das neue Jahr mit Lorbeerzweigen. Die grünen Zweige sollten die bösen Mächte von Haus und Hof fern halten und Fruchtbarkeit und Gesundheit für die kommende Zeit bringen.

Loretokindl Figur des Jesuskindes, das in Klöstern und Wallfahrtsorten zum Kultbild und reproduziert wurde.

Loskaufen → «Berner Kindlifresser-Brunnen»

Losnacht Die «Losnacht» ist die erste der vier Raunächte. In dieser Nacht beginnt man im Oberbayerischen mit dem Ausräumen von Haus und Stall, wobei das «Thomasgebet» zur Abwendung von Krankheit und Seuchen gesprochen wird.

Lösselnacht Von Loos: aufmerksam sein, horchen. Alte Bezeichnung für die Los- und Raunacht in der Oberpfalz.

Lösseltag Am 30. November, dem Tag des Apostels Andreas, wird in einigen Gegenden Österreichs auch heute noch der 1. Lösselabend gefeiert. In geselliger Runde wird verschiedenes Orakelbrauchtum wie Scheiteltragen, Schuhwerfen und Hütlheben gepflegt, woraus man einen Hinweis und einen kleinen Einblick in die Zukunft herauslesen kann.

Lostage Lostage sind bestimmte Tage oder auch Nächte, die nach althergebrachtem Volksglauben für die Wetterentwicklung eine wichtige und entscheidende Rolle spielen. Lostage sind grundsätzlich gute Tage. Die Anzahl der Lostage schwankt, je nach Monat, zwischen 9 und 14 Tagen.

Lübecker Edel-Marzipan Beim «Lübecker Edel-Marzipan» wird dem 90%igen Anteil der Rohmandelmasse noch ein zusätzlicher Zuckeranteil von 10% beigefügt.

Lübecker Marzipan Diese Köstlichkeit entstand aus einer reinen Notlage, als die Stadt Lübeck im 16. Jahrhundert belagert wurde. Bald waren die Mehlvorräte aufgebraucht, und so kamen die Bäcker auf die Idee, aus Mandeln und Zucker, die noch reichlich vorhanden waren, ein Brot zu backen.

Lucia Lebte vor rund 1600 Jahren in Syracus auf Sizilien. Damals verbreitete sich das Christentum rund um das Mittelmeer. Die Legende berichtet, dass sie ihren Glaubensgenossen Speisen und Trank in die Verstecke brachte. Um dabei die Hände zum Tragen frei zu haben, trug sie einen Lichterkranz auf dem Kopf, damit sie in der Dunkelheit den rechten Weg finden konnte. Zu dieser Zeit wurden die Christen noch heftig verfolgt. Auch Lucia fiel den Gegnern in die Hände. Sie sollte von Ochsen zu Tode geschleift werden. Doch die Tiere rührten sich nicht von der Stelle, sosehr man sie auch antrieb. Daraufhin wurde Lucia erstochen. Besonders in Schweden wird das Fest der heiligen Lucia noch traditionell gefeiert. Weil es dort im Dezember nur wenige Stunden hell ist, schätzen die Menschen das Licht sehr hoch. Anfang Dezember trägt die älteste Tochter einer Familie einen grünen Kranz mit brennenden Kerzen und geht am noch dunklen Morgen Eltern und Geschwister wecken. Dieses Licht steht für das Leben und ist auch Vorbote für das «Weihnachtslicht».

Lucia-Katzen Am 13. Dezember werden in Schweden traditionell die «Lusskatter», ein Hefe-Safran-Gebäck mit Rosinen und Mandeln, verteilt. Meistens werden die «Lucia-Katzen» frisch aus dem Ofen serviert.

Luciazug Traditioneller Lichterumzug in Schweden am Abend des Luciatages (13. Dezember), der sich inzwischen auch in Deutschland eingebürgert hat.

Lucienbraut Alter süddeutscher Name für die grausige Lucia.

Lucienhäuschen In Fürstenfeldbruck basteln Schulkinder zum Luciatag (13. Dezember) jedes Jahr die so genannten «Lucienhäuschen». Die kleinen Fenster der Häuschen werden mit Ölpapier beklebt, im Hausinneren befinden sich Teelichter, die warmes, mildes Licht spenden. Nach der Segnung in der Pfarrkirche St. Magdalena werden am Abend weit über zweihundert Häuschen mit brennenden Kerzen in das Wasser der Amper gesetzt. Den Brauch gibt es seit dem frühen 17. Jahrhundert, wobei damals nur Buben an der Lichterschwemme teilnehmen durften. Die «Lichterschwemme» zieht jedes Jahr Tausende von Schaulustigen in die Stadt an der Amper.

Lucier Die «Lucier», eine der Schreckgestalten der Adventszeit, trieb sich im Bayerischen Wald herum und ist dem oberbayerischen «Bercht» nicht unähnlich. Sie besucht unartige Kinder, um sie zu bestrafen. Heute ist dieser Brauch fast gänzlich ausgestorben.

«Ludus de Nativitate Domini Benedictoburanus» ➛ «Benediktbeurer Weihnachtsspiel»

Ludus episcopi puerorum Wörtlich übersetzt: Spiel des Kinderbischofs. Seit dem 13. Jahrhundert kennt man in den geistlichen Knabenschulen den Brauch, einen «Kinderbischof» zu wählen, der nur für einen Tag, den Nikolaustag am 6. Dezember, das Regiment führte. Es wurde auch das «Spiel der umgekehrten Ordnung» genannt.

Ludwigsdorfer Christkindlspiel Altes Adventsspiel von 1830 aus Westböhmen. In den Wirren des 2. Weltkrieges gelangte das bekannte Adventsspiel durch die Zwangsarbeiter bis an die obere Wolga und später nach Tirol, Schwaben und Württemberg, wo die Überlieferung des Spieles inzwischen allerdings fast vergessen worden ist.

Luidl-Krippe Eine sehr schöne 300 Jahre alte Weihnachtskrippe, die so genannte «Luidl-Krippe», kann man in der Maria-Himmelfahrts-Kirche in Landsberg am Lech besichtigen. Sie wurde von den berühmten Landsberger Bildhauern Lorenz Luidl (1645–1719) und seinem Sohn Johann (1685–1765) angefertigt.

Lukas-Madonna Beeindruckendes Gemälde des niederländischen Malers Rogier an der Weyden (1399/1400–1446). Das meisterliche Werk, um 1435 entstanden, befindet sich im Besitz des «Museum of Fine Art» in Boston/USA.

«Lukas Straßenkind – Die Weihnachtswünsche» Weihnachtliches Puppenspiel für Kinder und Erwachsene von Elfriede und Erwin Ringsgwandl.

Lukreziamarkt Jedes Jahr in der Adventszeit findet in Regensburg auf dem Haidplatz und dem Kohlenmarkt der so genannte «Lukreziamarkt» statt. Es ist dies vor allem der Markt der Keramiker, Kunstschmiede, Seidenmaler und der Holzbearbeiter. Daneben werden auch Weihnachtsplätzchen und Lebkuchen, die alle aus Vollkorn gebacken sind, angeboten. Zwischen den Buden führen Zauberer, Jongleure und Puppenspieler ihre Kunststücke vor, die nicht nur Kinder zum Staunen bringen.

Lüntenbecker Weihnachtsmarkt Dieser Weihnachtsmarkt mit hochwertigem Kunsthandwerk findet jedes Jahr am 2. und 3. Adventswochenende in schönem Ambiente vor Schloss Lüntenbeck bei Wuppertal statt.

Lussibrud Alter alpenländischer Name für die böse Lucia.

Lüttenweihnacht Alter Name für die «Tierweihnacht».

Lutherbrötchen Bezeichnung für die ➤ «Martinshörnchen» in manchen protestantischen Gegenden. Durch die Umbenennung sollte verdeutlicht werden, dass dieses Festtagsgebäck nicht nach dem heiligen Martin, sondern nach Martin Luther, der am 11.11.1483 getauft wurde, benannt ist.

Lutscherl Alter bayerischer/Tiroler Name für die böse Lucia, die weiß gekleidet am 13. Dezember ihr Unwesen trieb.

Lutzlfrau In den ländlichen Gegenden Niederbayerns fürchteten sich Kinder noch bis zu Anfang des 20. Jahrhunderts in der Adventszeit vor der «Lutzfrau», die ihnen wegen Ungehorsams den Bauch aufschlitzen und mit Steinen füllen könnte.

Luzienplätzchen Aus Hefeteig und Safran hergestelltes zweiteiliges Gebäck, dessen Ursprung in Schweden liegt.

Luzifaaz Frühere männliche Perchtengestalt in Röthenbach bei Wunsiedel.

Luznacht: Im Oberbayerischen wird die Nacht des 21. Dezember (nach dem alten Kalender der 23. Dezember), die auch die längste des Jahres ist, auch «Luznacht» genannt.

Maate In der Nacht des Christsonnabends, dem Vorabend des hohen Weihnachtsfestes, wird in Siebenbürgen der ➤ «Lichtert» in die Kirche getragen und mit dem «Lichtersingen» gefeiert. Die «Maate» (Mette) galt ursprünglich als Frühkirche und wurde meistens zwischen drei und sechs Uhr morgens abgehalten.

«Machet die Tore weit» Diese Weihnachtskantate wurde von Christian Ludwig Boxberg (1670–1730) geschrieben.

«Macht hoch die Tür, die Tor macht weit!» Den Text dieses stimmungsvollen Weihnachtsliedes verfasste Georg Weissel (1590–1635) um 1620. Als Melodie dient eine Weise aus Halle um 1704. Max Reger (1873–1916) hat seinerseits die Melodie neu komponiert.

Macis Die Muskatblüte ist der getrocknete Samenmantel der Muskatnuss und wird als Gewürz für Lebkuchen verwendet.

«Madame Martels Weihnachtsabend» Weihnachtliche Erzählung, von der amerikanischen Schriftstellerin Kate Chopin (1851–1904) verfasst.

Madonna del Roseto Diese Marmorplastik von Luca della Robbia (1400–1482), einem der bedeutendsten Meister der Frührenaissance, ist wohl sein schönstes und reifstes Werk. «Die Madonna del Roseto» mit dem Jesuskind im Arm befindet sich im Museo Nazionale del Bargello in Florenz.

Madonna des Bürgermeisters Meyer Dieses Altarbild ist 1526 in Basel entstanden. Es stammt von Hans Holbein dem Jüngeren (1497/98–1543). Bereits 1516 hatten sich Bürgermeister Meyer und seine Frau von Holbein porträtieren lassen. In dieser Zeit des religiösen Umbruchs ließ er sich und die Seinen als Bittende vor der Madonna darstellen, die schützend ihren Mantel um die überzeugten Anhänger des alten Glaubens legt.

Die «Darmstädter Madonna» ist eine der wenigen religiösen Arbeiten des Künstlers, der sich hier auch als ein glänzender Porträtist hervortut. Das Altarbild befindet sich im Schlossmuseum in Darmstadt.

Madonna mit der Wickenblüte Diese liebreizende Madonna bildet das Mittelbild eines kleinen Flügelaltars. Sie stammt von einem unbekannten Meister aus Westfalen oder Niedersachsen und ist zwischen 1410 und 1440 entstanden. Eine Nähe zu Stefan Lochners ist deutlich zu erkennen. Heute befindet sich das Werk im Wallraf-Richartz-Museum in Köln.

Magenbrot Lebkuchenähnliches Gebäck, welches nur zwischen Oktoberfest und Weihnachten richtig gut schmeckt.

Magier aus dem Morgenland Im Matthäusevangelium ist anstelle von den Heiligen Drei Königen auch von den «Magiern aus dem Morgenland» die Rede.

Magier- oder Herodesspiele Die frühesten «Magier- oder Herodesspiele» stammen aus Frankreich (Limoges und Orléans) und aus Deutschland (Freising). Sie sind aus der liturgischen Feier des Epiphaniasfestes hervorgegangen, in lateinischer Sprache verfasst und wurden als oratorische Gesangsdramen aufgeführt.

Magische Nacht Im spanischen Granada bezeichnet man die Nacht zum Dreikönigstag auch als «die magische Nacht». Es ist auch der Abend, an dem die Kinder ihre Geschenke bekommen. Die «Cavalgata», ein großer Lichterumzug mit Gauklern, Zauberern und mit weihnachtlichen Motivwagen, verkündet den Bürgern der Stadt Granada, dass die drei Magier aus dem Morgenland mit ihren Geschenken in der Stadt angekommen sind. Die «Cavalgata» wird von Einwohnern der Stadt groß gefeiert.

Magnificat anima mea Dominum Benannt nach dem Anfangswort in der lateinischen Bibel, bedeutet «Magnificat» übersetzt «Loblied der Maria». Auf diesen Worten basieren auch die Chorwerke berühmter Komponisten wie Johann Sebastian Bach (1685–1750) – Magnificat D-Dur BWV 243, Carl Philipp

Emanuel Bach (1714–1788) – Magnificat Wq 215 sowie Baldassare Galuppi (1752–1828) – Magnificat G-Dur.

Mailänder Adventsliturgie Die Mailänder Christen feiern als einzige Kirchengemeinde auch heute noch eine sechswöchige Adventszeit, im Gegensatz zu der sonst üblichen gregorianischen Einteilung von vier Wochen.

Mainzer Synode Auf der Mainzer Synode im Jahre 813 wurde das Weihnachtsfest für Deutschland auf den 24./25. Dezember festgelegt.

Mandarinen Die süß und wohlschmeckenden Südfrüchte eignen sich aufgrund ihrer Reifezeit um Weihnachten sehr gut als Christbaumschmuck und bringen außerdem Farbe auf den Gabenteller.

Mandlbögen Die «Mandlbögen» oder Ausschneidebögen sind Teil der Papierkrippen. Es handelt sich dabei meistens um den Zweitbogen der Krippe, auf welchem sich die «Mandl» (Figuren) befinden. Vor allem in Österreich war dieser Name im 18. Jahrhundert gebräuchlich.

Manfredini, Francesco Maria Der italienische Komponist Francesco Maria Manfredini (1684–1762) schrieb viele Weihnachtsoratorien und Concerti grossi wie das «Concerto grosso per il Santissimo Natale» in C-Dur, op. 3,12.

Manna di Sancti Nicolai ➤ «Oleum Sancti Nicolai»

Mannala Elsässische Bezeichnung für kleine Hefekuchen-Männlein, die man am Nikolaustag verschenkt.

Männelmarkt Am 2. Adventswochenende wird in Augustusburg im Erzgebirge traditionell der «Männelmarkt» abgehalten, bei dem heimisches Spielzeug und Gebäck angeboten werden.

Männlemacher Der Seiffener Karl Müller (1879–1958) beschäftigte sich ab 1950 mit Kurrendenfiguren. Seine etwa 8 cm großen Figuren basieren auf den Originalmodellen der 30er Jahre und sind inzwischen zu begehrten Objekten geworden. Er erwarb sich mit seinen Kurrendenfiguren den Spitznamen: «Männlemacher».

Marci panis Marzipan. Lateinisch: Das Brot für den heiligen Markus.

we obrazki do szopki
Neue Krippelbilder.
Nové jesličky
№ 9170
Druck und Verlag von Gustav Kühn in Neuruppin.

we obrazki do szopki
Neue Krippelbilder.
Nové jesličky
№ 9170.
Druck und Verlag von Gustav Kühn in Neuruppi

Mari Lwyd Weiß verhüllte Figur mit langem, spitzem Pferdekopf, die am 6. Januar durch Süd-Wales in England schleicht. Dieser Brauch ist vermutlich keltischen Ursprungs und eine Art «Heischebrauch».

«Maria durch ein Dornenwald ging» Weihnachtslied für 5-stimmigen Chor von Heinrich Kaminski (1886–1946).

«Maria in der Hoffnung» Eine der seltenen Darstellungen der schwangeren Maria. Dieses Ölgemälde eines unbekannten Malers stammt aus dem 17. Jahrhundert und befindet sich heute im Besitz des Bayerischen Nationalmuseums in München.

Maria Lichtmess Das Fest Maria Lichtmess wird seit dem 7. Jahrhundert am 40. Tag nach der Geburt Jesu gefeiert. Der alte Name dieses Festes, Maria Reinigung, erinnert an den Ursprung der alttestamentarischen Tradition, nach der jüdische Mütter 40 Tage nach der Geburt ein «Opfer der Reinigung» in Form einer Taube bringen müssen. Auch Maria folgte diesem Ritus. Da Jesus zudem als ihr erstgeborenes Kind «Eigentum Gottes» war, musste er im Tempel des Herrn dargestellt und von den Eltern ausgelöst werden. Aus diesem Brauch heraus entstand in Rom Maria Lichtmess. Traditionell geht somit am 2. Februar die Weihnachtszeit zu Ende. An diesem Tage werden die letzten Christbäume abgeschmückt und die Krippenausstellungen geschlossen. An Lichtmess werden im bayerischen Raum vielfach auch Märkte abgehalten, auf denen Kerzen und andere Wachsartikel im Mittelpunkt stehen, was vermutlich auf eine heidnische Sühneprozession mit Kerzenweihe zurückgeht. Früher war Maria Lichtmess vor allem auf dem Lande ein wichtiges Datum, denn an diesem Tage wechselten Mägde und Knechte ihre Arbeitsstellen.

Maria Magdalena «In der Verzückung» Berühmtes Schnitzwerk von Tilman Riemenschneider (1460–1530) und ursprünglich Teil des Altars von Münnerstadt/Franken, der 1492 für 145 Gulden in Auftrag gegeben wurde. Das Werk wurde 1831 zerstückelt. Die Hauptgruppe mit Maria Magdalena, die von sechs

Engeln umgeben ist, befindet sich im Bayerischen Nationalmuseum in München.

«Maria mit dem Kinde» Viele große Künstler haben sich mit der Geburt Christi befasst. Eine der schönsten und eindrucksvollsten Arbeiten ist wohl das Gemälde «Maria mit dem Kinde» von Leonardo da Vinci (1452–1519). Das Bild wurde 1889 von der Bayerischen Staatsgemäldesammlung erworben und hängt in der Alten Pinakothek in München.

Mariapfarr Vermutlich 1816 verfasste Joseph Mohr in Mariapfarr/Österreich den Text von «Stille Nacht» in Form eines Gedichtes. In den Jahren 1815–1817 hatte Mohr in Mariapfarr die Stelle eines Koadjutors.

Maria Reinigung Alter Name für ➛ «Maria Lichtmess» (2. Februar), welcher von Papst Gelatius im 3. Jahrhundert eingeführt wurde.

Maria unbefleckte Empfängnis Die katholischen Christen verehren in Maria, der Mutter Jesu, einen reinen, ganz und gar wertvollen Menschen. Bereits die Urkirche sieht in Maria eine besonders «Begnadete» und «Gesegnete» (Lukas 1, 28 + 42), ein Ideal des wahren Christenmenschen. Dabei verehren die orthodoxen Christen sie bis heute als «Panagia» (die Ganz-Heilige), während sie die Christen des Abendlandes als «Immaculata» (die Unbefleckte) bezeichnen. In der griechisch-byzantinischen Kirche wird bereits seit dem 8. Jahrhundert das Fest der «Unbefleckten Empfängnis Mariens» gefeiert. Vom 12. Jahrhundert an breitete sich der Festtag auch in England und in Deutschland aus. Papst Clemens X. schrieb das Fest schließlich 1708 für die ganze Kirche auf den 8. Dezember fest.

Maria Verkündigung Am Tag der Ankündigung der Geburt des Herrn am 25. März, wird in Maria jene Frau geehrt, der ein Engel der himmlischen Heerscharen verkündete: «Gegrüßet seist du, Holdselige, der Herr ist mit dir, du Gebenedeite unter den Weibern. Fürchte dich nicht, Maria, du hast Gnade bei Gott gefunden. Siehe, du wirst schwanger werden im Leibe und einen Sohn gebären, des Namen sollst du Jesus heißen. Der wird groß sein und ein Sohn des Höchsten genannt werden, und Gott der Herr wird ihm den Stuhl seines Vaters David geben. Und er wird ein König sein über das Haus Jakob ewiglich, und seines Königsreichs wird kein Ende sein.» (Lukas, 1, 28–33)

Marktredwitzer Krippenlandschaften ➛ «Rawetz»

Marktredwitzer Krippenweg In Marktredwitz wurde vor einigen Jahren von den Bürgern die Tradition wiederbelebt, in der Adventszeit in den Wohnungen Landschaftskrippen aufzustellen, die jeder anschauen kann. Im Jahr 2000 waren bereits wieder rund 20 Krippen zu besichtigen.

Marktredwitzer Stückla Kleine Teile von Krippen und auch Szenen aus dem Alltag, die in den Weihnachtskrippen dargestellt werden, sind eine Marktredwitzer Besonderheit.

Markus-Brot ➛ «Marzipan»

Marmor-Lichterbaum ➛ «Winterlichterbaum»

Marolin-Krippe Die Besonderheit der «Marolin-Krippe», die seit dem 18. Jahrhundert in Steinach/Thüringen von der Firma Richard Mahr hergestellt wird, sind die Figuren, die aus Pappmaché gefertigt werden. Damit sollten Porzellanfiguren vorgetäuscht werden. Die Krippenfiguren waren derart perfekt, dass sie nach ganz Europa exportiert werden konnten.

Maronen Früchte der Edelkastanie, die gebraten, glasiert, im Gänsebraten und in der kalten Jahreszeit sehr gut schmecken.

Märtesberta Erziehungsfigur der Vorweihnachtszeit. Wenn die Kinder nicht essen wollten, drohten die Eltern mit der «Märtesberta», die kommen und ihnen den Bauch aufschlitzen und mit Heu füllen würde. So z.B., in Haßlach, Neufang und Steinbach am Wald in Oberfranken.

Märtesnacht Volkstümlicher Name für die Martini-Nacht am 11. November in Bayerisch-Schwaben.

Martini Martini ist der Festtag der Bauern und wird vor allem im süddeutschen Raum am 11.11. gefeiert. Dieser Tag wird auch Martinikirchweih genannt. Auf dem Lande gab es auch Martinimärkte, wo für Haus, Hof und Gesinde Waren für die Winterszeit angeboten wurden.

Martinisegen Vor allem in Österreich ist der Martinisegen noch vielfach gegenwärtig. Er wird zu Winterbeginn beim Heimtreiben der Tiere gesprochen. Der heimkehrende Hirte überreicht seinem Herrn dabei die Martinigerte, einen Zweig der Birke, Eiche oder des Wacholders. Dieser Zweig wird über den Winter aufbewahrt und soll schützend wirken.

Martinsbrezel Gebildebrot in Form eines Bischofs.

Martinsfeuer Früher war es üblich, am Martinstag ein Feuer anzuzünden. Das sollte die Kraft des Lichtes stärken und für die Felder segensreich sein. Der Sprung über das Feuer sollte Glück bringen. Im Rheinland wurde dieser Tag auch als «Funkentag» bezeichnet. Wegen der Feuergefahr wurden im 17. Jahrhundert die großen Feuer verboten, und man durfte nur noch symbolisch über eine Kerze springen. Diesen kleinen Feuersprung hält das Martinslied «Laßt uns froh und munter sein» fest: «Springen wollen wir kreuz und quer, übers liebe Kerzchen her».

Martinsgeigen So nannte man in Süddeutschland die großen Weißbrote, die am Martinstag in der Kirche geweiht und anschließend an die Armen verteilt wurden.

Martinshörnchen Die «Martinshörnchen» bestehen aus Mürbe- oder Hefeteig in der Form von Hufeisen. Sie werden zu Ehren des heiligen Martin verzehrt. Bei den evangelischen Gläubigen werden sie als «Lutherbrötchen» bezeichnet.

Martinsküchlein Ein Schmalzgebäck, welches vom Herrn dem Gesinde oder von Erwachsenen den Kindern geschenkt wurde.

Martinsliedersingen ➛ «Püfferkes»

Martinsmahl Bis um 1900 war in Nordschwaben am Vorabend des Martinstages das so genannte «Martinsmahl» üblich. Heute ist dieser Brauch fast in Vergessenheit geraten.

Martinsminne Das Trinken des neuen Weins am Martinsabend wird auch als «Martinsminne trinken» bezeichnet.

Martinspfennige Zum Zeichen von christlicher Wohlfahrt wurden im Mittelalter im Kölner Raum an Sankt Martin sog. «Martinspfennige» verschenkt.

Martinsquadragese Die «Martinsquadragese» war früher der Beginn einer Fastenzeit, in der vom 11. November bis Weihnachten dreimal wöchentlich (Montag, Mittwoch und Freitag) gefastet wurde. Daraus entwickelte sich die Adventszeit. Am so genannten «Martinsabend» wurde von jeher ein Festschmaus abgehalten, bei welchem die Martinsgans nicht fehlen durfte.

Martinstag Am 11. November begehen die Katholiken den Gedenktag des heiligen Martin (316–397 n. Chr.). Er war ein römischer Offizier, der zum Christentum übertrat. Als er einmal unterwegs auf einen Bettler stieß, der ihn um eine milde Gabe bat, trennte er mit dem Schwert seinen Mantel entzwei und reichte dem Armen eine Hälfte, weil er kein Geld mit sich führte.

Martinstüte Im Rheinland erhalten in einigen Orten die Kinder nach den St.-Martins-Umzügen noch die so genannte «St.-Martins-Tüte», eine Tüte, gefüllt mit Süßigkeiten.

Martinswecken Gebäck aus Hefeteig, wird auch Martinsring oder Martinskranz genannt und dingt das Neujahr an. Früher schenkte ein Bursche das Gebäck seinem Mädchen und forderte es so symbolisch auf, ihm am Neujahrstag ebenfalls ein Geschenk zu überreichen. An Art und Größe konnte man erkennen, wie groß die Zuneigung zueinander war.

Martinswein Martinswein, auch «Märteswein» genannt, trinken die Winzer an Martini, um für das kommende Jahr eine gute Ernte zu erbitten. Da der Most in dieser Zeit ausgearbeitet hat, wurde zu Martini der neue Wein «getauft», das heißt, der neue Wein wurde verkostet.

Marzipan Die Süßware «Marzipan» aus Zucker und Mandeln stammt ursprünglich aus dem Morgenland und wurde durch die Kreuzritter und Kaufleute über den Handelsplatz Venedig nach Europa gebracht. Mit der großen Hungersnot von 1407 in Lübeck etablierte sich das «Markusbrot» (Marci panis) in Deutschland. Dagegen wurden bereits im 13. Jahrhundert in Neapel und auf Sizilien Gewürze und Konfekt in kleinen Schächtelchen verschickt. Der Begriff «Mazaban» für die Schachtel muss wohl im Lauf der Zeit auch auf den Inhalt übergegangen sein.

Marzipanbrot In vielen Hamburger und Lübecker Familien wird in der Weihnachtszeit vom Hausherrn noch feierlich das Marzipanbrot, vielfach auch «Großes Schwarzbrot» genannt, angeschnitten und verteilt.

Marzipanküsschen Traditionelles Weihnachtsgebäck der Lübecker mit viel Marzipan.

Maskenumzüge Die Umzüge der «Cläuse und Kramperl» sind Relikte vorweihnachtlichen Brauchtums in Bayern und im Tiroler Land. Vereinzelt versucht man diese Umzüge wieder neu zu beleben.

Matera, Giovanni Antonio Bedeutendster sizilianischer Krippenschnitzer und -modelleur (1721–1789). Typisch für seine Figuren sind die fein geschnitzten Köpfe und Gliedmaßen aus Lindenholz, während die Körper nur grob angedeutet sind. Die Bekleidung wurde in der Technik des Kaschierens hergestellt. Dabei wurde Leinen in angewärmtes Leimwasser getaucht, welches mit Kreide versetzt wurde. Noch im formbaren Zustand konnte das Gewebe gut in Falten gelegt werden, was den Krippenfiguren ihr unübertreffliches Aussehen verlieh.

Matern-Kapelle In der Bamberger «Matern-Kapelle» befindet sich der Ausstellungsraum der Bamberger Krippenfreunde. Das Bamberger Krippenmuseum ist nur in der Adventszeit geöffnet. Gezeigt werden über 30 Krippen. Im Fundus des Vereins befinden sich noch über 100 000 Einzelfiguren.

Matute Lateinisch: «Morgendlich» ist die «Mette», ursprünglich die Morgenhore des Stundengebets. Heute als «Christmette» in der katholischen wie auch in der evangelischen Kirche zu Weihnachten Tradition.

Maulgabe Auf dem Lande ist auch heute noch vereinzelt der Brauch lebendig, den Tieren im Stall in der Heiligen Nacht eine «Maulgabe» zu reichen. Sie besteht aus einem eigens gebackenen Brot und geweihtem Salz.

Mauthaban Arabisches Wort (auch Maulhaban), was so viel wie «sitzender König» heißt und auf kleine Münzen zurückgeht, in die das Bildnis eines sitzenden Herrschers eingeprägt war. Die Venezianer führten diese kleinen Münzen um 1200 ein und nannten sie «Mataban». Der Begriff verlagerte sich später auf Getreide- und Schachtelmaße, die in Neapel und auf Sizilien «Martzapane» und «Marzapane» genannt wurden.

Mayr, Christoph Anton Christoph Anton Mayr (vor 1720–1771), genannt «Stockinger», war ein bekannter Tiroler Freskenmaler, der auch viele Papierkrippen (Stockinger Krippen) angefertigt hat. Eine der noch wenigen erhaltenen Papierkrippen befindet sich im Besitz des Bayerischen Nationalmuseums in München.

Mechanische Krippe Im Pfarrhof von «Christkindl» steht eine so genannte «mechanische Krippe», die von Karl Klauda (1899–1939) in 40-jähriger Arbeit angefertigt wurden. Über dreihundert Figuren werden mittels Fahrradketten bewegt. Im Zentrum steht die Heilige Familie mit den Hirten. Eine heilgeschichtliche Reihe, beginnend mit Adam und Eva und anderen Gestalten aus dem Alten Testament, gefolgt von Jesus und seinen Jüngern, ziehen an den Zusehern vorbei. Die Heiligen Drei Könige werden ebenso dargestellt wie auch die Flucht nach Ägypten.

Mehl Für alle Weihnachtsplätzchen ist Mehl der unumgängliche Basisstoff. Das weiße, feine Pulver entsteht durch das Vermahlen von Getreidekörnern. In Deutschland werden hierzu hauptsächlich Weizen und Roggen verwendet.

Mehlweiberl In der Adventszeit trieb in der Gegend um Kötzting das «Mehlweiberl» sein Unwesen in der Adventszeit. Es lauerte in der hereinbrechenden Dunkelheit den bösen Kindern auf und erschreckte sie, indem es ihnen Mehl in die Augen streute.

Mehlweisen Schlesisches Weihnachtsgebäck unter Verwendung von Zimt und Vanille.

«Mein Vater und die Dampfmaschine» Vergnügliche Weihnachtserzählung von Hugo Hartung (1902–1972).

Meisenthal Kleines Dorf in den Elsässer Vogesen. Von 1704 bis 1711 entstand um eine Glasbläserei das Dorf Meisenthal. Um 1850 begannen die Glasbläser, aus der Not, anstelle von Äpfeln und Süßigkeiten, ihre Weihnachtsbäume mit Glaskugeln zu schmücken, womit der Ursprung des Glaskugel-Schmucks gelegt war.

Melchior ➛ «Heilige Drei Könige»

Mell, Max Österreichischer Schriftsteller und Dramatiker. Max Mell (1882–1971) schrieb zahlreiche Theaterstücke, unter anderem auch «Das Apostelspiel», welches zur Weihnachtszeit auf vielen Spielplänen im deutschsprachigen Raum zu finden ist.

«Messias» Im Jahre 1741 komponierte der Thüringer Georg Friedrich Händel (1685–1759) den «Messias». Es ist wohl das berühmteste und meistaufgeführte Weihnachtsoratorium der Welt. Händel schrieb den «Messias» in der kurzen Zeit von nur 24 Tagen.

Met Getränk aus gegorenem Honig, welcher früher auf den Weihnachtsmärkten von den Lebzeltereien verkauft wurde.

Metropole der Lebkuchen ➛ «Lebkuchen-Zentren»

Mette Das Wort «Mette» (Christmette) hat nichts mit der Messe zu tun. Es wurde aus den lateinischen Wörtern «hora matutina» phonetisch eingedeutscht.

Mettenamt Alte Bezeichnung für Christmette.

Mettenbaum Alter Name für den Weihnachtsbaum in Thüringen.

Mettenblock Darunter verstand man früher in Bayern den größten Block im Brennholzvorrat des Hauses, welcher gewöhnlich für die Christnacht aufgespart wurde, damit die Heimkehrenden aus der Christmette eine behaglich warme Stube vorfanden. In Bayern wurde der «Mettenblock» früher «Mettenbinkel» oder auch «Mettenbinken» genannt.

Mettengang Im Berchtesgadener Land beginnt die Landbevölkerung den Heiligen Abend mit Fasten. Sie bereitet sich auf diese Art auf die Geburt Christi vor. Tagsüber gibt es meistens nur etwas Suppe mit Brot. Am frühen Abend steigen dann die Weihnachtsschützen auf die Anhöhen und feiern die Ankunft des Christkindes mit Böllerschüssen. Zeitig vor Mitternacht bricht man dann auf zum Mettengang, denn es wird Zeit für die Christmette. Auf dem Friedhof sprechen die Kirchgänger noch ein Gebet für die Verstorbenen. Erst nach der Christmette, die nach Mitternacht endet, kommt dann das Weihnachtsessen auf den Tisch.

Mettenheu Am Morgen des Christfestes werden die Tiere im Stall mit «Mettenheu» gefüttert, welches man in einem Weidenkorb dem «Mettentau» ausgesetzt hatte.

Mettenkerze Mettenkerzen sind sehr große Kerzen (ca. 70 bis 100 cm). Sie werden mit Efeu-, Tannen- und Mistelzweigen geschmückt. Sie stehen in den Bauernstuben und werden angezündet, wenn Haus und Hof ausgeräuchert werden. Kleinere Mettenkerzen werden in die so genannten «Mettenwecken» gesteckt.

Mettenlaiberl ➛ «Mettenwecken»

Mettenlicht Am 24. Dezember wird das «Mettenlicht» aufgestellt. In einen Brotlaib wird eine geweihte Kerze gesteckt und angezündet. Das Licht soll das Fest der Familie symbolisieren.

Mettenmahl Im Raum Regensburg besteht das traditionelle «Mettenmahl» aus Würsten und Schlachtschüssel.

Mettensau Durch die vorweihnachtliche, früher strenge Fastenzeit hat sich in ländlichen Gebieten der Brauch entwickelt, nach dem Ende der Fastenzeit eine Sau (Mettensau) zu schlachten, um endlich wieder richtig essen zu können. Siehe auch «Weihnachter».

Mettenschicht Alter bergmännischer Brauch im Erzgebirge. Darunter versteht man die letzte Schicht der Bergleute am Heiligen Abend. Sie wurde meistens früher beendet, und es wurde gemeinsam ein einfaches Essen eingenommen und zusammen gesungen.

Mettenstern Alte bayerische Bezeichnung für den Morgenstern.

Mettenstock Anderer Name für den Mettenblock.

Mettensuppe Die «Mettensuppe» ist eine fette Suppe. Der Brauch, diese Suppe zuzubereiten, ist durch das Hausschlachten zu Weihnachten und durch das Brühen und Kochen der Wurstwaren entstanden. Sie wurde nach der Christmette eingenommen.

Mettentau ➛ «Mettenheu»

Mettenwecken Der «Mettenwecken» ist ein Hefeteigbrot, das früher speziell für die Christmette gebacken wurde. In die Mitte des Brotes wird eine geweihte Kerze gestellt, die nach der Christmette angezündet wird. Danach segnet und teilt der Hausherr den Mettenwecken, und es erhält jeder der Tischrunde ein Stück davon. In einigen Gegenden wird der Mettenwecken auch «Mettenlaiberl» genannt.

Metten-Wurst Schmaus, hauptsächlich aus Würsten, welcher auf dem Lande in der Christnacht nach der Metten gehalten wird.

Michaelskirchlein ➛ «Christkindl-Wallfahrt»

Middwinter Als «Middwinter» bezeichnen die Bauern die Zeit um den kürzesten Tag und die längste Nacht im Dezember.

Milligerschtl Früher war der Heilige Abend ein strenger Fastentag, an welchem in großen Teilen Österreichs nur eine Milchspeise, als «Milligerschtl» bezeichnet, gegessen wurde.

Miniaturchristbäume Miniaturchristbäume wurden früher fast ausschließlich zur Schaufensterdekoration verwendet. Inzwischen hat sich dieser «Bonsai-Weihnachtsbaum» zu einem Renner entwickelt. Die bunten, aus Kunststoff gefertigten Bäumchen, geschmückt und mit kleinen elektrischen Kerzen versehen, kann man in Autos, Lastwagen, im Büro und in unzähligen Fenstern stehen sehen. Die geringe Größe und ihre bunten Lichter vermitteln an den Vorweihnachtsabenden einen besonders romantischen Zauber.

Miniaturkrippen Winzige Krippendarstellungen in Nussschalen, Zündholzschachteln, Muscheln, Spanschächtelchen und Weihnachtskugeln.

Mischlieder ➛ «Puer natus in Bethlehem»

«Missa Adventus in d» Weihnachtliche Messe von Johann Michael Haydn (1737–1806).

«Missa Criolla – Navidad Nuestra» 1964 komponierte der argentinische Komponist Ariel Ramirez die «Missa Criolla», eine Weihnachtsgeschichte in sechs Teilen. Die Welturaufführung fand 1967 in Düsseldorf (Rheinhalle) statt. Die Einzigartigkeit dieser Komposition liegt in der Verbindung von volkstümlichen südamerikanischen Klängen mit dem Text der heiligen Messe.

«Missa de Angelis» Gregorianisches Chorwerk aus dem 9. Jahrhundert.

«Missa in honorem St. Nicolai» Weihnachtsmesse des österreichischen Komponisten Joseph Haydn (1732–1809).

Missa «Ne timeas Maria» Weihnachtliches Madrigal des aus Mantua stammenden Renaissancekomponisten Giovanni Gastoldi (1580–1622).

«Missa puer natus» Weihnachtsmesse des evangelischen Komponisten Thomas Tallis (um 1505–1585). Er schrieb auch lateinische Kirchenmusik, Motetten und Psalmen.

«Missa Solemnis» Die «Missa Solemnis» von Ludwig van Beethoven (1770–1827) stammt aus seiner letzten Schaffensperiode und ist durch eine starke Individualität gekennzeichnet. Beethoven löste sich mit diesem Werk vollständig von den Gattungstraditionen, indem er einen Chor in den Vordergrund stellte. Von Anton Bruckner (1824–1896) gibt es ebenfalls eine «Missa Solemnis» (B-Dur) aus dem Jahre 1854 sowie von Franz Liszt (1811–1886), die auch als «Graner Messe» bekannt geworden ist.

«Missa Tempore Adventus» Festliche Musik zum Advent von Johann Michael Haydn (1737–1806).

Mistel Die Mistel war ein heidnisches Symbol und kam aus dem keltischen Bereich. Sie stand für den Frieden und auch für die Überwindung des Todes. Die Mistel steht in Deutschland unter Naturschutz. Die in Gold- und Silberbronze getauchten Zweige, die ein gern gesehener Adventsschmuck sind, kommen hauptsächlich aus Frankreich und Polen. In England ist es

Brauch, einen Mistelzweig über die Tür zu hängen. Steht eine junge Frau zur Weihnachtszeit darunter, kann sie es nicht ablehnen, geküsst zu werden. Dieser Kuss gilt vielerorts als ein Hochzeitsversprechen.

Mistel-Strauß In vielen Gegenden Deutschlands hängt man in der Vorweihnachtszeit Mistel-Sträuße an die Haustüre. Jetzt gibt es auch Sträuße aus Plastik mit elektrischer Beleuchtung, die dem rauen und kalten Winterwetter besser widerstehen können.

Miszellen-Medaillen Darunter versteht man Geschichtsmünzen, die religiöse, familiäre und weihnachtliche Themen zeigen.

«Mit Ernst, o Menschenkinder» Diese schöne Adventsmusik wurde von Christoph Graupner (1683–1760) komponiert. Die ersten drei Strophen schrieb Valentin Thilo (1607–1662) im Jahre 1642.

Mitra Griechisch: Binde. Darunter versteht man die an der Rückseite mit zwei herabhängenden Schmuckbändern versehene Kopfbedeckung der Kardinäle, Bischöfe und Prälaten. Die Mitra verleiht auch dem heiligen Nikolaus sein würdiges Aussehen.

«Mitten in der Nacht sin d'Hirten erwacht» Volkstümliches Christkindllied aus Furth im Walde (Bayerischer Wald).

Mitterndorfer Nikolausspiel Traditionelles Spiel in Mitterndorf in der Steiermark, bei dem der heilige Nikolaus die lärmenden heidnischen Perchten bändigt.

Mittwinter Nach altem Volksglauben ist am 25. Januar (Pauli Bekehrung) die Mitte des Winters überschritten.

Mittwinterfrau Alte fränkische Bezeichnung im Raum Wunsiedel für die ➤ «Frau Percht».

Model Holzformen mit eingeschnitzten Motiven. Bereits im 15. Jahrhundert werden Model in Kochbüchern erwähnt. Anfänglich waren es hauptsächlich religiöse Darstellungen, erst viel später kamen weltliche Motive wie Christbaum, Sterne, Glocken und Ornamentik dazu. Die Model werden mit der Bildseite auf den ausgerollten Teig gedrückt, wodurch sich das Motiv erhaben auf der Teigmasse zeigt. Durch Trocknung oder

Ausbacken wird das Motiv haltbar gemacht und lässt sich anschließend auch gut bemalen.

Modelleisenbahn Die Modelleisenbahn zählte jahrzehntelang zu den am meisten geäußerten Weihnachtswünschen junger Buben. Inzwischen haben Modelleisenbahnen gegenüber Computerspielen einen schweren Stand. Statistisch gesehen spielen heute mehr Erwachsene mit Miniatureisenbahnen als der Nachwuchs.

Mohn Der gemahlene Samen von Mohn ist wichtiger Bestandteil für den Mohnstollen.

Mohrenkönig ➝ «Humbacher Nikolausspiel»

Mondphasen-Christbäume Sie sind für Mondphasen-Anhänger der absolute Knaller. Die Bäume werden an einem bestimmten Tag Anfang Dezember bei zunehmenden Mond geschlagen. Derartige Bäume sollen weitaus weniger nadeln und bis über Heilige Drei Könige frisch bleiben.

Moosmann Der «Moosmann» ist im Vogtland eine Symbolfigur der Vorweihnachtszeit und schon seit dem 17. Jahrhundert bekannt. Er ist von kleinem Wuchs, ist mit Moos bekleidet und wird der germanischen Mythologie zugerechnet. Heute stellt man den Moosmann, gedrechselt oder geschnitzt, mit oder ohne Kerze in der Hand, ins Fenster, wenn die Weihnachtszeit beginnt.

Möppala Kleine Krippenfiguren aus Hutzlteig, die nicht gebacken, sondern getrocknet und bemalt werden. Der Name leitet sich vermutlich von «Moppen» (Rheinland und Niederlande) ab. Die Figuren haben im fränkischen Raum eine jahrhundertealte Tradition.

«Morgen, Kinder, wird's was geben» 1795 verfasste Karl Friedrich Splittegarb den Text, zu dem der Komponist Carl Gottlieb Hering 1809 die Noten schrieb. Es ist im Grunde ein reines Kinderlied, was Ludwig van Beethoven bereits 1798 nicht davon abhielt, es ebenfalls zu vertonen!

«Morgen kommt der Weihnachtsmann» Der Text zu diesem Weihnachtslied stammt tatsächlich von Hoffmann von Fallersleben, dem Schöpfer des «Deutschlandliedes».

Morgenland Als Morgenland gelten die Länder östlich des Mittelmeeres. Diese Staaten werden auch als der Vordere Orient bezeichnet. Im Morgenland geht, aus der Sicht des Abendlandes, die Sonne auf.

Mosca, Lorenzo Hervorragender Modelleur (1721–1789) von neapolitanischen Krippenfiguren.

«Mr. Christmas» Viele kleine Kinder aus Amerika bezeichnen in ihren Wunschbriefen und E-Mails an den Weihnachtsmann diesen kurz und einfach als «Mr. Christmas».

Muarano-Krippe Moderne Weihnachtskrippe aus buntem Muranoglas.

Muff Sehr praktische Textil- oder Fellrolle mit Träger zum Umhängen, in der man die Hände warm halten kann. Leider ist dieses Accessoire ziemlich «out», weil die moderne Frau heute die eine Hand für die Zigarette und die andere für das Handy benötigt.

Muff, Hans Im Rheinland war früher für Knecht Ruprecht auch der Name «Hans Muff» gebräuchlich.

Mühlfeldkrippe Eine besonders interessante Weihnachtskrippe wird seit einigen Jahren wieder in der Mühlfeldkirche in Bad Tölz aufgestellt. Die Figuren erinnern in Größe und Bekleidung an die Krippenfiguren des Klosters Benediktbeuern, haben jedoch alle schön modellierte Wachsköpfe. Besonders erwähnenswert sind auch die Elefanten aus dem Königsgefolge in Anbetracht der Tatsache, dass die Krippenschnitzer des 18. Jahrhunderts noch nie ein derartiges Tier zu Gesicht bekommen hatten.

Müller-Blech, Klaus ➛ «Historisches Weihnachtsmuseum»

Münchner Brezenspende Von 1318 bis 1801 gab es in München den Brauch der «Brezenspende». Immer an Johannes (27. Dezember) ritt ein Reiter durch die Stadt und verteilte kostenlos Brezen. Cosmas Damian Asam (1686–1739) hat die Brezenspende 1727 in einem Fresko in der Heilig-Geist-Kirche festgehalten.

Kripp

Druck u. Verlag v. F. W. Bergemann i. Neu Ruppin.

lder.

No. 1043

Münchner Lebzelterordnung In der «Münchner Lebzelterordnung» von 1691 ist genau festgehalten, was die Berufsgruppe der Lebzelter anfertigen und verkaufen durfte.

Münchner Marzipan Münchner Name für ➛ «Springerle», auch «Eiermarzipan» genannt.

Münchner Schnitzerschule Die «Münchner Schnitzerschule» um Andreas Barsam, Ludwig Wendelin Reiner und Anselm Sickinger war bis etwa 1870 maßgeblich an der Verbreitung künstlerisch wertvoller Krippenfiguren beteiligt.

Münchner Transeamus ➛ «Transeamus»

Münchner Weihnachtskalender Der «Münchner Weihnachtskalender», den Gerhard Lang 1908 in München herausbrachte, war der erste Adventskalender und trug den Titel: «Im Lande des Christkinds».

Münster Im St.-Paulus-Dom im westfälischen Münster befindet sich eine interessante und sehenswerte astronomische Uhr, auf der jeden Tag um zwölf Uhr mit dem Glockenspiel der sog. «Umgang der Heiligen Drei Könige» zu sehen ist.

Murschhauser, Franz Xaver Anton Der bayerische Komponist Franz Xaver Anton Murschhauser (1663–1738) wirkte an der Frauenkirche in München. Von ihm stammen so bekannte Weihnachts-Pastoralen wie: «Gegruest seyest du, o Jesulein» und «Es ist ein Ros entsprungen» (Aria mit 14 Variationen «Quis mutuos amores») und «Lasst uns das Kindlein wiegen», das Weihnachtslied für die Münchner Frauenkirche.

Muschel-Krippen Aus verschieden großen Muscheln zusammengesetzte Krippen sind vor allem in Südafrika bei der schwarzen Bevölkerung beliebt.

Musik-Kerze Diese Weltneuheit kommt aus den USA. Immer wenn man diese Kerze anzündet, ertönt eine stimmungsvolle Melodie, und es verbreitet sich ein angenehmer Weihnachtsduft. Nach dem Ausblasen der Kerze schaltet sich die Musik nach etwa dreißig Sekunden automatisch ab. Die Brenndauer der Musik-Kerze beträgt 120 Stunden.

«Musikalische Schlittenfahrt» Komposition von Leopold Mozart (1719–1787).

Muskatzinen Gehaltvolles und wohlschmeckendes Weihnachtsgebäck aus Zucker, Weizenmehl, Mandeln, Haselnüssen, Honig und Gewürzen.

Mutternacht In England bezeichnete man das Julfest auch als «Mutternacht».

Myron-Wunder ➛ «Oleum Sancti Nicolai»

Myrrhe Wie Weihrauch ist Myrrhe ebenfalls ein Räucherharz, welches jedoch hauptsächlich in Afrika gewonnen wird. Der Name Myrrhe geht auf das semitische Wort «murr» für «bitter» zurück.

Mysterienspiele Seit dem 10. Jahrhundert kennt man in den Kirchen die so genannten «Mysterienspiele», die aus germanischen Kultspielen hervorgegangen sind. Die «Mysterienspiele» lagen in den Händen der Geistlichen. Waren es anfänglich nur die drei Magier, die ihre Gaben zum Altar brachten, begleitet von Liedern, die die Geburt des Herrn verkündeten, weitete sich diese symbolische Darstellung sehr schnell zu Spielen mit mehreren Akteuren aus, die von Marias Kindheit bis zum Kindermord berichteten. Es gab Theaterumzüge, Dramen und Prozessionen.

«Nach Jahren» Weihnachtsgeschichte der schlesischen Autorin Julie Ludwig.

Nächte der Mutter ➛ «Weihenächte»

Nachtessen Das Hauptessen am Abend des 24. Dezember wurde in Oberfranken vielfach auch als «Nachtessen» bezeichnet.

Nachtklaus Im Raum Oberstdorf im Allgäu wurde früher der Nikolaus volkstümlich auch als «Nachtklaus» bezeichnet, da er in der Nacht die Gaben «einlegte».

Nägelein Volkstümlicher Name für Nelken als Lebkuchengewürz.

Nagelschmiedkrippen «Nagelschmiedkrippen» sind Krippen in der Größe eines Schuhkartons, deren Vorderseite mit einer Glasscheibe verschlossen wird. Es waren Nagelschmiede aus Steyr/Österreich, die diese Miniaturkrippen vor rund 200 Jahren bauten.

Nasenmännchen Das «Nasenmännchen» ist eine typische Figur der Seiffener Figurenschnitzer. Die unterschiedlichen Holzfiguren sind mit großen kegelförmigen Nasen ausgestattet.

«Natalis Sancti Nicolai» Lateinisch: Fest des heiligen Nikolaus.

Nativitas Domini ➛ «Sterzinger Weihnachtsspiel»

Nativitätsstil Bezeichnung aus dem Mittelalter für die Festlegung des Jahresanfangs auf den 25.12. (Geburt Jesu). In Deutschland unter der Bezeichnung «Weihnachtsstil» bis ins 16. Jahrhundert gebräuchlich.

Nativite ➛ «Alddashin, Michail»

Nausschießen Das «Nausschießen» des alten Jahres am 31. Dezember ist im Berchtesgadener Land Brauch.

Navitas Im 14. Jahrhundert nannte man die Darstellung der Ereignisse der Heiligen Nacht, die meistens in einer eigenen Kapelle mit lebensgroßen Figuren nachgestellt wurde, «Navitas».

Nazareth-Eier Hohle und aufschraubbare Holzeier, bunt bemalt, die auf dem Straßburger Weihnachtsmarkt verkauft wurden.

Neapel In der süditalienischen Hafenstadt hat das Krippenhandwerk und im Besonderen die Herstellung von Krippenfiguren eine jahrhundertealte Tradition. Die Stadt besitzt eine der größten und bedeutendsten Krippensammlungen in Europa. Unter Experten gilt Neapel auch heute noch als «die» Krippenstadt.

Neufahrner Nikolausspiel ➛ «Humbacher Nikolausspiel»

Neuhausen In Neuhausen im Erzgebirge befindet sich das einzige Nussknacker-Museum Europas mit über 3100 Exponaten.

Neujahr holen In Unterjoch, heute ein Ortsteil von Hindelang, ist es ein sehr alter Brauch, sich bei Verwandten, Freunden, Nachbarn das «Neujahr zu holen». Selbst wenn sich zwei Bekannte unterwegs treffen, hat der Wunsch für ein gutes neues Jahr nur Geltung, wenn jeder zum anderen nach Hause kommt, wo er als Gast einen Zelten (Birnenbrot) und ein Gläschen Schnaps angeboten bekommt.

Neujährchen In der Rhön war es früher Brauch, dass die Mutter jedem Familienmitglied zu Neujahr einen kleinen gebackenen Kuchen, das so genannte «Neujährchen», überreichte, welches Glück und Gesundheit bringen sollte.

Neujährle In der Eifel verschenkt man noch das so genannte «Jährle», ein Gebildebrot. Bereits Wochen vor Silvester wird dieses Früchtebrot gebacken, damit es zum Neujahrsfest auch richtig durchgereift ist.

Neujahrs-Aberglaube In Zusammenhang mit dem Neujahr sind auch einige unterschiedliche Formen des Aberglaubens überliefert. So ist die Hausfrau darum bemüht, über Neujahr ja keine Wäsche zum Trocknen aufzuhängen, weil dies großes Unglück im kommenden Jahr bringen könnte. Auch soll an Neujahr kein Geflügel verzehrt werden, weil sonst das Glück wegfliegen könnte. Weit verbreitet ist auch die Meinung, wer an Neujahr eine Linsensuppe löffelt, dem gehe das Kleingeld nicht aus. In einigen Gegenden spricht man dem Verzehr von Sauerkraut am Neujahrstag eine positive Wirkung zu.

Neujahrsabgewinnen Bei den Buben war früher das «Neujahrsabgewinnen» sehr beliebt. Sie durften am Neujahrsmorgen umherziehen und Glück für ein gutes Jahr wünschen, wofür sie mit Süßigkeiten oder mit kleinen Münzen belohnt wurden.

Neujahrsanblasen Der Neujahrsanfang wurde seit dem 19. Jahrhundert in den Städten sehr laut und geräuschvoll begangen. In dieser Zeit zogen verkleidete Burschen in Bläsergruppen von Haus zu Haus, um ihr Neujahrsständchen darzubringen und um ein gutes neues Jahr zu wünschen, was meistens mit einer kleinen Gabe oder mit Geld gedankt wurde.

Neujahrsanschießen In Neustadt an der Waldnaab pflegte man um 1800 noch den alten Brauch des «Neujahrsanschießens». In der Zeit zwischen 5 und 6 Uhr morgens wurden vor jedem Haus zwei Schuss abgefeuert, damit die Ernte, der Flachs, gerät und gutes Wetter kommen wird.

Neujahrsansingen Das Neujahrsansingen ist ein alter Heischebrauch und inzwischen in Vergessenheit geraten. Am Neujahrsmorgen zogen früher Kinder singend von Haus zu Haus und wünschten den Bewohnern viel Glück, wofür sie mit kleinen Gaben und Geld belohnt wurden.

Neujahrsbesuche ➛ «Neujahrs-Entschuldigungskarten»

Neujahrsbock In Norddeutschland taucht in der Silvester- und in der Neujahrsnacht noch vereinzelt der «Neujahrsbock» auf. Es ist dies eine vermummte Gestalt, die ihren Ursprung in der heidnischen Mythologie hat.

Neujahrsbrezel Früher war die «Neujahrsbrezel» ein begehrtes Symbol dafür, dass das neue Jahr sich «rund» fügen möge. Angeblich sind im Jahre 610 einem südfranzösischen Mönch bei der Brotzubereitung einige Streifen Teig übrig geblieben, aus denen er die Form von Kinderarmen bildete, deren Hände zum Gebet gefaltet waren.

Neujahrsbriefe Als Kostbarkeiten der Volkskunst gelten die im 18. und 19. Jahrhundert geschriebenen und liebevoll ausgeschmückten «Neujahrsbriefe», die die Kinder an ihre Eltern, Paten und Verwandte schickten.

Neujahrsbrot Im oberpfälzischen Raum kannte man früher ein «Neujahrsbrot», es hat durch seine «Ohren» an beiden Enden

Ähnlichkeit mit dem Januskopf, von dem der Januar seinen Namen ableitet. Es wird als Glück bringend verschenkt. In Bayern bezeichnet man die «Ohren» als «Scherzl». Es sind die knusprigen Enden eines Brotes.

Neujahrseinwerfen Alter Silvester/Neujahrsbrauch in Hessen und in Norddeutschland. Dabei lärmte man mit Tellern und Töpfen, um die bösen Geister zu vertreiben.

Neujahrsempfang Stelldichein internationaler Politiker, die die Möglichkeit nutzen, ihre neue Ausgehgarderobe zu präsentieren und andererseits auf Kosten des Steuerzahlers ausgiebig zu tafeln. Meistens wird dabei auch mit mahnenden oder markigen Reden auf den desolaten Zustand unserer Welt hingewiesen.

Neujahrs-Entschuldigungskarten Um 1815 begann man in den österreichischen Bürger- und Adelskreisen anstelle der Pflichtbesuche zur Weihnachtszeit, die mit Spenden für die Armen verbunden waren, so genannte «Neujahrs-Entschuldigungskarten» auszustellen. In Innsbruck wurden 1819 die ersten «Neujahrs-Entschuldigungskarten» vervielfältigt. Der Magistrat beschloss die Ausgabe dieser Karten. Mit der Veröffentlichung der Spender durch Aushang und Presse wurden sie der Pflicht von Neujahrsbesuchen enthoben. Die Karten wurden von Jahr zu Jahr größer und kunstvoller gestaltet und im Kupfer- oder Stahlstich hergestellt. Sie wurden auch als «Neujahrsglückwunsch-Enthebungskarten» bezeichnet.

Neujahrsesel In einigen Dörfern in der Rhön war früher am Neujahrstag der «Neujahrsesel» unterwegs, der polternd um sich schlug und erst durch eine kleine Gabe beruhigt werden konnte.

Neujahrsgebäck An einen besonderen Tag sind die «Raberle», das alte Neujahrsgebäck im Raum Calw, gebunden. Es handelt sich um kleine Kümmelküchle aus Weißmehl, die als Neujahrsgruß an die Verwandschaft und an Bekannte geschickt werden.

«Neujahrsgedicht auf die Heilige Jungfrau» ➛ «Beckmesser, Sixt»

«Neujahrsgesang» Neujahrsgedicht an den Herrn von Paul Gerhardt (1607–1676).

Neujahrsglückwunsch-Enthebungskarten ➛ «Neujahrs-Entschuldigungskarten»

Neujahrshörnchen ➛ «Krüllkuchen»

Neujahrskantaten Um 1700 schrieb der Organist und Komponist Dietrich Buxtehude (1637–1707) die «Neujahrskantaten», die gleichzeitig Gebet und Dank für die Menschen bedeuten. Die Kantaten gelangen auch heute noch vielfach in den Gottesdiensten zu Silvester und Neujahr zur Aufführung. Zu den wichtigsten Kantaten-Komponisten zählen neben Buxtehude auch Johann Sebastian Bach (1685–1750) und Georg Friedrich Telemann (1681–1767).

Neujahrskarte Eine Glückwunschkarte zum neuen Jahr ist nachweislich die allererste Glückwunschkarte der Welt. Im Jahre 1490 ließ der Abt eines Klosters eine einseitige Karte zeichnen, auf der ein Christuskind zu sehen war. Darunter wand sich ein Spruchband mit dem Text: «gout selig jor». Die heutige Neujahrskarte, ob Post- oder Klappkarte, zeigt nur noch selten religiöse Motive. Meistens stehen Glückssymbole wie Pilze, Kleeblätter, Schweine, Hufeisen, Sektflaschen und -gläser, Feuerwerk und Kaminkehrer im Mittelpunkt. Vereinzelt findet man auch noch Motive mit Schlitten fahrenden Schneemännern, einen guten Rutsch andeutend, sowie verschneite Winterpfade, die einen guten Weg ins neue Jahr symbolisieren sollen.

Neujahrskind Spätmittelalterliche Abbildung eines nackten Jesuskindes, welches das «Neujahrskind» auf Glückwunschzetteln symbolisierte.

Neujahrskonzert Das Neujahrskonzert mit den Wiener Philharmonikern wird traditionell am 1. Januar um 12 Uhr ausgestrahlt und in über einhundert Länder übertragen. Das «Wiener Neujahrskonzert» sehen und hören ca. 60 bis 100 Millionen Menschen in aller Welt.

Neujahrskrapfen Früher erhielten in Hochaltingen bei Nördlingen jedes Familienmitglied wie auch alle Dienstboten zum Jahreswechsel den so genannten «Neujahrskrapfen», ein Backwerk, gefüllt mit gekochten dörren Zwetschgen oder Apfelmus.

Neujahrskringel Neujahrsgebäck aus Weizenmehl, Mohn und Hirse, dem man zusätzlich noch ganze Körner beimengte, um so den Überfluss zu demonstrieren. Es wurde am Neujahrstag verteilt und galt als «Glücksgebäck».

Neujahrskuchen ➛ «Vasilopita»

Neujahrskurrende Das Hineinblasen ins neue Jahr in der Silvesternacht.

«Neujahrslied» Besinnliches Neujahrsgedicht des österreichischen Dichters Franz Grillparzer (1791–1872).

«Neujahrslied» Neujahrsgedicht mit starker positiver Aussage von Johann Heinrich Voss (1751–1826).

«Neujahrslied» Einfühlsames, aber auch nachdenklich stimmendes Neujahrsgedicht von Johann Peter Hebel (1760–1826). Im Jahre 1844 wurde es von Felix Mendelssohn-Bartholdy (op. 84, Nr. 1) vertont.

Neujahrsmarkt Im österreichischen Villach (Kärnten) gibt es seit nahezu 25 Jahren den so genannten «Villacher Neujahrsmarkt». Er findet, anschließend an den dortigen Christkindlmarkt, vom 27. bis zum 31. Dezember statt. Auf dem Markt werden neben Scherzartikeln vor allem Glücksbringer und Feuerwerksartikel angeboten. An den Sekt- und Glühmostständen kann man kräftig für die Silvesterfeier üben.

Neujahrsmedaillen Im 17. und 18. Jahrhundert wurden von vielen Städten Deutschlands, der Niederlande, der Schweiz und Österreichs so genannte «Neujahrsmedaillen» ausgegeben mit Stadtansichten und den Inschriften: «Zum Neuen Jahr» oder «Prosit Neue Iahr». Bekannt geworden sind die Nürnberger «Lammdukaten», die in Teil- oder Mehrfachstücken 1700 auf den Beginn des neuen Jahres ausgegeben wurden. Siehe auch «Freiberger Neujahrsmedaillen»

Neujahrsmünzen Bereits Ovid berichtete, dass die Römer zu Neujahr Bronzemünzen mit der Darstellung Janus' als Hinweis auf den Jahreswechsel verschenkten. Aus der römischen Kaiserzeit gibt es Bronzemedaillen von Kaiser Hadrian (117–138), Antoninus Pius (138–161) und Severus Alexander (222–235) zu Neujahr.

Neujahrsplaketten Im 19. Jahrhundert kamen so genannte «Neujahrsplaketten» in Mode. Sie bestanden aus Eisen und wurden seit 1805 in Berliner, Gleiwitzer und Lauchhammer Eisengießereien produziert.

Neujahrsringe Die «Neujahrsringe» werden aus Hefeteig, der mit Rosinen versehen ist, in geflochtener Form gebacken. Im Großen Walsertal/Vorarlberg und in Teilen des Allgäu erhalten Kinder von ihren Paten zum Jahreswechsel einen Neujahrsring, der Glück und Gesundheit im kommenden Jahr bringen soll. Im Walsertal werden diese Heferinge auch «Gutneujahrsringe» genannt.

Neujahrsschnalzen In einigen Gegenden Österreichs hat sich der Brauch des «Neujahrsschnalzens» erhalten. Dabei werden lange Peitschen mit dünnen Lederbändern hin und her geschwungen, sodass durch den abrupten Richtungswechsel das Lederband zu schnalzen beziehungsweise laut zu knallen beginnt.

Neujahrsschreien Alter Brauch im Südtiroler Pustertal, der heute fast vollkommen in Vergessenheit geraten ist. Dabei wurden Verse und Lieder mehr geschrien als gesungen.

Neujahrsschützen In vielen Gegenden des Oberlandes ist es ein alter Brauch, dass die Gebirgsschützen das neue Jahr mit Böllerschüssen begrüßen.

Neujahrsspringen Keine mitternächtliche Betätigung zur Begrüßung des neuen Jahres, sondern Skisportveranstaltung am 1. Januar in Garmisch-Partenkirchen im Rahmen der Vier-Schanzen-Tournee.

Neujahrsumgang ➛ «Kolende»

Neujahrszettel Aus dem Jahre 1698 ist uns ein Neujahrsglückwunsch erhalten, dessen Gestaltung sehr speziell ist. In den sechs Spitzen des Sterns sind 5 Verse eingefügt. Außen, zwischen den Schenkeln, sind oben kleine Bildstöcke eingefügt mit den Großbuchstaben C, M und B für Caspar, Melchior und Balthasar. Links unten und nach rechts führend erkennt man die Inschriften: IHS, MRA und JOS. Darunter sind jeweils kleine Gebete angefügt. Unter den Gebeten ist verteilt: Anno

(1), (6), (98.) gedruckt. Die Glückwünsche für ein gutes neues Jahr mit Wohlergehen lassen auf eine Art Glückwunschkarte aus der Barockzeit schließen.

Neujahrszopf Im Böhmischen und im Bayerischen Wald ist es Brauch, zum Jahreswechsel den «Neujahrszopf», auch Neujahrsstrietzel genannt, zu backen, der sehr viele Weinberln (Rosinen) im Hefeteig haben muss.

Neumarkter Weihnachtstaler Seit nun 16 Jahren wird in Neumarkt/Opf. der so genannte «Neumarkter Weihnachtstaler» geprägt. Die Motive dieser Prägungen zeigen Bauwerke der Stadt Neumarkt. Auf der Prägung der Silbermedaille des Jahres 2002 beispielsweise ist auf der Vorderseite die nicht mehr vorhandene «St.-Georgs-Kapelle» zu sehen, die Rückseite des Weihnachtstalers zeigt die «Steinmadonna» (um 1480) aus der Hofkirche.

Neunerlei Im bayerischen wie auch im Thüringer Vogtland ist das «Neunerlei» das traditionelle Essen am Heiligen Abend. Dieses Essen setzt sich aus mehreren Speisen zusammen, die alle eine Bedeutung haben. Die Bratwurst: Sie ist das Sinnbild herzhafter Kraft. Das Sauerkraut: Damit das Leben nicht versauert. Die Linsen: Sie sind das Symbol für das Kleingeld. Die Klöße: Sie stehen für das große Geld. Die Gans: Sie bringt Glück. Das Kompott: Damit das Leben süß bleibt. Die Semmelmilch: Dadurch bleibt man gesund. Die Nüsse: Wer sie knackt, wird auch mit allen Problemen fertig. Pilze oder rote Rüben: Man bekommt rote Wangen vor Glück und Freude.

Neuruppiner Weihnachtsmann 1860 wurde von Gustav Kühn erstmals der so genannte «Neuruppiner Weihnachtsmann» angeboten. Die türgroße Figur zeigt die wild blickende Gestalt des Knecht Ruprecht. Um seinen Hals hängt eine Kiste voller Spielzeug. Die Papierfigur bestand aus vier Einzelbögen, die kantengenau zusammengeklebt werden mussten. Das Original befindet sich im Altonaer Museum in Hamburg.

New York Der Schutzpatron der amerikanischen Millionenstadt an der Ostküste ist der heilige Nikolaus.

«Nicht nur zur Weihnachtszeit» Köstliche Satire von Heinrich Böll

und mahnendes Beispiel, dass man das Weihnachtsfest nicht überstrapazieren sollte.

Nickel «Nickel» ist eine alte mundartliche Bezeichnung für den Nikolaus. Andere Forscher halten diese Bezeichnung dagegen für einen Spottnamen für die Slawen, mit dem man die Kinder damals ängstigte.

Niclastag Alter Name für den Nikolaustag.

Niclo Alter Name für den Nikolaus im Bayerischen und Oberpfälzer Wald.

Niederaudorfer Hirtenspiel Sehr altes Hirtenspiel aus dem 16. Jahrhundert. Es wurde letztmalig 1973 gespielt.

Niesldag Alte Bezeichnung in Nordschleswig und Dänemark für den Nikolaustag.

Nigl Begleiter des Nikolaus im oberbayerischen Raum.

Nikelos Alter Name für den Nikolaus im Raum Mittel- und Oberrhein.

Niklas Bezeichnung für den Nikolaus im Fichtelgebirge.

Niklasrungela Im Stiftsland um Waldsassen gibt es am Nikolaustag auch heute noch die «Niklasrungla», ein Gebildebrot aus Hefeteig.

Niklogartl Salzburger Variante des ➛ «Paradeisl». Auf einem quadratischen Brettchen werden an drei Seiten Tannenzweiglein gesteckt, sodass eine Art Laube entsteht. In dieser werden der heilige Nikolaus und der Krampus aufgestellt sowie kleine Äpfel und Nüsse gelegt.

Niklogehen Alter Brauch im Böhmerwald, dessen Ursprung wohl auf den Bischof von Myra, der für seine Gabenfreudigkeit verehrt wurde, zurückgeht.

Nikolaus Der heilige Nikolaus besucht zusammen mit Knecht Ruprecht am 6. Dezember die Kinder. Der populäre Heilige hat tatsächlich gelebt und wird erstmalig in einer Urkunde, die um 500 nach Christi Geburt geschrieben wurde, erwähnt. Nikolaus war Bischof in Myra, einer Stadt in Lykien, heute südliche Türkei. Überliefert ist, dass Bischof Nikolaus auf dem Konzil gegen die – in seinen Augen falsche – Lehre des Arianismus vorgegangen ist. Arianismus war eine frühe christliche

Lehre, benannt nach dem christlichen Presbyter Arius. Sie besagt, dass der Geist und der Vater nicht wesensgleich waren; dass der Sohn ein Geschöpf des Vaters war; dass es eine Zeit gab, als der Sohn nicht existierte.Er ist der Schutzpatron der Kinder, Seefahrer und Kaufleute. Bekannt wurde er auch für seinen Auftritt auf dem Konzil von Nicäa im Jahr 325. Gestorben sein soll er am 6. Dezember 343 oder 350.

Nikolausaltar In der Stiftskirche in Oberwesel am Rhein befindet sich der so genannte «Nikolausaltar», eine sehr schöne Arbeit eines unbekannten Meisters um 1506. Auf dem Mittelteil des Altars erscheint übergroß der heilige Nikolaus, umgeben von drei unschuldig verurteilten Rittern, die er befreite, sowie von drei Mädchen, die ihr Vater seiner Armut wegen zur Prostitution zwingen wollte. Zu den Füßen der Mädchen sind drei Beutel mit Geld zu sehen, die der Heilige ihnen schenkte, um sie vor diesem Schicksal zu bewahren.

Nikolaus-Aufwecken In Mals im Vintschgau/Italien kennt man noch den Brauch des «Nikolaus-Aufweckens». Dabei versammelt sich die Schuljugend am Abend des 5. Dezember und zieht sodann lärmend durch den Ort, um so den Nikolaus zu wecken.

Nikolausbäumchen Der heilige Nikolaus hat früher anstelle der dürren Rute meistens ein geschmücktes Nikolausbäumchen mitgebracht.

Nikolausbirne Die «Nikolausbirne» ist eine alte Landbirnensorte mit rundlichen, rotbraunen Früchten, die erst im Dezember von den Bäumen genommen wurden. Sie ist bei uns inzwischen fast unbekannt.

Nikolausbrot Ein aus Roggenmehl und Wasser bestehender Teig, der in Formen ausgebacken wird. Dieses einfache Brot hing früher in Säckchen an der Türe der Sakristei der Klosterkirche zu Pleystein. Die «Nikolausbrote» waren vor allem als milde Gabe am Nikolaustag für die Armen gedacht. Die Bauern dagegen fütterten das «Nikolausbrot» an die Tiere, was Seuchen und Krankheiten bannen sollte.

Nikolausbruderschaften Durch den Handel der Kaufleute, Schiffer

№ 355.

und Zünfte entstanden in vielen Städten so genannte «Nikolausbruderschaften». Sie waren eine Art sozialer Einrichtung. Eine der ältesten deutschen Nikolausbruderschaften ist um 1201 in Köln gegründet worden. Am Festtag des heiligen Nikolaus wurden Kinder und Dienstboten beschenkt.

Nikolausbrunnen In der kleinen Ortschaft Unterentersbach im mittleren Schwarzwald befindet sich ein «Nikolausbrunnen» mit der Darstellung des Heiligen und seines Begleiters, der gerade einen bösen Buben in den Sack steckt.

Nikolausdorf Kleiner Ort im Beverbrucher Heidegebiet in Oldenburg. Allerdings nicht der Heimatort des heiligen Nikolaus. Der Ort wurde Anfang 1900 angelegt und zu Ehren des damaligen Großherzogs von Oldenburg, Nikolaus Friedrich Peter, in Nikolausdorf benannt.

Nikolausdult Die «Nikolausdult», auch Nikolaidult genannt, ist der eigentliche Vorgänger des heutigen Christkindlmarktes. Die Dult dürfte gegen Ende des 16. Jahrhunderts entstanden sein und fand alljährlich am 5. und 6. Dezember statt. Die letzte «Nikolausdult» fand in München auf dem Promenadeplatz statt. Ein Jahr später wurde sie mit dem Christkindlmarkt, der damals nur vom 22. bis zum 24. Dezember abgehalten wurde, vereinigt. Dadurch wurde die Möglichkeit geschaffen, den Christkindlmarkt über die gesamte Adventszeit auszuweiten.

Nikolausgebäck ➛ «Stutzbockerl»

Nikolausgeld Seit Herzog Albrecht V. lässt sich am Münchner Hof die Tradition der Beschenkung von Kindern und Erwachsenen am Nikolaustag nachweisen. Während die Kinder mit Puppen, Holzspielzeug und Gebäck beschenkt wurden, erhielten die Erwachsenen und Bediensteten kleine Geldpräsente, die schon bald darauf als «Nikolausgeld» bezeichnet wurden.

Nikolausholen In Hirrlingen, einem kleinen Ort in der Nähe von Tübingen, pflegt man einen besonderen Nikolausbrauch. Am 6. Dezember wandern die Kinder in den Wald und holen dort den Nikolaus ab. Dieser erscheint auf einem Pferd am Waldrand, wo ein großes Feuer entzündet wird. Mit Fackeln begleiten die Kinder den Heiligen in den Ort, wo dann gemeinsam ein Nikolauslied gesungen wird.

Nikolaus-Kekse Lebkuchengebäck mit süßer Marmeladenmütze und Marzipanaugen.

Nikolauskirta In Hauzenberg im Bayerischen Wald findet jedes Jahr die so genannte «Nikolauskirta» statt. Es handelt sich dabei um einen Jahrmarkt wie z.B. an Kirchweih (Kermes). In Bayern wird die Kirchweih volkstümlich auch «Kirta» genannt.

«Nikolaus, komm in unser Haus» Dreistrophiges Nikolauslied. Die Volksweise stammt vermutlich aus dem 10. Jahrhundert.

Nikolauslaufen Der alte Heischebrauch des «Nikolauslaufens» ist in der Gegend um Bremen auch heute noch gut bekannt. Dabei verkleiden sich Kinder, ziehen von Haus zu Haus, singen und sprechen Lieder und Gedichte, wofür sie mit Obst oder Süßigkeiten belohnt werden.

Nikolaus-Manna ➛ «Oleum Sancti Nicolai»

Nikolausmarkt In Frontenhausen, Reisbach und in Rottalmünster in Niederbayern wird am letzten Sonntag im November traditionell der so genannte «Nikolausmarkt» abgehalten.

Nikolaus on Ice Am 6. Dezember 2003 kam der Nikolaus mit seinem Schlitten voller Geschenke zum Münchner «Eiszauber». Die Eisbahn, rund 800 Quadratmeter, wurde in diesem Jahr am «Stachus», dem wohl verkehrsreichsten Platz Europas, angelegt und konnte von Jung und Alt bis zum 28. Februar benutzt werden.

Nikolausprozession In Bari findet jedes Jahr am 9. Mai die «Nikolausprozession» statt. Sie erinnert an das Datum der Überführung der Gebeine des heiligen Nikolaus im Jahre 1087 von Myra nach Bari durch italienische Kaufleute, die befürchteten, dass die Sarazenen die Grabesruhe des Heiligen zerstören würden.

Nikolaus-Regatta Letzte Segelwettfahrt des Jahres am 6. Dezember auf dem Tegernsee mit anschließender Glühweinfeier.

Nikolaus-Rodeo ➛ «Samnaun»

Nikolausschiffchen Das Einsetzen der «Nikolausschiffchen» ist ein

Brauch aus dem 15. Jahrhundert, der sich aus dem Schiffspatronat des Heiligen entwickelt hat. In das Nikolausschiff sollte der Heilige seine Gaben legen. In der Gegend von Maria Zell in Österreich hängen die Kinder mit Sprüchen versehene Papierschiffchen an die Türen der Verwandtschaft und hoffen, diese am nächsten Tag gefüllt mit Gaben wieder abholen zu können. Auch im oberbayerischen Wolfratshausen an der Isar basteln die Kinder kleine Papierschiffchen, die über Nacht geheimnisvoll gefüllt werden.

Nikolausschimmel Nördlich der Alpen reitet der heilige Nikolaus immer auf einem weißen Pferd, dem so genannten «Nikolausschimmel». Das weiße Ross soll die Reinheit und die Heiligkeit des Reiters symbolisieren.

Nikolausschlachten Früher war es in den ländlichen Gegenden Brauch, zu Nikolaus zu schlachten. Da aber die Adventszeit damals auch strenge Fastenzeit war, wurde das Fleisch, um es haltbar zu machen, eingepökelt und erst nach Weihnachten verzehrt.

Nikolausschwimmen Unter den vielen «Nikolausschwimmen» in Deutschland hat das Schwimmen in Bamberg eine besondere Stellung inne. Der heilige Nikolaus überquert auf einem Floß, das von Schwimmern und Tauchern gezogen wird, den Rhein-Main-Donau-Kanal.

Nikolaus-Service Der «Nikolaus-Service» war bis noch vor wenigen Jahren eine Domäne der Studentenvermittlung. Inzwischen haben sich Künstleragenturen und auch das Arbeitsamt ein größeres Stück von diesem Kuchen abgeschnitten und vermitteln auf Wunsch Nikoläuse mit Sack & Pack.

Nikolausspiele Abgeleitet von der Passionsgeschichte entstanden schon frühzeitig geistliche Schauspiele. Einen Höhepunkt erreichten sie im 17. und 18. Jahrhundert, als die «Nikolausspiele» als Gegengewicht zur Reformation dienten.

Nikolausstiefel Aus Pappmaché oder Kunststoff gefertigter, meist sehr plump geformter Stiefel, den man vor Bett oder Tür stellt, um die süßen Gaben des heiligen Nikolaus nicht zu verpassen. ➤ «Schiffchensetzen»

St. Nikolausspiel.
An diesem Spiel können beliebig viel Personen teilnehmen. Man spielt mit zwei Würfeln und jeder Mitspielende setzt 3 Pfg. in die Kasse. Jeder würfelt einmal; wer dann die meisten Augen wirft, fängt das Spiel an und so fort. Jeder hat beim Spielen ein bestimmtes Zeichen zum Setzen. Wirft Jemand beim ersten Wurf so, daß er auf jedem Würfel ein Auge hat, so setzt er sein Zeichen auf Nr. 24, anstatt auf 2, und fährt von 24 an fortzuwürfeln; ebenso darf derjenige, der beim ersten Wurf 6 und 2 hat, auf Nr. 46 setzen, und wer zweimal 6 wirft, setzt sein Zeichen auf Nr. 36. Wer sich auf einen St. Nikolausspiel. zählt, zählt soviel nach vorne, als er geworfen. Wer auf die Pfefferkuchen Nr. 7, auf Nr. 25, 37, 52, 63, 78 oder 92 zu stehen kommt, hat 2 Pfg. in die Spielkasse zu legen. Wer dagegen auf Nr. 18, 59 oder 86 kommt, erhält 1 Pfg. aus der Kasse. Wer auf Nr. 32, 58 oder 83 wirft, muß wieder von Neuem anfangen und 1 Pfg. einzahlen. Wer auf Nr. 100 kommt, hat das Spiel gewonnen und bekommt die Kasse. Wer über 100 hinaustrifft, muß wieder soviel zurückzählen, als er darüber geworfen hat, und so lange mitwürfeln, bis er oder ein anderer 100 trifft.

Nikolausstrumpf Aus rotem Stoff und mit Aufhänger versehener Strumpf, den die Kinder vor dem Nikolaustag an die Türklinken hängen, damit dieser in der Nacht seine Gaben einfüllen kann.

Nikolaustag Wird am 6. Dezember begangen. Vorweihnachtlicher Geschenketag für kleine und große Kinder. Die katholische Kirche feiert an diesem Tag den heiligen Nikolaus, Schutzpatron der Bauern, Bäcker, Bierbrauer und der Kaufleute.

Nikolausturm In der Steiermark ist noch vielfach der Brauch des «Nikolausturms» vorhanden. Es handelt sich dabei um ein turmartiges Haus aus kleinen Stäben, welches an den Ecken mit Äpfeln zusammengehalten wird. Auf den Äpfeln sind häufig Kerzen angebracht. In Ochsenfurt gibt es ein Bauwerk gleichen Namens: einen schlanken Rundturm mit spitzem Dach. Der Turm wurde im Rahmen der Stadtbefestigung nach 1331 erbaut.

Nikolaus-Umritte «Nikolaus-Umritte» waren im 17. und 18. Jahrhundert in Bayern noch weit verbreitet, so zum Beispiel im Raum Regensburg und in der Hallertau. Erst später wurden die Umritte durch die Leonhardi-Ritte zu Ehren des Viehpatrons St. Leonhard abgelöst.

Nikolausumzüge In einigen katholischen Gemeinden Westfalens und des Niederrheins werden am 6. Dezember noch feierliche «Nikolausumzüge» nach Art der großen Umzüge in den Niederlanden und in Nordfrankreich veranstaltet, bei denen der Nikolaus auf den Straßen kleine Gaben an Kinder verteilt.

Nikolaus von Pinora/Sion Abt von Sion, Bischof von Pinora, gestorben am 10. 12. 564 in Lykien. Seine Lebensgeschichte ist mit der des Nikolaus von Myra unentwirrbar verwoben.

Nikolauswecken Im Gegensatz zum «Stutenkerl» in Norddeutschland kennt man im Süden mehr den «Nikolauswecken» oder den «Weckmann».

Nikolausweibl In zwei Ortschaften des Berchtesgadener Landes (Loipl und Winkl) tritt am 2. Adventssonntag neben den 12 Buttnmanndln auch das «Nikolausweibl» auf. Interessant ist dabei, dass nur in Loipl das «Nikolausweibl» von einem Buben in der Berchtesgadener Mädchentracht dargestellt wird und einen Weidenkorb mit Geschenken trägt.

Nikolaus-Zug Jeweils am 2. Adventssonntag verkehrt der «Nikolaus-Zug», eine Museumsbahn, zwischen Dinkelsbühl und Nördlingen.

Nikologarten «Nikologarten» oder «Nikoloturm» sind sehr alte Bezeichnungen im Salzburger Land für den voradventlichen «Lebensbaum».

Nikolospiele «Nikolospiele» stellen allgemein die guten Taten des Heiligen dar. Es sind sehr alte vorweihnachtliche Bräuche um das Wirken des heiligen Nikolaus, die sich vereinzelt bis in die Gegenwart erhalten haben.

Nikoloturm ➛ «Nikologarten»

Nisse ➛ «Julemand»

Noël Baba Kilisesi Türkische Bezeichnung für die Nikolausbasilika in Myra, dem heutigen Kale im Süden der Türkei.

Nonnen- und Einsiedlerbilder Diese Ausschneidebildchen waren früher auf den Christkindlmärkten, neben Nikolausbildern, begehrte Wunschobjekte von Jungen und Mädchen. Die kleinen Bildchen sollten die Kinder vor allerlei Ungemach schützen.

Nonpareilles ➛ «Liebesperlen»

Nordmanntanne Die Nordmanntanne wird aus Dänemark importiert, wo sie in großflächigen Plantagen gezogen wird. Sie ist die teuerste Tannenart, die dafür weder nadelt noch sticht. Sie hat eine tiefgrüne Färbung und buschige Äste.

November Der Name November leitet sich vom lateinischen Wort «novem» (neun) ab, denn dieser Monat war der vorletzte der insgesamt zehn Monate der römischen Kalenderrechnung. Seit Karl dem Großen gibt es auch die germanisierten Namen wie Nebelmond oder Windmonat.

Nudelkrippe Die wohl einzige Nudelweihnachtskrippe der Welt befindet sich im italienischen Nudel-Museum in Rom, ganz in der Nähe der weltberühmten «Fontana di Trevi».

«Nun freut euch, lieben Christengmein» Altes Weihnachtslied aus dem 15. Jahrhundert nach einer fränkischen Weise. Den Text zu diesem Lied schrieb Martin Luther (1483–1546) im Jahre 1523.

«Nun jauchzet, all ihr Frommen» Adventslied aus dem späten 15. Jahrhundert nach einer geistlichen Weise aus Hamburg um 1598. Die Verse dazu schrieb Michael Schirmer im Jahre 1640.

«Nun komm, der Heiden Heiland» Adventslied nach dem altkirchlichen Hymnus «Vene redemtor gentium» von Bischof Ambrosius (um 340–397) aus Mailand, welches von Martin Luther (1483–1546) im Jahre 1524 ins Deutsche übersetzt wurde. Unter dem gleichen Titel schrieb Melchior Vulpius (1570–1615) eine Weihnachtsmotette.

«Nun singet und seid froh» Deutsche Version des bekannten Weihnachtsliedes «In dulci jubilo» aus dem 14. Jahrhundert.

Nünichlingler In der Gemeinde Ziefen in der Nähe von Basel/Schweiz zieht am Heiligen Abend um 21.00 Uhr der «Nünichlingler» durch den Ort. Rund 40 bis 50 junge Burschen tragen dabei zum Teil meterhohe Zylinderhüte, lange Mäntel und auch lange Nikolausbärte. Mit Schellen und Kuhglocken veranstalten sie großen Lärm und läuten damit das Weihnachtsfest ein. Es ist zu vermuten, dass es sich bei diesem Vorgehen um einen alten «Schreck- oder Heischebrauch» aus der Mittwinterzeit handelt, der im Mittelalter allerdings am Nikolausabend gepflegt wurde, jedoch bedingt durch die Reformation auf den 24. Dezember verlegt wurde.

Nürnberger Kaiserlein Im Jahre 1487 hielt Kaiser Friedrich III. (1414–1493) Reichstag in Nürnberg, wobei er beschloss, alle Nürnberger Kinder auf die kaiserliche Burg einzuladen. Dabei wurden rund 4000 Kinder mit Lebkuchen beschenkt, auf denen das Bild des Kaisers zu sehen war.

Nürnberger Lebkuchen Inbegriff für Lebkuchen aller Art. Gegen Ende des 14. Jahrhunderts (1395) taucht die Bezeichnung «Lebkuchen» erstmalig in Rechnungsbüchern auf.

Nürnberger Marzipan ➛ «Springerle»

Nürnberger Raff Weihnachtliches Schmuckgestell, ähnlich wie das ➛ «Perlmettla» in der Coburger Gegend.

Nürnberger Tand Alter und weit verbreiteter Name für Nürnberger Spielzeug, auch «Nürnberger Ware» genannt.

Nussbeißer Bezeichnung für Nussknacker im Berchtesgadener Land.

Nussbeugel Weihnachtliches Hefegebäck mit Nussfüllung, das in Österreich sehr beliebt ist.

Nussbocken Kinderspiel, das die Kleinen an Martini spielten, wenn sie vom «Nussmärtl» Äpfel und Nüsse erhielten.

Nüsse Nüsse sind nicht nur ein nahrhaftes und wohlschmeckendes Nahrungsmittel für die Winterzeit, man braucht sie, roh oder geröstet, auch zum Backen, und sie gehören auf jeden Weihnachtsteller.

Nussketten Nussketten zählen, neben Gebäck und rot polierten Äpfeln, zu den frühesten Formen des Christbaumschmucks. Die Ketten bestanden aus vergoldeten oder naturbelassenen Nüssen, die auf lange Schnüre aufgezogen wurden.

Nussknacker Nüsse sind eine ideale Nahrung für das Hirn! Dazu benötigt man auch einen guten Nussknacker. Sein Prinzip beruht auf dem Hebelgesetz, welches bereits in der Antike bekannt war. Der wohl älteste Nussknacker befindet sich in einem Wiener Museum. Er stellt die Figur eines Bettelmönchs dar und wird auf das Jahr 1591 datiert. Jedoch erst im 18. und 19. Jahrhundert begann man dem Nussknacker menschliche Gestalt zu verleihen. Allerdings waren die geschnitzten Darsteller mehr Spottfiguren, wie Zirkusclowns, bucklige Mönche, Hexen und kurzbeinige Weiber. Als die Ausbeute der Silber- und Zinnminen im Erzgebirge immer unergiebiger wurde, sahen sich die Bergleute und ihre Familien gezwungen, sich nach einer weiteren Verdienstquelle umzusehen. Da in der Region reichlich Holz vorhanden war, wurden viele von ihnen Holzdrechsler. Zudem waren im Winter die gesammelten Nüsse eine gern gesehene und nahrhafte Ergänzung zum wenig abwechslungsreichen Essen und dem fehlenden Frischgemüse. Als Nussknackerfiguren verwendete man später Soldaten, Bergleute, Trommler, Förster

und Türken mit Turban und langem Rock. Im 17. und 18. Jahrhundert lässt sich die Herstellung von so genannten «Nußbeißern» auch im Berchtesgadener Land nachweisen.

Nussknacker-Express Nostalgischer Dampfzug der Bahn zu den sächsischen Weihnachtsmärkten im Erzgebirge (Spielzeugmuseum Seiffen) sowie nach Erfurt, Chemnitz, Dresden (Striezelmarkt) und Leipzig (Thomaskirche).

Nussknackermuseum Das größte Nussknackermuseum befindet sich in Neuhausen im Erzgebirge. Über 3550 verschiedene Nussknacker aus 28 Ländern kann man dort bewundern. Darunter befinden sich der kleinste mit nur 7 mm sowie der größte Nussknacker der Welt mit einer stattlichen Höhe von 5,87 Meter. Letzterer wurde in das Guinnessbuch der Rekorde aufgenommen.

«Nussknacker und Mausekönig» Märchenhafte Weihnachtsgeschichte von E. T. A. Hoffmann (1776–1822). Die Handlung dieses Märchens wurde zur Vorlage für das unverzichtbare Weihnachtsballett «Der Nussknacker» von Tschaikowsky. Es wurde 1892 in St. Petersburg uraufgeführt und wird seither weltweit inszeniert.

Nussmärtel Im Augsburger Raum kommt am Vorabend des Martinsfestes der vermummte «Nussmärtel» mit Peitschenknall und Glockengeläut als «Strafer» und Gabenbringer. Im schwäbischen Ries wird er auch «Wodl» genannt, in Treuchtlingen «Nussmartin». Im fränkischen Raum ist der «Nussmärtel» auch Begleiter des Nikolaus.

«O di Bethlemme altera» Weihnachtliche Kantate des italienischen Komponisten Alessandro Scarlatti (1660–1725).

«O du fröhliche, o du selige ...» Ursprünglich ein altes sizilianischen Fischerlied. Weil diese Melodie dem Privatgelehrten Daniel Falk in Weimar nicht mehr aus dem Kopf ging, bat er seinen berühmten Freund Johann Wolfgang von Goethe, ihm hierzu doch einen geeigneten Text zu schreiben, was dieser jedoch mehrfach ablehnte. Schließlich setzte sich Falk im Jahre 1806 selbst an den Schreibtisch und verfasste die erste Strophe. Die beiden anderen stammen von Heinrich Holzschuher (1798–1847).

«O Heiland, reiß die Himmel auf» Beeindruckendes Chorwerk von Johannes Brahms (1833–1897). Den Text hierzu verfasste Friedrich Spee (1591 –1635).

«O komm, o komm, du Morgenstern» Der Text dieses Weihnachtsliedes stammt von Henry Sloane Coffin (1877–1954).

«O König aller Ehren» Kirchenlied, welches an Heilige Drei Könige gesungen wird. Die Melodie schrieb Bartholomäus (1585–1648). Den Text schrieb Martin Behm (1557–1622) im Jahre 1606.

«O schöne, herrliche Weihnachtszeit» Dieses aus drei Versen bestehende Lob stammt aus der Feder von Heinrich Hoffmann von Fallersleben (1798–1874).

«O Tannenbaum, o Tannenbaum» Zum großen Schatz deutscher Weihnachtslieder gehört auch diese Weise. Sie geht zurück auf eine altes schlesisches Volkslied aus dem 16. Jahrhundert. Erst spät, um 1820, entstand daraus das heutige Lied, dessen 1. Strophe August Starnack schrieb. 1824 erweiterte der in Suhl/Thüringen geborene Pfarrer-

sohn Ernst Gebhard Salomon Anschütz (1780–1861) den Text um zwei weitere Strophen.

Oberammergauer Krippe Eine der bedeutendsten Großkrippen in Bayern. Das außergewöhnliche Krippen-Kunstwerk ist zehn Meter lang und verfügt über 120 geschnitzte Figuren in historischer Bekleidung, die zum Teil bis zu 50 cm groß sind, sowie über 80 Tierfiguren. Mit der Arbeit der Krippe wurde im 18. Jahrhundert begonnen. Die Krippe ist heute im Heimatmuseum von Oberammergau untergebracht. Die Schnitzkunst, speziell die Herstellung von Krippenfiguren, hat in Oberammergau eine jahrhundertelange Tradition.

Oberhessischer Krippenweg Im oberhessischen Raum rund um Amöneburg und Schröck. In der Vorweihnachtszeit können die Besucher in über zwanzig Kirchen die verschiedensten Weihnachtskrippen bestaunen.

Oberlichtkrippen Darunter versteht man Krippen, die an drei Seiten Landschaftsgemälde vorweisen und bei welchen der Lichteinfall von oben erfolgt.

Oberndorf In Oberndorf, nahe bei Salzburg, wurde im Rahmen der Christmette am Heiligen Abend des Jahres 1818 «Stille Nacht! Heilige Nacht!» von Franz Xaver Gruber und Joseph Mohr in der St.-Nikolaus-Kirche uraufgeführt.

Oberneujahr ➛ «Obristentag»

Obersöcheringer Josefsspiel Altes Hirtenspiel, das an den Samstagen und Sonntagen vor Weihnachten in Obersöchering bei Weilheim/Obb. aufgeführt wird.

Oberste, der Alter Name für den Dreikönigstag.

Oberuferer Christgeburtsspiel Dieses sehr alte Weihnachtsspiel stammt aus Oberufer bei Pressburg in der Slowakei. Bauern gaben es von Generation zu Generation mündlich weiter. Erst in der zweiten Hälfte des 19. Jahrhunderts wurde es schriftlich aufgezeichnet. Das Spiel wurde ursprünglich von Knechten gespielt, die während der dreimonatigen Probezeit weder zum Tanz noch zu den Mädchen durften. Es wurde die Geburt Jesu streng nach Bibel aufgeführt.

Oblatenbilder Gestanzte, farbige Bilder, vielfach auch mit Relief-

prägung versehen. Die Bilder, meistens Nikoläuse, Weihnachtsmänner und Engel, wurden auf braune Lebkuchen geklebt. Viele dieser «bebilderten Kuchen» wurden nicht verzehrt, sondern gut aufgehoben und von Jahr zu Jahr als vorweihnachtlicher Schmuck im Haus aufgehängt.

Obristentag Im Mittelalter wurde in Bayern in den bäuerlichen Gebieten der Dreikönigstag auch als «Obristentag» oder «Oberneujahr» bezeichnet.

Ochsenfurt In der Stadtpfarrkirche St. Andreas in Ochsenfurt kann man eine besondere Kostbarkeit bewundern. Dort befindet sich eine spätgotische Nikolausstatue von Tilman Riemenschneider (um 1460–1531).

Ochs und Esel Diese beiden Figuren gehören unbedingt in jede Weihnachtskrippe. Dabei ist es unerheblich, ob die Tiere in Gips gegossen oder aus Holz geschnitzt und bemalt sind. Bei den Kindern sind sie besonders beliebt.

Offene Krippen Bei Landschaftskrippen, die viel Platz für die Figuren bieten, spricht man auch von «offenen Krippen».

«Officium Stellae Frisingense» Das «Freisinger Dreikönigsspiel», ein geistliches Schauspiel, stammt vermutlich aus dem 11. Jahrhundert und ist das älteste bekannte Dreikönigsspiel in Deutschland.

O'Hanlon, Virginia ➛ «Church, Francis P.»

Oleum Sancti Nicolai Aus dem Sarkophag des heiligen Nikolaus wird auch heute noch jedes Jahr eine Flüssigkeit aufgefangen, die als «Oleum Sancti Nicolai» bezeichnet wird. Die Substanz wird als wundersam heilend verkauft.

Olivenholzkrippen Seit der Pilgerzeit werden in Bethlehem und in den umliegenden Orten Krippen aus dem Holz des Ölbaums hergestellt. Sie entstehen meistens in Einzelarbeit in den Familien nach überlieferten Mustern, oft im persischen und byzantinischen Stil. Olivenholz ist ein äußerst hartes Holz, das schwer zu bearbeiten ist und daher von den Schnitzern perfektes Handwerk verlangt.

Opfergeld Mittelalterliche Bezeichnung für Spenden zu Weihnachten, Neujahr und Heilige Drei Könige, die allgemein für die «Ansinger» verwendet wurden.

Orakellosen ➛ «Deggendorfer Losnächt»

Orangeat und Zitronat Wichtige Gewürze der Weihnachtsbäckerei. Für Orangeat wird die Schale der Bitterorange (Pomeranze) kandiert. Für Zitronat, auch Sukkade genannt, werden die Früchte des Zedratbaumes kandiert. Es ist dies eine besondere Zitronenart. Zitronat besteht *nicht* aus kandierten Zitronenschalen.

Orangen ➛ «Mandarinen»

«Oratorio de Noël» Von Camille Saint-Saëns (1835–1921) stammt das «Weihnachtsoratorium». Es beinhaltet die Sätze: «Gloria in excelsis deo», «Gloria patri» und «Tollite, hostias».

«Ordo Rachelis Frisingenis» Der «Tod der unschuldigen Kinder» ist das älteste aus Bayern erhaltene Schauspiel und vermittelt die Dramaturgie des bethlehemischen Kindermordes. Es ist im 11. Jahrhundert entstanden. Das Stück ist fast vollkommen in Versen (Hexametern) gereimt und stellt einen Meilenstein in der Geschichte des mittelalterlichen Dramas dar.

Orientalische Krippe In der Stadtpfarrkirche von St. Martin in Forchheim wird nach langer Renovierungsarbeit nun wieder die so genannte «Orientalische Krippe» aufgestellt. Die Besonderheit dieser räumlich sehr großen Krippe stellen die beweglichen Holzfiguren dar, die vermutlich noch aus der Barockzeit stammen.

Origami-Krippen Die raffiniert aus bunten Papieren geformten Krippen kommen aus Japan und sind wegen ihrer kunstvollen Faltungen sehr begehrt und berühmt.

Ortenberger Altar Das berühmte Mittelteil des «Ortenberger Altars» zeigt liebreizende Gestalten in goldenen Gewändern und stellt die heilige Sippe um Maria dar. Das Werk stammt von einem unbekannten Meister aus Mainz und ist um 1410 entstanden. Es befindet sich heute im Hessischen Landesmuseum in Darmstadt.

Osterrieder Krippen Mit den bewegten Anbetungsszenen in orientalischem Stil von Sebastian Osterrieder (1854–1932) endet die Tradition der Münchner Krippen im frühen 20. Jahrhundert. Durch Osterrieder wurde München buchstäblich zum internationalen Zentrum der Krippenbaukunst. Seine Krippen wurden in alle Erdteile exportiert.

Pachelbel, Johann Der deutsche Komponist Johann Pachelbel (1653–1706) gilt als der «geistige Stammherr Bachs». Seine Spezialität waren Chorbearbeitungen und Pastorellen wie «Vom Himmel hoch, da komm' ich her» und «Allein Gott in der Höh' sei Ehr».

Pacher Madonna In der Salzburger Pfarrkirche befindet sich die so genannte «Pacher Madonna», das letzte Werk des berühmten Südtirolers Michael Pacher (1435–1485). Sie wurde 1484 in Auftrag gegeben.

Pailletten Kleine glitzernde Metallblättchen mit Loch in verschiedenen Formen und Farben. Findet auch in der Christbaumschmuckherstellung Verwendung.

Palavin ➛ «Pignarûi»

Palmkrippen In der Krippensammlung von Wilfried Jess befindet sich auch eine «Palmkrippe» von den Philippinen. Die Krippenbauer müssen dort mit den gegebenen Materialien auskommen. Die aus Palmwedeln gebundenen Gestalten zeigen, zu welch erstaunlichen Ergebnissen dies führt.

Panettone Italienisch: Weihnachtsstollen

Pan gronds «Pan gronds» (Birnenbrot) ist ein alter Volksbrauch im Unterengadin. Am 26. Dezember ziehen kurz nach Mittag die Buben klassenweise mit dem Ruf: «Dà a mai, dà a mei!» (Gib es mir, gib es mir!) von Haus zu Haus ihrer Mitschülerinnen, um das von den Mädchen gebackene Birnenbrot zu bekommen.

Panis piperatus Lateinischer Name für Pfefferkuchen.

Papierkrippen Neben den klassischen Krippen aus Holz gibt es noch eine weitere Krippenart, die ausschließlich aus Papier oder Karton angefertigt wird. Die Geschichte der Papierkrippen lässt sich bis ins 17. Jahrhundert zurückverfolgen. Anstoß zu Darstellung der Heilsgeschichte waren vermutlich Papierfiguren, die Anfang des 17. Jahrhunderts aufkamen und zusätzlich zu den Holz- oder Tonfiguren, meistens am Rand des Geschehens, aufgestellt wurden. Sie dienten eigentlich nur zur Ergänzung und auch als Übergang vom Hintergrund zum Himmel. Komplette Krippen aus Papier gibt es jedoch erst seit dem 18. Jahrhundert. Von Künstlern wurden figürliche Szenen angelegt, und zu einer größeren Tiefenwirkung wurden Vordergrund, Hauptgeschehen und Hintergrund gestaffelt angelegt, ähnlich wie man es von den Theaterkulissen her kennt. Klappkrippen aus Papier wurden aus einem Bogen geschnitten. Anfänglich wurden die Papierkrippen in einzelnen Exemplaren handgemalt und ausgeschnitten. Doch die große Nachfrage von Adeligen, reichen Kaufleuten und Bürgern verlangte eine optimierte Herstellung. Einmal entworfene Motive wurden nun in Heimarbeit vielfach kopiert. Besonders beliebt waren diese Kunstwerke aus Papier in Böhmen, Mähren und in Schlesien. Doch sind auch Exemplare aus Spanien, Italien und Kroatien bekannt. Schwerpunkt der gedruckten Papierkrippen war, seit der Erfindung der Lithographie, Bayern. Dadurch wurde es erst möglich, Krippenbögen (Krippelbilder) in hohen Auflagen zu drucken und zu verarbeiten. Bis heute haben sich in Polen und Tschechien Zentren behauptet, die sich mit der Herstellung von Papierkrippen befassen. Auf Christkindlmärkten kann man vereinzelt auch heute noch auf Papierkrippen stoßen.

Papierrosen Bereits um 1600 wurden bunte Papierrosen als Schmuck für den Weihnachtsbaum verwendet.

Paradeisl Eine sehr schöne und obendrein auch alte und schmückende Gestaltungsmöglichkeit für die Adventszeit stellt das «Paradeisl» dar, das im oberbayerischen Raum immer noch gerne verwendet wird. Mittels gleich langer Holzstäbe werden drei rote, polierte Äpfel zu einem Dreieck verbunden. Drei weitere Stäbe werden so mit einem weiteren Apfel zusammengesteckt, dass eine Pyramide, die so genannte «Advents-Pyramide», entsteht. Das Bodendreieck wird vielerorts mit Tannenreisig ausgelegt. In die vier Äpfel wird je ein Kerzchen für jeden Adventssonntag gesteckt. In einigen Gegenden wird auch heute noch, anstelle des Adventskranzes, das «Paradeisl» aufgestellt.

Paradeisspiele «Paradeisspiele» waren früher in Bayern sehr beliebt. Bei diesen Spielen wurde das Leben Jesu von der Geburt bis zum Tod symbolisch dargestellt, um so auch die Brücke zum Paradies zu schlagen. Das älteste derartige Spiel ist mit dem Datum vom 7. Februar 1194 in Regensburg dokumentiert. Heute sind diese Spiele weitgehend in Vergessenheit geraten.

Paradiesbaum Das Paradiesbäumchen, mit silbernen und goldenen Blättern und bunt glitzernden Blüten, wurde früher in die Mitte des Paradiesgärtchens gesetzt und sollte symbolisch den Christbaum ersetzen.

Paradiesfest Alter Namen für den Heiligen Abend.

Paradiesgarten Der «Paradiesgarten» oder «Schafgarten» war früher im Egerland der Name für den voradventlichen symbolischen Lebensbaum.

Paradiesknabe ➛ «Fatschenkind»

Paraffin Die klare, farblose Flüssigkeit wird aus den Rückständen der Erdöldestillation, Schiefer und auch aus Kohle gewonnen. Das flüssige Paraffin ist geruch- und geschmacklos und kann nicht mit dem Streichholz entzündet werden. Dies sind ideale Voraussetzungen für die Herstellung von Kerzenwachs.

Pärdshellije ➛ «Silvesterritt von Hausen»

Paretsnacht Die Andreasnacht wurde in der Gegend von Helmbrecht früher auch als «Paretsnacht» bezeichnet.

Parfüm Was für Männer die Krawatte auf dem Gabentisch darstellt, ist für Frauen das Parfüm. Häufig trifft die Duftauswahl der Männer nicht den Geschmack der Frauen, weil sie sich in den einschlägigen Geschäften von hübschen, jedoch umsatzorientierten Verkäuferinnen einen ganz anderen Flakon als gewünscht haben aufschwätzen lassen.

Partl So wird in Kärnten/Österreich der Begleiter vom Nikolaus genannt.

Parusie Griechisch. Bedeutet das biblische Thema der Wiederkunft Christi.

Passen Unter «Passen» versteht man eine Gruppe von 10 bis 25 Schützen, die ihre Auftritte im Berchtesgadener Land zu Weihnachten, Neujahr und auch zu Fronleichnam, Pfingsten und zu Beerdigungen haben. Die Schützengruppe schießt mit Handböllern, die nach jedem Schuss neu geladen werden müssen.

Passionskrippen ➛ «Fastenkrippen»

Pastéis de Belem In Lissabon in Portugal befindet sich die «Pastéis de Belem», wohl eine der berühmtesten Bäckereien dieser Welt, die in ihrer Vielfältigkeit kaum zu übertreffen ist. Hier wird auch der «Drei-Königs-Kuchen» hergestellt, in den kleine Porzellanfiguren eingebacken werden.

Pastorale Die Musik der Pastorale hat ihren Ursprung im weihnachtlichen Musikspiel italienischer Hirten (Pifferari).

Pastorellen Weihnachtliche Orgelmusik des 16. und 17. Jahrhunderts. Ursprünglich französische Schäferlieder (Pastourelle) in der lyrischen Form der europäischen Literatur des Mittelalters.

Patenbrot Früher erhielten die Patenkinder von ihren Taufpaten in der Adventszeit das «Patenbrot». Dabei erhielten Mädchen meistens eine Lebkuchenfrau, während die Buben eine Reiterfigur geschenkt bekamen.

Patenklaus ➛ «Dotleklaus»

Pauli Bekehrung ➛ «Mittwinter»

Pavlova Traditioneller Weihnachtskuchen in Neuseeland, der aus geschlagenem Eiweiß gemacht und mit frischen Erdbeeren belegt wird.

Pellegrini, Giovanni Antonio Berühmter venezianischer Kirchenmaler (1675–1741). Pellegrini arbeitete in Venedig, Padua, London, Den Haag, Paris, Würzburg und Füssen. Eines seiner schönsten und reifsten Werke befindet sich in der Pfarrkirche St. Nikolaus in Pfronten-Berg im Allgäu: das Altargemälde «Die Heilige Familie». Das Gemälde zeichnet sich durch seine Schlichtheit und durch seine transparente Farbigkeit aus. Es zeigt Maria im leuchtend

roten Gewand mit dem Kind auf dem Schoß und einen bärtigen Josef. Das Bild entstand 1723/24, und der Maler erhielt dafür 50 Dukaten.

Pelzbock An der Mosel nennt man den Begleiter des Nikolaus auch «Pelzbock». Der Name lässt sich von den zotteligen Fellumhängen dieser Gestalt ableiten.

Pelzebub Bezeichnung für den Nikolausbegleiter in Baden.

Pelzer Böse Figuren, die früher in den Raunächten mit Pelzen und Tiermasken vermummt umherzogen.

Pelzmarte Vor allem in Oberschwaben trieb früher der «Pelzmarte» (auch Pelzmärte) in den Fahr- oder Klopflnächten sein Unwesen und erschreckte ungezogene Kinder, beschenkte aber auch die braven mit Äpfeln und Nüssen.

Pelzmärtel Der «Pelzmärtel» tritt in Franken am 11. November auf. Der Brauch entwickelte sich aus der Tatsache, dass am Martinstag der heilige Martin die Kinder beschenkte. Das Erscheinungsbild des «Pelzmärtel» muss man sich als einen mit dunklem Pelz bekleideten bärtigen Mann vorstellen, der vor allem Furcht verbreiten soll. Der Name leitet sich vermutlich vom heiligen Martin ab und ist auch in Schwaben und Südbayern gebräuchlich. In Schlesien dagegen war der «Pelzmärtel» der Nikolausbegleiter.

Pelznickel In der Pfalz und im Saarland wird der Nikolausbegleiter auch als «Pelznickel» bezeichnet.

Pendelhalter ➛ «Kerzenhalter»

Pendlerkrippe In Steinkogl/Österreich befindet sich die so genannte «Pendlerkrippe». Sie gilt als die figurenreichste Landschaftskrippe im Salzkammergut. Die Krippe ist nach dem Hausnamen des Besitzers benannt.

Peratha ➛ «Frau Percht»

Perchten Wüste Gesellen mit Masken und Runzeln. Sehen wirklich zum Davonlaufen aus. Sie treiben in den Raunächten, den längsten Winternächten, ihr Unwesen und sollen die bösen Geister vertreiben. Einst waren die Perchten Teufel im Nikolausspiel. Erst im 17. Jahrhundert traten sie aus dem religiösen

Spiel heraus und entwickelten sich mehr über komische und bedrohliche Teufelsszenen zu ihrer heutigen Darstellung. Dieser alte Brauch wird in Oberbayern als so genannte «Perchtenläufe» noch vielfach zum Vergnügen der Schaulustigen gepflegt. Je nach Region finden diese Veranstaltungen von Ende November bis Heilige Drei Könige statt.

Perchtenlauf In Salzburg findet am Samstag vor dem 2. Advent der wilde Lauf der ➤ «Perchten» durch die Linzer Gasse statt.

Perchtentag In Österreich bezeichnete man früher den Dreikönigstag auch als «Perchtentag».

Perchtenumzug In Sankt Johann im Pongau/Österreich wird jedes Jahr am 6. Januar ein großer «Perchtenumzug» veranstaltet, der immer mehr Touristen anzieht.

Père Fouttard Französischer Name für Knecht Ruprecht.

Père Noël Französisch: Weihnachtsmann.

Perlamett Alte böhmische Bezeichnung für den ➤ «Paradiesgarten», den voradventlichen Lebensbaum.

Perlensterne Alter klassischer Weihnachtsbaumschmuck aus aufgefädelten, bunten Glaskügelchen und -röhrchen.

Perlmettla Im Coburger Land werden Weihnachtsschmuckgestelle «Perlmettla» genannt. Es sind dies übereinander geordnete Reifen, die nach oben immer kleiner werden und mit bunten Bändern umwickelt sind. Die «Perlmettla» werden dann noch zusätzlich mit Kugeln und Kerzen geschmückt. Dieser Brauch stammt ursprünglich aus Thüringen. In Dinkelsbühl bezeichnet man ein derartiges Schmuckgestell als «Kloßbaum».

Permett Erzgebirgischer Name für die Weihnachtspyramide.

Perpetuus von Tours Perpetuus von Tours († 491) führte die vierwöchige Adventsfastenzeit, nach dem Vorbild der Osterzeit, ein.

Perschten In Kirchseeon in Oberbayern nennt man die ➤ «Perchten» auch Perschten.

Persipan Marzipanersatz unter Verwendung von entbitterten Pfirsich-, Aprikosen- oder Mandelkernen.

Pesaro-Madonna Die Frari-Kirche in Venedig beherbergt neben der «Assunta» noch ein zweites berühmtes Altarwerk Tizians (um 1488–1576), die «Madonna die Ca'Pesaro». Das monumentale Bild, an dem Tizian von 1519 bis 1526 gearbeitet hat, ist auf Leinwand gemalt und misst 485 x 270 cm. Es zeigt die Madonna mit dem Kind, erhöht vor zwei Säulen sitzend, flankiert von den Heiligen Petrus und Franziskus sowie dem knienden Stifter Jacopo Pesaro.

Peterskirche in München In der Kirche zu St. Peter, der ältesten Pfarrkirche Münchens, deren Turm auch «Alter Peter» genannt wird, befindet sich eine lebensgroße Verkündigungsgruppe, bestehend aus Maria und dem Erzengel Gabriel. Die kunstvoll geschnitzten Holzfiguren sind voll versilbert, was ihnen einen besonderen Reiz gibt. Jeweils am 8. Dezember, dem Tag der unbefleckten Empfängnis Mariens, wird die Szene im Hochaltar aufgestellt und mit reichem Blumenschmuck versehen.

Petit Papa Noël ist ein bekanntes und modernes französisches Weihnachtslied. Im Liedtext wendet sich ein Kind an den Weihnachtsmann (Papa Noël) und bittet ihn, es bei der Weihnachtsbescherung nicht zu vergessen.

Petzold & Aulhorn Dieses 1843 in Dresden gegründete Unternehmen war eine der ältesten Schokoladenfabriken Deutschlands. Dort wurde auch der erste mit Schokolade gefüllte Adventskalender um 1938 auf den Markt gebracht.

Pfaffendreiecke Weihnachtsgebäck mit Marmeladefüllung.

Pfaffinger, Josef Anton Berühmter Krippenbauer und -schnitzer aus Laufen bei Freilassing.

Pfandlzelten Hier handelt es sich nicht um einen Lebkuchen, sondern um einen Pfannkuchen, der mit Buntzucker bestreut wird. Wurde im oberbayerischen Raum anstelle von Lebkuchen den Kindern vorgesetzt.

Pfefferleinstag ➛ «Kindleinstag»

Pfeffernüsse Würziges Weihnachtsgebäck, das auf keinem Weihnachtsteller fehlen darf.

Pfeffertag In der Oberpfalz nennt man den Stefanstag (26. Dezember) auch den «Pfeffertag». An diesem Tag dürfen die Burschen Mädchen und Frauen mit Tannenreisig leicht auf Hände und Arme schlagen (pfeffern). Es ist dies eine alte rituelle Segensgeste, die neue Kraft und Fruchtbarkeit bringen soll. Daher wird die grüne Gerte auch vielfach «Lebensrute» genannt. Wenn die Burschen dann ihre Pfefferverse aufsagen, werden sie mit Obst belohnt.

Pfeforzeltum In einer Handschrift aus dem 11. Jahrhundert des Klosters Tegernsee in Bayern wird von «Pfeforzeltum» (lat.) berichtet. Es handelt sich dabei um Pfefferzelten beziehungsweise um Pfefferkuchen.

Pfeifenkerl Kölner Hefeteiggebäck in Form eines Männleins mit einer kleinen Tonpfeife, das im Volksmund auch «Göbbelche» genannt wird.

Pfengvieh Im Erzgebirge wurden die maschinell hergestellten Tiere auch «Pfengvieh» genannt, weil sie nur Pfennige brachten.

Pfenniglichter ➛ «Lichtmesswachs»

Pflastersteine Kleine runde Honigkuchen, die dick mit weißem Zuckerguss überzogen sind. Sie sehen aus wie roh behauene Pflastersteine, die daran erinnern sollen, dass der heilige Stephan als erster Märtyrer zu Tode gesteinigt wurde.

Pflaumentoffel Der «Plaumentoffel», eine Figur aus zusammengesteckten Trockenfrüchten (Pflaumen), ist das sächsische Gegenstück des fränkischen ➛ «Zwetschgenmännle».

Pickeresel ➛ «Biggesel»

Piepenkerl Westfälische Bezeichnung für ➛ «Weckmann».

Pietermann Niederländischer Name für den Nikolausbegleiter.

«Pifa» Als «Pifa» wird auch die Hirtenmusik aus dem «Messias» von Georg Friedrich Händel (1685–1759) bezeichnet.

Piffari ➛ «Hirtenmusik»

Pignarûi «Pignarûi» oder «Palavins» werden die Epiphaniasfeuer in Friaul/Italien genannt. Das dreitausendjährige Feuerritual ist eng mit der keltischen Kultur verbunden und wird auch heute noch in vielen Gemeinden vollzogen.

Pilatus Kulm Jeweils am 3. Adventswochenende findet auf Pilatus Kulm (2132 m) in der Zentralschweiz der höchstgelegene Christkindlmarkt Europas statt.

Piment «Piment», auch «Nelkenpfeffer» genannt, wird zum Backen gemahlen und nur in sehr kleinen Mengen verwendet.

Pinatas Die «Pinatas» bestehen aus neun geschmückten Ton- oder Pappmachégefäßen, die in Mexico nach dem Weihnachtsgottesdienst von den Kirchendecken heruntergelassen werden. In den Gefäßen befinden sich Süßigkeiten und Früchte. Mit verbundenen Augen dürfen zuerst die Kinder, dann die Jugendlichen und schließlich auch die Erwachsenen nach dem Gottesdienst mit einem Stock versuchen, die «Pinatas» zu zerschlagen, um an die weihnachtlichen Köstlichkeiten zu gelangen.

Pinora Früher bedeutende Stadt in Lykien, in der südlichen Türkei, in der der Abt Nikolaus von Sion Bischof war und dessen Geschichte eng mit der Geschichte des Bischof von Myra verwoben worden ist.

Plätzchen Pauschalbezeichnung für alle Weihnachtsbäckereien. Sie gehören so sicher zum Weihnachtsfest wie die Eier zu Ostern.

Plätzen Großer geschmückter Tannen- oder Fichtenzweig, der früher im Kulmbacher Land im Herrgottswinkel oder auch über dem Esstisch mit einer Schnur an der Decke aufgehängt wurde.

Platzer, Fini Die Tiroler Bildhauerin Fini Platzer (geb. 1913) hat sich durch die Herstellung von Keramik-Krippen in Europa einen besonderen Namen gemacht. Die Porzellanfiguren sind fein ausgearbeitet und teilweise mit Strass belegt. Ihre elegant modellierten Krippenfiguren erzeugen einen ganz besonderen Glanz der Heiligen Nacht.

Plößberg In Plößberg in der Oberpfalz wurden bereits im 19. Jahrhundert Krippenfiguren hergestellt. Der Ort wird auch «Krippendorf» genannt. Weit über die Grenzen hinaus bekannt ist der so genannte «Plößberger Krippenberg».

Plumpudding Wie der Mistelzweig gehört auch der Plumpudding zu den traditionellen Symbolen des englischen Weihnachtsfestes. Brotkrumen, Fett, Milch, Eier, geriebene Semmeln, kandierte Früchte, Mandeln sowie verschiedene Gewürze ergeben nach wochenlanger Vorbereitung einen schmackhaften und kalorienreichen Weihnachtspudding, der dann nach mehrstündigem Kochen im Wasserbad auf eine Platte gestürzt, mit heißem Rum übergossen und brennend serviert wird. Zeitgeplagte und nicht kochende Frauen finden den fix und fertig angerichteten Pudding bei ihrem Kaufmann im Kühlregal.

Poculum Caritatis Von alters her ist es Brauch, den Mönchen im Refektorium in den Klöstern am Neujahrsmorgen ein Glas Wein, genannt «Poculum Caritatis», zu kredenzen.

Polar Bear Swim In Vancouver in Kanada springen traditionell Hunderte von Menschen in bunten, schrillen Kostümen am 1. Januar in den Pazifik, um so das neue Jahr anzuschwimmen.

Pollerdlös Mundartlicher Name des Nikolaus in der Rhön und im nördlichen Franken.

Polternächte Bis 1577 war es in Luzern Sitte, dass in den Donnerstagnächten vor Weihnachten ein ungestümes Wesen unter Poltern durch die Stadt getrieben wurde. Diesen Brauch nannte man auch «Sträggelenjagen».

Polterklas «Polterklas» ist eine heute kaum mehr gebräuchliche niederdeutsche Bezeichnung für den Nikolaus.

Pomeranze Die «Pomeranze» (citrus auranticum) gehört zu der Familie der Zitrusfrüchte. Die bittere Orange ist ein wichtiger Bestandteil der Pfefferkuchen.

Popcorn-Girlanden In Ungarn ist es Brauch, auf bunte Glitzerschnüre Popcorn zu fädeln und die Girlanden als Schmuck auf den Christbaum zu hängen.

Posamentiererin «Posamentiererinnen» sind Frauen, die mit geschickten Fingern Bänder, Borden, Litzen und Schmuckknöpfe auf Kleider und Uniformen aufnähen. Sie waren früher auch für die prunkvollen Kleiderausschmückungen der großen Kloster- und Kirchenkrippen verantwortlich.

Pottasche Kaliumkarbonat (kohlensaures Kalium) wurde früher aus Holzasche gewonnen und ist ein wichtiges Treibmittel für allerlei Lebkuchen. Wird heute aus Rübenmelasse gewonnen.

Pottensteiner Lichterfest In der Nacht vom 5. Januar auf Heilige Drei Könige leuchten von den Hängen des Juragebirges alljährlich 1000 Feuer auf die Stadt Pottenstein in der Fränkischen Schweiz herab. Das Lichterspektakel geht auf eine Anordnung des Bamberger Bischofs aus dem Jahre 1759 zurück, der den Pottensteiner Bürgern eine alljährliche «Anbetung» des Herrn auferlegte. Dabei entschieden sich die Pottensteiner für den 5. und 6. Januar. Zu diesem Lichterspektakel kommen heute jährlich bis zu 15 000 Besucher in die Stadt.

Potzucker ➛ «Thomaszucker»

Praesaepe In der lateinischen Übersetzung der Bibel findet man das Wort «praesaepe» (auch: praesepe), was ursprünglich «Gehege», dann «Krippe, Stall, Hürde» bedeutet. Noch heute findet man in vielen alpenländischen Heimatkrippen das «Gehege» in Form eines geflochtenen Zaunes. Auch offener Sternhaufen im Sternbild des Krebses.

Praesepe apparatus (Lat.) Bezeichnet die Krippenaufbauten.

Praetorius, Michael Michael Praetorius (1571–1621), diesem Meister des geistlichen Liedes, verdanken wir viele Weihnachtslieder, -sinfonien und -kantaten wie «Es ist ein Ros entsprungen», «Geborn ist uns Immanuel» und «Puer natus in Bethlehem».

Prag Im «Goldenen Prag» Kaiser Karls IV. (1316–1378) stand die erste Weihnachtskrippe nördlich der Donau. Die mit sehr großen Figuren ausgestattete Krippe stand in der Dominikanerkirche Sankt Clemens.

Prager Jesulein Die Barockzeit war stark mit dem Kult der Geburt und der Kindheit Jesu verbunden, speziell in Böhmen spielte das «Prager Jesulein» eine wichtige Rolle. Das «Prager Jesulein», eine ca. 47 cm große Wachsfigur, besitzt kostbare Kleider, stammt aus einem spanischen Kloster (Sevilla oder Cordoba) und ist die Nachbildung einer gnadenreichen Figur. Ursprünglich gehörte sie Dona Isabela Manrique de Lara Mendoza. Die Statue wurde zum Hochzeitsgeschenk für ihre Tochter Marie Manrique de Lara, die den bekannten böhmischen Adeligen Vojtich von Pernstejn heiratete. Im Jahre 1631 fielen die Sachsen in Prag ein und plünderten auch das Karmeliter-Kloster. Das Jesulein wurde mit zerbrochenen Gliedmaßen hinter dem Altar von Pater Cyril a Mater wiedergefunden. Der Pater bemühte sich, Geld für die Reparatur aufzutreiben, was ihm jedoch nicht gelang. Unerwartet stiftete ein Prager Bürger eine nicht geringe Summe, und so wurde das «Prager Jesulein» schließlich wieder der Höhepunkt der Verehrung. Viele Wunder wurden ihm zugeschrieben, so auch die Beschützung der Stadt Prag vor den Schweden. 1651 wurde das «Prager Jesulein» in einer großen Prozession durch die Stadt getragen und erhielt dabei den Titel «Holdes Kind» (Graciosus Jesulus).

Printen (niederl.) Lebkuchengebäck, oft auch als Figuren. Besonders bekannt sind die ➤ «Aachener Printen».

Printenmann Ein Gebildebrot, verwandt mit dem ➤ «Weckmann»

Printensuppe Man lässt hart gewordene Printen in heißem Wasser aufweichen und erhält so eine nahrhafte Suppe. Die «Printensuppe» war bereits im Mittelalter bekannt.

Probst, Augustin Alois (1758–1807/8). Augustin Alois gehörte zu der berühmten Schnitzerfamilie Probst aus Sterzing/Italien. Der Familie werden weit über 10000 kleinformatige Krippenfiguren zugeschrieben.

«Pro Christkind» Verein in Innsbruck/Tirol, der es sich zur Aufgabe gemacht hat, sich gegen die Verdrängung des heimischen Christkindes einzusetzen.

Proletenweihnacht Versuche der Kommunisten in den 20er Jahren, eine so genannte «Proletenweihnacht» einzuführen, waren nicht erfolgreich. In den 30er Jahren wurde dazu folgendes Gedicht bekannt: Der Weihnachtsbaum steht öd und leer./Die Kinder schauen blöd umher./Da lässt der Vater einen krachen./Die Kinder fangen an zu lachen./So kann man auch mit kleinen Sachen,/Proletenkindern Freude machen.

Prolog zum Nürnberger Christkindlesmarkt Einer der Höhepunkte des Christkindlesmarktes ist jedes Jahr die stimmungsvolle Eröffnung mit dem «Prolog des Christkindes».

«Propheten Chor» Im 18. Jahrhundert gab es viele dramatische

Darstellungen der Verkündigung während der «Engelsmessen» oder «Rorate-Ämter», die in der Adventszeit aufgeführt wurden. Im Franziskanerkloster zu Dillingen gab es eine eigene Stiftung dafür. Inzwischen sind die Texte unter dem Titel «Propheten Chor» «bey Johann Peter Steiner anno 1770 zu Mindelheim gedruckt» worden.

Psadas Fester Bestandteil der mexikanischen Vorweihnachtszeit ist der Brauch der «Psadas». Dabei handelt es sich um farbenprächtige Umzüge, bei denen die Herbergsuche von Maria und Josef symbolisch nachgespielt wird.

Pudel Tiroler Bezeichnung für gefärbtes Sägemehl, welches das Moos in den Weihnachtskrippen ersetzte.

Pudelmutter Alter Name für die böse Lucia im Alpenraum.

Puderzucker In der Weihnachtsbäckerei wird Puderzucker u. a. für Stollen, Vanille-Kipferl und Linzer Törtchen verwendet.

Pueblo-Krippen Krippen mit bemalten, einfach geformten Tonfiguren von den Pueblo-Indianern aus Neu-Mexiko.

«Puer natus in Bethlehem» Zweisprachiges Weihnachtslied aus dem 14. Jahrhundert. Der Titel des deutschen Textes lautet «Ein Kind geboren zu Bethlehem». Solche zwei- oder mehrsprachigen Lieder werden auch als «Mischlieder» bezeichnet.

Püfferkes In der Grefrather Gegend erhalten die Kinder nach dem «Martinsliedersingen» als Dank die so genannten «Püfferkes», ein krapfenähnliches Gebäck.

Puig-Krippen Spanische Krippen, die aus Ton in Handarbeit hergestellt werden. Auf den Ton wird Stoff gespannt und kaschiert, was das typische und unverwechselbare Erscheinungsbild dieser Krippen ausmacht.

Pulsnitzer Pfefferkuchen Bereits im Jahre 1558 erhielten die Bäcker von Pulsnitz/Sachsen mit einer Innungsurkunde das Recht, Pfefferkuchen zu backen. Anfänglich wurden die Pulsnitzer Pfefferkuchen auf Jahrmärkten, Volksfesten und Messen feilgeboten und brachten den Bäckern aber bald Arbeit über das ganze Jahr.

Pulterklas In der Diethmarscher Gegend wird der Begleiter des heiligen Nikolaus auch «Pulterklas» genannt.

Pummerin Die größte Glocke des Wiener Stephansdoms wird auch liebevoll die «Pummerin» genannt. Um Mitternacht zu Silvester läutet sie das neue Jahr lautstark ein.

Punsch Aromatisches Getränk aus Rum, Arrak, Zucker, Zitrone, versetzt mit Tee oder Wasser.

Puppe Die Puppe mit ihren vielfältigen Variationsmöglichkeiten gehört seit Jahrhunderten zu den Klassikern der Weihnachtsgeschenke.

Puppenchristbaum Um 1900 tauchten die ersten «Puppenchristbäume» als Weihnachtsbaumschmuck auf. Die kleinen Bäumchen kamen aus Lausch und bestanden aus Papier und Glas.

Puppenhaus Diese meist kunstvollen Miniaturhäuser aus Holz, Karton und Blech waren für Generationen von kleinen Mädchen der absolute Weihnachtswunsch. Heute sind Puppenhäuser und -küchen kaum mehr gefragt. Es gibt jedoch einige Puppen-Museen, in denen man solche Häuser noch bewundern kann, die uns einen vorzüglichen Einblick in die Wohngegebenheiten früherer Jahre geben.

Putte (Italienisch: putto) Sie gehören ebenfalls zu den «Krippenengeln», sind jedoch meistens nackt und viel kleiner geschnitzt. Ihre Lockenköpfchen sind meist kindlich, und sie besitzen nur sehr kleine Flügel.

Putzäpfel Schlesische Bezeichnung für kleine Äpfel, die zu Weihnachten mit einem weichen Tuch glänzend poliert (putzen) wurden und mit roten oder goldenen Bändchen versehen als Weihnachtsschmuck ➛ «Weihnachtspyramide» dienten.

Pyramide anschieben Die Annaberger Marktpyramide zählt mit ihren 18 geschnitzten Figuren wohl zu den größten Weihnachtspyramiden der Welt. Bereits am Freitag vor dem 1. Advent rüstet man zum traditionellen «Pyramide anschieben». Dabei werden die Figuren lebendig, steigen symbolisch von ihren Sockeln herunter und stellen sich den Menschen vor. Dabei geben sich auch Adam Ries mit dem Rechenschieber und der Stadtgründer Herzog Georg der Bärtige ein Stelldichein.

Pyramidenfeste In Sachsen und im Erzgebirge werden die Weihnachtsmärkte auch als «Pyramidenfeste» bezeichnet.

Pyramidenkrippen Kleine Rundkrippen, ähnlich den «Weihnachtspyramiden», mit oder ohne Glassturz, meistens aus dem 19. Jahrhundert.

Quadragesima adventus Lateinisch für die Adventszeit.

Quatember ➛ «Winterquatemberwoche»

«Quem nunc virgo peperit» Lateinisches Weihnachtslied aus dem 14. Jahrhundert. Deutscher Titel «Den geboren hat ein Magd».

Quempas Eine ähnliche Form des lateinisch/deutschen Textwechsels ist auch im Quempas erkennbar, der sich als eigenständige Form des Weihnachtsliedes bis in unsere Zeit erhalten hat. Der Name leitet sich von den ersten Silben des Liedes «Quem pastores laudavere» ab, dem, «den die Hirten lobeten sehre», dessen Ursprünge bis in das 14. Jahrhundert zurückreichen. Es ist dies ein Wechselgesang zwischen Kinderchor und der Gemeinde.

Quempas-Heft Umfangreiches Notenheft mit über 100 Gesängen.

Quempassingen In der Eckernförder Nikolaikirche findet seit 1951 jeden dritten Adventssonntag ein besonderes «Sternsingen» statt. Dabei versammeln sich sieben Schulchöre, die sich sternförmig aufstellen, und das so genannte «Quempassingen» veranstalten .

Quitte Kleinkroniges Obstgehölz, das zur Gattung der Rosengewächse zählt. Früher wurde die Quitte wegen ihres Aromas und Duftes auch «Schmeckbirne» genannt.

Quittenbrot Nur noch in wenigen norddeutschen Familien pflegt man die Herstellung des einst berühmten «Quittenbrotes». Dabei handelt es sich allerdings um kein Gebäck, sondern um ein unter vielem Rühren eingekochtes Quittenmus, welches anschließend langsam getrocknet wird und erst nach einigen Wochen in kleine Stücke geschnitten werden kann. Vor dem Servieren wird das Quittenbrot dann noch in Zucker gewendet.

Quittenschnitz Früher wurde vielerorts dem Vieh zu Martini am 11. November ein «Quittenschnitz» unter das Futter gemischt. Es sollte vor Leberfäule schützen.

Quittenspeck Süddeutsche Bezeichnung für «Quittenbrot».

Quittenzelten Alter süddeutscher Name für roh getrocknete Quittenstücke.

Raberle ➛ «Neujahrsgebäck»

Radieschenfest Einen ungewöhnlichen Weihnachtsbrauch feiert man am 23. Dezember in der mexikanischen Stadt Oaxaca, das so genannte «Radieschenfest». Jedes Jahr im Advent schnitzt man aus kartoffelgroßen Radieschen Maria, Josef, das Jesuskind und die Heiligen Drei Könige und andere Krippenfiguren. Bei einem großen Fest werden die besten Figuren prämiert und ausgestellt.

Radio Christkindl Auch das Christkind verschließt sich den neuen Medien nicht. So geht in Innsbruck in Tirol vom 10. bis zum 24. Dezember das Christkind täglich von 11 bis 19 Uhr «on air» (105,9 Megaherz). Der Sender spielt alle gängigen und bekannten Weihnachtslieder und -schlager und stimmt mit Weihnachtsgeschichten und -bräuchen die Hörer festlich ein, damit sie in der hektischen Zeit das Weihnachtsfest nicht aus den Augen verlieren.

Radleuchter Der evangelische Theologe Johann Wichern (1808–1881) führte in der Adventszeit den mit 24 Kerzen besteckten «Radleuchter» ein. Mit steigender Lichterzahl sollte das nahende Weihnachtsfest angekündigt werden, gleichzeitig sollte der Leuchter auch den christlichen Sinn der Adventszeit, der den protestantischen Gläubigen jener Zeiten fast völlig verloren gegangen war, als Symbol der Heilserwartung wieder neu verdeutlichen.

Raffael-Engel Weihnachten ohne die «Raffael-Engel» ist heute kaum noch vorstellbar. Die beiden verträumten Engel bilden einen Ausschnitt des Gemäldes «Sixtinische Madonna» von Raffael (1483–1520), das sich in der Dresdner Gemäldegalerie befindet.

Rainer Sänger Die Geschwister Rainer aus dem Zillertal waren neben den Geschwistern Leo aus Zell im Zillertal und der Sängerfamilie Strasser (Laimach im Zillertal) die ersten volkstümlichen Musikanten, die durch Europa zogen, später sogar in Russland, in den USA und Australien auftraten. Im Rahmen einer Amerikareise sangen die Rainer Sänger am Weihnachtstag 1839 in New York erstmalig «Stille Nacht!» in der neuen Welt.

Ramsau-Kircherl Vielfach abgebildetes Motiv für Weihnachts- und Neujahrs-Glückwunschkarten. Die Wallfahrtskirche «Unserer lieben Frau» in Ramsau bei Berchtesgaden ist ein eigenwilliger Bau aus dem Spätbarock, der sich malerisch an einen Berghang schmiegt.

Rasp, Wolfgang Weit über die Grenzen von Berchtesgaden hinaus war Wolfgang Rasp, genannt «Schralterer», als Hersteller von Weihnachtsschmuck und Spielzeug bekannt.

«Rast auf der Flucht nach Ägypten» Das Gemälde «Rast auf der Flucht nach Ägypten» von Tizian (eigentlich Tiziano Vecellio, um 1488–1576) gilt als eines der wertvollsten Gemälde der Welt. Das auf Holz gemalte Bild, das zu den berühmtesten Werken des Renaissancemalers gehört, wurde 1995 gestohlen und tauchte erst im August 2002 in London wieder auf. Das Bild zeichnet sich besonders durch seine Komposition, Figurenauffassung und Farbgebung aus und bewirkt eine sinnliche, sichtbare Harmonie.

Rastelbinder Der «Rastelbinder», bei uns auch als Besenbinder bekannt, ist eine typische erzgebirgische Spielzeugfigur, die vielfach in den Schwibbögen zu finden ist.

Rauchemod «Rauchemod», auch Rauchemaad genannt, ist ein Kartoffelgericht aus dem Erzgebirge, welches vielfach auf den Weihnachtsmärkten angeboten wird. Das Gericht besteht aus gekochten Kartoffeln, die, zerdrückt und mit Eiern verrührt, in einer Pfanne knusprig gebraten werden.

Räucherhaus Ähnlich wie die Lichterhäuser sind die «Räucherhäuser» ein typisches Handarbeitsprodukt aus dem Erzgebirge. Bei den von innen beleuchteten Häusern werden vielfach Skihütten oder Bergarbeiter-Wohnhäuser dargestellt.

Räucherkerzchen Etwa um 1750 begann man in dem kleinen Ort Crottendorf im Erzgebirge mit der Herstellung von «Räucherkerzchen». Aus Holzkohle, Kartoffelmehl, Sandelholz, Rotbuchenmehl und anderen Ingredienzien entstanden die wohlduftenden Kegelchen. Später mengte man auch Weihrauch, Lavendel, Jasmin und andere exotische Duftstoffe bei, und schon bald wurden die «Echten Crottendorfer Räucherkerzchen» zu einem Markenbegriff.

Räuchermänner Auch ohne Unterstützung von Weihnachtsmärchen sind die Räuchermännchen ähnlich beliebt geworden wie die weltbekannten Nussknacker. Erst als in Deutschland 1848 per Gesetz das Rauchen in der Öffentlichkeit erlaubt wurde, war es möglich geworden, eine Pfeife rauchende Figur zu schaffen. Angeblich fertigte Ferdinand Frohs im Jahre 1856 in einem kleinen Dorf in der Nähe von Seiffen im Erzgebirge die erste Rauchmannfigur aus einer Modelliermasse. Später, als das Männlein mit der Pfeife immer beliebter wurde, ging man dazu über, die Räuchermänner ganz aus Holz herzustellen.

Räuchern Zwischen Advent und Heilige Drei Könige wurden in Oberbayern und weiten Teilen Österreichs auf den Dörfern Haus und Hof «geräuchert», um so böse Geister und Dämonen zu vertreiben. Das Wort «Räuchern» bildet den Ursprung für die ➛ «Raunächte».

Rauchmantel Alter Name für Pelzmantel, wie er früher vom Nikolaus oder auch vom Knecht Ruprecht getragen wurde. Pelzwaren werden auch als Rauchwaren bezeichnet.

Rauchschießen In Berchtesgaden ist es Brauch, am Heiligen Abend gegen sechs Uhr das so genannte «Rauchschießen» abzuhalten. Früher wurde bereits um sechs Uhr morgens zum letzten ➛ «Rorate» geschossen.

Rauchwecken Laibe aus Schwarzbrot-Teig mit einer Vertiefung in der Mitte, in welche die ➛ «Mettenkerze» eingesetzt wird.

Raue Perchta Ursprünglich eine Naturgöttin der Germanen. Sie war die Herrin der Wolken, des Windes und des Regens und stand auch für Fruchtbarkeit und Dürre. Später diente die

«Raue Perchta» als Nikolausbegleiterin und war Angst- und Schreckensfigur für die Kinder in Bayern und im nördlichen Alpenraum.

«Rauhnacht» Realistisches Drama von Richard Billinger (1890–1965), für das er 1932 mit dem «Heinrich Kleist Preis» ausgezeichnet wurde. «Die Rauhnacht» zeigt die für den Autor typische Verbindung von heidnisch-germanischem Brauchtum und dörflich-christlicher Lebenslust. Das Stück wurde 1931 in München uraufgeführt.

Rauhnudeln Unter den Sängern der Raunacht waren die so genannten «Rauhnudeln», ein deftiges und fettes Gebäck, besonders begehrt. Im Bayerischen Wald wird dieser alte Brauch in der Nacht auf Heilige Drei Könige volkstümlich auch als «Rauhnudel-Betteln» bezeichnet.

«Raunacht-Abenteuer» Phantastische und etwas unheimliche Erzählung aus der Geister- und Hexenwelt der weihnachtlichen Raunächte vom Reiseschriftsteller Heinrich Noé (1835–1896).

Raunächte Als Raunächte bezeichnet man die dunkelsten und längsten Nächte vor dem Jahresende. Die Raunachtzeit beginnt mit der Thomasnacht am 21. Dezember und endet zu Heilige Drei Könige am 6. Januar. Bei den Anhängern der Astronomie und der Metrologie beginnen die Raunächte erst am 25. Dezember. Die 12 Nächte stehen für die gesamten Monate des Jahres. Man spricht daher auch von den Zwölften. Die Raunächte sind bis in die Antike zurückzuverfolgen, beinhalten jedoch auch römische und germanische Elemente. Angeblich haben in den dunklen Nächten alle bösen Geister und Dämonen freien Lauf. Mittels Weihrauch, daher auch der ursprüngliche Name Rauchnacht, mussten die Dämonen aus dem Haus vertrieben werden. Vielerorts beliebt waren und sind aber auch Umzüge mit fratzenhaften und furchterregenden Masken, die die bösen Geister erschrecken und somit vertreiben sollen.

Raunachtsmarkt In Bad Füssing und im oberbayerischen Ruhpolding wird am letzten Wochenende des Jahres der so genannte

«Raunachtsmarkt» veranstaltet. Hier kann man alles Nötige für die Silvesterfeier kaufen.

Raunachtstuch Besticktes Leinentuch, das speziell im Berchtesgadener Raum nur während der Rauchnachtzeit auf den Esstisch gelegt wird. Neben meist roter Kreuzstickerei ist im Zentrum des Tuches das Christusmonogramm IHS wichtigster Bestandteil.

Raureif Kristallisierter Niederschlag des Nebels auf Bäumen und Sträuchern. Verzaubert die triste Novemberwitterung und stimmt uns auf Weihnachten und den Winter ein.

Rauschgoldengel Sehr alte Darstellung des Weihnachtsengels. Es war der angesehene Puppenmacher Balthasar Hauser aus Nürnberg, der nach dem Dreißigjährigen Krieg zum ersten Mal einen Rauschgoldengel entworfen hat. Er sollte ein symbolisches Andenken an seine verstorbene Tochter Anna sein. Er nannte diese kleine Figur das «goldene Annalein».

Rauteufel Grausliger und unheimlicher Begleiter des heiligen Nikolaus anstelle von Knecht Ruprecht im bayerischen Oberland.

Rauwuckl Name für den Nikolausbegleiter in der Oberpfalz.

Rauwuggl Im Alpenraum und im Rottal werden einige Perchtenfiguren auch als «Rauwuggl» oder «Zuchtln» bezeichnet, die noch dazu von der berüchtigten «Habergoaß» begleitet werden.

Ravenna In der Stadt und im Umland von Ravenna wurde bereits im 5. Jahrhundert nach Christi Geburt die Adventszeit ansatzweise gefeiert. In Rom hielt die Adventsliturgie erst im 6. Jahrhundert Einzug.

Ravioli Dolci Italienische Butterteigplätzchen, gefüllt mit Kirschmarmelade.

Rawetzer Landschaftskrippen Diese Krippen aus Rawetz (eigentlich Marktredwitz) sind in großflächigen gebirgigen Landschaften eingebettet. Die Rawetzer Landschaftskrippen verfügen oft über Dutzende von Häusern und weit über einhundert Figuren. Sie werden auch als «Marktredwitzer Krippenlandschaften» bezeichnet.

Regelhauskrippe Die prachtvolle Krippe, die um 1750 entstanden ist, befand sich ursprünglich im Regelhaus der Servitinnen in Innsbruck und gelangte nach der Aufhebung des Hauses in Privatbesitz. Um 1900 wurde sie von Max Schmederer (1854–1917) erworben und befindet sich heute im Besitz des Bayerischen Nationalmuseums.

Reifenbaum Der «Reifenbaum» war in Thüringen vielfach der gebräuchliche Ersatz für den Weihnachtsbaum. Um eine hölzerne Achse wurden drei nach oben kleiner werdende Weidenreifen oder Holzscheiben übereinander gebunden, die mit grünem Seidenpapier, Moos oder Tannenzweigen umwickelt wurden, auf denen man Kerzen und Weihnachtsschmuck befestigte. Erst durch den Krieg von 1870/71 löste der Tannenbaum allmählich den Scheibenbaum ab. Der Grund dafür war, dass Kaiser Wilhelm I. am Heiligen Abend des Jahres 1870 bei seinen Soldaten im Feld weilte und in den Quartieren und in den Lazaretten geschmückte Nadelbäume aufstellen ließ.

Reifentiere Hölzerne Tiere, die aus dem so genannten Reifen- oder Ringrohling herausgespalten und gedrechselt werden.

Reisbrei Von Westfalen bis nach Skandinavien gehört der Reisbrei mit einer ganzen Mandel und mit Zimt und Zucker bestreut unbedingt als Nachtisch zum festlichen Weihnachtsessen. Vereinzelt werden in Holstein auch Rosinen oder eingeweichte Dörrpflaumen dem Reis beigegeben.

Reispapierkrippen Die Reispapierkrippen stammen von den Philippinen, die nicht zu den klassischen «Weihnachtskrippen-Ländern» zählen. Diese seltenen Krippen strahlen durch ihre Zartheit und den Farbenreichtum des Reispapiers einen besonderen Reiz aus.

Reiterlesmarkt in Rothenburg o. d. Tauber Der «Reiterlesmarkt» in Rothenburg ob der Tauber kann auf eine jahrhundertealte Tradition zurückblicken. Ein Höhepunkt des Weihnachtsmarktes ist der Auftritt des «Reiterle», einer mystischen Figur aus der Vorzeit. Die Figur des «Reiterle» wurde früher als Abgesandter einer anderen Welt gesehen, die zur Winterzeit mit den

Seelen der Verstorbenen durch die Lüfte schwebte und die Menschen in Angst und Schrecken versetzte. Im Lauf der Jahrhunderte ist das «Reiterle» jedoch ein positiver Bote geworden, der beim Lichterzug die Kinder mit kleinen Geschenken und Süßigkeiten ausstattet.

Rentier Nordische Hirschart, die die Schlitten von Nikolaus und Weihnachtsmann durch die Sternennacht zieht. Bekanntestes Rentier ist weltweit inzwischen «Rudolf the rednosed Reindeer» aus einem amerikanischen Weihnachtslied.

Retablo Vermutlich von: Retabler = Altaraufsatz. Bunt bemaltes Holzgehäuse, bei dem auf mehreren Etagen Krippenszenen mit bunten Tonfiguren installiert sind.

Reutberger Christkindl In der Franziskanerinnen-Klosterkirche Reutberg/Obb. befindet sich im südlichen Seitenaltar das so genannte «Reutberger Christkindl», eine volkskundlich bedeutsame Holzfigur, die ein Pater im Jahre 1735 von einem Besuch im Heiligen Land mitbrachte und die angeblich in der Geburtskirche in Bethlehem aufbewahrt wurde. Die fein geschnitzte Skulptur zeichnet sich durch ihren ernsten Liebreiz im Gesicht aus.

Rheinischer Weihnachts-Salat Pikante und traditionelle Salatspeise aus Rindfleisch, mariniertem Fisch, Kartoffeln, Walnüssen und Gewürzen.

Rhodos Nach neueren Untersuchungen soll der «Koloss von Rhodos» – eines der sieben Weltwunder – an der Stelle gestanden haben, wo sich heute ein mittelalterlicher Nikolausturm befindet, welcher von Christen aus Lykien, der Heimat des heiligen Nikolaus, in Kleinasien errichtet worden sein soll.

Richter, Ludwig Adrian Der Maler und Illustrator Ludwig A. Richter (1803–1884), dessen Gemälde in der Kunsthalle Hamburg, in der Neuen Pinakothek in München sowie der Dresdner Gemäldegalerie hängen, ist auch weit über die Grenzen hinaus als Buchillustrator bekannt geworden. Vor allem seine vielen weihnachtlichen Motive geben einen Einblick in die biedermeierliche Bilderwelt.

Riederinger Weihnachtsspiel 1932 schrieb Annette Thoma (1886–

1974) aus Riedering/Obb. unter Verwendung unbekannter alter Lieder das «Riederinger Weihnachtsspiel».

Riewe, Jürgen P. Bekannter deutscher Krippensammler, der im Lauf der Zeit über 400 Exponate aus aller Welt zusammengetragen hat. Die Krippensammlung hat inzwischen auf der Burg Posterstein in Thüringen ein würdiges Zuhause gefunden.

Ringsingen ➛ «Goldberger Weihnachtssingen»

«Risiko für Weihnachtsmänner» Tragisch-komische Erzählung, die Siegfried Lenz (geb. 1926) im Jahre 1958 niederschrieb.

Rocailles Aus Glasröhrchen gezogene und gehackte Perlen, die für die Herstellung von Christbaumschmuck verwendet werden.

Rollender Christkindlmarkt Seit einigen Jahren ist in München der «Rollende Christkindlmarkt», ein liebevoll geschmückter Straßenbahnzug, Tradition. Mit dieser «Weihnachts-Tram» kann man täglich von 15.00 Uhr bis 20.00 Uhr durch die festlich beleuchtete Innenstadt fahren. In der Straßenbahn gibt es natürlich auch Lebkuchen, Glühwein, Kaffee und Sandwiches zu den üblichen Christkindmarktpreisen.

Rollenkläuse ➛ «Silvesterkläuse»

Rollmops Traditioneller Fischhappen zur Katerbehandlung am Neujahrstag.

Romanische Krippe Die «Romanische Krippe», auch ➛ «Römische Krippe» genannt, erkennt man an einem Vordach, welches von drei Säulen getragen wird.

«Romantische Weihnachts-Ouvertüre» Aus der Feder von Otto Nicolai (1810–1849), dem vielseitigen Komponisten und Gründer der «Wiener Philharmoniker», stammt diese schöne Weihnachts-Ouvertüre.

Römische Krippe «Römische Krippen» sind daran zu erkennen, dass anstelle eines Stalles ein kirchenähnlicher Bau mit romanischen Bögen und Säulen als Geburtsstelle des Jesuskindes dargestellt wird.

Rorate Das «Rorate-Amt» ist die volkstümliche Bezeichnung von Votivmessen zu Ehren Marias während der Adventszeit. In einigen Gegenden wird es auch «Engelsamt» genannt, da es der Engel Gabriel war, der Maria die Botschaft überbrachte, dass sie den ersehnten Messias gebären würde. Das Wort «rorate» stammt aus dem Lateinischen und steht am Anfang des Messtextes aus Jesaias 45, 8: «Rorate caeli, desuper, et nubes plusant justum: aperiatur terra, et germinet Salvatorem.» Übersetzt entspricht dieser Text dem Adventslied: «Tauet, Himmel, von oben, und ihr, Wolken, regnet den Gerechten herab.» Neben den Adventssonntagen werden auch Wochentage noch besonders durch «Rorate-Messen» hervorgehoben. Früher wie auch heute kommen bereits um 6 Uhr morgens die Kirchgänger mit geweihten Kerzen oder kleinen Lämpchen zu den Adventsgottesdiensten in die Kirchen.

Rosenwasser Edler Geschmacksverfeinerer, ursprünglich mühsam mittels Wasserdampf aus Rosenblättern destilliert und dementsprechend teuer. Heute wird das Aroma-Wasser rein synthetisch hergestellt und findet in Weihnachtsgebäck aller Art vor allem für Marzipan Verwendung.

Rosinen Getrocknete Weinbeeren und wichtiger Bestandteil der Weihnachtsbäckerei.

Rosinenbaum Alter Dialektname für den Weihnachtsbaum in Ostnorddeutschland.

Rosinenhäufchen Beliebtes Weihnachtsgebäck aus Rosinen, Rum, Zucker und Nelken.

Rosinenketten ➛ «Amrumer Weihnachtsbaum»

Rössel, Gustav Bekannter Schnitzer aus dem Schneeberger Raum im Erzgebirge. Er lebte von 1877 bis 1958.

Rote Unterwäsche In Italien ist es ein absolutes Muss, in der Silvesternacht rote Unterwäsche zu tragen, damit einem das Glück im neuen Jahr besonders zugetan ist.

Rovaniemi «Rovaniemi», die Hauptstadt Finnisch-Lapplands, direkt am Polarkreis, besitzt den einzigen Flughafen der Welt, wo Auftritte des Weihnachtsmannes zum Alltag gehören. Denn Rovaniemi Airport ist der offizielle Flughafen des Weihnachtsmannes.

Rubelz Bezeichnung für Knecht Ruprecht im Schwarzwald. Siehe auch: «Steinacher Klausenbigger»

Rübensirup Zäh fließende braune und süße Masse aus dem eingedickten Saft der Zuckerrübe. Nach dem Krieg ein weit verbreiteter Brotaufstrich. Rübensirup ist ebenfalls ein wesentlicher Bestandteil von Pfefferkuchen und anderen braunen Lebkuchen.

Rüdesheim In Rüdesheim am Rhein wird der Christkindlmarkt auch als «Weihnachtsmarkt der Nationen» bezeichnet, da zwölf Länder mit ihren weihnachtlichen Spezialitäten auf dem Markt vertreten sind.

«Rudolf, das Rentier» Lustige Weihnachtsgeschichte von Rudolf Spiess.

Rugborscht Name für den Nikolausbegleiter in Vorpommern.

Rügebräuche Bis Mitte des 19. Jahrhunderts gab es in den norddeutschen Gauen in der Adventszeit noch die so genannten «Rügebräuche». Dabei wurden den Dorfbewohnern von einer Gruppe verkleideter junger Burschen in drastischer Form die Leviten gelesen.

Rugklaas Nordostdeutscher Name für Knecht Ruprecht.

Ruhklas Alte Bezeichnung für den Nikolaus in Mecklenburg.

Ruhpoldinger Madonna Die romanische Madonna aus Lindenholz in der Ruhpoldinger Pfarrkirche in Oberbayern ist vermutlich um 1220 in einer Salzburger Werkstatt entstanden und galt lange Zeit als verschollen. Erst 1955 wurde die kostbare Schnitzarbeit wieder entdeckt. Eine Besonderheit ist, dass Jesus als Erwachsener dargestellt ist.

Ruhpoldinger Waldweihnacht ➛ «Waldweihnacht»

Rumpelklas Im Allgäu wird der Nikolausbegleiter oft auch «Rumpelklas» gerufen.

Rumpelklaus Im Allgäu ist es seit Urzeiten Brauch, sich am Nikolausabend als «Rumpelklaus» Furcht erregend zu verkleiden, durch die Straßen zu laufen und die Menschen zu erschrecken. Der Brauch geht auf keltischen Ursprung zurück.

Rumpelnacht: Die zwölf Los- oder Unternächte bezeichnet man in einigen Gegenden in Oberbayern auch als «Rumpelnächte».

Rumpelthomas Auch Rumpel-Thoma. Früher ein unheimlicher Begleiter des Nikolaus im süddeutschen Raum. In Eschenbach/Oberfranken läutet er mit einer großen Glocke vor jedem Haus. Heute ist er fast in Vergessenheit geraten.

Rümpfelkäs Mittelalterliche Bezeichnung für Lebkuchen in Süddeutschland.

Rupelz Im Elsass begleitet der «Rupelz» (Knecht Ruprecht) den Nikolaus, der hier «Hans Trapp» genannt wird. Auch im mittleren Schwarzwald ist der «Rupelz» mit dunklem oder schwarzem Pelz am Nikolausabend unterwegs.

Ruppelz In Ettenheim im Schwarzwald wurde der Nikolausbegleiter auch «Ruppelz» gerufen.

Rupprich, Hans Im Erzgebirge wird der Weihnachtsmann auch «Hans Rupprich» genannt.

Rupsack In Mecklenburg wird der Begleiter des Nikolaus als «Rupsack» bezeichnet.

Rußmärtel Alte fränkische Bezeichnung für Knecht Ruprecht, wohl wegen seines geschwärzten Gesichtes.

Rute Die «Rute» besteht meistens aus einem dünnen Reisigbündel und stellt das sichtbare Züchtigungsinstrument von Knecht Ruprecht dar, welches den Kindern Angst einflößen soll. Gilt heute als Erziehungsmittel jedoch als äußerst fragwürdig.

«Saint Nicolas» Weihnachtskantate op. 42 des britischen Komponisten Benjamin Britten (1913–1976).

Saint-Philippus-Tag Am 14. November, dem «Saint-Philippus-Tag» (benannt nach dem Apostel Philippus), beginnt auf der Insel Zypern der Advent, in der Landessprache «sikosis» genannt. Es ist jedoch mehr ein vorweihnachtlicher Karneval als eine besinnliche Vorweihnachtszeit.

Salonkrippe Diese Krippe fertigten Augustin und Joseph Probst um 1800 für den Brixener Fürstbischof Karl Franz von Lodron (1784–1828) an. Die prachtvolle Weihnachtskrippe besteht aus rund 4000 Figuren und befindet sich heute im Besitz des Diözesanmuseums in Brixen/Italien.

«Salve, Regina» Weihnachtliches Musikwerk des französischen Komponisten und Harfenspielers Alphonse Hasselmans (1845–1912). Auch Franz Liszt (1811–1886), Alessandro Scarlatti (1660–1725) und Antonio Vivaldi (1678–1703) komponierten Werke unter gleichem Titel.

Salzburger Adventssingen Tobi Reiser der Ältere gründete 1946 dieses Adventssingen, welches inzwischen zum Mekka des weihnachtlichen Mundartvolksliedes geworden ist. Die stimmungsvollen Vorträge in Salzburg sind bereits Monate vorher ausgebucht.

Salzburger Krampusperchten Die «Krampusperchten» sind männliche Teufelsgestalten, die zwischen dem 5. und 23. Dezember auftreten. Sie kleiden sich in Schaffelle, die von einem dicken Ledergürtel gehalten werden, an dem mehrere Schaf- und Kuhglocken hängen. Dazu tragen sie kostbare Holzmasken mit Furcht erregenden teuflischen oder animalischen Zügen. Die Salzburger «Krampusperchten» haben sich zu Beginn des 19. Jahrhunderts gebildet.

Salzburger Loretokindl Die ca. 11 cm große Elfenbeinfigur, die das Jesuskind darstellt, dürfte um 1750 entstanden sein. Mehrmals im Jahr wird die Jesusfigur mit kostbaren und perlenbestickten Gewändern umgekleidet. Derartige Figuren, die außerhalb der Weihnachtskrippen für die Gläubigen den Erlöser verkörpern sollen, gibt es in vielen Kirchen und Klöstern (z. B. in Prag und München). Das «Salzburger Loretokindl» wurde öfters beschädigt und mehrfach gestohlen, ist jedoch nach Überlieferungen immer wieder zu seinem Besitzer zurückgekehrt. Schon bald wurden durch die wundersamen Gebetserhörungen des «Loretokindl» genannten Gnadenbildes viele Wallfahrer angezogen.

Salzteig-Krippen Weihnachtskrippen, deren Figuren aus einem Gemisch von Salz- und Brotteig modelliert werden. Diese Herstellungsform hat vor allem in Süddeutschland und Österreich eine lange Tradition.

Samichlaus Schweizerische Bezeichnung für St. Nikolaus.

Sammartini, Giovanni Battista Von dem italienischen Komponisten Giovanni Battista Sammartini (1701–1775) stammt das bekannte Concerto grosso g-Moll, op. 5,6 («Weihnachtskonzert»). Der Mailänder Komponist beeinflusste C. W. Gluck, der sein Schüler war.

Sammartino, Giuseppe Bedeutender Krippen-Modelleur (1720–1793) aus Neapel.

Sammlung Rosi Bauer Große Sammlung religiöser Volkskunst von Rosi Bauer aus Siegsdorf/Obb. In der Sammlung befinden sich über 200 Exponate, darunter viele Gnadenkindl, Kastenbilder und «schöne Arbeiten».

Samnaun Wintersportort im Schweizer Kanton Graubünden. Hier finden seit zwei Jahren im Dezember die Santa-Claus-Weltmeisterschaften statt, bei denen sich Nikoläuse aus aller Welt in den Disziplinen Rentier-Rodeo, Hornschlitten-Rennen und Kaminklettern messen.

Sanctus Lateinisch: Der Heilige, heilig.

Sandflaschen-Krippe In Brasilien formen Laienkünstler native Krippenszenen mit buntem Sand in hellen Glasflaschen, die bemalt sind. Der Sand wird in Feinarbeit in die Flasche geschichtet.

San Donato In San Donato, etwa 10 Kilometer von Lecce/Süditalien entfernt, findet jedes Jahr vom 26. Dezember bis 6. Januar das traditionelle «Krippenspiel von San Donato» statt. Zwischen dem historischen Zentrum und der suggestiven ländlichen Umgebung zeigen die Darsteller in zeitgenössischen Kostümen Szenen des bäuerlichen Lebens.

Sankte Klaus In Bayerisch-Schwaben besucht am Vorabend von Nikolaus «Sankte Klaus» die Kinder.

Sankt Galler Spiel Das «Sankt Galler Spiel von der Kindheit Jesu» gilt als das erste volkssprachliche Weihnachtsspiel der Welt. Es stammt aus dem 13. Jahrhundert.

Sankt Niklas Im oberschwäbischen Raum wird der heilige Nikolaus auch «Sankt Niklas» gerufen.

«Sankt Nikolaus» Nikolausgedicht des schlesischen Dichters Karl Klings (1867–1940).

«Sankt Nikolaus in Not» Felix Timmermans (1886–1947), der bekannte flämische Dichter, schrieb die spannende Nikolausgeschichte «Sankt Nikolaus in Not».

San Nicola in Carcere In Rom war die älteste Nikolauskirche ursprünglich eine Gefängniskirche. Sie besaß das päpstliche Privileg, jedes Jahr zum Nikolausfest einen zum Tode verurteilten Gefangenen zu begnadigen.

Santo bambino Italienisch für: Jesuskind. Angeblich soll ein Franziskanermönch im 15. Jahrhundert die Jesusfigur aus Olivenholz geschnitzt haben. Beim Transport auf einem Schiff fiel die kleine Figur ins Wasser und konnte nicht gerettet werden. Trotzdem tauchte sie auf mysteriöse und unerklärliche Weise an ihrem Bestimmungsort auf. Das «Santo Bambino» wurde daraufhin in kostbare Kleider gehüllt und von der Bevölkerung hoch verehrt und angebetet.

Santa Claus Amerikanische Bezeichnung für den heiligen Nikolaus.

Santa-Claus-Postamt Das einzige Santa-Claus-Postamt der Welt befindet sich nicht in den Vereinigten Staaten von Amerika, sondern in Finnland.

Santa-Claus-Weltmeisterschaften ➛ «Samnaun»

Santa famiglia Bekannte italienische Krippe aus Muranoglas.

Santa Goodwill Tour Wohltätige Organisation von rund 750 000 Mitgliedern aus der Telekommunikationsbranche in den USA und Kanada, die 1985 gegründet wurde und zum Ziel hat, bedürftigen Kindern eine Weihnachtsfreude zu bereiten.

Santa Maria La Nova Der Tag der Madonna, der 8. Dezember, wird in Neapel als «Krippentag» unter großer Beteiligung der Bevölkerung gefeiert. Die «Amici del Presepe» beginnen an ihm traditionell ihre große Krippenausstellung im ehrwürdigen Kloster «Santa Maria La Nova».

Santa Maria Maggiore» In der Kirche «Santa Maria Maggiore» in Rom, die früher «Santa Maria Praesepe» genannt wurde, ließ Papst Theodor (642–649) im 7. Jahrhundert die vermutlich erste Geburtsgrotte des Abendlandes einrichten. Dies geschah unter Verwendung eines Partikels aus dem Felsen der Geburtsgrotte in Bethlehem. Bereits im 4. Jahrhundert wurde hier das Bruchstück eines alten Futtertroges gefunden und als Reliquie verehrt. Das Fragment ruht auch heute noch in dieser Kirche.

Santi Klaus Auch: Santiklaus oder Santis Klaus. Alter Name für den Nikolaus in Schwaben und in der Umgebung von Basel.

Sant Marteinstag Alter Name (1442) im Bamberger Raum für Martini.

Santo Bambino Die barocke reich geschmückte Jesusfigur befindet sich in der Wallfahrtskirche Ara Coeli in Rom.

Santo Niño de Atocha Ist einer der wichtigsten Heiligen in Mexiko. Angeblich stießen verschüttete Bergleute auf eine Höhle im Bergstollen, aus der ihnen das Jesuskind entgegentrat und ihnen verkündete, dass sie sich nicht zu fürchten bräuchten und gerettet würden. Die Heiligenfigur befindet sich in Plateros/Mexiko.

Santos Kleine bunt bemalte Krippenfiguren aus Ton aus Frankreich, die im Volksmund auch als «Kleine Heilige» bezeichnet werden.

Sauheiliger In Pfaffenhofen an der Zusam (Schwaben) wird am Neujahrstag auch das Fest des «Sauheiligen» St. Silvester gefeiert. Der heilige Silvester I. (auch: Sylvester), gestorben am 31. Dezember 335 in Rom, ist der Patron der Haustiere und steht für ein gutes neues Jahr sowie für eine gute Futterernte. Er ist also für die Bauernschaft ein sehr wichtiger Heiliger. Da an Silvester meistens ein Schwein geschlachtet wird, entwickelte sich daraus die volkstümliche Bezeichnung «Sauheiliger».

Säulenkrippe In der Nürnberger Frauenkirche befindet sich eine so genannte «Säulenkrippe». Sie wurde von der Bildhauerin und Kunsterzieherin Luise Böhm auf einer Säule der Kirche angelegt. In der Sammlung Würth befindet sich eine «Säulen-Krippe», bei der die Geburtsszene zwischen zwei Säulen eingebaut wurde.

Saurüssel In einigen Gegenden Deutschlands kommt an Silvester «Saurüssel» auf den Tisch, was angeblich Glück im neuen Jahr bringen soll.

Schachtelkrippen Die so genannten «Schachtelkrippen» sind eine Besonderheit des Krippenbaus von Berchtesgaden und Oberammergau. Dabei werden etwa ein Zentimeter große bemalte Figuren in kleine Schächtelchen eingebaut.

Schaettgen, Heinrich August Für die Sammlung von Heinrich Hansjakob (1837–1916), der die «Haslacher Weihnachtslieder» sammelte, schrieb Heinrich August Schaettgen nach Gehör die dazugehörigen Noten nieder.

Schafgarten ➛ «Paradiesgarten»

Schanz, Max Max Schanz (1895–1953) war ein bekannter Schnitzer an der Spielwarenfachschule in Seiffen im Erzgebirge.

Schattenheiliger Oft wird Josef als «Schattenheiliger» bezeichnet, da er in der Darstellung der Krippenszene meistens nur am Rand auftauchte, was ihm auch den Namen «Der Mann am Rande» beibrachte.

Schattenstern Der «Schattenstern» ist ein leichter Stern aus Gold- oder Silberpapier. Im Bayerischen Wald wird er auch heute noch über den Adventskranz gehängt und beginnt sich durch die warme Luft der Kerzen zu drehen.

Schaukelpferd Neben Zinnsoldaten, Blechtrommel und Steckenpferd zählt auch das «Schaukelpferd» zu den klassischen Weihnachtsgeschenken des 18. und 19. Jahrhunderts. Auch heute steht dieses alte Spielzeug noch immer hoch im Kurs.

Schellengeläut Zierglocken aus Metall. Zum Beispiel am Schlitten vom Nikolaus.

Schellenkläuse ➛ «Silvesterkläuse»

Schiachperchten Furcht erregende Begleiter des heiligen Nikolaus im Salzburger Land in Österreich.

Schiebele Früher schnitten die Burschen im alemannischen Raum Holzscheiben von einem Baumstamm, die sie beidseitig mit Pech bestrichen. In der Silvesternacht stiegen sie damit auf die Anhöhen, zündeten die Scheiben an und schleuderten sie mit dem Spruch «Schiebele, Schiebele, flieg übern Rain, hol's Glück uns herein».

Schiedermayer, Johann Baptist Johann Baptist Schiedermayer (1779–1840) komponierte das Präludium für die «Heilige Weihnachtszeit» (op. 76 Nr. 3).

Schiffchensetzen Alter Brauch, der sich bis ins 15. Jahrhundert zurückverfolgen lässt. Dabei werden aus Papier oder Holz gefertigte Schiffchen, so genannte «Nikolausschiffchen», vor die Türe gestellt, in die der Heilige seine Gaben legen sollte. Später wurden dafür Stiefel, Schuhe oder Strümpfe verwendet.

Schiffermadonna Die hölzerne Statue der heiligen Muttergottes aus der einstigen Schifferkirche von Lyskirchen/Köln ist mehr als zwei Meter hoch. Sie stellt den Typus der schönen Madonna dar und ist um 1420 entstanden.

Schiffle Im Schwabenland hat sich noch vereinzelt der Brauch des «Schiffle» erhalten. Dem zufolge erhält jedes Patenkind alljährlich zu Neujahr bis zu seiner Verheiratung von seinem Paten ein großes aus Hefeteig hergestelltes «Schiffle». Diese sind meistens schön verziert und haben die Form eines Weberschiffes.

Schiffskrippe In der Krippensammlung Würth befindet sich eine interessante Darstellung einer Weihnachtskrippe, bei der die Geburtsszene in einem offenen Schiff dargestellt ist.

Schiltacher historischer Silvesterzug Seit 1811 findet in der Stadt Schiltach im Schwarzwald der «Historische Silvesterzug» statt. Am letzten Tag des Jahres treffen sich viele Schiltacher Bürger und Gäste um 20.30 Uhr am Marktplatz, um danach singend durch die Altstadt zu ziehen. Der Umzug endet auf dem mit Fackeln beleuchteten Marktplatz mit Reden von Pfarrer und Bürgermeister.

Schiltacher Umzug der Nachtwächter Eine sehr seltene Tradition wird in der Silvesternacht noch in Schiltach gepflegt. Zwei Nachtwächter mit schwarzem Mantel, Laterne und Hellebarde laufen kurz nach Mitternacht durch alle Straßen der Stadt und verkünden mit einem kleinen Neujahrslied das neue Jahr.

Schimmelreiter Der «Schimmelreiter» zog vor allem an den norddeutschen Küsten durch die stürmischen Dezembernächte. Sein Ursprung dürfte in der germanischen Mythologie (Pferdekult) stammen. Bekannt geworden ist er durch die gleichnamige Erzählung von Theodor Storm.

Schlachtmonat Alte und ländliche Bezeichnung für den Monat Dezember, welcher früher ein traditioneller Jagd- und «Schlachtmonat» war.

Schladming Am 27. November 2004 zogen rund 500 ➛ «Krampusse» durch die steirische Skimetropole. Es war dies der größte Umzug seiner Art in Österreich. Die in zottelige Felle gehüllten Gestalten spielten den ewigen Kampf des Guten gegen das Böse nach, lärmten mit Ketten und Ruten und wüteten mit schaurigen Gebärden. Der Krampus steht in Österreich für den Knecht Ruprecht, den Begleiter des heiligen Nikolaus.

«Schlaf wohl, du Himmelsknabe» Die Melodie zu diesem Weihnachtslied schrieb Karl Neuner 1814. Die Verse stammen von Daniel Schubart (1739–1791).

«Schlafe, mein Kindelein» Die Musik zu diesem schönen Weihnachtslied schrieb Robert Fuchs (1847–1927) nach dem «Cölner Psalter» von 1631. Der Text leitet sich von «Dormi, fili, dormi» aus dem Straßburger Gesangbuch von 1697 ab.

Schlaraffenland Seit Mitte des 15. Jahrhunderts kennt man die Vorstellung vom «Schlaraffenland» mit seinen nachwachsenden Knusperhäuschen. Der Dichter Hans Sachs schrieb im 16. Jahrhundert, dass dieses Schlemmerparadies «Drey Meyl hinter Weihnacht» liege. Zuerst müsse man sich durch einen Berg Hirsebrei hindurchessen, bevor man zu den Häusern gelange: «deckt mit Fladn, Lebkuchen die Haustür und Ladn, von Speckkuchen Dielen und Wend».

Schleckergässchen Im alten München fand seinerzeit der weihnachtliche Süßigkeitenverkauf ausschließlich zwischen Marienplatz und Peterskirche statt, wodurch der Volksmund schon bald den Ausdruck «Schleckergässchen» prägte.

Schlehdorngehänge Im österreichischen Burgenland war es früher üblich, in der Weihnachtszeit ein Gehänge aus Schlehdorn aufzuhängen. An den Dornen wurde die Christbaumbäckerei befestigt. Die Schlehdornäste wurden oben zusammengebunden und unten in einem Apfel zusammengesteckt. Das Gehänge war lange vor dem Adventskranz und dem Christbaum in Österreich üblich.

Schlesische Mohnklöße Der Schlesier isst diese süße Speise vorzugsweise am Heiligen Abend und zu Silvester. Eigentlich sind es keine Klöße, sondern eine geschichtete Speise aus Zwieback, gemahlenem Mohn, Mandeln und Zucker. Die Schlesier sind fest davon überzeugt, dass viele Samenkörner eben so viel Glück im neuen Jahr bringen werden.

Schlierseer Weihnachtszauber Jeweils am Wochenende vor Weihnachten findet im oberbayerischen Schliersee ein etwas anderer Weihnachtsmarkt statt: Dort kann man altes Handwerk bewundern und Lagerfeuerromantik erleben.

«Schlittenfahrt» Die winterliche Komposition einer «Schlittenfahrt» hat der bekannte englische Komponist Frederick Theodore Albert Delius (1862–1934) geschrieben.

Schlosskapelle Blutenburg In der Schlosskapelle Blutenburg (München-Obermenzing) befindet sich eine 4-teilige Bildtafel (Ende des 15. Jahrhunderts) mit Szenen aus dem Leben des heiligen Nikolaus.

Schloss Schleißheim Im alten Schloss in Schleißheim bei München kann man viele interessante Krippen aus Lateinamerika, Mexico, Afrika und Polen besichtigen. Die Ausstellung ist ganzjährig geöffnet.

Schlottheim, Hans Der berühmte Goldschmiede- und Uhrmachermeister Hans Schlottheim (1545–1625) schuf 1588 in Augsburg eine mechanische Kunstuhr mit religiösen Krippenszenen.

Schmeckbirne ➛ «Quitte»

Schmederer, Max Dem Münchner Kommerzienrat Max Schmederer (1854–1917) ist es zu verdanken, dass unzählige kostbare und einzigartige Weihnachtskrippen erhalten geblieben sind. Bereits um 1880/1890 begann Schmederer in Bayern und Tirol Krippen zu sammeln. Dabei führten ihn seine Reisen bis nach Neapel, wo er viele Krippenfiguren erwarb. Jedes Jahr machte er in seinem Haus der Öffentlichkeit seine Krippen zugänglich. Um die Jahrhundertwende vermachte er seine Krippensammlung dem Bayerischen Nationalmuseum.

Schmelzhaus Früher wurde das Bienenwachs in so genannten «Schmelzhäusern» in Öfen mit großen Kupferkesseln verarbeitet.

«Schmücke dich, o liebe Seele» Weihnachtsmotette von Johann Sebastian Bach (1685–1750).

Schmücken Das Schmücken des Weihnachtsbaumes ist für ausgemachte Weihnachtsmenschen eine bevorzugte Beschäftigung, der sie sich stundenlang hingeben können. Sind dabei Kinder im Haus, findet diese Angelegenheit, zum Leidwesen der Kleinen, meistens hinter verschlossenen Türen statt.

Schmutzli In der deutschsprachigen Schweiz wird der Begleiter Sankt Nikolaus auch vielfach «Schmutzli» genannt. Der Name rührt von dem gerußten Gesicht und den schwarzen Gewändern her.

Schnabelgeissen ➛ «Spräggele»

Schnabelperchten In Rauris im Salzburger Land jagen einem die «Schnabelperchten», riesige Vögel, Angst ein, obwohl sie eigentlich Glück und Segen bringen sollen.

Schnappenbock Name für den Nikolausbegleiter in Nordostdeutschland.

Schnatterpeck-Altar Monumentaler gotischer Flügelaltar mit einer Höhe von 14,10 m in der Pfarrkirche Maria Himmelfahrt zu Niederlana/Südtirol von Hans Schnatterpeck (um 1470–nach 1540). Herausragend sind u.a. das Verkündigungs-, Geburts-, Anbetungs- und das Beschneidungsrelief. Diese geben neben den Tafelbildern des Nürnberger Malers Hans Schäuffelin (um 1480/ 83–1538/40), der der Schule Albrecht Dürers zugerechnet wird, dem Flügelaltar ein unvergleichliches Gepräge.

Schnee Gehört unbedingt zu Weihnachten. Wird zu diesem Zeitpunkt aber leider immer seltener. Beim ersten Schneefall einen Schneeball zu formen und zu werfen ist für kleine und große Kinder eine besondere Freude in der Adventszeit.

Schneeballen Eine Spezialität aus Rothenburg ob der Tauber aus mürbem Eierteig. Die faustgroßen Kugeln werden nach dem Ausbacken mit Puderzucker bestäubt und sind besonders in der Vorweihnachtszeit bei Jung und Alt sehr beliebt. Werden die Schneeballen noch mit verschiedenen Glasuren überzogen und in unterschiedlichen Nüssen gewendet, entstehen daraus die «Original Rothenburger Tauberkugeln».

Schneeberg Höchste Erhebung (1050 Meter) des Fichtelgebirges.

«Schneeflöckchen» Nikolai Andrejewitsch Rimskij-Korsakow

(1844–1908) schrieb die Oper «Schneeflöckchen» im Jahre 1882.

«Schneeflöckchen, Weißröckchen» Viel gesungenes und gern gehörtes Kinderweihnachtslied. Die Melodie ist einer alten Volksweise nachempfunden, den Text verfasste Hedwig Haberkorn.

Schneeflocken Genau besehen sind Schneeflocken ein Gebilde aus zahlreichen Schneekristallen, die bei Temperaturen um den Nullpunkt aneinander haften und einen Durchmesser von einigen Zentimetern erreichen können.

Schneeflockenbaum Der «Schneeflockenbaum» (Chionanthus) gehört zur Gattung der Ölbaumgewächse. Dieser Strauch oder Baum kommt in Amerika und in Ostasien mit weißen Blüten in bis zu 20 cm langen Rispen vor.

Schneekanone Fällt in der Vorweihnachtszeit zu wenig Schnee, dann helfen die Bergbahn-Unternehmen in den Alpen mit der «Schneekanone» nach, um eine ausreichende Schneeunterlage für die Wintersportler zu erhalten. Die Schneekanone besteht aus einem Gebläse mit vielen Düsen, durch die ein Wasser-Luft-Gemisch (auch mit chemischen Zusätzen) bei Temperaturen um null Grad versprüht wird, wodurch der so genannte «Kunstschnee» entsteht.

Schneekinder Um das Jahr 1900 waren Christbaumanhänger weit verbreitet, die im Volksmund als «Schneekinder» bezeichnet wurden. Darunter verstand man kleine Figürchen, die aus Watte bestanden und mit Messingdraht, Lochpappe und Flitterteilchen dekoriert und danach auf einer speziellen Wickelmaschine fest umwickelt und dadurch geformt wurden. Meistens stellten die Figuren Kinder beim Wintersport dar. Ihre Kleidung wurde mit buntem Krepppapier verfeinert. Hauptsächlich wurden die «Schneekinder» in Thüringen und Sachsen angefertigt.

Schneekopf Zweithöchster Gipfel (987 Meter) des Thüringer Waldes.

Schneekoppe Die «Schneekoppe» ist mit ihren 1602 Metern die höchste Erhebung des Riesengebirges, der Heimat von «Rübezahl».

Schneekugel Als Ersatz für echten Schnee gibt es zum Trost die «Schneekugel». In der früher aus Glas bestehenden Schneekugel, die mit Wasser gefüllt ist, befinden sich meistens eine Winterlandschaft oder ein verschneites Dorf sowie leichte weiße Körner. Schüttelt man das Glas, dann schweben die weißen Teilchen wie Schneeflocken langsam nieder wie bei richtigem Schneefall.

Schneemann Trotz aller modernen Spielzeuge gehört das Bauen von «Schneemännern» auch heute noch immer zu den Lieblingsbeschäftigungen der Kinder in der winterlichen Vorweihnachtszeit. Je größer der Schneemann ausfällt, umso größer ist auch die Freude der Kinder.

Schneemonat Alte Bezeichnung für Januar.

Schneerose Anderer Name für Christrose.

Schneeschuh Der «Schneeschuh», auch Schneereifen oder Schneeteller genannt, ist ein mit kräftigem Geflecht versehener Rahmen, den man sich unter die Stiefel schnallen kann. Damit vergrößert man die Auftrittsfläche wesentlich und verhindert somit ein tieferes Einsinken in den Schnee. Ursprünglich bei den Indianern und Eskimos Nordamerikas in Gebrauch, hat sich der Schneeschuh in den letzten Jahren auch bei uns in den Bergen als praktisches Fortbewegungsmittel, abseits der Wege, durchgesetzt.

Schneespray Künstliche Schneeflocken aus der Dose, mit denen man Fenster winterlich oder weihnachtlich dekorieren kann.

Schneeweiße Neueste Bierspezialität einer bekannten bayerischen Weißbierbrauerei, die ihre obergärige «Schneeweiße» als das ideale «Winterbier» anpreist.

Schneider, Paul Im Museum von Annaberg sind Krippenfiguren des bekannten Schnitzers Paul Schneider (1892–1921) zu bewundern.

Schnurranten Bezeichnung im Schwarzwald für Musikanten, die an zwei Tagen zwischen Weihnachten und Neujahr von Haus zu Haus ziehen und für Geld Weihnachtslieder spielen.

Schokolade Ein Weihnachtsteller ohne Schokolade ist wie Weihnachten ohne Christbaum. Auch wenn es heute Schokolade im

Überfluss gibt und man sie gelegentlich wegen angeblicher Dickmacherei ablehnt, auf dem Gabenteller darf sie keinesfalls fehlen. Wahrscheinlich erinnert uns dies an die Nachkriegszeit, in der eine einfache Tafel «Blockschokolade» noch eine echte Kostbarkeit darstellte.

Schöne Arbeiten Als «schöne Arbeiten» wurden in Bayern früher Figuren aus Wachs, Papier, Pappe, Stoff, Metallfäden, Perlen und Edelsteinen, wie Christkindl, Fatschenkinder und Prager Jesulein, genannt. Sie wurden meistens in Klöstern hergestellt und deshalb auch als «Klosterarbeiten» bezeichnet.

Schornsteinfeger Hochdeutsche Bezeichnung für den Kaminkehrer. Er gilt als eines der Glückssymbole zu Silvester.

Schrankkrippen Krippen, die in Schränken eingebaut und somit verschließbar sind.

Schratzln Die «Schratzln» spuken, neben den Druden und Untoten, im Bayerischen Wald als dämonische Figuren in den Raunächten. Sie treiben als «wilde Jagd» ihr Unwesen.

Schreckenberger Ein aus Silber gemünzter Groschen, benannt nach der Silbergrube Schreckenberg, die sich im 15. Jahrhundert in Annaberg/Erzgebirge befand.

Schrein des Herrn Der «Schrein des Herrn» ist eine mechanische Krippe von Johann Wollanek. Er hat an dieser über einen Meter hohen Krippe zwölf Jahre gearbeitet. Dabei verwendete er Edelmetalle, Holz, Glas, Kunststoffe und Porzellan. In der Mitte des Turmbaus befindet sich die Heilige Familie. Die Krippe befindet sich im Besitz des Bayerischen Nationalmuseums.

Schreinkrippe Die «Schreinkrippe» entwickelte sich in der Mitte des 18. Jahrhunderts fast ausschließlich im Egerland. Derartige Krippen wurden in einem länglichen Schrein mit zwei Türflügeln eingebaut. Sie gleichen daher den Flügelaltären beziehungsweise den Altarschreinen. Eine Besonderheit stellt eine «Schreinkrippe» dar, die in Waldsassener Klosterarbeit ebenfalls im 18. Jahrhundert entstanden ist. Diese seltene dreiteilige Krippe befindet sich im Besitz des Fichtelgebirgsmuseums in Wunsiedel.

Schuhe ausstopfen Im Nordwesten von Spanien müssen sich die Kinder nach altem Brauch bis zum 6. Januar gedulden, bis sie ihre Geschenke erhalten. Sie stecken deshalb am Abend vor Heilige Drei Könige Stroh in ihre Schuhe, damit sich die Kamele der Könige daran stärken können und dafür viele Geschenke hinterlassen.

Schuhwerfen Früher warfen in der Thomasnacht heiratswillige Mädchen einen Schuh über den Kopf nach hinten. Wessen Schuh mit der Spitze zur Tür zeigte, kündigte eine Heirat im kommenden Jahr an.

Schulsilvester Lärmumzug der Schuljugend in der Umgebung von Basel und andernorts in der Schweiz. Damit wird der Beginn der Weihnachtsferien gefeiert.

Schutzmantelmadonna Maria wird in einem Mantel dargestellt, der entweder von ihr selbst oder von Engeln ausgebreitet wird und der schützend die Gläubigen umfängt. Michel Erhart (um 1440–nach 1522) schuf 1480 die prachtvolle Figur der «Schutzmantelmadonna». Sie befindet sich in Berlin-Dahlem in der Skulpturengalerie.

Schwaiger-Krippe Josef Schwaiger (1900–1980) aus dem oberbayerischen Peißenberg befasste sich erst nach seiner Pensionierung mit dem Schnitzen, das er sich selbst beibrachte. Daraus entstand die im Oberland bekannte «Schwaiger-Krippe». Schwaigers Figuren wirken blockhaft, ihre Gesichter oft flach. Dargestellt werden nicht nur die wichtigsten Ereignisse des Weihnachtsfestkreises, sondern auch Szenen aus der Bibel, wie die Verlobung Marias mit Josef, die Beschneidung des Knaben und die Flucht nach Ägypten. Schwaigers Arbeiten sind naivistisch und sind Ausdruck für die schöpferische Kraft eines Ungelernten.

Schwanthaler Bildhauerfamilie aus Gmunden am Traunsee und ab 1779 in Ried im Innkreis. Vorher nannte sich die Familie «Schwabenthaler». Die Bildhauer der Familie Schwanthaler schufen viele schöne Weihnachtskrippen und Krippenreliefs. Besonders der Bildhauer des Klassizismus, Ludwig von Schwanthaler (1802–1848), erwarb in München großen Ruhm.

Schwarzer König Der erste Sonntag nach Heilige Drei Könige galt früher als arbeitsfreier Tag und wurde von den Dienstboten als «Schwarzer König» gefeiert. In den Städten traten an diesem Tag die neuen städtischen Bediensteten, wie Bürgermeister und Stadträte, ihre Ämter an.

Schwarzes Buch ➛ «Goldenes Buch»

Schwarzes Käsperchen Alter Name für den Nikolausbegleiter.

Schwebeengel In der 2. Hälfte des 19. Jahrhunderts entstanden in Seiffen die so genannten «Schwebeengel» als Weihnachtsschmuck. Die geschnitzten oder in Ton modellierten Engel wurden oft auch als Hängeleuchter gebaut und sollen an die Verkündigung des Herrn erinnern.

Schweidnitz Im schlesischen Schweidnitz wird die Zunft der Lebzelter erstmalig im Jahre 1293 urkundlich erwähnt.

Schweigenächte In den ländlichen Gebieten Süddeutschlands werden die ➛ «Raunächte» auch als «Schweigenächte» bezeichnet, in denen man ruhig und leise sein sollte.

Schwendtage Im Volksglauben sind «Schwendtage» im Gegensatz zu den ➛ «Lostagen» böse Tage. Sie werden landläufig auch als «verworfene Tage» bezeichnet. Schon für die Römer standen diese «dies atri» unter einem ungünstigen Stern.

Schwibbogen Der Schwibbogen ist im Erzgebirge auch heute noch als Symbol des Lichtes allgegenwärtig. Er symbolisiert die Stollenein- bzw. -ausfahrt und stellt einen Torbogen dar. Es handelt sich dabei um geschnitzte oder gesägte Holzbögen mit Bäumen, Häusern oder mit Figuren (Engel), auf denen Kerzen befestigt werden. Ursprünglich leuchtete das Licht der Kerzen den Bergleuten entgegen, wenn sie nach getaner Arbeit den Stollen wieder verließen. Der «Schwibbogen» stellt auch symbolisch das Mundloch des Bergstollens dar.

Schwibbogenfest In Johanngeorgenstadt im Erzgebirge findet traditionell am 2. Adventswochenende das «Schwibbogenfest», ein Adventsmarkt, statt.

Schwibbogentor Das «Schwibbogentor» oder auch «Staufertor» in Bad Wimpfen, einst Eingang zur Kaiserpfalz, ist zum «Altdeutschen Weihnachtsmarkt» eine festlich geschmückte Attraktion.

Schwimmender Christkindlmarkt Seit 2002 gibt es in Vilshofen an der Donau einen «schwimmenden Christkindlmarkt», der auf zwei Schiffen untergebracht ist.

«Schwingt freudig euch empor» Adventskantate von Johann Sebastian Bach (1685–1750).

Sebastian Am 20. Januar gedenkt die christliche Welt des heiligen Sebastian (284–305 n. Chr.). Er wurde in der Christenverfolgung in Rom zum Märtyrer und wurde in der Kunst, wie im berühmten «Isenheimer Altar» von Matthias Grünewald (um1460–1528), in Gemälden von Sandro Botticelli (1444–1510), Peter Paul Rubens (1577–1640) und Andrea Mantegna (1431–1505), eindrucksvoll gewürdigt.

Sebastiani-Prozession In Winklarn in der Oberpfalz wird seit mehr als 300 Jahren am Sonntag um den 20. Januar feierlich die «Sebastiani-Prozession» begangen.

Sebastiani-Wallfahrt In Stachetsried in der Oberpfalz wird am Sonntag vor oder nach dem 20. Januar die traditionelle «Sebastiani-Wallfahrt» abgehalten, die zwar erst seit 1840 urkundlich belegt, vermutlich jedoch viel älter ist, da sie auf ein Gelübde aus der Pestzeit im Mittelalter zurückzugehen scheint.

Sebastians-Brezln Die «Sebastians-Brezln» wurden früher zum Fest des heiligen Sebastian verkauft. Typisch für dieses Salzgebäck sind die fast weiße Farbe sowie die einfache Ringform. Sie wird vielfach auch als «Fosnatbrezn» oder «Weißbreze» bezeichnet. Die Sebastians-Brezeln werden in Plößberg und Winklarn in der Oberpfalz auch heute noch gebacken.

Sebastiansdult Bereits seit dem späten Mittelalter kennt man im süddeutschen Raum die so genannte «Sebastiansdult». So ist z. B. im oberbayerischen Ebersberg diese Dult seit 1631 nachgewiesen. Jeweils am 19. und 20. Januar boten Lebzelter, Wachszieher, Zuckerkramer, Bäcker und Kurzwarenhändler ihre Produkte an.

Sebastianspfeile Süße Hefeteigpfeile, die am 20. Januar, dem Sebastianstag, in den Kirchen geweiht und an die Kirchgänger verteilt wurden. Der jahrhundertealte Brauch wurde 1981 in Grafenwöhr wieder belebt und nur wenige Jahre später von der Stadt Kemnath in der Oberpfalz übernommen, die die «Sebastianspfeile» jedoch aus Brezenteig anfertigen.

Seestern-Krippe Native Krippe aus Brasilien, die in einen getrockneten Seestern eingefügt ist (Sammlung Würth).

Seiffen Der kleine Ort Seiffen im Erzgebirge, nahe der tschechischen Grenze, gilt als das «Spielzeugdorf des Erzgebirges». Von dort aus trat das erzgebirgische Spielzeug seinen Siegeszug in die ganze Welt an.

«Sei uns willkommen, Herre Christ» So beginnt die erste Strophe des ältesten bekannten und noch heute bei uns gesungenen Weihnachtsliedes. Schon in einem Aachener Evangelienbuch um 1100 findet es Erwähnung.

«Sei willkommen» Weihnachtssinfonie von Johann David Heinichen (1683–1729).

Seminarkindl Gnadenbild des «lieblichen Jesusbübleins». Es zeigt das Jesuskind mit dem Flammenherz. Erstmalig in der Münchner Kirche St. Gregor, der Seminarkirche für die Sängerknaben, dargestellt. Vermutlich um 1720 entstanden. Daraus entwickelte sich in den folgenden Jahren die sog. «Christkindlverehrung».

Semper Alte Bezeichnung (auch Simpert) für Knecht Ruprecht in Bayern.

Sendlinger «Mordweihnacht» Am 24. Dezember 1705 wurde der Volksaufstand Münchner Bürger und Bauern, die gegen die brutale österreichische Besatzungsregierung für mehr Freiheit aufbegehrten, blutig niedergemetzelt. Die Bilanz: 1066 Tote, von denen 294 auf dem Sendlinger Friedhof, 682 auf dem Alten Süd-Friedhof und 90 auf dem Friedhof der Münchner Frauenkirche ihre letzte Ruhe fanden.

Senner Alte schwäbische Bezeichnung für den Monat Januar.

Serpentin Dieser grüne Naturstein wurde früher im Berchtesgadener Raum oft als Werkstoff für Krippenfiguren verwendet.

Shortbread Traditionelles Buttergebäck der Schotten, welches in der Weihnachtszeit hauptsächlich in den weihnachtlichen Formen Glocke, Stern und Baum gebacken wird.

Siebengestirn ➛ «Lichtert»

«Siehe, ich verkündige euch große Freude» Weihnachtskantate von Philipp Heinrich Erlebach (1657–1714).

«Sie Weihnachtsmann» Wenig taktvolle Bezeichnung für einen wunderlichen oder einfältigen Menschen.

Silberkrippe Die «Silberkrippe» des Augsburgers Abraham Letter der Jüngere (1582–1626) ist ein prachtvolles Beispiel der bayerischen Krippenkunst und der barocken Andachtskultur. Das Kunstwerk ist um 1620 entstanden und befindet sich im Besitz des Bayerischen Nationalmuseums.

Silberner und Goldener Sonntag Nach dem Zweiten Weltkrieg waren am 3. und 4. Adventssonntag die Geschäfte geöffnet und wurden deshalb als «Silberner und Goldener Sonntag» bezeichnet.

Silbernes Erzgebirge ➛ «Erzgebirge»

Silvester Allerletzte Möglichkeit, im alten Jahr noch etwas Gutes zu tun.

Silvesterdreschen In Hallwil, Kanton Aargau in der Schweiz, findet am 31. Dezember kurz vor Mitternacht das «Silvesterdreschen» statt. Das Dreschen mit Flegeln stellt einen alten Lärmbrauch dar, der sich in die mittwinterliche Tradition fest eingefügt hat. Dieser fast in Vergessenheit geratene Brauch wurde 1950 wieder neu belebt.

Silvesterfeuer In Egliswil, Lenzburg und Staufberg im Kanton Aargau/Schweiz werden unter der Teilnahme der ganzen Dorfgemeinschaft am 31. Dezember auf Anhöhen rundherum große Feuer entfacht, um so das neue Jahr mit viel Licht begrüßen zu können.

Silvester-Glücksschweine ➛ «Glücksschwein-Museum»

Silvester in der Trambahn In München kann man bei Musik, Getränken und Buffet mit der Trambahn vom alten in das neue Jahr durch die Stadt fahren.

Silvesterkarpfen Fisch zu Silvester oder an Neujahr hat in Deutschland eine lange Tradition. Ebenso bekannt sind allerdings auch die unzähligen Tragödien um den in der Badewanne schwimmenden Gesellen. Oft hat der dicke Fisch wegen eines Familiendramas überlebt.

Silvesterkläuse In den ländlichen Gegenden im Kanton Appenzell/Außerrhoden in der Schweiz ziehen am 31. Dezember (alter Silvester) die «Silvesterkläuse» durch die Orte. Diese gliedern sich in zwei Gruppen: Die männlichen «Schellenkläuse» tragen Fräcke und bis zu 30 kg schweren Kopfschmuck. Die weiblichen «Rollenkläuse» tragen runde kleine Schellen. Sie tanzen vom frühen Morgen bis 10.00 Uhr in den Orten umher und sammeln und heischen Geldgeschenke ein, die dann am Abend bei Glühwein «versilvestert» werden.

Silvesterknaller Dieser laute Brauch wurde aus China übernommen. Jedes Jahr verballern die Deutschen in einer knappen halben Stunde rund 75 Millionen Euro.

Silvesterkrapfen Neben Knallern, Luftschlangen und Bleigießen ist auch der Krapfen von der Silvesterfeier nicht wegzudenken. Es gibt immer wieder Scherzbolde, die Krapfen mit Senffüllung anbieten.

Silvesterkuchen Wenn Sie einen Silvesterkuchen backen wollen, brauchen Sie sehr viel Zeit (ca. 5 1/2 Stunden!). Das uralte Rezept stammt aus einer Zeit, in der man noch mit Lot und Quartier rechnete. Es handelt sich dabei um einen Hefekuchen, der mit Kirschenmus gefüllt wird. Nachdem der Teig gegangen ist, formt man daraus dreieckige Kuchen, die in heißem Fett gegart werden. Der fertige Kuchen wird mit Mandeln und Zucker garniert.

Silvesterlauf In vielen Städten finden in den letzten Stunden des alten Jahres Läufe mit großer nationaler und internationaler Beteiligung statt. Besonders bekannt geworden sind die Silvesterläufe in São Paulo und Zürich, an denen auch die Weltelite der Leichtathletik teilnimmt.

Silvestermeile Seit der deutschen Wiedervereinigung feiern Berliner und Touristen am 31. Dezember die «Silvestermeile» am Brandenburger Tor. Bis in die frühen Morgenstunden tanzt der

«Bär» auf der Meile, die inzwischen über drei Kilometer lang geworden ist.

Silvester-Pfad In Wien gibt es den so genannten «Silvester-Pfad», der sich über den Ring und durch die Altstadt zum Stephansplatz zieht. Der Weg ist gesäumt von Buden, die Getränke, Würste, Süßigkeiten und Glücksbringer anbieten.

Silvesterpredigt In Deutschland hat die «Silvesterpredigt» eine lange Tradition und findet bei den evangelischen und katholischen Gläubigen nach wie vor großen Zuspruch. Nicht selten werden diese Gottesdienste auch von den Rundfunkanstalten live gesendet.

Silvesterritt von Hausen Der Sage nach hat Papst Sylvester I. (314–335) in Hausen im Mayener Kreis Station gemacht, um sein Pferd auf seinem Ritt von Rom nach Trier neu beschlagen zu lassen. Wegen des verlorenen Hufeisens wird Sylvester I. als Schutzpatron der Pferde und Reiter verehrt, was ihm in der Eifel den Namen «Pärdshellije» einbrachte. Die Reise ist auch historisch belegt, und jedes Jahr führt der Pfarrer die Prozession der Reiter und Wagen dreimal um die Hausener Kirche von St. Sylvester.

Silvesterschlagen Alter deutscher Silvesterbrauch. Kurz vor 24 Uhr verteilte der Hausherr an seine Gäste grüne Zweige. Mit dem Glockenschlag um Mitternacht vertrieb man dann symbolisch das alte Jahr aus dem Haus.

«Silvester-Unfall» Realistisch erzählte Geschichte aus der Neujahrsnacht von Siegfried Lenz (geb. 1926).

Sin Niederländischer Name für Nikolaus.

«Sind die Lichter angezündet» DDR-Weihnachtslied von Siegfried Köhler (geb. 1923).

«Singet dem Herrn ein neues Lied» Weihnachtsmotette für Doppelchor von Johann Sebastian Bach (1685–1750).

Singzeit Alter Name für die Adventszeit.

Sinngebäck Die Nationalsozialisten versuchten den Christstollen in «Sinngebäck» umzutaufen und ihn in Form von Jul-Hirschen und Runen zu gestalten.

Sinterklaas In den Niederlanden und in Flandern dreht sich in der

Weihnachtszeit alles um «Sinterklaas» und seinen Diener, den «Zwarte Piet». In den Niederlanden hat Sint Nicolaas eine weitaus größere Bedeutung als der «Kerstman», der Weihnachtsmann. Sinterklaas kommt mit einem Schiff, das mit Geschenken beladen ist, von Spanien angesegelt. Tausende von Menschen stehen am Hafen und begrüßen «Sinterklaas» mit seinem Schimmel. Dieses Ereignis wird jedes Jahr live im Fernsehen übertragen. Im Binnenland stellen am 6. Dezember die Kinder vielerorts einen großen Schuh vor den Kamin, in den sie für den Schimmel des «Sinterklaas» eine Mohrrübe oder etwas Heu legen. Er bringt ihnen dafür viele Pfefferkuchen, Spekulatius und Schokolade als Geschenk.

Sint-Niklaas Belgische Stadt, die bereits 1513 Stadtrecht erhielt. Bekannt durch ihren großen Markt, die Nikolauskirche und das Gerhard-Mercator-Museum.

Sippenbrot In früheren Zeiten war es in Oberfranken Brauch, zum Jahreswechsel das «Sippenbrot», ein Zeilenbrot in länglicher Form mit Einkerbungen, zu backen. Jeder im Haus bekam ein Stück.

Sisi Elisabeth, Kaiserin von Österreich und Königin von Ungarn, wurde am Heiligen Abend 1837 in München geboren.

Sixtinische Madonna Die Sixtinische Madonna von Raffaelo Santi (1483–1520) gilt wohl als eines der schönsten und bekanntesten Madonnenbilder. Das Original kann man in der Dresdner Gemäldegalerie bewundern.

SMS-Adventskalender Moderne Variante des Adventkalenders. Durch kostenlose Anmeldung (www.bdkj.org) klingelt vom 1. bis zum 24. Dezember jeden Morgen um 9.00 Uhr das Handy. Geliefert werden Sprüche zur Weihnachtszeit sowie Bibelzitate.

Sol invictus Lateinisch: Unbesiegbare Sonne. In der vorchristlichen Mithrasreligion feierte man am 25. Dezember, dem Tag der Sonnenwende, die unbesiegbare Sonne und zündete große Feuer an. Dieser Brauch wurde auch von den Römern übernommen.

Sommer-Sylvesterparty Im südspanischen Bergdorf Berchules in der Sierra Nevada und in der Kleinstadt Valoria la Buena im Nordwesten von Spanien feiern Tausende Menschen mit Sekt und Weintrauben in der Nacht auf den ersten Sonntag nach dem 5. August Silvester. In beiden Orten war Mitte der 90er Jahre einmal in der Silvesternacht der Strom ausgefallen, sodass sie auf die Begrüßung des neuen Jahres verzichten mussten. Die Bewohner beschlossen daraufhin, die Feier im Sommer nachzuholen. Daraus entwickelte sich ein Brauch, der in den vergangenen Jahren immer mehr Besucher anzog. In Bercheles ziehen sogar die Heiligen Drei Könige durch die Straßen des Dorfes.

Sommer- und Winter-Spiel Alter Brauch in der Oberpfalz. Dabei kehrten, zum Beispiel in Roding, die Heiligen Drei Könige beziehungsweise die Sternsinger in den Wirtshäusern ein und spielten «Sommer und Winter». Dabei kam es vielfach zu Raufereien, wobei der Winter zur Tür hinausgeworfen wurde.

Sonneberg Die Stadt Sonneberg in Thüringen gilt von jeher als die Stadt der Puppen- und Plüschspielwaren. In den zwanziger Jahren erreichte sie ihren Höhepunkt und wurde fortan auch als «Weltspielzeugstadt» bezeichnet.

Sonnenwende Am 21. Dezember erreicht die Sonne ihren nördlichsten Stand. Von nun an werden die Tage langsam wieder länger, es geht wieder «aufwärts».

«Sonne wendet ihre Zeichen» DDR-Weihnachtslied aus den fünfziger Jahren.

Sonnwendkranz ➛ «Vorweihnachten»

Sozialistische Einheitsbrauerei Kaputistan Ein ganz besonderes Weihnachtsbier stellt die «Sozialistische Einheitsbrauerei Kaputistan» her. Es handelt sich dabei um ein «Starckbier» (12% Volumen) mit Zimt-, Nelken- und Kerzenwachsaroma. Es wird nur im Dezember in 0,33er-Bügelverschluss-Flaschen vertrieben.

Spanbaum Darunter versteht man kleine Weihnachtsbäumchen, die aus eingefärbten Holzspan-Streifen geformt und zusammengefügt (gesteckt, geklebt oder gedrechselt) werden.

Spanbaumstecher Im Erzgebirge werden die Drechsler auch als «Spanbaumstecher» bezeichnet.

Spanische Wechselkrippen Eine Besonderheit im Krippenbau stellen die so genannten «Spanischen Wechselkrippen» dar. Zum einen erkennt man sie an der großen Aufbaufläche mit bunt bemalten Tonfiguren. Zum andern sind es «Jahreskrippen», da sie nicht nach dem Weihnachtsfest wieder abgebaut werden, sondern stehen bleiben. Lediglich die Figuren werden ausgetauscht. So kann man danach Szenen der Passionszeit, Ostern, Christi Himmelfahrt, Pfingsten und andere christliche Ereignisse bewundern.

Spanschachtel-Krippen Eine Besonderheit im Krippenbau sind die so genannten «Spanschachtel-Krippen». Sie wurden vornehmlich in Oberbayern und in Nordtirol angefertigt. Dabei wird eine kleine Krippe mit Maria, Josef und dem Jesuskind in den Schachtelboden geklebt, während die Heiligen Drei Könige, die Hirten und die Tiere auf den vorderen Teil des Deckelboden montiert sind. Man stellt dann die Krippe so auf, dass man das Bodenteil in den freien Raum des Deckels setzt. Damit erhält man die komplette Weihnachtskrippe.

Sparmundi Der «Sparmundi» ist im vorderen Renchtal/Schwarzwald als Nikolausbegleiter bekannt. Es ist eine in Pelz gehüllte Gestalt mit einem Zwilchsack (Kartoffelsack) auf dem Rücken und einer großen Rute in der Hand.

Specht Die «Specht» ist eine alte Perchtfigur aus der Gegend um das fränkische Weißenstadt. Die «Specht» hat einen Rock über den Kopf gezogen, aus dem ein Schnabel hervorschaut.

Spechttag Früher in Oberfranken volkstümlich für den Thomastag am 21. Dezember.

Speckendicken Ostfriesische Spezialität, die zur Jahreswende gebacken wird. Dabei gibt man einem süßen Teig aus Sirup noch fetten Speck und Mettwurst bei und backt das Ganze im Waffeleisen aus.

Spek Niederländische Sprachforscher vermuten einen Zusammenhang mit dem in vielen nordwestgermanischen Mundarten vorhandenen Wort «Spek» (wie z.B. in Spekulatius) in seiner Bedeutung von Näscherei oder Konfekt.

Spendwecken Kleinformiges Weihnachtsbrot, welches früher an den Feiertagen an Waisenkinder und Bedürftige gespendet wurde.

Spickelbilder Meistens Bildminiaturen aus alten Drucken bzw. Kupferstichen, bei denen kleine Teile herausgeschnitten und danach mit farbigen Folien unterlegt wurden. Zusätzlich wurden auch noch dekorative Papierstückchen sowie kleine Stoffteile aufgeklebt (Applikationen). Die Miniaturen zeigen hauptsächlich Szenen aus der Weihnachtsgeschichte, der Passionszeit (Ostern) sowie Darstellungen von Heiligen (z.B. Liborius), die die Menschen von ihren Krankheiten und Schmerzen befreien.

Spiel der umgekehrten Ordnung ➛ «Ludus episcopi puerorum»

Spieldosen Um 1920 entstanden die ersten «Spieldosen» mit mechanischen Werken, die durch das Aufziehen einer Feder betrieben wurden. Bei den Weihnachtsspieldosen gibt es eine Vielfalt von Figuren. Ein häufiges Motiv ist die Darstellung der Geburt Christi im Stall. Aber auch Engel, Kurrenden und Musikanten findet man auf den Erzgebirgler «Spieldosen».

Spielkrippen Manuell betriebene «Spielkrippen» wie die in Steyr, bei denen mit Hebeln, Schiebern oder Schnüren Figuren bewegt werden, waren früher keine Einzelerscheinungen. Sie waren vielmehr eine Entwicklung aus dem volkstümlichen Weihnachtsbrauchtum, das im 18. und 19. Jahrhundert vor allem im Alpen- und Voralpenraum weit verbreitet und äußerst beliebt war.

Spielzeugeisenbahn ➛ «Modelleisenbahn»

Spielzeug-Führer Eine Blechfigur von Hitler mit rechtem Schwenkarm war während der NS-Zeit neben Soldatenfiguren ein beliebtes Weihnachtsgeschenk für Buben.

Spielzeugstände Um 1900 tauchten auf den Christkindlmärkten die so genannten «Spielzeugstände» auf. Diese sollten als Gegenstück zu den Puppenhäusern und Kaufläden populär werden. Die Miniaturstände bestanden aus Holz, Papier und

Pappe und waren hübsch bemalt. Auf diese Stände wurden Waren wie Christbaumschmuck, Spielzeug und Zuckerwerk im Miniaturformat aufgeklebt.

Spitzbartl In Osttirol wird der Nikolausbegleiter vielfach auch «Spitzbartl» genannt.

Spitzbuben Rundes oder sternförmiges Mürbteiggebäck in verschiedenen Größen. Nach dem Backen wird das größere Gebäckstück mit Marmelade bestrichen und das kleinere darauf geklebt.

Spräggele Jeweils am 1. oder 2. Freitag vor Weihnachten zieht in Ottenbach bei Zürich in der Schweiz eine Horde der so genannten Schnabelgeissen, früher «Sträggele» gerufen, laut lärmend durch den Ort. Sie veranstalten dabei einen Höllenlärm und treiben allerhand Schabernack. Es sind Schreckgestalten, in weiße Leinentücher gehüllt und mit einem langen hölzernen Schnabel, der auf- und zuklappt und um «Beute» in Form von allerlei Münzen heischt. Der alte Brauch, der fast vollkommen in Vergessenheit geraten war, wurde in den fünfziger Jahren wieder neu belebt.

Springala ➛ «Wassermarzipan»

Springerle Bekanntes Weihnachtsgebäck aus Süddeutschland und der Schweiz. Der Name hängt damit zusammen, dass der Teig beim Backen gut um die Hälfte aufgeht, also «springt». Das beliebte Gebäck wird auch «Eierspringerle», «Sprengerl», «Eizucker», «Eiermarzipan», «Anisbrötli» sowie «Nürnberger Marzipan» genannt.

St. Ambrosius St. Ambrosius (339–397) ist von jeher der Schutzpatron der Wachszieher und Lebzelter. Er war Politiker und später Prediger. Er setzte sich vor allem für die Armen und Schutzlosen ein.

St. Cristina In «St. Christina» im Grödnertal/Italien, dem Tal der Holzschnitzer, befindet sich eine Monumentalkrippe mit überlebensgroßen Figuren.

St.-Lucia-Prozession In Stockholm gibt es am 13. Dezember eine offizielle St.-Lucia-Prozession. Sie wird von der Santa Lucia, einem Mädchen mit Lametta im Haar und Kerzenkranz auf dem Kopf, angeführt. Dahinter folgen Mädchen in weißen, langen Gewändern und mit Kerzen in den Händen sowie weiß gekleidete Jungen mit sternenverzierten Hüten.

St.-Lukas-Preis Internationaler Wettbewerb für Künstler, die sich kreativ mit dem Weihnachtsgeschehen auseinander setzen.

St.-Lukas-Sammlung Mit über 500 Exponaten aus aller Welt eine der größten Krippensammlungen Süddeutschlands.

St.-Martins-Stuten Gebildebrot aus Hefeteig, welches speziell im Rheinland zum St.-Martins-Tag gebacken wird.

St.-Martins-Vereine «St.-Martins-Vereine» haben am Niederrhein eine über hundert Jahre alte Tradition. Die Mitglieder der Vereine sorgten dafür, dass alle Kinder, ob arm oder reich, zu St. Martin eine kleine Gabe, wie Äpfel, Birnen oder Nüsse, bekamen. Diese sollten an die soziale Gerechtigkeit wie auch an die Nächstenliebe gemahnen und wurden auch «St.-Martins-Gaben» genannt.

St. Nicolas-de-Port Kleiner Ort in Lothringen, südlich von Nancy, mit der wohl größten und schönsten Nikolauskirche Europas. In der Kirche wird ein Fingerglied des Heiligen aufbewahrt, das ein Kreuzritter bei der Überführung der Gebeine nach Bari in Italien mit in seine lothringische Heimat nahm. Jeweils am Samstag nach dem 6. Dezember findet in «St. Nicolas-de-Port» eine aufwendige Prozession statt, die immer um 16.30 Uhr beginnt. Dieser Umzug wird auch am Pfingstmontag um 15.00 Uhr durchgeführt und bezieht sich vermutlich auf das Eintreffen der Reliquie in der Basilika des Ortes.

St.-Nikolaus-Bruderschaft Die «St.-Nikolaus-Bruderschaft» wurde im Jahre 1451 mit der Schenkung einer Nikolausfigur an die damalige Maternus-Kirche in Mönchengladbach gegründet. Die Bruderschaft diente dem Schutz und der sozialen Sicherung der Bürger.

St. Nikolausgesellschaft Zürich Die 1947 gegründete «St. Nikolausgesellschaft der Stadt Zürich» hat es sich zur Aufgabe gestellt, am Nikolausabend arme und verwaiste Kinder zu beschenken. Die Gesellschaft pflegt auch den alten Brauch der «Klausenumzüge».

St.-Nikolaus-Kirche, Pfronten In der Pfarrkirche St. Nikolaus in Pfronten im Allgäu befindet sich in der Scheinkuppel ein bemerkenswertes Fresco. Es zeigt die Heilige Dreifaltigkeit, begleitet von Maria und Josef, die die Ankunft des heiligen Bischofs, des Pfrontener Kirchenheiligen St. Nikolaus, erwarten.

St.-Nikolaus-Kirchlein Die malerisch auf einer Berghöhe bei Ebbs in Tirol (bei Kufstein) gelegene Spitzturm-Kirchlein von St. Nikolaus ist eine gern besuchte Wallfahrtskirche, die aus dem Jahre 1490 stammt.

St.-Nikolaus-Spiel Vorweihnachtliches Gesellschaftsspiel aus dem 19. Jahrhundert, welches mit mehreren Spielern mit 2 Würfeln, Figuren und Spielmarken gespielt wird. Der Spieler, der als Erster das Feld «100» erreicht, hat gewonnen.

St. Oswalder Weihnachtsspiel In dem kleinen Ort St. Oswald bei Bad Kleinkirchheim in Kärnten/Österreich wird jedes Jahr das «St. Oswalder Weihnachtsspiel» mit vielen Liedern aufgeführt.

St. Ullrich Dieser Ort im italienischen Grödnertal gehört neben Oberammergau zu den wichtigsten Orten für die Schnitzkunst von Krippen- und Heiligenfiguren.

Staade Zeit Bayerische Bezeichnung für die Stille der Vorweihnachtszeit.

Stabkrippen ➛ «Steyrer Kripperl»

Stadt auf dem Berg Besonders ein Landschaftselement taucht bei vielen Krippen immer wieder auf: Die «Stadt auf dem Berg». Berge hatten in der Bibel eine besondere Bedeutung für die Menschen. So bezeichnet auch Psalm 48, Vers 3 den Tempelberg als Gottesberg. Petrus ist der Fels, auf den Jesus seine Kirche erbaute. Berge verbinden Himmel und Erde.

Stadt aus Holz und Tuch In Nürnberg wird der Christkindlesmarkt auch als Stadt aus «Holz und Tuch» bezeichnet.

Stärketrinken ➛ «Dreikönigsorakel»

Stallkrippen Die so genannten «Stallkrippen» sind deutsche Krippen. Man spricht hier auch von «Heimatkrippen».

Stall-Weihnacht Seit nahezu 40 Jahren veranstalten die Soldaten der Bundeswehr in Bad Reichenhall/Oberbayern die «Stall-

Weihnacht». Dabei handelt es sich um ein «stummes Hirtenspiel» mit szenischer Darstellung, jedoch ohne Dialoge der Beteiligten. Die trotzdem deutlich sichtbare Symbolik wird mit Weihnachtsliedern umrahmt.

Stanniolpapier Der Ausdruck Stanniolpapier ist eigentlich irreführend, da Stanniol entweder aus hauchdünn ausgewalztem Zinn oder aus Blei hergestellt wird. Stanniol aus Blei ist äußerst giftig. Lametta aus der Vor- und Nachkriegszeit sollte daher nicht mehr verwendet werden, auch wenn daran immer noch große Kindheitserinnerungen hängen. Inzwischen gibt es längst problemlosere Varianten aus Aluminium und Kunststoff.

Stans Kleiner Ort im Inntal bei Jenbach/Tirol, der durch die Produktion von Lametta weltweit bekannt geworden ist.

Stearinkerzen Kerzen aus Stearin bestehen aus Rindertalg, Schlachtabfällen und pflanzlichen Fetten. Diese Kerzen haben den Vorteil, dass sie weniger rußen und wesentlich länger brennen.

Stecher Kulissenartige Versatzstücke, die vielfach im Krippenbau Verwendung finden.

Stechpalme Immergrüner, auch bei uns wachsender strauchähnlicher Baum (lat.: Ilex) mit glänzenden grünen, grobdornigen Blättern und hübschen scharlachroten Früchten. Die Zweige werden gerne als zierender Weihnachtsschmuck verwendet. Früher wurden die Äste an Weihnachten über Hof- und Stalltüren gehängt. In England ist es bei jungen Menschen der Brauch, am Weihnachtsabend unter einer Stechpalmengirlande hindurchzutanzen und sich dabei zu küssen, was sich gut für die gemeinsame Zukunft auswirken soll.

Steilhangkrippen Krippen, die in einen Hang in die Höhe gebaut sind, wie zum Beispiel die ➛ «Trebitscher Krippen».

Steinacher Klausenbigger In der Gemeinde Steinach im Schwarzwald wird noch der urige Nikolausbrauch der «Klausenbigger» gepflegt. Dieser Brauch stammt vermutlich aus dem Mittelalter. Zwischen dem 3. und 5. Dezember gehen die «Klausenbigger» von Haus zu Haus, um die Kinder zu besuchen. Dabei gibt es Lob und Tadel. Die Gruppe besteht aus dem «Rubelz», dem «Bigger» und zwei Nikoläusen.

Stella-Artois Eine der bekanntesten Pilsmarken in Belgien. Kam 1926 als «Weihnachtsbier» auf den Markt, welches so außergewöhnlich war, dass es sofort die Bezeichnung «Stella-Artois» (Stella = lat.: Stern) erhielt. Das Weihnachtsbier wurde derart populär, dass es fortan das ganze Jahr gebraut wurde.

Stephanibrot Am Stephanitag, dem 2. Weihnachtsfeiertag, erhielten früher die Dienstboten einen weißen Wecken oder ein Kletzenbrot. Der Bursche, den ein Mädchen am liebsten hatte, bekam den Anschnitt, das «Scherzl». Seinerzeit war es ebenfalls Sitte, dass die verheirateten Kinder den Eltern am Stephanitag einen Besuch abstatteten. Zu diesem Brauch wurde dann der so genannte «Störilaib» angeschnitten und jedem Anwesenden ein Stück gereicht. Dies sollte an die verbindende Kraft des ➤ «Sippenbrotes» erinnern.

Stephaniritt Des heiligen Stephanus, der neben St. Leonhard Schutzherr der Pferde ist, wird am 26. Dezember gedacht. In Mörlbach, östlich des Starnberger Sees, wird daher ein «Stephaniritt» veranstaltet. Der Brauch etablierte sich Ende des 19. Jahrhunderts. Gegen 11 Uhr versammeln sich die Reiter mit ihren festlich geschmückten Pferden vor dem Ort, dann zieht der Zug durch das Dorf, wobei jeder Reiter und jedes Pferd mit Weihwasser besprengt wird. Auch in der Spalter Hopfengegend in Franken findet am 2. Weihnachtsfeiertag der traditionelle «Stephaniritt» statt.

Stephanitag Gedenktag für den heiligen Stephan am 26. Dezember. Nach der Überlieferung war Stephanus ein griechischer Jude und gehörte zu den sieben Diakonen, die von den Aposteln durch Handauflegen geweiht worden waren. In seinen Predigten wirkte Stephanus sehr überzeugend, was auch der Grund war, warum er von den Juden der Gotteslästerung angeklagt wurde. Um das Jahr 40 nach Christus wurde er vor den Toren Jerusalems gesteinigt. Seine Verehrung ist seit dem 5. Jahrhundert nachweisbar. Er ist der Patron vieler Bischofskirchen, u.a. Passau und Wien. Zu seinen Ehren finden an vielen Orten am Stephanitag Pferdeumritte statt, deren Ziel immer eine dem heiligen Stephanus geweihte Kirche ist.

Stephani-Tanz In einigen Orten in Oberbayern, wie in Rosenheim, Frasdorf und Berchtesgaden, wird am 26. Dezember noch der Brauch des «Stephani-Tanzes» gepflegt.

Stephanusfest In Oberschlesien wurde früher, vor allem in den ländlichen Gebieten, vielfach das Stephanusfest am 26. Dezember gefeiert. An diesem Tag begannen die Pferdeknechte zu «wandern», sich also eine neue Arbeitsstelle zu suchen.

Stephi-Schnaps Früher wurde den Hirten an Stephani von den Mädchen ein Stamperl «Stephi-Schnaps» gereicht, der einen Liebestest darstellte. Wer die meisten Schnäpse erhielt, war der begehrteste Bursche.

Sterndeuter aus dem Osten Der Evangelist Matthäus bezeichnet die drei Weisen aus dem Morgenland auch als «Sterndeuter des Ostens».

Sterndriller Figur beim «Haslacher Dreikönigssingen». Der «Sterndriller» geht vor den Heiligen Drei Königen und trägt auf einer Stange einen beleuchteten Stern, den er mittels einer kräftigen Schnur drehen kann.

Sternendeuter In der Antike waren die «Sternendeuter» wichtige Berater der Herrscher, die anhand der Sterne versuchten, die Zukunft zu ergründen. Sie wurden in der Bibel vom Evangelisten Matthäus im Kapitel 2, Vers 1–12, mit knappen Worten geschildert.

Sternenhaus Seit ein paar Jahren gibt es auf dem Nürnberger Christkindlesmarkt auch ein «Sternenhaus». Es bietet großen und kleinen Besuchern Kinderkultur pur in einer zauberhaften Atmosphäre. Die Kinder erwartet im «Sternenhaus»: Märchen, Geschichten, Zauberei, Theater, Puppenspiele und Musik.

Sterngang Am Silvesterabend ziehen in Oberammergau Einheimische und Gäste, begleitet von Sängern und Musikanten, mit dem «großen Stern» durch den Ort. Der «große Stern» ist von innen beleuchtet und zeigt das Jesuskind mit der zum Himmel erhobenen Hand. Hinter den Sängern und Musikanten reihen sich Kinder und Erwachsene mit bunten Lampions in den Zug ein.

Sternlesmarkt In Wolfram-Eschenbach findet am 2. Adventswochenende der traditionelle «Sternlesmarkt» statt. Mittelpunkt dieses Weihnachtsmarktes sind Darbietungen, Lieder und Geschichten zur fränkischen Weihnacht.

Sternlieder Darunter versteht man Lieder, die die Geschichte der Heiligen Drei Könige zum Inhalt haben und von den Sternsingern, vor oder auch in den Häusern, gesungen werden.

Sternsinger Im ausgehenden 16. Jahrhundert hat sich speziell in den Niederlanden, Belgien und in Deutschland ein Brauch eingebürgert, der sich bis heute erhalten hat. Verkleidete Männer oder Kinder zogen dabei als «Drei Könige» oder auch als Gefolgsleute eines voraus getragenen großen goldenen Sterns von Haus zu Haus. Sie waren als Könige verkleidet. Sie erzählen und singen von der Geburt Christi, der Anbetung in Bethlehem und von Herodes und seinem Ende. Nach ihrem Vortrag bitten sie um kleine Gaben, die ihnen in Form von Äpfeln, Nüssen und Kuchen gereicht werden. Zum Schluss schreiben sie mit Kreide das Jahr sowie die Buchstaben C+M+B auf den oberen Türbalken. Besonders in den katholischen Gebieten Süddeutschlands, Österreichs und der Schweiz findet man auch heute noch die Segens- und Beschwörungsformeln über den Türen angeschrieben.

Stern von Bethlehem In vielen Darstellungen und Bildern wird der Stern von Bethlehem als Komet dargestellt. Johann Kepler (1571–1630), der berühmte Astronom, stellte jedoch fest, dies müsse eine besondere, sehr seltene Verbindung von Jupiter und Saturn gewesen sein. Er beobachtete von 1604 bis 1605 eine entsprechende Verbindung, die er als «Stern von Bethlehem» beschrieb. Diese Verbindung sei nach seinen Berechnungen auch im Jahre 7 vor Christi Geburt aufgetreten, wobei die beiden Planeten am 29. Mai, am 3. Oktober und am 5. Dezember direkt nebeneinander im Sternzeichen der Fische gestanden haben sollen. Da Saturn als der Planet der Juden bezeichnet wurde, Jupiter aber als Herrscher- und Glücks-Planet galt, wurde die Verbindung als Zeichen gedeutet, dass in Judäa ein neuer Herrscher auftreten wird. Es kann

aber der Stern auch als Sinnbild gedeutet werden, wie es im Alten Testament bei Moses, Kapitel 4 niedergeschrieben steht: «Es wird ein Stern aus Jakob aufgehen und ein Zepter aus Israel aufkommen.»

Sternwerfer ➛ «Wunderkerzen»

«Sterzinger Weihnachtsspiel» Das Sterzinger Weihnachtsspiel «Nativitas Domini» ist seit dem Jahr 1511 nachgewiesen. Es erzählt in drei Teilen von der Erwählung Mariens zur Gottesmutter, von der Verkündigung und der Geburt Jesu. Dabei treten Wirte, Hirten, Mägde und Hebammen auf, selbst das Jesuskind kommt in diesem Spiel zu Wort.

Sterztag In Oberschlesien war der «Sterztag» (2. Januar) ein wichtiges Datum, denn an diesem Tag wechselten Mägde und Knechte den Dienst.

Steyrer Kripperl Das «Steyrer Kripperl» ist das einzige noch bespielbare «Stabpuppen-Theater» des deutschen Sprachraumes. Der Fundus der Spielfiguren, die ca. 15 bis 20 cm groß sind, beläuft sich auf rund 500 Stück. Sie sind entweder auf Laufbrettchen montiert und werden auf Schienen hin und her bewegt, oder sie sind auf Stäben befestigt und frei mit der Hand geführt. Jedes Jahr in der Weihnachtszeit wird in der «Christkindlstadt» Steyr diese liebenswerte Attraktion mehrmals im kleinen Theatersaal des Innerbergstadels aufgeführt. Das etwa eine Stunde dauernde Spiel zeigt die Geschichte um den Stall zu Bethlehem und auch Szenen mit Handwerkern und heitere Episoden aus dem Volksleben.

Stille Nacht Gibt es schon lange nicht mehr, denn irgendwo ist immer jemand am Schreien, Singen, Hämmern, Bohren oder Hupen!

Stille-Nacht-Archiv In Hallein, nahe Salzburg befindet sich das «Stille-Nacht-Archiv». Dort befinden sich u. a. «Stille Nacht-Autographen» von Gruber, sein Nachlass, wie auch Nachlässe und Dokumente von Forschern der «Stillen Nacht».

Stille Nacht Gesellschaft In Oberndorf bei Salzburg befindet sich die «Stille Nacht Gesellschaft», die sich um die weitere Erforschung und Erhaltung dieses einmaligen und weltweit bekannten Weihnachtsliedes bemüht.

«Stille Nacht, heilige Nacht» Wohl das bekannteste Weihnachtslied der Welt. Der Text stammt vom katholischen Pfarrer Joseph Mohr, die Noten schrieb der Lehrer Franz Xaver Gruber. Die Uraufführung war am 24. Dezember des Jahres 1818 in der Kirche zu Oberndorf, in der Nähe von Salzburg. Damals wurde das Lied in der Christmette zweistimmig gesungen und von einer Gitarre begleitet. Im Jahre 1838 wurde das Lied von der Zillertaler Sängerfamilie Strasser (Laimach) nach Leipzig gebracht, wo es großen Anklang fand. Nur wenige Jahre später (1843) wurde das wohl innigste Weihnachtslied in Gerhardts «Musikalischen Hausfreund» aufgenommen und trat seinen Siegeszug rund um den Erdball an.

Stille-Nacht-Kapelle Jedes Jahr versammeln sich vor der «Stillen-Nacht-Kapelle» im österreichischen Oberndorf an der Salzach

Einheimische und Touristen aus der ganzen Welt, um am Heiligen Abend um 17.00 Uhr an der Christmette teilzunehmen.

Stille-Nacht-Krippe Die Original-Weihnachtskrippe, die bei der Uraufführung von «Stille Nacht, heilige Nacht» in der Oberndorfer St.-Nikolaus-Kirche stand, befindet sich heute im Innviertler Volkskundehaus in Ried/Österreich.

Stille Nacht Museum Das «Stille Nacht, Heilige Nacht Museum» befindet sich in der Steingasse 9 in Salzburg, wo am 11. Dezember 1792 Joseph Mohr, der Schöpfer von «Stille Nacht, heilige Nacht» geboren wurde. Hier befindet sich auch das Faksimile der Urschrift dieses Weihnachtsliedes. Es ist das einzige Dokument von der Hand Joseph Mohrs und trägt das Datum 1816. Es wurde erst 1995 entdeckt.

Stille Zeit Alte bäuerliche Bezeichnung für die Winterzeit, in der die Arbeit auf den Feldern ruhte.

«Still senkt sich die Nacht hernieder» DDR-Weihnachtslied von Gerhard Wohlgemuth (1920–2001).

«Still, still, still» Dieses Weihnachtslied ist eigentlich ein Wiegenlied aus dem Salzkammergut und ist um 1800 entstanden.

«Still, weil's Kindlein schlafen will» Ursprünglich ein Volkslied aus Salzburg, das inzwischen auch als Weihnachtslied viel gespielt und gesungen wird.

Stippenschöddel Auf der Insel Fehmarn kennt man die «Stippenschöddel» als traditionelles Weihnachtsessen: Eine geräucherte Wurst aus Schweineblut, Mehl und Rosinen wird in dicke Scheiben geschnitten und in Fett und Sirup gebraten. Dazu reicht man Eierklöße oder Kartoffeln.

Stjärngossar Die «Stjärngossar», zu Deutsch: Sternjungen, begleiten beim schwedischen Luciafest die Lichterkönigin. Die Stjärngossar sind mit langen Mänteln und hohen spitzen Mützen mit aufgeklebten Sternen bekleidet und tragen einen großen goldgelben Stern auf einer Stange vor sich her.

Stockinger-Krippe ➛ «Mayr, Christoph Anton»

Stöckl-Krippe Während im Bayerischen Nationalmuseum die Krippenschau das ganze Jahr zu sehen ist, wird die «Stöckl-Krippe» des bekannten Münchner Malers und Bildhauers Rupert Stöckl (1920–1995) nur während der Weihnachtszeit ausgestellt. Als diese surrealistische Krippe, die Stöckl aus gefundenen Materialien wie Schrauben, Zahnrädern, Holz- und Blechteilen, Stofffetzen, Silberpapier und Schnecken und noch vielen andern Materialien zusammenbaute, erstmals ausgestellt wurde,gab es anfänglich einen Sturm der Entrüstung. Jedoch wurde sie von den Besuchern in den nachfolgenden Jahren ausdrücklich wieder angefordert.

Stoffkrippen Eine Besonderheit bei den Weihnachtskrippen sind die «Stoffkrippen», die hauptsächlich in Ostpreußen und in Schlesien gebräuchlich waren. Der Reiz dieser Krippenfiguren lag in ihrer Weichheit und in der kostbaren mit Stickereien ausgestatteten Kleidung. Von den Stoffkrippen existieren nur noch wenige Exemplare. Einige davon befinden sich in der Sammlung von Maud Pohlmeyer, die rund 250 Exponate vorweist.

Stollen Vereinzelt auch Stolle genannt, darf zu Weihnachten nie fehlen, egal in welcher Ausführungsart er (Dresdner, Marzipan- oder Mohnstollen) auf den Teller kommt. Seine Form mit der Puderzuckerauflage soll uns auch heute noch an die beim Kindermord in Bethlehem umgekommenen, in Tücher gewickelten Kinder erinnern. Im späten Mittelalter war es Brauch, den Christstollen nicht vor dem 28. Dezember, dem Tag der unschuldigen Kinder, anzuschneiden.

Stollenkuchen Weihnachtliche Spezialität des Erzgebirges aus Kartoffelteig und Stollengewürzen. Der Stollenkuchen war früher bei den einfachen Bürgern die billigere Variante des Stollens und wurde als runder Fladen ausgebacken.

Stollenlikör Kräftiger 25-prozentiger Likör aus einer Meißener Brennerei, der die Zutaten des klassischen Weihnachtsstollens wie Mandelextrakt, Zitronat, Rosinensaft und Alkohol als Basis hat.

Stollenmarkt In Brand-Erbisdorf im Erzgebirge wird jedes Jahr drei Tage vor Nikolaus der so genannte «Stollenmarkt» abgehalten.

Stollenmesser ➛ «Dresdner Stollenfest»

Stollensteuer Kurfürst Friedrich August I. (1670–1733), bekannt als «August der Starke», erfand die «Mehlsteuer», die besonders die Striezelbäcker traf. Diese umgingen die Steuer, indem sie das beliebte Weihnachtsgebäck mit Kartoffelteig und Stollengewürzen vermengten und es als «Stollenkuchen» verkauften.

«Stoßseufzer» Sarkastisches Weihnachtsgedicht von Theodor Storm (1817–1888), das nichts von seiner Aktualität verloren hat.

Stoß, Veit Im Bamberger Dom befindet sich das letzte Werk, der «Weihnachtsaltar», des berühmten Malers, Bildhauer und Kupferstechers Veit Stoß (um 1447/48–1533). Das spätgotische Altarwerk zeichnet sich durch seine große Harmonie und Ruhe aus.

Sträggele In einzelnen Kantonen der Schweiz treibt angeblich «die Sträggele», eine unheimliche Hexe, besonders am Fronfastenmittwoch, noch immer ihr Unwesen. Diese Abende, (nach St. Lucia) werden deswegen auch als die «Sträggelenächte» bezeichnet. Die «Sträggele» ist unterwegs, um unartige Kinder, faule Mägde und Knechte zu bestrafen.

Sträggelenjagen ➛ «Polsternächte»

Straßburger Bredle Weihnachtsgebäck aus Zucker, Eiern und gemahlenen Walnüssen.

Straßburger Christkindlesmärik In Straßburg im Elsass, das sich auch als «Weihnachtshauptstadt Europas» bezeichnet, wird der Weihnachtsmarkt «Christkindlesmärik» genannt.

Straßenkrippen Krippen, die auf Straßen und anderen öffentlichen Plätzen, so z.B. im oberpfälzischen Stiftsland, aufgestellt werden, bezeichnet man als «Straßenkrippen».

Straßenweihnacht ➛ «Wilde Weihnacht»

Straubing Die Stadt Straubing wird vielfach als *die* Krippenstadt Niederbayerns bezeichnet. Bereits im 17. Jahrhundert wird dort von Krippenbauten und -figuren berichtet, als die Jesuiten in die Stadt einzogen. Die Stadt besitzt drei Jahreskrippen und einen Krippenweg. Bei einer zweistündigen Führung kann man kostbare Prachtkrippen im Herzogschloss, in der Ursulinen-, der Karmeliter- sowie in der Spital-, Jakobs- und der Jesuitenkirche wie auch im Gäubodenmuseum bewundern.

Streichen-Kapelle Malerisch im Wald zwischen Schleching und Sachrang gelegene Kapelle aus dem 14. Jahrhundert, die gerne als Motiv für Weihnachtskarten verwendet wird.

Strichkalender Diese Art Kalender für die Weihnachtszeit war um 1900 in Bayern und Österreich besonders bei kinderreichen Familien vielfach im Gebrauch, weil für einen farbigen Papierkalender meistens kein Geld vorhanden war. Allerdings gab es bei diesem Kalender keine Türchen zu öffnen. Die Eltern lösten dieses Problem, indem sie auf eine Schiefertafel oder auf eine Schranktüre am 30. November 25 Kreidestriche (bunte Striche für die Sonntage) zeichneten. An jedem Abend durfte dann eines der Kinder nach einer genau festgelegten Reihenfolge einen Strich auslöschen, wodurch die vorweihnachtliche Erwartung der Kinder durch die Verringerung der Kreidestriche immer größer wurde.

Striezel Sächsische Bezeichnung für Christstollen nach Dresdner Art.

Striezelkinder ➤ «Dresdner Pflaumentoffel»

Striezelmarkt Traditioneller Christkindlmarkt von Dresden. Bereits 1434 urkundlich erwähnt, zählt er zu den größten Weihnachtsmärkten Deutschlands.

Strohbaum In Neudrossenfeld war früher der «Strohbaum» aus Apfelzweigen, die mit bunten Strohschleifen geschmückt waren, weit verbreitet. Sie ersetzten den Christbaum.

Strohberta Im Kulmbacher Land (Trebgast) kannte man früher die «Strohberta». Sie war mit einem weißen Leinenhemd oder auch ganz in Stroh verkleidet, hatte helle, lange Haare, trug einen Weidenkorb mit Weihnachtsgaben und symbolisierte somit das Christkind.

Strohhalmstecken In Bayern und Österreich ist es auch heute noch üblich, in der Adventszeit täglich einen Strohhalm in die noch leere Krippe zu legen. Man nennt dies volkstümlich auch die «Krippe füllen».

Strohkrippen Dieser Brauch war besonders im süddeutschen

Raum zu Hause. Hervorgegangen ist er vor allem aus den Klosterschulen, in denen die Kinder zur Belohnung ihres Wohlverhaltens einen Strohhalm in die noch leere Krippe legen durften.

Strohmichel Auf der westfriesischen Insel Ameland/Niederlande wird der Nikolaus auch «Strohmichel» gerufen.

Strohmickel Der «Strohmickel» war neben dem Bär und dem Bärenführer im Raum Trebgast in Oberfranken ein Begleiter des Christkinds.

Strohschab Am Nikolausabend führen in Bad Mittersdorf/Österreich die «Strohschab» den Zug des Nikolausspiels an. Die vollständig in Stroh verkleideten Burschen lärmen mit Schreien und Peitschenknallen vor dem Umzug her und erschrecken die vielen Zuschauer des vorweihnachtlichen Spektakels, welches bereits auf eine lange Tradition zurückblicken kann.

Strohschabmänner Unheimliche und gruselige Gestalten, in Stroh verkleidet, die in den Raunächten in Oberbayern ihr Unwesen treiben.

Stromersches Puppenhaus Das «Stromersche Puppenhaus» befindet sich im Germanischen Nationalmuseum in Nürnberg. Es stellt ein wundervolles vierstöckiges Puppenhaus mit Tausenden blinkender Einzelstücke dar und stammt aus dem Jahr 1639. Es gibt somit auch einen guten Einblick, wie um diese Zeit ein Nürnberger Patrizierhaus ausgesehen hat.

Strub ➛ «Engelgehen»

Stubenspiele In Tirol waren im 18. und 19. Jahrhundert die so genannten «Stubenspiele» sehr weit verbreitet. Sie gelten auch als die Vorgänger der «Nikolausspiele».

Stuckkrippe In Urbino/Italien befindet sich in der «Oratorio di San Giuseppe» eine seltene «Stuckkrippe» des Stuckateurs Federico Brandani (1520–1571). Brandani hat auch die berühmten Stuckdecken in den Sälen der «Palazzetto Baviera», eines Patrizierhauses in Senigallia, geschaffen.

Stuffen Alter Name (18. Jahrhundert) für die Weihnachtskrippe im Erzgebirge.

Stuppacher Madonna In der Pfarrkirche zu Stuppach, einem Stadtteil von Bad Mergentheim, steht eines der Hauptwerke von Mathis Gotthardt-Neudhardt, genannt «Grünewald». Das monumentale Tafelbild gehörte zu einem dreiflügeligen Altar in der Aschaffenburger Stiftskirche und ist zwischen 1517 und 1519 entstanden. Das Bild ist eine in glühenden Farben gemalter Lobpreisung Mariens, Mittlerin zwischen Himmel und Erde.

Stutenfrau Die «Stutenfrau», eine weiß gekleidete Frau, brachte in der Uckermark den braven Kindern als Weihnachtsgabe «Stuten», ein hell gebackenes Hefeteiggebäck.

Stutenmann Eine aus Hefeteig bestehende etwa 20 cm große Figur, die, mit Rosinen dekoriert und mit Eigelb bestrichen, goldbraun gebacken wird. Die Bezeichnung «Stuten» kommt wohl aus dem Niederländischen und bedeutet übersetzt so viel wie längliches weißes Brot.

Stuttgarter Hutzelbrot Der Name kommt von den gedörrten Birnenschnitzeln, die im alemannischen Sprachraum Hutzeln genannt werden. Hinzu kommen gedörrte Pflaumen, Mandeln und Haselnüsse. Die eingeweichten Früchte und Nüsse werden mit Roggenteig vermischt und als kleine Laibe gebacken. Traditionell wird das Hutzelbrot am 21. Dezember, dem Thomastag, gebacken und erst am 26. Dezember, dem Stephanstag, angeschnitten.

Stutzbockerl Brauchtumsgebäck aus Hefeteig der Adventszeit. In Waldkirchen im Bayerischen Wald werden am Nikolaustag die so genannten «Stutzbockerl», ein Gebildebrot in Form von Trompete, Schere, Schnecke und Horn, gebacken. Dieses Brauchtumsgebäck ist bereits seit dem Jahr 1497 urkundlich belegt und wird auch als ➛ «Nikolausgebäck» bezeichnet.

Sukkade Sukkade, bei uns mehr als Zitronat bekannt, wird aus der Frucht der saftarmen Zedratzitrone gewonnen. Die Früchte werden in konzentrierte Zuckerlösung gelegt und anschließend getrocknet.

Sultanine Die «Sultanine» ist die kernlose und auch größere Variante der Rosine.

Sünnerklas Bezeichnung für den Nikolaus in Ostfriesland.

Sunnwendmann Nationalsozialistischer Versuch, für den heiligen Nikolaus den «Sunnwendmann» einzusetzen, was jedoch von der Bevölkerung nicht angenommen wurde.

Süße Äpfel in Honig In Israel isst man zu Neujahr einen süßen Apfel in Honig. Damit will man die Hoffnung ausdrücken, dass das neue Jahr süß und gut werde.

«Süßer die Glocken nie klingen» Zu der Melodie einer Volksweise aus Thüringen schrieb Friedrich Wilhelm Kritzinger (1816–1890) um 1826 den Text dieses viel gesungenen Weihnachtsliedes.

Sylter Neujahrs-Schwimmen Angesagtes «Promischwimmen» am 1. Januar. Böse Zungen behaupten, dass die prominenten Frost-Athleten nur bei laufenden Fernsehkameras in das durchschnittlich 4 Grad kalte Wasser springen. Angeblich sollen es auch die hartgesottensten Siegertypen gerade mal 90 Sekunden im eiskalten Wasser aushalten. Zu wahren Höchstleistungen laufen die Promis allerdings erst bei der abendlichen Siegesfeier auf.

Tafelschokolade Die Tafelschokolade wurde erstmals 1847 in England von der Firma Fry & Sons in Bristol hergestellt und wurde, obwohl nur über die Apotheken verkauft, ein Verkaufsschlager. Nach wie vor gehört edle Tafelschokolade zu den klassischen Gaben auf dem Weihnachtsteller.

Tag der Taufe Seit dem 4. Jahrhundert feierten die ägyptischen Christen den 6. Januar als «Tag der Taufe».

Tag der unschuldigen Kinder Am 28. Dezember feiert die Christenheit den «Tag der unschuldigen Kinder». Er erinnert an den Tag, als König Herodes alle erstgeborenen Kinder ermorden ließ.

Tallis, Thomas ➛ «Missa puer natus»

Tanne Zurzeit der beliebteste Christbaum der Deutschen. Dabei relativ selten in hiesigen Breiten und entsprechend teuer.

«Tannengeflüster» Stimmungsvolles Weihnachtsgedicht von James Krüss (1926–1997), dem bekannten Erzähler von Kindergeschichten.

Tannennadeln Langlebige «Blätter» des Weihnachtsbaumes, die man unter Umständen noch zu Ostern in der Wohnung finden kann.

Tannenzapfen Die länglichen Tannenzapfen dienen vor allem zur weihnachtlichen Verzierung. Sie werden jedoch auch als Glasschmuck in den verschiedensten Farben angeboten.

Tansania Das afrikanische Land Tansania hat eine spezielle Krippentradition. Die Besonderheit ist ein schwarzes Jesuskind. Diese Krippen werden in alle Welt exportiert.

«Tauet, Himmel, den Gerechten» Der Priester und Schriftsteller Michael Dennis (1729–1800) schrieb 1774 den Text dieses Adventsliedes, das von dem Landshuter Norbert Hauner 1790 vertont wurde.

«Tausend Sterne sind ein Dom» Bekanntes DDR-Weihnachtslied, das der Komponist Siegfried Köhler (geb. 1923) 1946 schrieb und welches 1953 als Teil seiner «Weihnachtskantate op. 8» uraufgeführt wurde.

Teddybär Der «Teddybär», einem Bären nachempfundenes Plüschtier, ist nach wie vor ein klassisches Geschenk zum Weihnachtsfest. Erstmalig 1902 in den USA und 1903 in Deutschland durch Margarete Steiff (1847–1908) gefertigt, erhielt der kuschelige Bär seinen Namen nach Theodore (Teddy) Roosevelt.

Telgte In Telgte im Münsterland gibt es ein Krippenmuseum mit über 200 Exponaten aus der Region. Darunter Krippen mit dem Münsterländerstall unter Tannenbäumen und Krippen mit exotisch gekleideten Figuren.

Tellersaat Alte süddeutsche Bezeichnung für den Lucia-Weizen, der am 13. Dezember in einem Teller angesetzt wurde.

Tempus nativitatis Lateinisch für Weihnachtszeit.

Teubner, Emil Bekannter Krippenfigurenschnitzer aus dem Erzgebirge. Er lebte von 1877 bis 1958.

Teufelsberg Der höchste Berg in Berlin ist der Teufelsberg. Er besteht aus 21 Millionen Kubikmetern Schutt aus der zerbombten Hauptstadt, der von 1950 bis 1968 im Grunewald aufgetürmt wurde. Auf dem eingezäunten Gipfel steht eine monströse Radaranlage der Amerikaner, die die Berliner aber nicht davon abhält, auf «ihrem Berg» zum Jahreswechsel inzwischen schon traditionell eine riesige Fete zu veranstalten.

Thamasnacht Im Bayerischen Wald wird die Thomasnacht (21. Dezember) mundartlich auch als «Thamasnacht» bezeichnet.

Thammer Am Vorabend des Thomasfestes am 21. Dezember tauchte früher der «Thammer», auch «Thama mit dem Hammer», als Schreckgestalt im Bayerischen Wald auf, um unfolgsame Kinder zu strafen. Dieser Brauch war germanischen Ursprungs und bezog sich auf den Gott Thor.

Thamsen Auf der nordfriesischen Insel Amrum sind am 21. Dezember Kinder und Jugendliche zum «Thamsen» unterwegs.

Alle Gegenstände, die sich drehen und bewegen lassen oder nicht ordentlich im Haus verwahrt wurden, werden zu ihrer Beute, die versteckt wird. Der Name «Thamsen» geht zwar auf den heiligen Thomas zurück, doch dürfte sich dieser Brauch in der längsten Nacht des Jahres doch mehr auf das Rad, das uralte Symbol der Germanen, beziehen.

Thaumaturgos Griechische Bezeichnung für Wundertäter und auch Titel des heiligen Nikolaus.

Theaterkrippen Die so genannten «Theaterkrippen» sind im Aufbau einer Theaterbühne mit Vorhang nachempfunden und werden auch als «Bühnenkrippen» bezeichnet.

«The Christmas Album» 2003 hat die Deutsche Grammophon eine Doppel-CD mit Weihnachtsmelodien aus den 50er Jahren, klanglich aufpoliert, auf den Markt gebracht. Das Album enthält Weihnachtslieder und Festtagsklassiker von Bach, Händel und Corelli, untadelig gesungen von Fritz Wunderlich, Hermann Prey, Maria Stadler und Rita Streich.

«The Christmas Song» Dieses Weihnachtslied wurde von unzähligen modernen Jazzgruppen, wie Kevin Gibbs Trio, Charly Bird Combo, Bobby Lyle Group, Mel Thormé and Group und dem Dexter Gordon Quartett gespielt.

Theophanu Byzantinische Prinzessin (um 959–991), heiratete 972 Kaiser Otto II. (973–983). Sie förderte in Deutschland die Verehrung des heiligen Nikolaus.

Thoma, Annette ➛ «Bauernmesse»

Thoma, Ludwig ➛ «Heilige Nacht»

Thomas Einer der zwölf Apostel Jesu. Nach der Legende wurde Thomas, nach Johannes 11, 16, als Dydimus (Zwilling) bezeichnet, also ein Zwillingsbruder Jesu, und zum Teil auch mit Judas, dem Bruder des Herrenbruders Jakobus, gleichgesetzt und daher auch «Judas» Thomas genannt. Frühe Quellen berichten von Missionen in Persien und Indien. Früher war der 3. Juli seinem Andenken gewidmet, seit 1969 ist der Gedenktag des heiligen Thomas am 21. Dezember, in den Ostkirchen zum Teil am 6. Oktober. Mit dem Thomastag und der Thomasnacht verbinden sich im Volksglauben, besonders in Süddeutschland und in Österreich, vorchristliche Bräuche wie Schreckgestalten und Orakelbefragungen.

Thomasbertha Alte Perchtenfigur in der Gegend um Ansbach und Kronach.

Thomasesel Früher hatte der Thomastag (21. Dezember) eine besondere Bedeutung, schon wegen der Wintersonnenwende. Wer an diesem Tag zuletzt aufstand oder zu spät in die Schule oder zur Arbeit kam, wurde mit Spott begrüßt und als «Thomasesel» tituliert.

Thomasgebet ➛ «Losnacht»

Thomas Kirtag Am Thomastag, dem 21. Dezember, wird in einigen Orten in der Steiermark/Österreich auch heute noch ein Thomasmarkt abgehalten, der dort «Thomas Kirtag» genannt wird.

Thomaslaiberl Gebäck aus Mehl, Eiern, Farinzucker und Gewürzen, welches am Thomastag gebacken und verzehrt wird.

Thomasmarkt In Wien wurde von 1600 bis 1772 der «Thomasmarkt» abgehalten. Es war dies der Vorgänger des «Niklo- und Weihnachtsmarktes». Mitte des 19. Jahrhunderts wurde dieser wiederum in «Krippenmarkt» umbenannt, und nur wenige Jahre später wurde er als «Wiener Christkindlmarkt» populär. Im süddeutschen Raum hat der «Thomasmarkt» vor allem in den kleineren Gemeinden auch noch heute eine große Bedeutung, wenngleich sich die Märkte auf einen einzigen Tag beschränken.

Thomas mit der Haut Alte Perchtenfigur, die am 6. Dezember als Nikolausbegleiter z.B. in Eggolsheim in Oberfranken auftrat.

Thomasnacht Die «Thomasnacht», die längste Nacht (21. Dezember) des Jahres, zählt zu den wichtigsten ➛ «Losnächten».

«Thomasnacht» Sehr stimmungsvolles Gedicht in Mundart von dem bayerischen Heimatdichter Max Dingler (1883–1961).

Thomasnigl In den Raunächten trieb die Furcht erregende Gestalt des «Tomasnigl» im Waldviertel ihr Unwesen und erschreckte die Kinder.

Thomasorakel In Bayern steckte man früher Gerstenkörner in einen mit Erde gefüllten Topf, um nach Weihnachten nach dem

Austrieb der Körner das Wetter für das kommende Jahr etwas besser bestimmen zu können.

Thomas-Pöpel Perchtenfigur, die früher am 6. Dezember für den Nikolaus oder als sein Begleiter in Gößweinstein/Ofr. auftrat.

Thomasring Die Spitze des Christbaumes wurde früher mit dem «Thomasring», einem Ring aus Hefeteig, der mit gelbem Zuckerguss, dem ➛ «Thomaszucker», bestrichen ist, gekrönt.

Thomas-Ringerl Hefeteiggebäck, welches traditionell am «Thomastag» (21. Dezember) gebacken und verteilt wird.

Thomastag Benannt nach dem Apostel Thomas, der an der Auferstehung des Herrn zweifelte. Ihm soll deshalb die längste Nacht (21. Dezember) und der kürzeste Tag des Jahres zugeteilt worden sein. An diesem Tag befragt man das «Thomasorakel».

«Thomastag» «Thomastag» heißt das kraftvolle und moderne Theaterstück für Kinder, für welches die Münchner Autorin Sybille Neuhaus mit dem Jugenddramatikerpreis ausgezeichnet wurde. Die Musik dazu schrieb Michaela Dietl. Im Sinne einer kindgerechten Dramatik wird die Geschichte von zwei kleinen Außenseitern erzählt, die endlich ihre Angst überwinden. Das Stück kam im Jahr 2000 zur Uraufführung in Ingolstadt.

Thomaswürste Der ➛ «Thomastag» war früher der Tag, an dem die Bauern ein Schwein für Weihnachten schlachteten, aus dem auch die «Thomaswürste» gemacht wurden.

Thomaszucker Schlechter brauner oder roter Zucker, auch «Potzucker» genannt.

Thomse In der Lüneburger Gegend geistern in der Dämmerung des 21. Dezember die «Thomse» durch die Dörfer. Junge Burschen mit vermummten oder geschwärzten Gesichtern erschrecken unartige Kinder und Erwachsene, indem sie ihnen Asche ins Gesicht streuen.

Thorner Kathrinchen Im östlichen Norddeutschland werden die Pfefferkuchen auch «Thorner Kathrinchen» genannt. Dabei bleibt das Grundrezept gleich, nur wird anstelle von Sirup Honig mit Zucker verwendet. Entscheidend ist dabei auch, dass die «Thorner Kathrinchen» bereits vor dem Tag der heiligen Katharina, dem 25. November, gebacken sein sollten.

Thuner Engel ➛ «Bozener Engel»

Tieck, Ludwig Die Novelle «Weihnachten», die den Weihnachtsmarkt in Berlin um 1790 beschreibt, hat Ludwig Tieck (1773–1853) verfasst.

Tierweihnacht Nach altem Aberglaube können die Tiere im Stall in der Heiligen Nacht sprechen. Deshalb bekamen sie besonders gutes Futter und geweihtes Salz, das die Tiere vor Seuchen schützen sollte. Die Tierweihnacht wird vielfach auch «Lüttenweihnacht» genannt.

Time Square Die wohl größte und bekannteste Silvesterparty wird in New York am Time Square gefeiert, wo sich Tausende von Amerikanern und Touristen schon lange vor Mitternacht versammeln. Alles blickt auf die große Uhr, und die letzten Sekunden werden laut mitgezählt. Das Spektakel wird im Fernsehen in alle US-Staaten übertragen.

Timpkenfest Das Timpkenfest in der Widukindstadt Enger in Westfalen findet traditionell am 6. Januar statt. Es wird zur Erinnerung an den Tod des Sachsenherzogs Widukind feierlich begangen. An diesem Tage werden nach dem Gottesdienst in der Stiftskirche an die Kinder der Stadt «Timpken» (= Zipfel) verteilt. Dies sind gevierteilte, aus hellem Teig gebackene süße Semmeln. An Bedürftige werden außerdem Grau- und Schwarzbrote sowie Dauerwürste verschenkt. Danach treffen sich die «Provisorien», das sind Geistliche, Presbyteriumsmitglieder, Vertreter aus Politik und Verwaltung sowie geladene Ehrengäste, zu einer gemeinsamen Mahlzeit. Ursprünglich hatte der Sachsenherzog Widukind verfügt, an seinem Todestag mit der Timpkenverteilung Hilfsbedürftige zu unterstützen. Herzog Widukind war erbitterter Gegner Karls des Großen, musste sich ihm aber schließlich unterwerfen und ließ sich taufen.

Tiroler-Krippen Die «Tiroler-Krippen» erhalten ihren landschaftlichen Charakter durch die befestigten alpinen Städtchen.

Tisch ziehen In einigen Osttiroler Gemeinden kennt man noch den alten Nikolausbrauch des «Tisch ziehen» («Tisch zoichn»). Dabei versuchten mehrere Klaubaufe nach dem Besuch des heiligen Bischofs den Tisch eines Hauses ins Freie zu ziehen. Gelang ihnen dies, so galt das für den Hausherrn als Schande.

Tochter Zion Georg Friedrich Händel (1685–1759) schrieb die Melodie dieses Weihnachtsliedes. Der Text stammt von Heinrich Ranke (1798–1876).

Togo-Krippe Native Weihnachtskrippe aus dem afrikanischen Togo. Die Krippe mit einem schwarzen Jesuskind ist aus Holz und Bast gefertigt und im Besitz der Sammlung Würth.

Tölggersinger Im österreichischen Mölltal ziehen junge Burschen in den Adventsnächten sowie drei Tage vor und nach Heilige Drei Könige von Haus zu Haus und singen alte Hirtenlieder.

Tonttus Kleine Wichtelmänner, die in Finnland als ausgezeichnete Handwerker das Weihnachtsspielzeug anfertigen.

«Tota pulchra es, Maria» Chormusik für Tenor von Anton Bruckner (1824–1896).

Tragant Dieser Knetteig wird aus Zucker, Eiklar und Stärke angerührt. Die Masse wird danach mit Pflanzensaft eingedickt und im Ofenrohr bei niedriger Temperatur lediglich durchgetrocknet, nicht aber gebacken. Durch diese sanfte Trocknung erhält die Oberfläche der Figuren eine geschlossene Oberfläche, die ähnlich wie Porzellan aussieht und sich vorzüglich bemalen lässt. «Tragant» ist bereits seit dem Mittelalter bekannt und beliebt, weil sich die Masse sehr gut modellieren lässt. In der Biedermeierzeit wurden aus Tragant wertvolle Tafelaufsätze angefertigt. Später griffen die Zuckerbäcker auf diesen gut formbaren Teig zurück und verwendeten ihn hauptsächlich zur Anfertigung von buntem Christbaumbehang.

Tragekrippen Bei weihnachtlichen «Heischzügen», wahrscheinlich Heiligen-Prozessionen, wurden so genannte «Tragekrippen» mitgeführt, die man auch «Herodeskasten» nannte. Vielfach gingen früher Kinder mit derartigen Krippen von Haus zu Haus, sangen weihnachtliche Lieder und sammelten für Arme und Bedürftige milde Gaben.

Traminer Altar ➛ «Krippenaltar»

Tränenwunder von Raab ➛ «Christkindl-Wallfahrt»

Transeamus Lateinisch: Verkündigung der Hirten.

«Transeamus usque Bethlehem» Lateinisch: «Gehen wir nach Bethlehem». Der Breslauer Domkapellmeister Joseph Ignaz Schnabel (1767–1831) schrieb dieses große Adventswerk, das sich mit dem Gang nach Bethlehem und dem Weihnachtswunder auseinander setzt. Dieses Werk wird in München seit 1966 jedes Jahrmit großem Erfolg aufgeführt.

Translatio San Nicolai Der 9. Mai war viele Jahrhunderte ein christlicher Feiertag. Die «Translatio San Nicolai» erinnert an die Ankunft der geraubten Gebeine des heiligen Nikolaus in Bari/Italien.

Trapp, Hans Im ausgehenden Mittelalter war im Elsass «Hans Trapp» (Hanstrapp) der Begleiter des Christkindes. Er war in zottelige Felle gekleidet und hatte das Gesicht geschwärzt. Dabei schwang er seine Tute und rasselte mit einer Kette, wenn ihm das Christkind ein unartiges Kind meldete. Der Name Hans Trapp soll von einem Hofmarschall des Kurfürsten von der Pfalz stammen, der in Wirklichkeit Hans von Dratt geheißen hat. Er soll im 16. Jahrhundert das Volk drangsaliert haben und wurde dadurch auch ein echter Kinderschreck.

Trauben-Jesulein ➛ «Kolumba-Jesulein»

«Traunsteiner Hirtenlied» Seit 1782 ist in Traunstein ein weihnachtliches Hirtenlied, das in der Christmette in Mundart gesungen wird, überliefert. Es handelt sich dabei um ein Lied für drei Sänger mit zehn Strophen.

Trebitscher Krippen Noch heute sind die «Trebitscher Krippen» aus Böhmen, die aus Papier nach handgemalten Originalen angefertigt werden, ein Begriff in Krippenfachkreisen.

Tricheln Alter Lärmumzug vom 26. bis zum 30. Dezember in einigen Orten wie Hasliberg, Meiringen und Gadmen im Kanton Bern in der Schweiz. Dabei lärmen die vermummten Gestalten laut mit Kuhglocken und Schellen. Wichtigster Tag der Umzüge ist der «Übersitz-Abend» am letzten Werktag vor Silvester.

Trierer Weihnachtsbär Eine einmalige Besonderheit in Deutschland kann der Trierer Weihnachtsmarkt mit seinem «Weihnachtsbären» anbieten. Dieser überdimensionale und sprechende Teddybär begrüßt die Besucher des Weihnachtsmarktes und verfehlt vor allem bei den Kleinen seine Wirkung nicht.

Trierer Weihnachtskrippe Auf dem Trierer Weihnachtsmarkt können die Besucher auch eine der in Deutschland seltenen mechanischen Weihnachtskrippen mit lebensgroßen Figuren bewundern.

Trifles «Trifles», ein Bisquit-Auflauf, ist die traditionelle Weihnachtsnachspeise in Neuseeland.

Tropus Unter «Tropus» versteht man die textliche wie auch die musikalische Erweiterung des weihnachtlichen liturgischen Gesanges zum Krippenspiel.

Trostberg/Obb. In der Trostberger Altstadt-Pfarrkirche St. Andreas wird in der Frauenkapelle ein bedeutendes «Weihnachtsrelief» aufbewahrt. Während der Weihnachtszeit schmückt diese große, farbenprächtige Relieftafel den rechten Seitenaltar. Das Relief zeigt in kunstvoller Arbeit die Geburtsszene Jesu und ist vermutlich das Überbleibsel des großen spätgotischen Flügelaltars um 1500.

Trösterlein ➛ «Fatschenkind»

«Tröstet, tröstet, spricht der Herr» Adventslied des norddeutschen Komponisten Hans Friedrich Micheelsen (1902–1975). Den Text schrieb Waldemar Rode (1903–1960) im Jahre 1937.

Tunschere Abwandlung der Weihnachtspyramide in Ostfriesland.

Türkenfelder Silvesterritt Jedes Jahr findet zum Jahreswechsel in Türkenfeld in Oberbayern um die Mittagszeit ein Silvesterritt statt. Nach einer schlimmen Viehseuche im Jahre 1807 verlobten sich die Türkenfelder Bauern zum heiligen Papst Sylvester, der auch hier als Viehpatron verehrt wird und dem auch ein Seitenaltar in der Türkenfelder Pfarrkirche geweiht ist, worauf die große Viehseuche erlosch.

Tür-Krippe Vereinzelt wurden früher Weihnachtskrippen in Kirchen und Schlössern in einem Türrahmen beziehungsweise in einer Türnische aufgebaut.

Turmsingen Seit über dreihundert Jahren findet in Schneeberg/Erzgebirge in der Nacht vor dem Heiligen Abend das so genannte «Turmsingen» auf dem Turm von St. Wolfgang statt. Weit über einhundert Sänger und Sängerinnen verkünden morgens um vier Uhr die Weihnachtsbotschaft.

Türst Wenn am Mittwoch, Freitag und am Samstag nach St. Lucia die Stürme um die Häuser toben, dann ist in einigen Kantonen der Schweiz der «Türst» mit seinem Gefolge unterwegs. Er reitet auf einem feurigen Pferd, und höllische Jäger, jaulende Hunde und unheimliche Hornbläser begleiten diese wilde Jagd. In diesen Nächten soll man sich nicht im Freien aufhalten, sondern sich im Haus verstecken, fasten und beten.

Tütenlametta Volkstümliche Bezeichnung des Einzelhandels, der seinen Kunden das Lametta in mehrfarbigen und länglichen Papiertüten abgepackt zum Kauf anbietet.

«Über den Stern und die Weisen» Die meisten mittelalterlichen Darstellungen der Heiligen Drei Könige basieren mehrheitlich auf der wohl legendären Schrift des angelsächsischen Benediktiners Beda Venerabilis (um 673–735) «Über den Stern und die Weisen». In ihr sind die namentlich genannten «Magier» mit zahlreichen Eigenschaften beschrieben, und es sind ihnen auch drei Gaben zugeordnet.

«Über die Geburt Jesu» Weihnachtsgedicht des schlesischen Dichters und Humanisten Andreas Gryphius (1614–1664).

Ucht In den katholischen Regionen Westfalens gilt die so genannte «Ucht» als die nach wie vor traditionelle Weihnachtskirchenzeit. Sie findet zwischen 3.00 und 4.00 Uhr am frühen Morgen des 25. Dezember statt.

Ulfert-Buchholz-Sammlung Diese Krippensammlung des Ehepaars Buchholz umfasst inzwischen weit über 800 Krippen aus 128 Ländern von allen Kontinenten und zählt zu den größten der Welt. Sie ist nach ihrem Sohn Ulfert benannt, der im Alter von 22 Jahren in Südkalifornien tödlich verunglückte. Edwin Buchholz begann 1954 Krippen zu sammeln. Im Jahre 2001 wurde die Sammlung von dem Industriellen Prof. Reinhard Würth übernommen und in das Würth-Museum in Künzelsau eingebracht.

Umgang der Heiligen Drei Könige ➛ «Münster»

Umtausch-Rallye An den Tagen zwischen Weihnachten und Neujahr stattfindende Umtauschorgie für unpassende und unbrauchbare Geschenke.

Unbefleckte Empfängnis Mariae Papst Pius IX. (1792–1878) verkündete 1854 das Dogma der «Unbefleckten Empfängnis». Damit sprach die katholische Kirche Maria von der allen Menschen angeborenen Erbsünde frei.

Unbesiegbare Sonne ➛ «Sol invictus»

«Und es begab sich ...» Der österreichische Heimatdichter Karl Heinrich Waggerl hat mit viel Herz die «inwendige Geschichte» um das Kind von Bethlehem geschrieben.

«Und so kam der Heiligabend heran» Beschauliche Weihnachtsbetrachtung des großen deutschen Erzählers Theodor Fontane (1819–1898).

«Und unser lieben Frauen» Diese klassische Chormusik stammt von Max Reger (1873–1916).

«Unser erster Christbaum» Stimmungsvolle Erzählung von Peter Rosegger (1843–1918).

«Uns ist ein Licht entstanden» Weihnachtslied der Nationalsozialisten. Es sollte die schöne Weihnachtsweise «Es ist ein Ros' entsprungen» ersetzen, was sich allerdings nicht durchsetzte.

«Uns ist geboren ein Kindlein» Max Reger (1873–1916) hat die Noten dieses Weihnachtsliedes zu Papier gebracht. Den Text hat ein unbekannter Dichter um 1604 geschrieben.

«Unter dem Tannenbaum» Diese schöne Weihnachtsnovelle von Theodor Storm (1817–1888) erzählt ausführlich vom Auspacken, Aufstellen und Schmücken des Weihnachtsbaumes. Besonders interessant ist die Tatsache, dass in dieser 1865 zum ersten Mal erschienenen Erzählung das berühmte Gedicht «Von drauß' vom Walde komm ich her ...» eingebettet ist.

Unterländer Weihnachtsmarkt Heimeliger Weihnachtsmarkt in Ebbs/Tirol, der an den vier Advents-Wochenenden seine Pforten öffnet.

Unternächte In Teilen von Österreich und Böhmen werden die Nächte von Weihnachten bis Heilige Drei Könige auch als «Unternächte» bezeichnet. In diesen Nächten machen sich, der Sage nach, die Hausgeister besonders heftig bemerkbar.

Untote ➛ «Schratzln»

Unvergängliches Leben Der reich geschmückte Weihnachtsbaum sollte früher das «unvergängliche Leben» in der sonst im Winter abgestorbenen Natur darstellen.

«Unvergleichliche Zeit» Thomas Mann beschreibt in seinem Roman «Die Buddenbrooks» die vorweihnachtliche Aufregung des kleinen Johann. Mit Hilfe eines Abreißkalenders fiebert er Tag für Tag der «unvergleichlichen Zeit» entgegen.

Urbino Die Stadt Urbino (Provinz Marken/Italien) ist seit dem frühen Mittelalter eine Stadt der Künste gewesen. Im 15. Jahrhundert erlebte die Stadt unter Herzog Federico II. von Montefeltro ihre Blütezeit, als viele Künstler, Dichter und Gelehrte dort wirkten. Im Palazzo Ducale, dem Herzogspalast, und im Dom-Museum sind u. a. Gemälde, die «Madonna von Senigallia» von Piero delle Francesca (1415/20– 1492), die «Sacra conversazione» von Giovanni Bellini (1430/35–1516), die «Madonna mit dem Kind und den Heiligen Simon und Judas» von Federico Barocci (1535–1612), die «Madonna mit dem Kind» von Orazio Gentileschi (1563– 1639), die «Madonna mit dem Kind» von Pomarancio (1552–1626), die «Madonna mit dem Kind» (Madonna die Latte) von Andrea Bologna (1529–1608) und die «Geburt Christi mit Heiligen» aus der Malschule von Timoteo Viti (1469–1525) zu bewundern. Ferner ist auch eine seltene Keramikkrippe, die «Geburt Jesu», zu sehen.

Urnäsch/Schweiz Für die Bürger des Dorfes Urnäsch im Halbkanton Appenzell-Ausserrhoden beginnt das neue Jahr erst am 14. Januar, weil sich die Bewohner, was das Neujahrsfest angeht, immer noch nach dem julianischen Kalender richten.

Ursulinenkrippe Kunsthistorisch wertvolle Barockkrippe aus dem frühen 18. Jahrhundert mit über 300 Figuren. Die Krippe wurde 1865 von der Kaufmannswitwe Anna Auer dem Ursulinenkloster in Landshut vermacht. Bereits damals hatte die Krippe einen Wert von über 1000 Gulden. Die «Ursulinenkrippe» beschränkt sich nicht auf die Geburtsszene, sondern beinhaltet auch die Flucht nach Ägypten, die Predigt Jesu im Tempel und die Hochzeit von Kana. Die Krippe ist in der Ursulinenkirche in Landshut zu bewundern.

Vanille Sie wird vielfach auch als «Königin der Gewürze» bezeichnet und ist eine tropische Orchideenart. Die langen schwarzen Vanilleschoten enthalten im Inneren das aromatische Vanillemark. Das Gewürz wird als ganze Schote oder als Pulver oder Vanillezucker angeboten.

Vanillin Vanillin ist das künstliche Gegenstück zur Natur-Vanille.

Vasilopita In Griechenland wird in der Silvesternacht, nachdem man sich Glück für das neue Jahr gewünscht hat, der Neujahrskuchen, «Vasilopita», angeschnitten. Wer in seinem Stück eine eingebackene Münze findet, wird im neuen Jahr besonders viel Glück erwarten dürfen.

Väterchen Frost Da das Weihnachtsfest der orthodoxen Kirche in Russland erst nach Jahresanfang am 6. Januar gefeiert wird, bringt der Gabenspender «Deduschka Moros», auch liebevoll «Väterchen Frost» tituliert, den Kindern bereits am 31. Dezember die Geschenke.

Vaterunser-Hölzle ➛ «Klausenhölzle»

Vater Winter Altdeutsche Bezeichnung für den Weihnachtsmann.

Veitsgäulche Das «Veitsgäulche» trieb früher am Neujahrstag zwischen Rhön, Vogelsberg und Spessart sein Unwesen. Wer ihm begegnete, ihm Gutes wünschte und es beschenkte, sollte im neuen Jahr besonders viel Glück haben.

Venerabilis, Beda ➛ «Über den Stern und die Weisen»

Venezianischer Tau Sehr kleine und bunte Glasperlen, auch aus Muranoglas gefertigt.

«Veni redemtor gentium» ➛ «Nun komm, der Heiden Heiland»

Verband der Bayerischen Krippenfreunde ➛ «Burger, Alois»

Verdauung Wird während der Festtage überproportional strapaziert und kann sauer darauf reagieren. Darum: Lieber weniger. Das ist im Endeffekt weitaus mehr!

Verdun, Nicolaus von Der berühmte Reliquienschrein der Heiligen Drei Könige im Kölner Dom wurde zwischen 1181 und 1230 in der Werkstatt des lothringischen Goldschmieds Nicolaus von Verdun (vor 1150–nach 1205) angefertigt.

Vereinigte Weihnachtsschützen Gesamtverein der über zwanzig verschiedenen Ortsvereine der Berchtesgadener Weihnachtsschützen.

«Vergesst die Krippe ja mir nicht» Die Zeilen dieses kurzen Weihnachtsgedichts stammen von dem bayerischen Dichter Franz Graf von Pocci (1807–1876).

Vergoldertage Als «Vergoldertage» wurden früher in Holland jene Tage vor Nikolaus genannt, an denen die Frauen zu den Nachbarn gingen und beim Vergolden der Pfefferkuchen halfen. Später am Abend wurde gesungen, erzählt und Anismilchpunsch getrunken.

Vergoldete Kartoffel In Thüringen und im Vogtland hängten die ärmeren Leute früher vergoldete Kartoffeln als Schmuck an den Christbaum. Das war billig und sollte die Paradiesäpfel ersetzen.

Verkehrte Welt Im Mittelalter gab es den Brauch der «Verkehrten Welt». Immer am 28. Dezember hatten die Kinder und Jugendlichen das Sagen, und die Erwachsenen mussten ihnen zu Diensten sein.

Verkündigungsengel Bei vielen Weihnachtskrippen spielen die «Verkündigungsengel» eine herausragende Rolle. Meistens sind diese Engel größer als die anderen Figuren und besonders schön und wertvoll ausgestattet. In der Krippe der Klosterkirche Reutberg am Kirchsee/Obb. kann man drei besonders kostbare «Verkündigungsengel» bestaunen.

Verkündigungsgruppen Im Dom St. Peter in Regensburg befindet sich wohl eine der interessantesten «Verkündigungsgruppen». Durch die ganze Breite des Langschiffes getrennt, stehen sich an den beiden westlichen Vierungspfeilern der Engel und die Jungfrau gegenüber. Dem Erzengel ist die hohe Botschaft durch sein strahlendes Lächeln förmlich abzulesen. Der Bildhauer, nach einem Grabmal «der Erminoldmeister» genannt,

ist unbekannt, zählt jedoch sicherlich zu den bedeutendsten und ausgeprägtesten Künstlern des ausgehenden 13. Jahrhunderts.

Verkündigungsspiel Während der Christvesper der evangelischen Kirche wird am Heiligen Abend vielfach auch das «Verkündigungsspiel» aufgeführt. Meistens sind es die Konfirmanden, die bei diesem Spiel mitwirken. Im Mittelpunkt steht dabei das Licht des Weihnachtssterns, der zum Christuskind hinführt. Dieser Stern wandert unter einem sternenblauen Baldachin durch die Kirche. Zunächst zu den Kindern von Bethlehem, dann zu den Hirten und schließlich zum Kind in der Krippe.

Verlag Gustav Kühn Um 1900 ein sehr bekannter Verlag für farbige Bilderbögen in Neuruppin.

Verlorener Montag Der erste Montag nach Heilige Drei Könige wurde früher auch als «Verlorener Montag» bezeichnet. An diesem Tag wurde der Weihnachtsbaum weggeräumt.

Vermahnung In der Regel wird das Christkind als sanft und sehr gütig dargestellt. Aber es stellte früher auch gewisse Anforderungen an die Kinder, in dem es aus dem Himmel «Vermahnungen» in Versform schickte: «Kindlein, wollt ihr gerne haben/Mich, samt meine schönen Gaben/Lernt, gehorcht, betet, singt/Daß es in den Himmel klingt.»

«Verse zum Advent» Stimmungsvolles Weihnachtsgedicht von Theodor Fontane (1819–1898).

Versilvestern ➛ «Silvesterkläuse»

Versöhnungstag Im Rheinland wird der Tag der unschuldigen Kinder (28. Dezember) auch als «Versöhnungstag» gefeiert.

Verzweiflung Überfällt regelmäßig alle Zeitgenossen, die glauben, in den letzten Tagen vor dem Fest noch locker alle Geschenke besorgen zu können, und dann feststellen, dass ihnen die Zeit unerbittlich davonläuft.

Via San Gregorio Armeno Straße der Krippenbauer und -schnitzer in Neapel.

«Viel Schellische» Alter Wunsch zum neuen Jahr auf der Insel Helgoland.

Vierblättriges Kleeblatt Auch das Kleeblatt zählt zu den Silvester- bzw. Neujahrs-Symbolen. Da vierblättriger Klee in der Natur nur sehr selten vorkommt, ist es schon reines «Glück», ein solches Blatt zu finden.

Vigilienabend In Beuthen/Schlesien wurde früher der Heilige Abend auch als «Vigilienabend» bezeichnet. Der Name orientiert sich am lateinischen «vigil» = wachend, schlaflos. Bei den Römern war die Vigilie die Nachtwache des Heeres, in der katholischen Kirche wird damit auch der Nachtgottesdienst am Vorabend hoher Feiertage bezeichnet.

Villinger Kuhreien Alter Weihnachtsbrauch der Stadt Villingen-Schwenningen. Er geht zurück auf ein Gelöbnis aus dem Jahr 1765, als in Südwestdeutschland die Pest wütete. Damals gelobten die Hirten, jedes Jahr am Heiligen Abend die Kuhreien (Kuhreigen) mit einem etwa 1,5 m langen alphornähnlichen Holzinstrument (Herterhorn = Hirtenhorn) auf dem Marktplatz zu blasen, wenn sie von der Pest verschont werden würden. Heute werden die Melodien von den Musikern der Stadt- und der Bürgerwehr bei einem Umzug durch die Innenstadt auf einem Herterhorn, das nach altem Vorbild rekonstruiert wurde, geblasen.

Vilsbiburg In Vilsbiburg/Niederbayern kann man das ganze Jahr in der Wallfahrtskirche «Maria Hilf» die so genannte «Bergkirchenkrippe» bewundern. Diese Jahreskrippe, deren weit über 100 Figuren um die Wende des 19./20. Jahrhunderts entstanden, sind auf einer zweistöckigen Drehbühne aufgebaut.

Virtueller Adventskalender Moderne Möglichkeit, Adventskalendertürchen auf dem Computer zu öffnen.

«Vita per Michaelem» Diese Handschrift, vermutlich zwischen 750 und 850 in Konstantinopel entstanden, gilt als die älteste Biographie des heiligen Nikolaus.

Volkacher Freimaurer-Lebkuchen In Volkach am Main werden auch heute noch die so genannten «Freimaurer-Lebkuchen» nach einer alten Familienrezeptur hergestellt. Nach dem Rezept von Johann Baptist Schmitt, der im Jahr 1842 als Abgeordneter des Bayerischen Landtages diese besonderen Gewürzlebkuchen auf Wunsch einer Freimaurerloge erstmalig in rechteckiger Form herstellte, wurde er ohne Schokoladen- oder Zuckerguss auf Oblaten gebacken. Das in seiner Gewürzkombination einzigartige Gebäck wird seit dieser Zeit in unveränderter Form hergestellt.

Volkacher Weihnachtsstraße Bezeichnung für den Christkindlmarkt in Volkach am Main. Benannt nach der Hauptstraße des Ortes, die Ober- und Untertor verbindet.

«Völkerkrippe von Bethlehem» ➛ «Fehrenbacher, Albert»

Völkerwanderung Sie tritt speziell an den vier langen Verkaufs-Samstagen vor Weihnachten auf, wenn es gilt, das noch vorhandene Weihnachtsgeld loszuwerden.

Volksweihnacht Im Dritten Reich versuchte die nationalsozialistische Partei, zusammen mit dem «Winterhilfswerk» (WHW), die so genannte «Volksweihnacht» immer mehr in den Vordergrund zu stellen – raffinierterweise unter Ausnutzung der weihnachtlichen Emotionen, christlicher Elemente, wie auch

Besinnlichkeit und Tradition. Nach und nach verschwanden sodann die christlichen Symbole und wurden durch das Sonnenrad und das Julfeuer ersetzt. Besonders der Christbaumschmuck unterlag einer großen Wandlung. Neben Kriegsmaterial wie Flugzeuge, Bomben und Kanonen wurde nun versucht, Symbole «verschütteter germanischer Bräuche und Ideen» wie Licht-, Glücks- und Runenzeichen und natürlich auch den Adler als Baumschmuck zu propagieren. Inwieweit die NS-Ideologie wirklich in das familiäre Weihnachtsfest eindringen konnte, ist heute kaum nachzuvollziehen. Wenn auch «Kriegsschmuck» den Weihnachtsbaum zierte, so blieb doch letztendlich die christliche Weihnacht davon mehr oder weniger unbeschadet.

Vollweihnacht Alter süddeutscher Namen für Heilige Drei Könige.

«Vom Christkind» Inniges und stimmungsvolles Weihnachtsgedicht von Anna Ritter (1865–1921).

«Vom Geist der Weihnacht» Weihnachts-Musical von Dirk Michael Steffan (Musik und Produktion) und Michael Tasche (Text). Das Musical basiert auf «A Christmas Carol», einer der berühmtesten Weihnachtsgeschichten von Charles Dickens (1812–1870). Die Uraufführung fand 2001 in Oberhausen statt.

«Vom heiligen Nikolaus» Klassisches russisches Volksmärchen, das der Dichter Alexander N. Afanassjew verfasst hat.

«Vom Himmel hoch, da komm ich her» Am Heiligen Abend des Jahres 1535, so wird berichtet, saß Martin Luther, der Vater des evangelischen Gesangbuches, spät in der Nacht bei flackerndem Kerzenlicht und schrieb an seiner Weihnachtspredigt. Beim Studium stieß er in einem Buch auf folgenden

Vers: «Ich komm aus fremden Landen her und und bringt auch viel der neuen Mär.» Diese Zeilen ließen ihn nicht mehr los, und so zog er das Tintenfass zu sich her und begann Zeile um Zeile hinzuzunotieren: «Vom Himmel hoch, da komm ich her, ich bring euch gute, neue Mär; der guten Mär bring ich so viel, davon ich singen und sagen will.» Es sollten noch zweihundert Jahre vergehen, ehe Johann Sebastian Bach sich an diesen Versen erfreute und, aufbauend auf der Melodie von Valentin Schuhmann (1539), eine wunderbare Musik dazu komponierte.

«Vom Himmel hoch, da komm ich her» Die Weihnachtskantate «Vom Himmel hoch, da komm ich her» von Felix Mendelssohn-Bartholdy (1809–1847) gehört zu den klassischen Musikwerken der Weihnacht.

«Vom Himmel in die tiefsten Klüfte» Kurzes, aber sehr eindringliches Weihnachtsgedicht von Theodor Storm (1817–1888).

«Vom Himmel kam der Engel Schar» Weihnachtlicher Choral für fünf Stimmen von Melchior Vulpius (1570–1615).

«Vom Schenken» Überzeugendes Weihnachtsgedicht von Joachim Ringelnatz (1883–1934) über das große Geheimnis des Schenkens.

«Von drauß' vom Walde komm ich her» Wunderbares und einfühlsames Gedicht von Theodor Storm (1817–1888). Siehe auch «Unter dem Tannenbaum»

Voradventsmarkt In Bad Füssing in Niederbayern kann man bereits auf dem «Voradventsmarkt» am letzten Sonntag vor der Adventszeit weihnachtliche Gegenstände einkaufen.

Voragine, Jacobus ➛ «Legenda Aurea»

Vorchristkindl Bezeichnung für Hausierer, die früher vor Weihnachten in den ländlichen Gebieten und im Bayerischen Wald mit Leiterwagen von Haus zu Haus zogen und allerlei Kleinwaren sowie Christbaumschmuck und einfaches Spielzeug feilboten.

Vorchristkindlmarkt Seit sechs Jahren gibt es in Ohlstadt bei Garmisch-Partenkirchen einen «Vorchristkindlmarkt», welcher jeweils am dritten Novemberwochenende abgehalten wird.

«Vor der Krippe» Stimmungsvolles Weihnachtsgedicht von Annette von Droste-Hülshoff (1797–1848).

«Vorfreude auf das nahende Fest» Weihnachtsgedicht von Heinrich Hoffmann von Fallersleben (1798–1874).

«Vorfreude auf Weihnachten» Diese hübsche Erinnerung an die Vorweihnachtszeit stammt aus der Feder des lyrischen Humoristen Joachim Ringelnatz (1883–1934).

«Vorfreude, schönste Freude» DDR-Weihnachtslied des Komponisten Siegfried Köhler (geb. 1923).

«Vorweihnachten» Nationalsozialistischer Adventskalender in Buchform, der 1942 im Franz Eher Verlag in München erschien. In «Vorweihnachten» wird versucht, die religiösen Weihnachtseinflüsse durch altgermanische Gegenbilder zu ersetzen. Dabei ersetzt Knecht Ruprecht den heiligen Nikolaus und erweist sich als wieder auferstandener Schimmelreiter Wotan. Das Christkind verwandelt sich in ein «Lichtkind», die Weihnachtskrippe unter dem «Julbaum» wird zum «Weihnachtsgärtchen», und der Adventskranz wird zum «Sonnwendkranz».

Vullbucksavend Im norddeutschen Raum wird der Weihnachtsabend, nicht ohne Grund, auch «Vullbucksavend», was so viel heißt wie Vollbauchsabend, genannt, denn das Essen spielt an diesem Tag eine besonders große Rolle.

Vulpius, Melchior Der deutsche Komponist Melchior Vulpius (1570–1615) war u. a. Kantor in Weimar. Er schrieb viele Choräle, Weihnachtsmotetten und Kirchenlieder.

Wace, Robert Von Robert Wace (ca. 1100–1174) stammt die wohl erste volkstümliche Beschreibung des heiligen Nikolaus des Hochmittelalters unter dem Titel: «St. Nicholas».

«Wachet auf, ruft uns die Stimme» Adventliche Weise von Hans Sachs (1494–1576). Die Verse schrieb der Theologe Philipp Nicolai (1556–1608) im Jahre 1599. Er schrieb auch den Text von «Wie schön leuchtet der Morgenstern».

Wachsbleiche Im 17. und 18. Jahrhundert wurde das natürliche Bienenwachs in so genannten «Wachsbleichen» in weißes Bienenwachs umgewandelt. Gebleicht werden konnte dabei jedoch nur in den Sommermonaten, wenn ausreichend die Sonne schien. Weißes Bienenwachs war eine Kostbarkeit, die doppelt so teuer war wie das natürliche goldgelbe Bienenwachs. Heute dagegen wird weißes Bienenwachs durch chemische Behandlung gebleicht.

Wachsfiguren Figuren aus Wachs haben eine lange Tradition. Sie haben am Weihnachtsfest einen nicht wegzudenkenden Anteil. Die Darstellung reicht von den Krippenfiguren, der Heiligen Familie, bis hin zu den «Fatschenkindern».

«Wachstuben-Weihnacht» Der Maler Franz Marc (1880–1916) schrieb während seines Wachdienstes am Weihnachtsabend 1914 in Mühlhausen einen Brief an seine Liebste. Er ist vergnügt und schreibt von seiner «Wachstuben-Weihnacht»: «... Der Krieg selbst ist übrigens ein Wunder genug, um die alte Prophezeiung zu rechtfertigen ...» «Ein bisschen stiller und melancholischer wirst Du mich vielleicht finden ...»

Waggonkrippe 1992 wurde von dem Krippenbauer Joseph Seidl eine Weihnachtskrippe angefertigt, die in einem Eisenbahnwaggon eingebaut ist. Die Krippe ging ursprünglich in der Weihnachtszeit auf die Reise von Bahnhof zu Bahnhof, um

Spenden für die Kinderhilfsaktion des ORF «Licht im Dunkel» zu sammeln. Seit 1997 ist sie während der Weihnachtszeit in Steyr zu besichtigen.

Waidring/Tirol Im lange verschollenen Kirchenliederbuch von Blasius Wimmer (Organist und Lehrer in Waidring) fand sich die erste bekannte Niederschrift von «Stille Nacht!» außerhalb von Salzburg.

Walburgisöl Benannt nach der heiligen Walburga (710–762). Ihre Gebeine wurden in der Heiligkreuzkirche 893 beigesetzt. Immer in den Wintermonaten sammelt sich unter dem Steinsarg eine helle, wässerige Flüssigkeit, das «Walburgis-Öl», dessen Zustandekommen bis heute noch nicht geklärt werden konnte. Dem Öl wird eine Heilwirkung bei vielerlei Gebrechen zugesagt.

Waldkirchener Drei-Königs-Lied Das «Waldkirchener Drei-Königs-Lied» ist eines der ältesten Lieder dieser Art. Seit Jahrhunderten wird es vom Vater an die Kinder übergeben.

Waldkirchener Hirtenspiel Das «Waldkirchener Hirtenspiel» zählt zu den ältesten Hirtenspielen Bayerns. Bereits im Jahre 1631 ist es in einer Freyunger Kirchenrechnung erwähnt. Das Hirtenspiel wurde alljährlich kurz vor Weihnachten von den Kindern des Markthüters in den einzelnen Bürgerhäusern aufgeführt. Es war im Grunde mehr ein «Umgangspiel», also kein so genanntes «Stubenspiel». Dargestellt wurden Maria (mit einem Wachschristkind) und Josef (beides stumme Rollen), drei Hirten und ein Verkündigungsengel. Das «Waldkirchener Hirtenspiel» wurde bis in die Zeit des Ersten Weltkrieges aufgeführt. Seit einiger Zeit versucht man es wieder neu zu beleben.

Waldkrippe Hier wird die Krippenszene von einem Wald umgeben. Derartige Krippen kommen im Bayerischen und Böhmerwald wie auch im Erzgebirge vor.

Waldmünchener Nachtwächter In Waldmünchen im Bayerischen Wald kommt auch heute noch der «Nachtwächter» in der Silvesternacht zu den Häusern der Honoratioren und singt dort seine Glückwünsche zum neuen Jahr.

Waldweihnacht In vielen Orten der Mittelgebirge und im Alpenraum wird auch heute noch die traditionelle «Waldweihnacht» gefeiert. Besonders stimmungsvoll wird sie in der Laubau im Chiemgau begangen. Auf dem Gelände des Holzknechtmuseums wird alle zwei Jahre am 2. Adventswochenende die «Ruhpoldinger Waldweihnacht» aufgeführt. Im Freigelände wird vor der Museums- und Bergkulisse von rund 50 Mitwirkenden das Krippenspiel aufgeführt. Musikanten und Sänger aus der Umgebung untermalen das Dorfleben sowie das Krippen- und Hirtenspiel.

Walhalla Die von König Ludwig I. von Bayern erbaute Ruhmeshalle «Walhalla» ist seit einigen Jahren ein bevorzugter Platz der Jugend für die Silvesternacht, um dort mit Sekt und Feuerwerk den Jahreswechsel zu feiern.

Walnüsse Die Walnuss kann man ohne Übertreibung als die absolute «Weihnachtsnuss» bezeichnen. Man findet sie auf Lebkuchen und in Makronen, und sie darf auch auf keinem Weihnachtsteller fehlen. Die leeren Halbschalen, bronziert und zusammengeklebt, ergeben, mit roten Bändern versehen, einen hübschen Baumbehang.

Walzahn-Krippe Seltene Krippenform aus Alaska, bei der die Krippenszene von einem Ureinwohner in einen Walzahn eingeritzt wurde. Diese Weihnachtskrippe befindet sich in der Sammlung Würth.

Wangerooger Nikolausspiel Das Nikolausspiel auf Wangerooge hat eine lange Geschichte. Vor der Eröffnung des Nikolausmarktes findet in der Kirche traditionell das Nikolausspiel statt. In das Spiel werden hier auch die «Furcht einflößenden Piraten» mit eingebunden, die in den vorhergehenden Jahrhunderten auf den friesischen Inseln ihr Unwesen trieben. Im Wangerooger Nikolausspiel werden die Piraten natürlich bekehrt. Nach der Aufführung des Spieles erhalten alle braven Kinder einen ➛ «Stutenkerl».

Wappmannsberger, Bartholomäus Bekannter Münchner Krippenprospektmaler (1894–1977).

Warmbrunner Holzschnitzschule Die «Warmbrunner Holzschnitzschule» in Schlesien war besonders für ihre kunsthandwerklichen Krippenfiguren in ganz Europa bekannt.

«Warum der schwarze König Melchior so froh wurde» Besinnliche, weihnachtliche Betrachtung von Karl Heinrich Waggerl (1897–1973).

«Was bringt der Weihnachtsmann?» Dieses lustige Weihnachtslied ist eine alte schlesische Volksweise.

Waschkorb-Konfekt Große Mengen von einfachem, vor dem Backen mit Eigelb bestrichenem Gebäck aus Butter, Rahm und Mehl wurden früher im bayerischen Raum aus einem Waschkorb an die Kinder verteilt. Im Volksmund wurde es deshalb als «Waschkorbgebäck» oder als «Waschkorb-Konfekt» bezeichnet.

Wassermarzipan Der Teig des «Wassermarzipans» besteht zu 80% aus Zucker sowie Mehl und Wasser. Vor allem im Oberpfälzer Raum wurde das Wassermarzipan, welches auch als ➛ «Springala» oder «Zuckerla» bezeichnet wird, bis 1985 noch von den Bäckern hergestellt. Wassermarzipan diente auch als Christbaumschmuck und durfte erst nach dem Weihnachtsfest von den Kindern aufgegessen werden.

Wasserspringerle Neben dem «Eierspringerle» als Weihnachtsgebäck gibt es auch noch das etwas billigere «Wasserspringerle» mit kunstvoller Bemalung, welches man gerne als Christbaumbehang verwendet. In diesem Falle wird dem Teig ein Viertelliter warmes Wasser beigemengt, wodurch sich eine wesentlich kürzere Trocknungszeit erreichen lässt.

Wasserweihe Immer seltener werden die Wasserweihe und die Flusssegnung an Epiphanie vorgenommen. Dieser Brauch stammt aus dem Heiligen Land. Das Eintauchen eines Kreuzes in das Jordanwasser bildete damals den Höhepunkt der Epiphaniasfeier.

Wasserzucker Nürnberger Spezialität. Ein weißes Gebäck aus Mehl, Zucker und Wasser, das mehr getrocknet als gebacken wird. Die Backmasse wird in alten Modeln ausgedrückt. Die trockenen, bis zu postkartengroßen Motive werden bunt bemalt und mit einem Loch für den Aufhänger versehen. Die

«Wasserzucker» sind ein althergebrachter Nürnberger Christbaumschmuck.

«Was war das für ein Fest?» Moderne und eindrucksvolle Weihnachtserzählung von Marie Luise Kaschnitz (1901–1974).

Webkrippen In der Karibik kennt man auch heute noch vielfach die bunt gewirkten und symbolträchtigen «Webkrippen».

Wechselkrippen Mit den so genannten «Wechselkrippen» können, durch die Veränderungen der Landschaft, der Hintergründe und Figuren, auch andere Szenen aus der Bibel, wie z. B. das Osterfest, dargestellt werden.

Weckmann Der «Weckmann» oder auch «Weggmann», ursprünglich wohl nur am Nikolaustag, später auch am Martinstag und heute in der gesamten Adventszeit üblich, ist ein Gebildebrot, also eine aus Weizenmehlteig gebackene Bischofsfigur. Die heute meist vorzufindende Tonpfeife ist jedoch ein Irrtum. Sie sollte ursprünglich den Bischofsstab darstellen.

Weckpöppke Im Rheinland wird der Weckmann in einigen Gegenden auch «Weckpöppke» genannt.

Weggmann ➛ «Weckmann»

Weihe der Dreikönigsgaben In vielen katholischen Kirchen Süddeutschlands, z. B. in Miesbach/Obb., wird am Abend des 5. Januar die «Weihe der Dreikönigsgaben» vorgenommen. Dabei werden Wasser, Weihrauch und Kreide gesegnet, mit denen die Sternsinger am Dreikönigstag durch die Gemeinden ziehen und singend Spenden sammeln.

Weihenächte In einigen Gegenden Süddeutschlands werden die Raunächte auch als «Weihenächte» oder «Nächte der Natur» bezeichnet.

«Weihnacht» Friedrich Dürrenmatt (1921–1990) schrieb im Dezember 1942 die Erzählung «Weihnacht». Es war dies seine erste abgeschlossene literarische Arbeit.

«Weihnacht» Weihnachtsgedicht von Clemens Brentano (1788–1842).

«Weihnacht» Ein Weihnachtsgedicht mit diesem Titel hat uns der Nobelpreisträger Paul Heyse (1838–1914) hinterlassen.

Weihnachten Aus dem Mittelhochdeutschen «Ze den wihen nahten» abgeleitet, was «in den Heiligen Nächten» bedeutet. Der Begriff taucht im Deutschen erstmals 1190 beim bayerischen Dichter Spervogel auf.

«Weihnachten» «Markt und Straßen stehn verlassen, Still erleuchtet jedes Haus ...», lauten die ersten Zeilen des Gedichtes «Weihnachten», das Joseph von Eichendorff (1788–1857) verfasst hat.

«Weihnachten» Eine kleine Hymne auf den Weihnachtsbaum hat der Naturlyriker und Dramatiker Martin Greif (1839–1911) verfasst.

Weihnachten bei den Buddenbrooks Die Hansestadt Lübeck veranstaltet an drei Tagen im Dezember «Weihnachten bei den Buddenbrooks». Im historischen Gewölbekeller wird aus dem berühmten Roman das «Weihnachtskapitel» gelesen.

«Weihnachten im Lichte der Rasseerkenntnis» Rassistisches Pamphlet von General Erich von Ludendorff (1865–1937).

«Weihnachten im Schuhkarton» «Weihnachten im Schuhkarton» ist eine große Hilfsaktion für Kinder in Krisengebieten. Die Weihnachtsgeschenk-Aktion wurde vor 12 Jahren in Amerika ins Leben gerufen. Inzwischen beteiligen sich zahlreiche deutsche Schulen und Gemeinden daran.

«Weihnachten in der Fremde» Nachdenklich stimmende Weihnachtserzählung des deutschen Dichters Theodor Storm (1817–1888).

Weihnachter Der «Weihnachter» war im wahrsten Sinn des Wortes eine arme Sau, denn früher war es in der Münchner Gegend üblich, vor Einbruch des Winters den Viehbestand aus Fütterungsgründen zu verkleinern. Dies betraf besonders die Schweine, die wurden entweder verkauft oder geschlachtet. Lediglich ein Schwein, der «Weihnachter», blieb bis zum Fest verschont. Doch nach der Mitternachtsmette ging es der Sau an den Kragen, und sie wurde geschlachtet. Danach gab es reichlich Metzelsuppe, Blut- und Leberwürste, Würste und Fleisch. Dazu reichte man ➛ «Kletzenbrot», und es wurde ausgiebig gezecht. Den Brauch der Mettensau kann man heute noch vereinzelt auf dem Land vorfinden.

«Weihnacht hinterm Totenholz» Erzählung von Luise Rinser (1911–2002).

«Weihnacht in Grunzenow» Wie man das Weihnachtsfest früher in der Provinz gefeiert hat, berichtet uns der Dichter und Romancier Wilhelm Raabe (1831–1910) in seiner Erzählung «Weihnachten in Grunzenow».

Weihnachtlicher Glasschmuck Bereits im Jahre 1880 wurde deutscher weihnachtlicher Glasschmuck bei Woolworth's in New York verkauft.

Weihnachtlicher Wandelaltar In der berühmten Stiftskirche St. Maria, im renovierten Augustiner-Chorherrenstift in Dießen am Ammersee befindet sich ein «weihnachtlicher Wandelaltar». Durch das Herablassen des Bildes kann der Altar zu einer Bühne mit Kulissen verwandelt werden, auf der, anfänglich nicht sichtbar, eine Weihnachtskrippe installiert wird. In der weihnachtlichen Kindermesse am Heiligen Abend verschwindet das gewohnte Altarbild lautlos, und die Krippe, mit Maria, Joseph und dem Jesuskind, erscheint.

«Weihnachtsabend» Gefühlvolle Weihnachtserzählung von Ludwig Tieck (1773–1853), dem Dichter der Romantik.

Weihnachts-Aberglaube Bereits am 21. Dezember 1810 notierte Heinrich von Kleist seine Gedanken über die Weihnachtsbescherungen: «In meines Vaters Haus hatte die Weihnachtsbescherung noch einen Reiz, den ich in diesen leichtfertigen Zeiten überall vermisse ...» Schon damals war er wohl unangenehm von dem sich ausufernden Weihnachtsrummel berührt, was in der Feststellung gipfelte: «Nichts hat meine Seele aufgeklärt und erhoben, wie dieser Weihnachts-Aberglaube. Nachher ist die Freude immer trockener geworden. Meiner Kinder Kinder haben nicht einmal Christmarkt, Christgeschenke sagen dürfen, und darüber habe ich mir selbst das dürre liebesleere Wort: Weihnachten – angewöhnt – Arme Kinder!»

Weihnachtsaltar Im Münster St. Nikolaus in Überlingen befindet sich der herrliche Renaissancealtar von Jörg Zürn (um 1583–1635/38), der den Altar von 1613 bis 1616 anfertigte.

Am Nikolaustag des Jahres 1616 wurde der so genannte «Weihnachtsaltar» geweiht.

Weihnachtsampel ➛ «Erbsenampel»

Weihnachtsanhänger Es gehört zur Tradition, die liebevoll verpackten Geschenke noch mit einem hübschen Weihnachtsanhänger zu verzieren, aus dem hervorgeht, für wen das Geschenk gedacht ist und von wem es kommt. Dabei unterscheidet man zwei Hauptarten von Weihnachtsanhängern. Zum einen die einfachen Anhänger, meistens mit einem Foto oder einer gezeichneten Winter-Miniatur auf der Vorderseite in der linken Hälfte, daneben der mitgedruckte Wunschtext. Bis nach dem Zweiten Weltkrieg waren auch die Einfachanhänger vielfach mit Glitzerverzierung ausgestattet. Heute ist diese Art von Geschenkanhängern fast schon unbekannt. Das Hauptaugenmerk liegt nun bei 4-seitigen Buchanhängern, bei denen der Weihnachtswunschtext vorwiegend auf der 3. Seite eingedruckt ist. Das Angebot der Motive ist dabei schier unerschöpflich. Beide Arten von Anhängern verfügen über ein vorgestanztes Loch, durch welches mit speziellen Fädelmaschinen ein gedrehter Goldfaden geführt und verschlungen wird. Noch vor wenigen Jahren wurde diese Arbeit mühsam in Heimarbeit oder in Gefängnissen bewerkstelligt.

Weihnachtsansingen ➛ «Ansingen»

Weihnachtsansprache Hervorragende Möglichkeit für Bundespräsident, Kanzler und Länderfürsten, den Bürgerinnen und Bürgern zu verkünden, wie gut sie ihre Arbeit gemacht haben, und dabei nicht zu vergessen, ihnen sodann zu verkünden, dass sie den Gürtel wieder ein Stückchen enger schnallen und zukünftig mit viel weniger zufrieden sein zu müssen.

Weihnachts-Aquavit In Dänemark gibt es jedes Jahr den «Jule Akquavit» (=Weihnachts-Akquavit) in einer besonders kunstvollen Designerflasche. Der feine Schnaps mit Dill und Kümmel ist genau das Richtige nach dem fetten Gänsebraten.

Weihnachtsbälle In der ersten Hälfte des 19. Jahrhunderts waren in den deutschen Großstädten so genannte «Weihnachtsbälle» äußerst beliebt. Zu diesen Bällen wurden die Lokale prunkvoll geschmückt, und das Publikum erschien in Festtagskleidung. Vielerorts spielten große und namhafte Orchester auf, und es wurde bis weit in die Nacht hinein getanzt.

Weihnachtsbasar In vielen Städten und Gemeinden werden in der Adventszeit «Weihnachtsbasare» veranstaltet. Dabei werden selbst gebackene Plätzchen, Basteleien und selbst gefertigtes Kunsthandwerk angeboten, deren Erlös armen Menschen zugute kommt.

Weihnachtsbaum-Decke Dekorative Decke, die unter den Weihnachtsbaum gelegt wird, um die Nadeln besser auffangen zu können.

Weihnachtsbaum-Feuer In Holland ist es Brauch, nach dem Anstoß auf das neue Jahr in der Silvesternacht, die Weihnachtsbäume zu verbrennen.

Weihnachtsbaum-Plantage Nur noch ein geringer Anteil der zum Verkauf angebotenen Weihnachtsbäume stammt aus unseren Wäldern. Heutzutage werden die Bäume in riesigen Plantagen, vor allem in Dänemark, gezogen. Was im Herbst an Bäumen geschlagen wird, wird sogleich wieder mit neuen Setzlingen aufgeforstet, wodurch die «Baumproduktion» nie stoppt.

Weihnachtsbaum-Weitwerfen In den Niederlanden hat sich in den letzten Jahren eine neue Wintersportart entwickelt, das «Weihnachtsbaum-Weitwerfen». Die erste Meisterschaft fand 2001 statt. Dabei müssen die Teilnehmer mit Holzschuhen, Holzhackerhemd und Weihnachtsmütze zum Start antreten. Sie dürfen als Sportgerät ihren eigenen Weihnachtsbaum benützen, sofern dieser mindestens 1,60 Meter hoch ist. Der neue Sport ähnelt dem Speerwerfen, wobei nach den Wettbewerbsregeln der Baum mit seinem dicken Ende des Stammes voran geworfen werden muss.

Weihnachtsbeihilfe Damit Weihnachten für die Sozialhilfeempfänger in Deutschland nicht ganz unerschwinglich wird, zahlen die Sozialhilfeämter eine «Weihnachtsbeihilfe». Der einmalige Zuschuss beträgt für Alleinstehende, je nach Kreis und Land, ca. 70,– bis 85,– Euro, für Ehegatten und Mitunterstützte beläuft sich der Betrag auf ca. 105,– bis 115,– Euro.

Weihnachtsbeleuchtung In den Städten stellt die Weihnachtsbeleuchtung einen wesentlichen Anreiz zum Kauf von Geschenken dar und wird daher immer aufwendiger. Ein paar Lichterketten allein reichen heute nicht mehr aus. Für Glanz und weihnachtliche Wärme kommen immer mehr bewegliche Scheinwerfer, bunte Lichterkaskaden und computergesteuerte Lichtanimationen zum Einsatz.

Weihnachtsberg Als Robert Falcon Scott, Kapitän und Südpolarforscher, sich am Weihnachtstag des Jahres 1902 vor Victorialand befand und einen markanten Berg nahe der Küste vermaß (1889 Meter), gab er ihm den Namen «Weihnachtsberg».

Weihnachtsberge Die Herstellung von «Weihnachts- und Krippenbergen» hat im Erzgebirge wie der Bau von Weihnachtskrippen eine lange Tradition. Einmal dienten die «Weihnachtsberge» zur Komplettierung der Landschaften rund um die Krippen, andererseits wurden sie auch in der Kombination mit Pyramiden und Hängeleuchten als weihnachtlicher Schmuck für die Stuben hergestellt.

Weihnachtsbier Viele deutsche Brauereien setzen für das Weihnachtsfest ein besonderes Bier an. Meistens ist das «Weihnachtsbier» ein dunkler Bock.

Weihnachtsbilder Die bildliche Darstellung der Geschehnisse der Geburt Jesu, so genannte «Weihnachtsbilder», wird als Vorläufer der Krippen angesehen.

Weihnachts-Billets Weihnachtsglückwunsch-Briefchen werden in Österreich allgemein als Billets bezeichnet. Dabei handelt es sich meistens um kleinformatige Doppel- oder Einfachkarten, die jedoch im Kuvert verschickt werden.

Weihnachtsbirke Von einem sehr seltenen Weihnachtsbrauch im Hofer Raum berichtet der bekannte Dichter Jean Paul (1763–1825): «Alljährlich wurde am Andreasabend ein kräftiger Birkenzweig bei dem Stamme vom alten Holzhauer in der Stube geschleppt und dann in einen weiten Topf mit Wasser und Kalk gepflanzt, damit sie gerade zur Weihnachtszeit, wenn die goldenen Früchte an sie gehangen wurden, schon die rechten grünen Blätter dazu trüge.» Ähnlich wie die ➛ «Barbarazweige» wurde ein kleines Birkenstämmchen in die Stube gestellt, damit es zu Weihnachten austreiben konnte.

Weihnachtsblasen In Ebbs in Tirol bei Kufstein pflegt man noch den alten Brauch des «Weihnachtsblasens». Am 24. Dezember wird im Dom vor der Krippe auf Trompeten das Weihnachtsfest angeblasen.

Weihnachts-Bock Der Bräu von Aying, einem kleinen Dorf südlich von München, bietet in der Advents- und Weihnachtszeit traditionell seinen «Weihnachts-Bock» an. Nach einem alten Hausrezept setzt er seinen starken Bock bereits Monate vorher an. Durch die lange Lagerung erhält das Bier seinen unvergleichlich kräftig-würzigen und süffigen Geschmack.

Weihnachtsbotschaft Es war die Schar der Engel, die den Hirten auf dem Felde die frohe Botschaft von der Geburt Jesu überbrachten.

Weihnachtsbotschaft Zehntausende Gläubige warten am 25. Dezember auf dem Petersplatz in Rom auf die Botschaft, die mit dem Segen: «Urbi et Orbi» (... der Stadt und dem Erdkreis) schließt. Der Papst wünscht den Christen der Welt ein frohes und gesegnetes Weihnachtsfest in über 50 Sprachen. Die Ansprache wird vom Fernsehen weltweit übertragen.

Weihnachts-Bredle (eigentlich Weihnachtsbrötchen) Weihnachtsgebäck, das auf dem romantischen Weihnachtsmarkt in Mulhouse oder Strasbourg im Elsass verkauft wird.

Weihnachtsbriefe Butter-Nougat-Gebäck in Briefform, das mit Belegkirschen geschmückt wird.

Weihnachtsbriefmarken Meistens sehr schöne Sondermarken, die es als Block oder Einzelmarken mit Zuschlag für eine gute Sache gibt. Die erste deutsche Weihnachtsmarke erschien 1969 und zeigte eine Zinnfigur, die um das Jahr 1850 entstanden ist. «Weihnachtsbriefmarken» gehören unbedingt auf jede Weihnachtspost.

Weihnachtsburg Schloss Weinberg, eine der mächtigsten Burgen in Oberösterreich, wird auch gerne als «Weihnachtsburg» bezeichnet. Im Advent präsentieren über 140 Aussteller schöne Weihnachtskunst und lebendige Werkstätten, die von 16 Musikgruppen weihnachtlich umrahmt werden.

Weihnachtschristentum Ironische Bezeichnung für Menschen, die nur in der Weihnachtszeit den christlichen Glauben simulieren.

Weihnachtsdorf In Rothenburg ob der Tauber hat Käthe Wohlfahrt ein «Weihnachtsdorf» eingerichtet, in dem die Kunden ganzjährig die weltweit größte Auswahl an deutscher Weihnachtsdekoration bewundern und kaufen können.

Weihnachts-Druckstudio Angeblich wird Weihnachten durch diese Software erst richtig eindrucksvoll. Von der Glückwunschkarte bis zum Weihnachtsanhänger ist jetzt alles machbar, verspricht wenigstens das «ultimative Komplett-Paket».

Weihnachtseier Früher spielte auch das «Weihnachtsei» eine große Rolle, denn das Ei symbolisiert die Geburt des Lebens. Diese Eier wurden in den Klöstern hergestellt und waren aufzuklappen. Vor allem Krippenszenen fanden, kostbar ausgestattet, vielfältige Verwendung. Heute sind Weihnachtseier nur noch selten zu finden.

Weihnachts-Evangelium Als «Weihnachts-Evangelium» wird der Bericht von Apostel Lukas bezeichnet. Es steht geschrieben unter: Lukas 2, 1–14.

Weihnachts-Exil Orte in den Bergen oder im sonnigen Süden für die Menschen, die das Weihnachtsfest nicht zu Hause feiern wollen.

Weihnachtsfasten Bis 1900 war der Vormittag des Heiligen Abends bei den Katholiken ein strenger Fasttag. Nur wer nüchtern war, konnte gegen zwölf Uhr das ➤ «goldene Rößl» über den First des Hauses laufen sehen. Gegen Abend gab es dann meistens eine kräftige Suppe. Erst nach der Christmette reichte man üppiges Essen mit Fleisch, Fisch, Mohnstrudel, Kletzenbrot, Zelten, Plätzchen und Christstollen.

Weihnachtsfensterbilder Die Verzierung der Wohnungsfenster zu Weihnachten ist eine alte Tradition. Sie ist vermutlich aus ausgeschnittenen einzelnen Figuren und Scherenschnitten hervorgegangen. Heute sind bunt bedruckte und selbstklebende Transparentfolien bei den Kindern sehr beliebt. Es gibt auch Motive mit fluoreszierenden Farben, die in der Dunkelheit zu leuchten beginnen, was die Faszination der Weihnacht hübsch unterstreicht.

«Weihnachtsfest unter der Sixtinischen Madonna» Stimmungsvolle und besinnliche Weihnachtserzählung aus dem alten Dresden, aufgezeichnet von dem Maler und Schriftsteller Wilhelm von Kügelen (1802–1867).

Weihnachtsflüchtlinge Fernwehflieger, die vor dem großen Familienfest in wärmere Regionen unserer Erde flüchten, weil sie mit Weihnachten nichts am Hut haben.

Weihnachtsflut Am 25. Dezember 1717 brach über Ostfriesland und die vorgelagerten Inseln eine der größten Sturmfluten herein. Die meisten Dämme brachen, und große Landstriche wurden überflutet. Über 2700 Menschen fanden bei dieser Katastrophe den Tod. Sie wird deshalb auch als große «Weihnachtsflut» bezeichnet.

Weihnachtsfrieden In Finnland wird am Heiligen Abend um 12 Uhr in der Stadt Turku der «Weihnachtsfrieden» ausgerufen. Diese über 500-jährige Tradition wird via Fernsehen im ganzen Land verfolgt. In früheren Jahren wurde dieser Friede sehr ernst genommen: Wer es wagte, die zwölf Weihnachtstage zu entweihen, wurde drakonisch bestraft.

«Weihnachtsgans Auguste» Kinderoper «Weihnachtsgans Auguste» von Günter Neubert (geb. 1936) nach dem Märchen von Friedrich Wolf.

Weihnachtsgarten Ursprünglich wurde der «Weihnachtsgarten» auf dem viereckigen Holzsockel der Pyramiden, der von einem kleinen Zaun umgrenzt war, angelegt. In den Garten legte man Moos, Flechten und immergrüne Zweiglein. Theodor Storm beschreibt in seiner Weihnachtserzählung «Unter dem Tannenbaum» einen typischen norddeutschen «Weihnachtsgarten».

«Weihnachtsgeflüster» Weihnachtspuppenspiel für Kinder von Billy Bernhard und Anke Scholz.

Weihnachtsgehen ➛ «Christkindl-Umgang»

Weihnachts-Gemeindetrunk In den Orten Visperterminen und Törbel im Kanton Wallis in der Schweiz findet traditionell am 25. beziehungsweise am 26. Dezember der «Weihnachts-Gemeindetrunk» aller über 12 beziehungsweise 18 Jahre alten männlichen Bürger statt. Aus hölzernen Bechern wird der Gemeindewein getrunken. In Visperterminen erhält dazu jeder Gemeindebewohner einen halben Laib Brot sowie ein $^3/_4$ Pfund Hartkäse.

«Weihnachtsgesang» Sehr lyrisches Weihnachtsgedicht von Detlev von Liliencron (1844–1909).

Weihnachts-Geschenkbänder Der echte Weihnachtsmensch verwendet für seine eingepackten Gaben immer passende Geschenkbänder. Nie würde er auf den Gedanken kommen, diese nur zu verkleben. Die Geschenkbandhersteller bieten ein reichhaltiges Sortiment in unzähligen Breiten und Farbtönen an. Auch die Vielseitigkeit der Materialen lässt nichts zu wünschen übrig. Ob bedruckt, gewirkt, kunstvoll bestickt oder mit Strass besetzt, dem Liebhaber von Weihnachts-Geschenkbändern sind keine Grenzen gesetzt.

Weihnachtsgeschichte Befindet sich im Evangelium des Lukas, Kapitel 2, Vers 1 bis 20 und beginnt: «Es begab sich aber zu der Zeit, dass ein Gebot vom Kaiser Augustus ausging, dass alle Welt geschätzt wurde».

«Weihnachtsgeschichte» Chorwerk von Carl Orff (1895–1982).

«Weihnachtsglocken» Stimmungsvolles Weihnachtsgedicht des Münchner Malers Karl Stieler (1842–1885).

Weihnachtsglückwunschbriefe Der Brauch, den Eltern und Großeltern zum Weihnachtsfest Glückwünsche sowie ein Weihnachtsgedicht schriftlich zu übermitteln, ist heute fast unbekannt geworden. In der zweiten Hälfte des 19. Jahrhunderts dagegen war es für die Kinder fast eine unabdingbare Pflicht. Die Weihnachtsglückwunschbriefe konnte man im Papierwarenladen oder über den Klassenlehrer kaufen. Die Briefformulare bestanden meistens aus Doppelbogen im DIN-A4-Format und waren mit hübschen bunten Bordüren oder mit aufwendiger Goldprägung ausgestattet. Für die Kinder war es sehr wichtig, einen passenden Text und ein nettes Gedicht zu finden. Eine weitere Hürde stellte danach die «Schönschrift» dar, auf die seinerzeit noch sehr großer Wert gelegt wurde. Die fein säuberlich geschriebenen Weihnachtsglückwunschbriefe wurden den Eltern schließlich am Heiligen Abend überreicht, wobei das ausgewählte Weihnachtsgedicht von den Kindern vorgetragen wurde. Die Weihnachtsglückwunschbriefe hatten den Zweck, die Eltern und Großeltern zu ehren.

Weihnachtsgratifikation Unternehmerbeitrag zur Ankurbelung der Konjunktur. Wird erfahrungsgemäß schon vor dem Erhalt ausgegeben.

Weihnachtsgrütze In Skandinavien ist es Brauch, dem ➛ «Julenisser» vor dem Heiligen Abend die «Weihnachtsgrütze», die mit Nüssen und Rosinen verfeinert wird, vor die Haustüre zu stellen, damit die ➛ «Weihnachtswichtel» viele Geschenke herbeibringen.

Weihnachtshauptstadt Europas Straßburg im Elsass schmückt sich auch mit dem Titel «Weihnachtshauptstadt Europas».

Weihnachtshistorie Heinrich Schütz (1585–1672), der bedeutendste deutsche Komponist vor Johann Sebastian Bach, schrieb 8 Jahre vor seinem Tod die «Weihnachtshistorie». Der Kern des Werkes ist die biblische Geschichte von der Geburt Jesu, dem Kindermord des Herodes und den drei Weisen aus dem Morgenland. Seine Kompositionen und Kirchenlieder zählen zu den herausragenden Beispielen der protestantischen Kirchenmusik, die durch sein langjähriges Studium in Venedig sehr stark vom italienischen Musikstil beeinflusst sind.

Weihnachtshochamt Das «Weihnachtshochamt», auch Tagesmesse genannt, zählt in Bayern zu den «Drei heiligen Messen».

Weihnachtshomilie Das Wort «Homilie» stammt aus dem Griechischen und bedeutet Predigt, die einen Bibeltext Vers für Vers und Wort für Wort genau auslegt. Die älteste «Weihnachtshomilie» wird Opatus von Mileve zugeschrieben und stammt aus den frühen sechziger Jahren des 4. Jahrhunderts. Das Ziel der Homilie war es, die Christen einer Gemeinde, die verfolgt wurden, neu zu ermutigen.

Weihnachtshügel Alter Brauch in Mittelfranken. Dort wird eine rund zehn Zentimeter große vergoldete Lehmkugel mit Gänsefedern bespickt, an deren Enden vergoldete Erbsen befestigt werden. Der fertige «Weihnachtshügel» wird danach an der Zimmerdecke befestigt.

Weihnachtsinseln 1.: 10,30 Grad südlicher Länge und 105,40 Grad östlicher Breite, südlich von Java/Indonesien gelegen. 2.: 2,00 Grad nördlicher Länge und 157,30 Grad westlicher Breite auf Äquatorhöhe in der Südsee gelegen. Beide Inseln wurden jeweils an Weihnachten entdeckt.

«Weihnachts-Jenny» Weihnachtserzählung der englischen Erzählerin Mary E. Freeman (1852–1930).

Weihnachtskaktus Flachblättriger und dornenloser Kaktus (lat.: Epiphyllum) öffnet seine weißen und rosa Blütenkelche bei uns zur Weihnachtszeit.

«Weihnachts-Kantilene» Sehr frommes Weihnachtsgedicht von Matthias Claudius (1740–1815).

Weihnachts-Kapitel In Thomas Manns (1875–1955) weltberühmtem Roman «Die Buddenbrooks» befindet sich dieses «Weihnachts-Kapitel», in der das Weihnachtsfest der Familie Mann beschrieben ist.

Weihnachtskatalog Im Jahre 1896 wurde von der T. Eaton Company in Toronto/Canada der allererste «Weihnachtskatalog» veröffentlicht.

Weihnachtskerle ➛ «Jólesveinar»

Weihnachtskirche Die Weihnachtskirche in Bethlehem, wo die Geburtsstätte Jesu gewesen sein soll, ist in friedlichen Zeiten das Ziel vieler Gläubigen und Pilger aus aller Welt. Den Grundstein für diese Kirche legte angeblich im Jahre 325 nach Christi Geburt Helena, die Mutter Konstantins des Großen. Ihr Sohn vollendete den Bau 339. Die Kirche wird auch vielfach als «Geburtskirche» bezeichnet.

Weihnachtsklotz-Spiele Ein Set von 30 Klötzen aus Pappmaché, deren 6 Seiten mit verschiedenen Bildern, wie Winterlandschaften, Tiere, verschneite Tannen, Engel und Weihnachtsmann mit Geschenkesack versehen waren. Diese Klötze waren zu Beginn des 20. Jahrhunderts sehr beliebt und können als Vorläufer der Puzzle-Spiele betrachtet werden.

Weihnachtsknüttel Als «Weihnachtsknüttel» bezeichnete man früher im Grenzland des Bayerischen Waldes jenes große abgelagerte Buchenscheit, welches am Heiligen Abend in den Ofen geschoben wurde und nur sehr langsam herunterbrannte, damit sich auch noch nach der Mette Glut und Wärme im Herd befand.

Weihnachtskonfitüre Die spezielle Mischung der «Weihnachtskonfitüre» besteht aus Orangen, Äpfeln und Zwetschgen und wird mit Vanille, Zimt und Rumzucker geschmacklich verfeinert.

Weihnachtskrapfen ➛ «Weihnachtssemmeln»

Weihnachtskrimi ➛ «Die Last der Engel»

Weihnachtskringel Essbarer Christbaumschmuck aus Frucht-Gelee und Zuckerguss.

Weihnachtskrippe Die Weihnachtskrippe war ursprünglich die bildhafte Darstellung von der Geburt Jesu für all jene Menschen, die früher nicht lesen konnten.

Weihnachtskrippen-Länder Zu den klassischen Krippenländern zählen: Deutschland, Österreich, Italien, Tschechien, Polen, Spanien, Portugal sowie die Länder Mittel- und Südamerikas.

Weihnachtsküchlein Früher waren die «Weihnachtsküchlein», ein Schmalzgebackenes, im süddeutschen Raum weit verbreitet, da die Gewürzzutaten wie auch der Zucker sehr teuer waren. Heute sind die «Weihnachtsküchlein» in Vergessenheit geraten.

Weihnachtskugelkoffer Moderner Koffer aus Karton oder Kunststoff, zur besseren Aufbewahrung der gläsernen Weihnachtskugeln.

Weihnachtsland Als der portugiesische Seefahrer Vasco da Gama den Seeweg nach Indien zu erforschen versuchte, erreichte er, nach tagelangen schweren Stürmen, exakt am Weihnachtsabend des Jahres 1498 die südafrikanische Küste. Er nannte dieses Land deshalb «Weihnachtsland». Der Hafen der Stadt Durban führte auch noch lange die Bezeichnung «Weihnachtshafen».

«Weihnachtslegende» Weihnachtsgedicht von Ernst von Wildenbruch (1845–1909).

Weihnachtsliebesgaben-Sendung Dahinter verbirgt sich eine Aktion von verschiedenen Bayernvereinen in den USA, die nach dem Zweiten Weltkrieg Gaben sammelten, die der Not leidenden Münchner Bevölkerung zugute kommen sollten. Am 21. Dezember 1947 übergab der amerikanische Generalgouverneur Kelly im Münchner Rathaus diese Pakete. Bei den Geschenken handelte es sich vor allem um Reis, Mehl, Fett, Trockenmilch und Textilien.

«Weihnachtslied» Von Theodor Storm (1817–1888) stammt dieses dreiversige Weihnachtsgedicht.

«Weihnachtslied» Gedicht zur Weihnacht des Dichters Clemens von Brentano (1778–1842).

«Weihnachtslied» Religionbezogenes Weihnachtsgedicht von Christian Fürchtegott Gellert (1715–1769).

«Weihnachtslied» Altes schlesisches Weihnachtsgedicht von Daniel Caspar von Lohenstein (1635–1683).

«Weihnachtslied, chemisch gereinigt» Satirisches Weihnachtsgedicht von Erich Kästner (1899–1974).

Weihnachts-Likör Den Weihnachts-Likör, dessen Basis aus Feigen, Datteln, Pflaumen, Rosinen, Vanille, Zimt, Nelken und Honig besteht, kann man sich leicht selber herstellen. In weihnachtlich dekorierte Karaffen abgefüllt, ergibt dies ein originelles Geschenk.

Weihnachtsliturgie Das geordnete gottesdienstliche Handeln in den christlichen Kirchen, ohne die Predigt.

Weihnachtslöffel Der erste Weihnachtslöffel wurde 1898 zum 80. Geburtstag des dänischen Königs Christian IX. hergestellt. Aus diesem Weihnachtsgeschenk entwickelte sich der schöne Brauch, jedes Jahr einen neuen Löffel zu verschenken. Heute buhlen mehrere Hersteller mit ihren vergoldeten Weihnachtslöffeln, die von

namhaften Künstlern entworfen wurden, um die Gunst der Sammler.

Weihnachtsmann Weltweite Symbolfigur für den Gaben- und Geschenkebringer. Auch Schimpfwort: «Sie Weihnachtsmann!»

Weihnachtsmann, aufblasbar Aufblasbare Weihnachtsmänner, mit einer Größe von 1,50 bis zu 7 Metern und mit Innenbeleuchtung, werden für die Weihnachtswerbung immer häufiger und unübersehbar eingesetzt.

Weihnachtsmann-Medaille ➛ «Weihnachtsmünzsatz»

Weihnachtsmann-Schulung Der Auftritt eines Weihnachtsmannes in der heutigen Zeit ist meistens von professioneller Art. Er setzt einwandfreies, theatralisches Sprechen, gute Gestik und Bewegung voraus, um der Darbietung einen würdigen Rahmen zu geben. Darum gibt es jetzt immer mehr «Weihnachtsmann-Schulungen», in denen man das perfekte Auftreten erlernen kann.

Weihnachtsmann-Service Heute ist es kein Problem, sich für gewerbliche oder private Auftritte einen Weihnachtsmann zu mieten. Dabei wird man auch bei Künstleragenturen fündig, die mit schauspielerischem Auftreten jeder Weihnachtsfeier ein zusätzliches Licht aufsetzen, zumal sie meistens auch auf hochwertige Kostüme aus dem Bühnenfundus zurückgreifen können und dementsprechend teuer zu Buche schlagen.

Weihnachtsmann-Sprechstunde Auf dem Leipziger Weihnachtsmarkt können kleine und große Kinder in der «Weihnachtsmann-Sprechstunde» Fragen und Kummer loswerden.

Weihnachtsmannzeitung E-Mail-Zeitung für Kinder, die trotz Computer und Internet noch immer an den Weihnachtsmann glauben!

Weihnachtsmärchen Eine gute Möglichkeit, den Kindern das Warten auf das Christkind zu verkürzen. Geeignete Märchen sind u. a.: «Frau Holle», «Die Schneekönigin» oder «Das Mädchen mit den Schwefelhölzern».

«Weihnachtsmarkt» Stimmungsvolles Ölgemälde des österreichischen Malers Gustav Barbarini (1840–1903). Das Gemälde befindet sich in der Bayerischen Staatsgemäldesammlung in

München und wird auch vielfach als Motiv für Weihnachtskarten verwendet.

Weihnachtsmarkt der Nationen ➛ «Rüdesheim»

Weihnachtsmünzsatz Zum Weihnachtsfest 2003 brachte Finnland einen Weihnachtsmünzsatz heraus, der nicht nur die Münzen von 1 Cent bis 2 Euro, sondern auch eine Weihnachtsmann-Medaille enthält.

Weihnachtsnotdienste Neben Feuerwehr, Polizei und Notarzt stehen neuerdings auch Psychologen und Seelsorger bereit, die immer häufiger auflodernde zwischenmenschliche Weihnachtstragödien zu befrieden versuchen, wenn am Heiligen Abend die Familiennerven wieder mal blank liegen.

Weihnachtsoblaten Am 24. Dezember ist es in Polen noch vielfach Brauch, mit der Familie zum Frühstück große eckige Weihnachtsoblaten mit aufgeprägtem Bild zu verzehren und danach bis zum Abendessen zu fasten.

Weihnachtsoktav In der katholischen Kirche werden die Tage von Christi Geburt (25.12.) bis Neujahr (1.1.) als «Weihnachtsoktav» bezeichnet.

Weihnachtsoper Zu den bekanntesten Weihnachtsopern zählen u. a.: «Hänsel und Gretel» von Engelbert Humperdinck, «Amahl und die nächtlichen Besucher» von Gian Carlo Menotti und «El Niño» von John Adams.

Weihnachtsoratorium Das heute wohl bekannteste oratorische Werk Johann Sebastian Bachs (1685–1750) ist zweifelsohne das «Weihnachtsoratorium». Es entstand 1733/34. Genau genommen handelt es sich allerdings nicht um ein Oratorium, sondern um sechs Kantaten, die durch das Band der biblischen Weihnachtsgeschichte zusammengefasst sind und sich auf die Gottesdienste am ersten, zweiten und dritten Weihnachtstag, am Neujahrstag, Sonntag nach Neujahr und an Heilige Drei Könige verteilen. J. S. Bach schöpfte dabei aus der Fülle seiner vorhandenen Kompositionen, ergänzte sie und schuf so ein unvergleichliches Werk voller musikalischer Pracht und festlichem Glanz.

Weihnachtsparade In Berlin gab es bereits zweimal eine so genannte «Weihnachtsparade». Weit über 500 Weihnachtsmänner mit Engeln, Nussknackern, Pferdekutschen und riesigen Geschenkkartons zogen auf Tiefladern durch die Berliner Innenstadt, von der Friedrichstraße über den Potsdamer Platz bis zum Kurfürstendamm. Rund 50 Fahrzeuge mit weihnachtlicher Dekoration, begleitet von fröhlicher und festlicher Weihnachtsmusik, erfreuten dabei über 150 000 Zuschauer.

Weihnachtsparament Mit weihnachtlichen Symbolen fein bestickte Stoffe, die für Altar und Kanzel verwendet werden. Zu Weihnachten ist Weiß die liturgische Farbe, wobei das Parament der Kanzel oft zusätzlich auch Gold und Gelb aufweist.

Weihnachtspostkarten Im Gegensatz zur Glückwunschkarte ist die Postkarte noch relativ jung. Die erste einseitige Karte war noch ohne Bild, wurde 1869 von der österreichischen Generaldirection für Post- und Telegraphenangelegenheiten herausgeben und wurde, auch wegen des halben Portosatzes, sofort von der Bevölkerung angenommen. Bereits ein Jahr später wurde die «Correspondenzkarte» auch von den deutschen Postanstalten eingeführt. In den Jahren darauf tauchten dann die ersten Illustrationen auf der Vorderseite auf. Die Bildpostkarte setzte ab 1900 zu einem unerwarteten Höhenflug an, der bis über den Ersten Weltkrieg hinaus anhielt. Im Lauf der Jahre wurde, auch durch die verfeinerten Druckverfahren, die Vielfalt der Motive immer breiter. Zu den einfachen, figürlichen Darstellungen gesellten sich nun auch Städtemotive, Weihnachtsmärkte, Motive mit Nikoläusen, Engeln und Zwergen, Winterlandschaften und religiöse Motive. Bei den Neujahrsmotiven gab es Karten mit Glückssymbolen, Kaminkehrern und Schlitten fahrenden Schneemännern. Nach dem Zweiten Weltkrieg erlebte die Weihnachts- und Neujahrspostkarte, bedingt durch den Mangel an Papier, nochmals einen Höhepunkt. In den letzten Jahren ist sie jedoch fast bedeutungslos geworden.

Weihnachtspyramide Sie besteht aus einem zwei- oder dreistöckigen Holzturm mit Säulen und großen Bogenöffnungen, in denen kleine, bunt bemalte Figürchen stehen. Auf der Spitze des

Turms ist ein Holzpropeller montiert. «Die Weihnachtspyramiden» werden durch Kerzen oder Öllämpchen betrieben. Durch das Hochsteigen der Warmluft setzt sich der Holzpropeller in Bewegung, und die auf Scheiben stehenden Figuren beginnen sich zu drehen. Die Pyramiden sind eine Spezialität Erzgebirgler Schnitzkunst und sind seit dem Jahre 1817 nachweislich belegt. Etwa um 1930 tauchten auch Weihnachtspyramiden aus Blech und Zinn auf, um die nicht unerhebliche Feuergefährlichkeit zu mindern.

Weihnachtsreigen Gesungene und getanzte Weisen, die im frühen Mittelalter vielfach vom einfachen Volk aufgeführt wurden und die eine native Darstellung der Weihnachtsgeschichte zeigen sollten.

Weihnachtsreiterlein Das «Weihnachtsreiterlein», eine alpenländische Holzfigur, die um 1520 entstanden ist, befindet sich im Kloster Nonnberg in Salzburg. Das Jesuskind sitzt auf einem vergoldeten Pferd und bläst mit seiner Trompete das Weihnachtsfest an. Auf seinem Mantel ist das Jesus-Monogramm IHS mit Borden und Goldlitzen eingestickt.

Weihnachtsrelief ➛ «Trostberg/Obb.»

Weihnachts-Responsorien Die «Weihnachts-Responsorien» wurden von dem spanischen Komponisten Narciso Casanova (1747– 1799) geschrieben und gehören zu den klassischen Werken der Weihnachtsmusik.

Weihnachtsrose Die Christrose, ein Hahnenfußgewächs, wird vielerorts auch als «Weihnachtsrose» bezeichnet.

Weihnachtsschießen Im bayerischen Oberland pflegt man in einigen Orten, wie in Riedering am Simsee und im Berchtesgadener Winkel, noch die Tradition des «Weihnachtsschießens» mit Böllern am Heiligen Abend.

Weihnachtsschinken Der «Weihnachtsschinken» steht in Norddeutschland und vor allem in den skandinavischen Ländern traditionell im Mittelpunkt des Weihnachtsessens. Zum Schinken reicht man in Westfalen Rotkohl dazu, während man im Norden mehr zu Grünkohl mit Zucker neigt.

Weihnachtsschützen ➛ «Mettengang»

Weihnachts-Schutzengel Neuester Gag der Weihnachtsindustrie ist der «Schutzengel» mit Ziersternen, den man in Räume oder an die Haustüre hängen kann.

Weihnachts-Schützen-Verein In Südbayern gab es früher die «Weihnachts-Schützen-Vereine», die vor der Christmette mit ihren Böllern die Geburt Jesu ankündigten. Allein im Chiemgau gab es rund ein Dutzend dieser Schützenvereine.

Weihnachtsschwimmen Am 19. Dezember 1948 fand im Münchner Volksbad ein «Weihnachtsschwimmen» statt, bei dem der bekannte Münchener Schwimmer Herbert Klein über 200 Meter Brust einen neuen Europarekord (2:36,6 Minuten) aufstellte, der jedoch nicht anerkannt wurde, weil Deutschland noch nicht wieder der internationalen Sportorganisation angehörte.

Weihnachtssemmel Die «Weihnachtssemmel», erstmals 1442 in Regensburg erwähnt, war seinerzeit ein offizielles Geschenk für die Bediensteten der Stadt zu Weihnachten. Die Weihnachtsgabe war jedoch kein Kleingebäck, sondern ein großes Brot, welches rund 25 Pfund wog. In einigen Orten wurde sie auch als «Weihnachtskrapfen» bezeichnet.

Weihnachtssequenz ➛ «In Nativitate Domini»

Weihnachtssinggeld In alten Klosterbüchern taucht gelegentlich das Wort «Weihnachtssinggeld» auf. Dies war früher eine Abgabelast für den Schulmeister, also Entgelt für dessen weihnachtliches Singen von Haus zu Haus, zusammen mit zehn Schülern (Kurrende).

Weihnachts-Ski-Welt-Cup 2003 fand in Gröden der so genannte «Weihnachts-Ski-Welt-Cup» (Super-G und Abfahrt – Herren) vom 19. bis 21. Dezember statt.

Weihnachtssonderzuteilungen In den bitteren Nachkriegsjahren gab es gelegentlich so genannte «Weihnachtssonderzuteilungen». So gab es zum Beispiel am 12. Dezember 1946 in München für Kinder und Jugendliche eine einmalige Sonderzuteilung von 250g Zucker.

Weihnachtsspeck Jahreszeitlich bedingte Fettansammlungen, die sich nach den Weihnachtsfeiertagen hauptsächlich im Hüft- und Bauchbereich zeigen.

«Weihnachtssperlinge» Hübsches und beschauliches Adventsgedicht des Lyrikers Gustav Falke (1853–1916).

Weihnachtsspiel Weihnachtliches Würfelspiel aus dem 19. Jahrhundert. Die Mitspieler zahlten drei Spielmarken in die Kasse und bekamen dafür jeder eine Spielfigur. Auf bestimmten Feldern konnten die Spieler vor- oder zurückrücken, mussten aussetzen oder bekamen eine Spielmarke aus der Kasse. Der Spieler, der als Erster die 6 über dem Weihnachtsbaum erreichte, hatte gewonnen und erhielt die Kasse.

Weihnachtsspiele ➛ «Krippenspiele»

Weihnachtsspinnen Die Entwicklungsgeschichte der «Weihnachtsspinnen» begann etwa zur Mitte des 19. Jahrhunderts, als der Wunsch nach weihnachtlicher Ausschmückung der Wohnungen in breiten Schichten der Bevölkerung zunahm. Im Prinzip unterscheidet man bei diesen aus Holz gefertigten Hängeleuchten zwei Grundformen: die Spinne und den Kettenleuchter. Die Spinne besteht aus einer gedrechselten Mittelspindel, die von einem Kranz von s-förmig gebogenen Leuchterarmen umgeben ist, was dem Leuchter ein spinnenartiges Aussehen verleiht.

Weihnachtsstern (Lat.: Poinsettia). Mexikanisches Wolfsmilchgewächs. Gelbe Blüten mit sternartigem Kranz roter Hochblätter. Eine Variante mit rosafarbenen Blättern wurde 1923 gezüchtet. Weihnachtssterne werden neuerdings auch als Schnittblumen angeboten.

Weihnachtsstil ➛ «Nativitätsstil»

Weihnachtssund An der Westküste von Feuerland befindet sich die schmale Wasserstraße des Weihnachtssunds.

Weihnachtstaler Schon sehr alt ist der Brauch, zur Weihnachtszeit kostbare Prägemünzen zu verteilen, die an das Geschehen in der Heiligen Nacht erinnern. Die wohl bekanntesten Weihnachtstaler sind die Gepräge des sächsischen Kurfürsten Johann Georg I. von 1617. Der Herrscher wollte damit seiner

20
21
22
23
24
25
19
27
18
28
17
29
16
15
14
32
13
33
12
34
11
10
9
8
7
35

47
48
49
50
51
52
46
53
45
54
44
55
43
56
57
41
58
40
59
60
38
66
65
64
63
61
62

Liebe zur Mutter Ausdruck verleihen: «Wie Salomon, so ehre auch ich die Mutter», verkünden die Gold- und Silbermünzen. Auch in Köln und im Bistum Münster waren Münzen mit weihnachtlichen Motiven und den Heiligen Drei Königen in morgenländischer Kleidung sehr beliebt. In Katalogen finden sich auch formschöne Gepräge mit Ochs und Esel.

Weihnachtsteller Das Sammeln von Weihnachtstellern hat in Deutschland und im europäischen Ausland eine lange Tradition. Die bekanntesten und angesehensten Porzellanmanufakturen, die im 18. Jahrhundert hauptsächlich von den Großaufträgen der Königs- und Fürstenhäuser lebten, versuchten im 19. Jahrhundert den bürgerlichen Käuferschichten ihr Sortiment durch Sammlerstücke, wie Geburtstagsbecher und allerlei Figuren, näher zu bringen. Die Königliche Porzellan-Manufaktur (KPM) in Berlin spezialisierte sich zum Beispiel auf die Herstellung von Sammeltassen, die mit Porträts berühmter Zeitgenossen und Bauwerken verziert wurden. Die Idee, anlässlich des Weihnachtsfestes Sammelteller mit Jahreszahl anzubieten, wurde Ende des 19. Jahrhunderts in Kopenhagen entwickelt und bald darauf auch von den Manufakturen in Berlin und Meißen aufgegriffen. Die anfänglich im Jugendstil entworfenen Weihnachtsteller fanden schnell einen breiten Liebhaberkreis. Etwas später verlagerten sich die Motive dann mehr in romantische Darstellungen von märchenhaften Winterlandschaften. Danach beeinflussten der Erste und der Zweite Weltkrieg die Motivik wesentlich. So wurden zum Beispiel das Leben der Frontsoldaten (1915) oder Infanteristen mit Geschützen vor dem Weihnachtsbaum in winterlicher Landschaft (1916) abgebildet. Es tauchten sogar äußerst skurrile Darstellungen von Soldaten auf, auf einer Kanone sitzend oder auf einem aufgetauchten U-Boot stehend, mit Sektflaschen in den Händen (1917). In der Nazi-Zeit standen die Motive der Weihnachtsteller dann mehr und mehr in den germanischen Heldengedanken, in Form des «Julfestes», im Vordergrund, die in der NSDAP-Porzellanmanufaktur in München-Allach hergestellt wurden. Nach dem Zweiten Weltkrieg waren es dann besonders skandinavische Künstler, die einen vollkommen neuen Gestaltungsweg mit Goldapplikationen kreierten und somit einen neuen Boom für das Sammeln von Weihnachtstellern auslösten.

Weihnachtstischbänder In den letzten Jahren hat sich die Weihnachtstisch-Dekoration laufend weiterentwickelt. Zu entsprechenden Vorsatztellern mit weihnachtlichem Dekor, Kerzen und Streusternen gesellte sich auch das weihnachtliche Tischband in unzähligen Variationen und Stoffsorten. Wichtig ist dabei, dass die Weihnachtstisch-Bänder immer in Kreuzform ausgelegt werden.

Weihnachtstram ➛ «Rollender Christkindlmarkt»

Weihnachts-Trucker Unterstützt durch einen Münchner Radiosender und einige Spieler des FC Bayern brachten Lastwagen die gespendeten Weihnachtspakete an Hilfsbedürftige und arme Familien nach Mazedonien, Rumänien, Kosovo und in die Ukraine. Seit sechs Jahren bringen die «Weihnachtstrucker» auch Kindern Geschenke, denen sonst niemand etwas schenkt. Bis zu 40 000 Pakete werden jedes Jahr gepackt.

Weihnachtsuhr Im Jahre 1902 brachte ein Hamburger Verlag eine gedruckte Weihnachtsuhr auf den Markt. Diese Weihnachtsuhr, deren Zahlen allerdings nur vom 13. bis zum 24. Dezember gingen, war der erste gedruckte Vorgänger des Adventskalenders. Das Motiv zeigte im Hintergrund einen tief verschneiten Winterwald. Über der Uhr, die in 12 Felder unterteilt war, liegt das Jesuskind in der Krippe, umgeben von mehreren Engeln. In den nummerierten Feldern konnten die Kinder Verse von Weihnachtsliedern ablesen und einen kleinen Zeiger aus Kupfer jeweils auf den richtigen Tag weiterschieben.

Weihnachtsumsatz ➛ «Es weihnachtet sehr»

Weihnachtsumzüge «Weihnachtsumzüge» fanden nachweislich bereits im 13. Jahrhundert statt. In einer österreichischen Urkunde berichtet ein Jans Enekel über einen «Weihnachtsumzug» von Herzog Leopold dem Glorreichen: «Da brachten ihm die Bäcken Kipfen und weiße Flecken ...» Die Darbietung von Gebäck ist demnach eine schon früh überlieferte Form des weihnachtlichen Brauchtums.

Weihnachts- und Krippen-Singspiel ➛ «Grüaß di Gott, Christkindl»

Weihnachtsvision Die Heilige Birgitta von Schweden (um 1303–1373) begab sich im Jahre 1372 auf eine Pilgerfahrt ins Heilige Land. Als sie an der Geburtsstätte in Bethlehem betete, erfuhr sie die Vision der Heiligen Nacht, deren Geschehnisse sie auf der Rückreise ausführlich niederschrieb. Im Jahre 1500 erschienen in lateinischer Sprache ihre Offenbarungen (Revelationen) bei Johann Koberger in Nürnberg. Zwei Jahre danach auch in deutscher Sprache.

Weihnachtswald In der Nähe von Lillehammer in Norwegen gibt es den so genannten «Weihnachtswald», in dem Familien und auch Touristen vor dem Weihnachtsfest auf Langlauftour gehen.

Weihnachtswecken Im Kloster Ensdorf/Opf. wurden im Mittelalter zu Weihnachten regelmäßig «Weihnachtswecken» gebacken und an die bedürftige Bevölkerung verteilt.

Weihnachts-Weg In Kaufbeuren gibt es den «Weihnachts-Weg», einen Rundkurs mit 26 Stationen durch die Altstadt. Höhepunkt und Finale des Weges ist der riesige Adventskranz mit einem Durchmesser von zehn Metern am Neptunbrunnen.

Weihnachtswetter Schnee an Weihnachten ist die absolute Wunschvorstellung, die jedoch immer seltener eintrifft. Dies liegt vor allem am so genannten Weihnachts-Tauwetter, einem in Mitteleuropa oft auftretenden Vorstoß milder Meeresluft nach einer Kälteperiode, welcher häufig zwischen Weihnachten und Neujahr bis weit in den europäischen Kontinent hineinreicht. Diese warmen Phasen hat es auch schon früher gegeben. Sie sind belegt durch mehrere bäuerliche Wetterregeln wie «Ist es grün zur Weihnachtszeit, fällt der Schnee auf Ostereier.» Oder: «Ist's windig an den Weihnachtstagen, sollen viel Obst die Bäume tragen.»

Weihnachtswichtel Speziell in Norddeutschland gehören die «Weihnachtswichtel» zu den Begleitern des Weihnachtsmannes. Dieser Brauch wurde von der skandinavischen Weihnachtsmythologie übernommen.

«Weihnachtszeit» Heinrich Hoffmann von Fallersleben (1798–1874) verdanken wir dieses kurze Weihnachtsgedicht.

Weihnachts-Zeitung Kein Geringerer als der über die Grenzen hinaus bekannt gewordene Zeichner und Maler Ludwig Richter gab um 1850 eine illustrierte Weihnachts-Zeitung heraus, die den Kindern mit Gedichten, Liedern und Geschichten über den Nikolaus und das Christkind die Vorweihnachtszeit etwas verkürzen sollte.

Weihnachtszepter In Niederschlesien wurden zur Weihnachtszeit die Licht- oder «Weihnachtszepter» in den Wohnungen aufgestellt. Sie bestanden meistens aus einem gedrechselten Mittelstab mit Fußkreuz sowie aus mehreren Ringen, die mit Tannenreisig, Girlanden, Schmucksternen, Gebäck und Obst behängt wurden. Sie wurden auch gelegentlich mit Kerzen bestückt und dienten somit als Weihnachtsbäume.

Weihnachtszinn Bemalte Zinnfiguren wie Engel, Christbaum, Sterne usw. bezeichnet man allgemein auch als «Weihnachtszinn».

Weihnachtszüge Mitte der neunziger Jahre gab es in Berlin einen «Weihnachtszug». Jeweils zu den Adventswochenenden setzten die Berliner Verkehrsbetriebe einen festlich geschmückten Wagenzug ein, in dem man gemütlich mit Stollen und Glühwein durch die Stadt rollen konnte. Selbstverständlich war auch der Weihnachtsmann mit an Bord. Auch die Prignitzer Eisenbahn, die einzige Privatbahn in Brandenburg, startete einen Weihnachtszug auf der Strecke Pritzwalk–Putlitz. Etwas origineller ist die Möglichkeit, in der Adventszeit mit Fahrraddraisinen auf der stillgelegten Bahnstrecke Fürstenberg–Templin gemütlich nach Himmelpfort zu fahren.

Weihnachtszündhölzer Diese Zündhölzer zum Anzünden der Weihnachtskerzen sind wesentlich länger, damit man die oben am Baum angebrachten Kerzen leichter erreichen kann. Außerdem lassen sich mit längeren Hölzern gleich mehrere Lichter anzünden.

Weihnachtszyklus Unter «Weihnachtszyklus», auch «Weihnachtsfestkreis» genannt, versteht man die Zeit von der Ankündigung der Engel über die Geburt Jesu bis hin zur Flucht nach Ägypten.

Weihrauch Seit Jahrtausenden ist das kostbare Duftharz aus dem südlichen Oman überaus begehrt. In den Monaten März bis Mai wird dort das Harz des Weihrauchbaumes (Boswellia sacra) gewonnen. Nach monatelanger Lagerung kommt das Harz auf den Markt. Seine Qualität hängt von Farbe und Reinheit ab. Das weiß-blaue Harz ist am kostbarsten, das mehr rötlich aussehende dagegen preiswerter. Auf Holzkohle wird das Weihrauchharz langsam verbrannt. Der süßliche und schwere Duft erzeugt einen milden, anregenden und rauschhaften Zustand und sorgt für angenehme Entspannung. Den teuren Weihrauch konnten sich im Altertum nur Könige, Fürsten und reiche Kaufleute leisten. Weihrauch war also mehr als nur eine symbolische Gabe der Heiligen Drei Könige für das Jesuskind.

Weihräucherungen Früher nahmen die Sternsinger an Heilige Drei Könige gelegentlich, neben dem Singen von Liedern, auch passende Riten wie Wasserweihen oder «Weihräucherungen» in Haus und Stall vor.

Weintrauben In Spanien ist es Brauch, in der Silvesternacht Weintrauben zu essen, dies bringe Glück und Gesundheit im neuen Jahr.

Weißbreze ➛ «Sebastians-Brezel»

Weiße Frau Zum Aberglauben in der Weihnachtszeit gehört auch die «Weiße Frau». So durfte früher an «Maria Empfängnis», dem Frauentag, keine Frau arbeiten. Wer es dennoch tat, dem erschien die «Weiße Frau» und schreckte von der Arbeit ab.

Weiße Klöße In einigen Gegenden von Thüringen ist es unumgänglich, am Heiligen Abend und zu Silvester «Weiße Klöße» mit Heringen aufzutischen, damit einem die «Berchta» eine heidnische Göttin, nicht den Bauch aufschneidet und mit Häckerlingen füllt. Dabei ist es auch üblich, etwas von diesem Essen über Nacht stehen zu lassen, damit die «Berchta», auch

«Perchtel» genannt, davon kosten kann – was Glück bringen soll.

Weiße Lebkuchen «Weiße Lebkuchen» werden aus Mehl, Zucker, Eiern und Mandeln hergestellt und hellgelb gebacken.

Weißer Reiter Im Salzkammergut, in Bayern und bis hinüber nach Oberschlesien ist und war der «Weiße Reiter» die erste Krippenfigur, die aufgestellt wurde.

Weißes Rössli In Kippel im Kanton Wallis/Schweiz gibt es noch den Brauch des «Weißen Rössli», welches in der Silvesternacht die bösen Geister vertreiben soll. Zwei Burschen schlüpfen in ein weißes Pferdekostüm. Das symbolische Pferd wird mit Fackeln und viel Lärm durch das Dorf getrieben.

Weiterskirchner-Adventskalender Im österreichischen Weiterskirchen im Mühlviertel kennt man seit Jahren den «lebendigen Adventskalender». In der Vorweihnachtszeit wird Tag für Tag ein neues Fenster an den Marktplatzhäusern geöffnet, wo dann Motive aus dem Handwerk, der Volkskunst und den Märchen von Menschen dargestellt werden.

Weltkugel-Krippe Sehr seltene Form der Darstellung der Weihnachtskrippe. Es sind lediglich zwei derartige Krippen in Aussig und in der Bukowina in Adventsspielen nachgewiesen. Dabei tragen zwei Männer auf einer Stange die «Himmelskugel» mit der Darstellung der Geburtsszene.

Weltspielzeugstadt ➛ «Sonneberg»

Wendelsteiner Zucker Benannt nach einem kleinen Ort bei Nürnberg. Ähnlich wie der ➛ «Lichtenauer Zucker», jedoch rot und blau bemalt.

«Wenn es Raachermannl nabelt» Altes erzgebirglerisches Weihnachtslied.

«Wer klopfet an?» Eines der bekanntesten Lieder der so genannten ➛ «Klöpfles»- oder Herbergsspiele, welches aus Tirol stammt.

Werre Furcht erregende vermummte Begleitfigur der Vorweihnachtszeit, die früher vor allem im süddeutschen, österreichischen und im Schweizer Raum aufgetreten ist.

Weyarn/Obb. In der Pfarrkirche Weyarn/Obb. befinden sich die

Arbeiten des bekanntesten bayerischen Bildhauers Ignaz Günther (1725–1775), zwei für Prozessionen bestimmte Tragegruppen, eine «Maria Verkündigung» und eine «Marienklage». Die Figurengruppen entstanden 1765 und gehören wegen ihrer Zartheit und Kraft des Ausdrucks zu den meisterlichen Schöpfungen dieser Epoche.

Weychnechten Mittelalterlicher Name für Weihnachten im Oberbayerischen.

«White Christmas» Beliebter Weihnachtsschlager, von Irving Berlin, eigentlich Israel Baline (1888–1989), 1942 veröffentlicht. Wurde später, von Bing Crosby gesungen, weltbekannt und ist inzwischen zum neudeutschen Weihnachtsliedgut aufgestiegen.

Wichtel Kosename für Zwerge und Zapfenmännlein. Sind in Miniaturausgabe ein gern gesehener Christbaumbehang.

Wichteln Ein neuzeitlicher Weihnachtsbrauch im Münsterland ist das «Wichteln». Dabei sucht man sich eine Person aus, die man in der Vorweihnachtszeit anonym «bewichtelt», d. h. mit kleinen Gaben und Aufmerksamkeiten eine Freude bereitet.

«Wieder einmal Weihnachten» Weihnachtserzählung von Annette Kolb (1875–1967).

«Wiegenlied» Dieses stimmungsvolle Weihnachtsgedicht stammt von Clemens von Brentano (1778–1842).

Wiegensalve Nach der Christmette wurden in einigen Orten in den bayerischen Bergen die so genannten «Wiegensalven» von den Schützen abgefeuert. Es sollte ein Salut für das neugeborene Jesuskind sein.

«Wie Käthi die Weihnacht feiert» Der bekannte Schweizer Dichter Jeremias Gotthelf (1797–1854) berichtet in seiner Erzählung «Wie Käthi die Weihnacht feiert», wie man früher in der Schweiz das Weihnachtsfest beging.

Wienachtsmann Volkstümlicher Name (Westniederdeutsch) für den Weihnachtsmann.

Wiener Kaffeehaus-Stollen Weihnachtsstollen in Sternform. Ähnlich wie der bekannte ➛ «Dresdner Stollen», jedoch etwas leichter, was die Zutaten betrifft.

Wiener Neujahrskonzert ➝ «Neujahrskonzert»

«Wie schön leuchtet der Morgenstern» Philipp Nicolai (1556–1608), Theologe, Pfarrer und Liederdichter, hat Text und Melodie dieses bekannten Weihnachtsliedes verfasst.

«Wie soll ich dich empfangen» 1653 schrieb Johann Crüger die Melodie zu diesem Adventslied. Crüger wurde 1598 in Guben geboren, war seit 1622 Organist in St. Nicolai in Berlin. Er war mit Paul Gerhardt befreundet, der die Verse dazu schrieb, und war auch der Herausgeber der «Praxis pietatis melica», eines in vielen Auflagen sehr bedeutsamen Gesangbuches. Er starb im Jahre 1662.

Wihnachtsboum Elsässischer Mundartbegriff für Weihnachtsbaum.

Wildbärbel Perchtenfigur, die früher in Reichenbach in Oberfranken bekannt war und wohl eine Ableitung von der heiligen Barbara beinhaltet.

Wildbärbeli ➝ «Bärbelitreiben»

Wilde Fuhr Die Geister der Raunächte werden in einigen Gegenden Süddeutschlands und in Südtirol auch «Wilde Fuhr» genannt.

Wilde Gejag Unheimliche Geister und Gesellen, die in der Vorweihnachtszeit, besonders in den vier Donnerstagnächten, im Raum Günzburg in Schwaben ihr Unwesen treiben. Wenn das «Wilde Gejag» in den Raunächten, so die Überlieferung, besonders auffällig sein Unwesen treibt, ist ein sehr fruchtbares Bauernjahr zu erwarten.

Wilde Jagd In der Salzburger Gegend um den Untersberg kennt man noch den Brauch der «Wilden Jagd», deren Furcht erregende Gestalten in einer der vier Donnerstagnächte die Dämonen des Winters vertreiben. Dabei schleichen sie sich lautlos in der Finsternis zu den Gehöften, zünden Fackeln an und vollführen einen Höllenlärm. Ein Trommelwirbel beendet die Umtriebe, und die «Wilde Jagd» spricht über das Gehöft einen Segenswunsch. Dafür bekommt sie vom Bauern Speis und Trank.

Wilde Mändle Im Heimatmuseum von Oberstdorf kann man die lebensgroßen Figuren des «Wilden Mändle» und des «Wild Klöus» betrachten, die an die heidnische Vorzeit erinnern. Das «Wilde-Klöuse-Treiben» und der «Wilde-Mändles-Tanz» finden in Oberstdorf alle fünf Jahre am 6. Dezember statt.

Wilde Weihnacht Vor 1800 wurden in München die Weihnachtsfeste meistens noch auf Straßen und Plätzen öffentlich abgehalten, sie waren dementsprechend auch oft wild und ausgelassen. Es wurden Lieder vorgetragen und volkstümliche Weihnachtsspiele aufgeführt und auch Masken getragen. Erst nach 1800 wandelte sich die Straßenweihnacht allmählich zur reinen Familienfeier.

Wilder Lauf ins neue Jahr ➛ «Hullefrauen»

Wilder Niklo In der Gegend von Roding, in der Falkensteiner Gegend und im Raum Waldkirchen im Bayerischen Wald waren früher am Abend des 6. Dezember die «wilden Niklos» unterwegs. Es waren wilde Gestalten in roten oder schwarzen Mänteln, mit Pelzkrägen, Larven oder mit einem schwarzen Strumpf über dem Gesicht, die lärmend durch die Straßen zogen und Kinder, die noch in der Dunkelheit unterwegs waren, erschreckten.

Winachpoppen In Schleswig-Holstein werden die Modelfiguren für Printen auch «Winachpoppen» (Weihnachtspuppen) genannt.

Windeln des Gotteskindes Das ca. 20 x 25 cm große Tuch aus Flachsgarn wurde 1996 im Dom von Spoleto/Italien wieder entdeckt und wird seitdem in der Mitternachtsmesse vor der Gemeinde ausgestellt. Die Authentizität wurde bereits im Jahre 1175 festgestellt.

Windeln Jesu Im Dom von Aachen, der von Karl dem Großen erbaut wurde, werden seit 1349 alle sieben Jahre aus der Wappentruhe kostbare Reliquien und Heiligtümer wie das Kleid Mariens, Enthauptungstuch des Johannes sowie Windeln und Lendentuch Jesu entnommen und den Wallfahrern gezeigt.

Winterbier ➛ «Schneeweiße»

«Winterflocken-Polka» Die «Winterflocken-Polka» hat der königliche Hof-Musik-Direktor und Komponist Benjamin Bilse (1816–1902) geschrieben.

Wintergrün Unter «Wintergrün» versteht man Tannenzweige, Moos und grüne Papierstreifen, die zur Schmückung von Kirchen, Krippen und Leuchtern dienen. Früher wurde das «Wintergrün» am «Elisabeth-Tag», dem 19. November, besorgt.

Winterkönig Spottname Friedrichs V. (1596–1632), des letzten Kurfürsten der Oberen Pfalz. Der Beiname bezieht sich auf sein kurzes Königtum in Böhmen vom Oktober 1619 bis November 1620.

«Winter-Kreuzfahrt» Weihnachtliche Erzählung von W. Somerset Maugham (1874–1965).

Winterlichterbaum Im Jahre 2000 wurde erstmalig auf dem Meraner Christkindlmarkt ein «Winterlichterbaum» aus weißem Marmor (Laaser Marmor) aufgestellt. Der Marmorbaum hat eine Höhe von 9 Metern, einen Durchmesser von 5,57 Metern und wiegt 12,5 Tonnen. Der Marmorbaum wurde von dem Bildhauer Georg Lechner aus Laas in Südtirol angefertigt und ist der größte «Winterlichterbaum» der Welt. Er wurde auch ins «Guinnessbuch der Rekorde» aufgenommen.

Wintermanoth Kaiser Karl der Große (768–814) versuchte anstelle der römischen Monatsnamen volkstümliche deutsche Namen einzuführen, die der fränkische Geschichtsschreiber Einhard, auch Eginhard (um 770–840), in die erste Kaiserbiographie des Mittelalters «Vita Caroli magni» aufnahm.

Wintermaien Das Hereinholen grüner Zweige von Nadel- oder auch Obstbäumen, die pünktlich zur Mittwinterzeit erblühen sollten, ist ein alter germanischer Brauch. Die Zweige dienten dem Schutz und der Fruchtbarkeit. Mit der Zeit setzten sich wahrscheinlich die immergrünen Zweige, auch «Wintermaien» genannt, mehr und mehr durch. Sie gelten als direkte Vorläufer des Weihnachtsbaumes.

«Winternacht» Bewegendes Weihnachtsgedicht des österreichischen Dichters und Dramatikers Nikolaus Lenau (1802–1850).

Winterquadragese Alte lateinische Bezeichnung für die Adventszeit.

Winterquatemberwoche Unter «Quatember» versteht man die «vier Zeiten». Jede der vier Jahreszeiten begann früher mit einer so genannten «Quatemberwoche» mit je drei Fastentagen (Mittwoch, Freitag und Samstag). Die «Winter-Quatemberwoche» beginnt in der ersten Adventswoche.

«Winterreise» Romantischer Liederzyklus des österreichischen Komponisten Franz Schubert (1797–1828).

Wintersonnenwende Am 21. Dezember findet die so genannte Lichtgeburt statt, mit der die Sommerhälfte des Jahres beginnt. Seit Urzeiten wird die Lichtgeburt als eines der großen Feste des Jahres gefeiert, denn danach beginnen die Nächte allmählich wieder kürzer zu werden.

«Winterspaziergänge» Adalbert Stifter (1805–1868) hat in seinen Texten mehrfach «Winterspaziergänge» beschrieben sowie weitere Texte über die Weihnachts- und Winterzeit geschrieben, wie z. B. in «Winterbriefe aus Kirchschlag», «Weihnacht», «Der Silvesterabend» und die eindrückliche Schilderung «Aus dem Bayerischen Wald».

«Winterträume» Die Sinfonie Nr. 1, g-moll, op. 13, 2. Satz «Winterträume» von Peter Tschaikowsky (1840–1893) gehört zu den klassischen Musikwerken der Weihnachtszeit.

«Winter Wonderworld» Weihnachtsschlager, der gefühlvoll von Freddy Mercury und der Rockgruppe «Queen» gesungen wurde und in der Vorweihnachtszeit oft im Radio zu hören ist.

«Wir Christenleut haben jetzund Freud» Die Melodie zu diesem Weihnachtslied schrieb 1653 der Komponist Johann Crüger. Den Text verfasste Kaspar Füger (1521–1592) im Jahre 1592.

«Wir singen dir, Immanuel» Weihnachtslied nach der Melodie «Vom Himmel hoch, da komm ich her». Den Text schrieb Paul Gerhardt (1607–1676) im Jahre 1653.

«Wir warten dein, o Gottessohn» Adventslied von Severus Gastorius (1646–1682). Es stammt aus dem Jahr 1681. Die Verse sind von Philipp Friedrich Hiller (1699–1767), die dieser im Jahre 1767 niederschrieb.

«Wish you a Merry Christmas» Fast schon zum «Ohrwurm» gewordener Weihnachtsschlager, den auch Bing Crosby gesungen hat.

Wode Der Sage nach haben viele Leute in Schleswig-Holstein und im Herzogtum Lauenburg in den «Zwölften», namentlich am Weihnachtsabend, den «Wode» auf einem weißen Pferd mit 24 wilden Hunden ziehen sehen. Man tue gut daran, so die Überlieferung, sich in diesen Nächten nicht im Freien aufzuhalten und die Türen gut zu verschließen.

Wodl ➛ «Nussmärtel»

«Wohl zur halben Nacht» Mit diesem Satz aus einem Weihnachtslied sei der Heiland geboren. Auch der Evangelist Lukas berichtet in Kapitel 2, Vers 1–14 von diesem Ereignis: «Zur Zeit der Nachtwache der Hirten ...» Das Wachen in der Heiligen Nacht ist das Kennzeichen des Hochfestes Weihnachten.

Wohnungssegnung Im süddeutschen Raum und vereinzelt auch in Tirol hat sich um das Dreikönigsfest der Brauch der Wohnungssegnungen entwickelt. Dabei werden die Räumlichkeiten mit Weihwasser besprengt und mit dem Duft von Weihrauch versehen, damit das neue Jahr Gottes Segen bringen möge.

Wülfertshausen/Rhön Mangels einer eigenen Krippe stellt die Gemeinde Wülfertshausen in der Rhön zur Weihnachtszeit eine Fahne mit einer gemalten Darstellung der Geburt Christi in der Kirche auf.

«Wunderbarer Gnadenthron» Weihnachtslied aus dem 15. Jahrhundert nach der Melodie «Da Christus geboren war». Den Text schrieb Johann Olearius (1611–1684) im Jahre 1665.

Wunderkerzen Wunderkerzen bestehen aus einer Mischung aus Aluminium-, Eisenpulver, Kaliumnitrat, Stärke und Wasser. Die Mischung wird um einen dünnen Schweißdraht gedrückt und danach getrocknet. Durch Anzünden verbrennen das Eisen- und Aluminiumpulver mit einem sprühenden, sternenähnlichen Effekt. Ursprünglich wurden die Sternwerfer, wie sie auch genannt werden, am Heiligen Abend auf den Weihnachtsbaum gehängt und angezündet. Das sprühende Sternenfeuer faszinierte vor allem die Kinder, denn sie sahen darin eine Art Weihnachtswunder. Die Wunderkerzen finden neuerdings immer mehr Anhänger unter Eishockey-Fans und bei Freiluft-Konzerten.

«Wünsche zum neuen Jahr» Peter Rosseger (1843–1918), der bekannte österreichische Volksschriftsteller, hat dieses Neujahrsgedicht verfasst, das bis heute nichts von seiner Aktualität verloren hat.

Wunschnacht Im süddeutschen Raum wurde früher die Thomasnacht am 21. Dezember oft auch als «Wunschnacht» bezeichnet.

Wunschtage Von alters her waren auf dem Land der Andreas- und der Thomastag «Wunschtage» für das Gesinde.

Wunschzettel Das Schreiben von «Wunschzetteln» gehört für Generationen von Kindern zum Höhepunkt der Vorweihnachtszeit, wobei der Einfallsreichtum der kleinen Schreiber meistens schier unerschöpflich zu sein scheint. Oft waren die «Wunschzettel» kleine Kunstwerke mit selbst angefertigten, liebevollen Zeichnungen und aufgeklebten Bildchen. Daneben gibt es aber auch Vordrucke, in die die Kinder nur noch ihre Wünsche eintragen müssen. Die ausgefüllten Zettel werden danach in einen Umschlag, der an das Christkind adressiert ist, gesteckt und auf die Fensterbank gelegt. Wenn der Brief am nächsten Morgen verschwunden ist, dann beginnt für die Kinder die lange und aufregende Wartezeit bis zur Bescherung am Heiligen Abend.

Wurstsingen Das «Wurstsingen» ist in Marmecke im Sauerland ein alter Weihnachtsbrauch, der auch heute noch gepflegt wird. Dabei zieht die Jugend am zweiten Weihnachtsfeiertag von Haus zu Haus und singt das «Wurstlied»: «Will uns ein guter Freund besuchen, / so soll er uns willkommen sein, / wir setzen ihn vor den allerbesten Kuchen / und eine Flasche Champagner-Wein. / So setzen wir uns hin, / wohl auf das Canapée / und singen drei Mal hoch die Wurst, juchhe: / Wurst, Wurst, Wurst.» Der Brauch hatte ursprünglich eine andere

Bedeutung. Früher, als es im Ort noch keine Kirche gab, mussten die Bürger weit gehen, um an Weihnachten die Kirche besuchen zu können. Da die weiten Wege durch Schnee und Eis sehr anstrengend waren, kehrte man bei guten Freunden ein, um sich dort für den weiten Heimweg zu stärken.

Würth-Museum ➛ «Ulfert-Buchholz-Sammlung»

Würzburger Neujahrsgoldgulden Besonders berühmt sind die «Würzburger Neujahrsgulden», die die Stadt Würzburg dem Landesherrn Herzog von Franken zum Geschenk gab. Das Neujahrsgeschenk von 50 Goldgulden ist bereits für das 15. Jahrhundert belegt. Die erste als «Würzburger Neujahrsgulden» zu erkennende Münze stammt aus dem Jahr 1617.

Wutingnacht Alter deutscher Name für die Nacht auf den 6. Januar. Sie galt einst als die letzte und auch gefährlichste Raunacht.

X Das Zeichen «X» ist auch der griechische Buchstabe Chi und ist deshalb auch die Abkürzung für «Christus».

Xmas so sagen die Englisch sprechenden Menschen zu Weihnachten. Dabei steht das X für den griechischen Anfangsbuchstaben des ➛ «Christusmonogramms».

XP Diese beiden griechischen Buchstaben ergeben das ➛ «Christusmonogramm».

Xylographie Zu Deutsch: Holzschneidekunst, Holzstich. Die Blütezeit der Holzschneidekunst in Deutschland war im 15. Jahrhundert. Die Holzschneider fertigten Holzschnitte, Blockbuchseiten (das sind zwei oder vier Buchseiten auf einer Holzplatte) und später Lettern für die Buchdrucker an.

Yemen Arabischer Staat und neben dem Emirat Oman die Heimat des Weihrauchbaumes, von dem das kostbare Aromaharz Weihrauch gewonnen wird.

Yule Im Norden von England und in Schottland hat sich das alte «yule» als Bezeichnung für das Weihnachtsfest erhalten und ist die englische Variante des skandinavischen «jul».

Zampognari Die «Zampognari» sind die römischen Vorläufer der «Perchten». Dabei handelte es sich um Hirten aus den Abruzzen, die sich in Tierfelle vermummten und in Rom auf der Piazza Navona tanzten.

Zapfenkinder Aus den verschiedenen Zapfen von Nadelgehölzen lassen sich kunstvolle Kleinfiguren wie Engel, Zwerge und Kinder als Christbaumschmuck anfertigen. Auch aus den Samen der Buche, den Bucheckern, lässt sich hübscher Baumbehang, die so genannten «Eckernkinder», anfertigen.

«Zauber der Weihnacht» Weihnachtliche Erzählung des bekannten bayerischen Dichters Ernst Heimeran (1902–1955).

Zaubernuss (Lat.: Hamamelis) Blüht, je nach Art, von Dezember bis in den März gelb und rötlich mit sternförmigen Blüten.

Zebaoth Hebräisch: «Gott der Heerscharen». «Zebaoth» ist auch der Beiname «Jahves» im Alten Testament.

Zeilenbrot ➛ «Sippenbrot»

Zellner, Reinhold Der Münchner Künstler Reinhold Zellner (1903–1990) wurde durch seine kunstvollen Krippenbauten über die Grenzen des Landes hinaus bekannt.

Zelte Mittelalterliches Wort für flaches Backwerk, Fladen.

Zelten Alter Name für Lebkuchen.

Zelten würfeln Am Thomastag (21. Dezember) gingen früher die Hindelanger Männer nach altem Brauch ins Gasthaus zum Würfeln um Zelten.

Zeltes Volkstümliche Bezeichnung für ➛ «Hutzelbrot» in Bayerisch-Schwaben.

Zeltkrippen Eine Besonderheit in der Gestaltung von Krippen stellen die «Zeltkrippen» der nordamerikanischen Puebloindianer (Neu-Mexico) dar. Dort wird die Geburt Christi in einem Indianerzelt dargestellt.

Zeltln Im letzten Jahrhundert, als für einige Zeit die Lebkuchen nicht mehr in Mode und im Verschwinden begriffen waren, begannen die Bäcker nach neuen Absatzmöglichkeiten für ihre Lebkuchen zu suchen und kamen dabei auf die Idee, ihre Lebkuchen mit farbigen Aufklebebildern wie Nikolaus, Engel oder Tannenbaum, zu verzieren. Diese beklebten Lebkuchen finden auch heute noch reißenden Absatz, wenngleich sie vielmehr als Dekoration verwendet werden.

Zeresin «Zeresin» ist ein aus Erdwachs (Ozokerit) hergestelltes Mineralwachs.

Zibeben Arabischer Ausdruck für Rosinen. Sie sind erheblicher Bestandteil von Christstollen und allerlei Stutengebäck.

Zimt Sri Lanka, das ehemalige Ceylon, ist die Heimat des Zimtbaumes. Der Baum wird strauchartig kultiviert. Von den zweijährigen Trieben schält man die Rinde ab, die getrocknet als Weihnachtsgewürz (Zimtstangen) in vielerlei Backwaren Verwendung findet.

Zimtpitten Altes deutsches Weihnachtsgebäck aus Zucker, Zimt, Nelken, Muskat und Mandeln.

Zimtsterne Gehören neben Buttergebäck, Vanillekipferl, Makronen, Anisplätzchen und Pfeffernüssen zum klassischen Weihnachtsgebäck.

Zink Knatsch Name für Knecht Ruprecht in Nordwestdeutschland.

Zink Muff Alter Name für den Begleiter des Nikolaus am Niederrhein.

Zinn Sehr weiches Metall, welches speziell für Orgelpfeifen und Weihnachtsfiguren Verwendung findet.

Zinnfiguren Zinnfiguren, meistens beidseitig hübsch bemalt, gehören seit Jahrhunderten traditionell zum deutschen Christbaumschmuck. Dem Ideenreichtum bei der Herstellung der Figuren sind kaum Grenzen gesetzt, doch hauptsächlich werden auch heute meistens Engel, Sterne, Mond, Herzen und das Christuskind angeboten.

Zinnsoldaten Bis zum Zweiten Weltkrieg gehörten für Buben jeden Alters Zinnsoldaten zu den traditionellen

Weihnachtsgeschenken. Als die Besatzungsmächte Deutschland übernahmen, wurden unzählige Heere von Zinnsoldaten weggeworfen, vergraben oder eingeschmolzen.

Zinterklos Bezeichnung für den Nikolaus im nördlichen Rheinland.

Zirkumzisonsstil In der Chronologie für eine Jahreszählung gebräuchliche Bezeichnung, bei der das neue Jahr mit dem 1.1., dem Tag der Beschneidung Jesu, beginnt.

Zischgold Kleine vergoldete Metallblättchen, im Mittelalter als erschwinglicher Schmuck sehr beliebt. «Zischgold» wurde auch als Christbaumschmuck verwendet und 1605 erstmals schriftlich erwähnt.

Zöblitz Ort bei Dresden. Seit Ende des 16. Jahrhunderts wird hier der grüne Serpentinstein abgebaut. Dadurch entwickelte sich der Ort zu einem Zentrum der Serpentinverarbeitung. Zöblitzer Geräte aus diesem Stein wurden an viele europäische Fürsten- und Königshäuser geliefert. In Berchtesgaden/Obb. wurde der gut zu bearbeitende Serpentinstein auch zu hochwertigen Krippenfiguren verarbeitet.

«Zu Bethlehem geboren» Dieses geistliche Weihnachtslied dürfte im 16. Jahrhundert entstanden sein und stammt vermutlich aus dem «Kölner Psalter». Der Komponist ist nicht überliefert.

Zuchtln ➛ «Rauwuggl»

Zuckala ➛ «Wassermarzipan»

Zucker Ohne Zucker ist die Weihnachtsbäckerei nicht vorstellbar. Zucker wird aus Zuckerrohr oder aus Zuckerrüben gewonnen. Man unterscheidet dabei braunen und weißen Zucker. Beide Varianten dienen zum Süßen, Pudern oder auch zum Glasieren. Des Weiteren bedient man sich bei der Weihnachtsbäckerei auch gerne der Zuckerfarben sowie des Buntzuckers zur Verzierung.

Zuckerbaum Alte Bezeichnung für den Weihnachtsbaum in Thüringen, Hessen, Franken und in der Pfalz.

Zuckermäuse Feines Weihnachtsgebäck aus hellem Rübensirup, Eiweiß und Puderzucker.

Zuckerstreusel Bunter «Zuckerstreusel» findet in der Weihnachtsbäckerei vielfach Einsatz. Zum Beispiel bei Buttergebäck, Pfefferkuchen und Baiserkringeln. ➤ «Liebesperlen».

Zuckerwatte Für kleine Naschkatzen gehört die Zuckerwatte nach wie vor zu den begehrten Gaben auf Weihnachtsmärkten. Der Zucker schmilzt durch die Erhitzung. In einer Zentrifuge wird der verflüssigte Kristallzucker vom Spinnkopf weggeschleudert. Dabei erkalten die Zuckerfäden, die danach auf einen dünnen Holzstab aufgewickelt werden.

Zuckerwerk Aus Zucker angefertigte Sterne, Glocken, Ringe, Engel und Tiere, die man mit einer Goldkordel auf den Weihnachtsbaum hängt, nennt man allgemein «Zuckerwerk».

«Zum 24. Dezember» Weihnachtsgedicht von Theodor Fontane (1819–1898).

«Zum ersten Male» Besinnliche und persönliche Weihnachtserzählung von Manfred Hausmann (1898–1986).

Zum Lichten Alter schlesischer Vorweihnachtsbrauch, bei dem sich zum Einbruch der Dunkelheit Bekannte und Verwandte zusammensetzen und eine Kerze anzünden.

«Zum neuen Jahr» Kurzes, treffliches Gedicht zum neuen Jahr des deutschen Lyrikers Eduard Mörike (1804–1875).

«Zum Neujahr» Im Jahre 1769, in seiner ersten Periode, schrieb Friedrich von Schiller (1759–1805) dieses Neujahrsgedicht an die «herzgeliebten Eltern».

Zündholzschachtel-Krippen Miniaturkrippen, die in Zündholzschachteln eingeklebt werden.

Zündholzschachtelware Als die Franzosen zum Schutze der eigenen Spielzeugproduktion 1881 so genannte «Gewichtszölle» einführten, traf dies besonders die Erzgebirgler Spielzeughersteller. In Seiffen hatte der Verleger H. E. Langer um 1905 die Idee, deshalb Miniaturspielzeug herzustellen und dieses Kleinstspielzeug in Zündholzschachteln anzubieten. Zeitgenössische Motive, meisterhafte Miniaturdrechslerei sowie eine detailgetreue Bemalung machten diese Miniaturen zu einem Exportschlager.

«Zu Neujahr» In ganzen acht Zeilen bringt Wilhelm Busch (1832–1908) in diesem Gedicht seine Wünsche zum Neujahr trefflich zum Ausdruck.

Zunftkrippen Weihnachtskrippen, die von den verschiedenen Handwerkerzünften angefertigt wurden, die deren typische Handwerkskunst in die Krippengestaltung integrierten.

«Zur Jahreswende» Neujahrsgedicht von Rudolf von Gottschall (1823–1909).

Zusslermandl Im Südtiroler Sarntal ziehen auch heute noch vereinzelt die «Zusslermandl», ein Mann und eine Frau, vor den Glöcklern her. Der Zussler schwingt dabei einen Säbel, der mit vielen Schellen behängt ist.

Zwarter Piet Nikolausbegleiter in den Niederlanden.

Zwerge Wichtige Weihnachtsboten der nordischen Mythologie. Ihre deutschen Verwandten sind sehr fleißig, arbeiten vornehmlich in der Weihnachtsbäckerei und sind auch in der Herstellung von allerlei Spielzeug sehr geschickt.

Zwetschgen-Krampus In Österreich ist es heute noch Tradition, den Kindern am Nikolaustag einen «Zwetschgen-Krampus» zu schenken. Dabei handelt es sich um Dörrzwetschgen, die auf einen festen und stabilen Draht gezogen und mit einer bemalten Walnuss versehen werden.

Zwetschgenmännle Hübsche kleine Figuren aus gedörrten Zwetschgen mit buntem Stoffgewand und Schuhen aus halben Walnussschalen.

Zweiter Weihnachtsfeiertag Der 2. Weihnachtsfeiertag, der 26.12., wird fast nur in Deutschland gefeiert. Er geht auf die Sozialgesetzgebung Bismarcks zurück, der ihn zusammen mit dem Ostermontag als gesetzliche Feiertage einführte.

Zwiebelkalender Eine weit verbreitete Neujahrssitte ist das Wettervorhersagen durch den Zwiebelkalender in Deutschland und Österreich. Man schneidet eine große Zwiebel in zwölf Teile und bestreut sie gleichmäßig mit Salz. Je nachdem, ob die Stücke nass oder trocken bleiben, gibt es entsprechend nasse und trockene Monate im neuen Jahr.

Zwischen den Jahren Die Zeit zwischen Weihnachten und Neujahr bzw. Heilige Drei Könige wird allgemein als «zwischen den Jahren» bezeichnet und war früher eine Zeit der Arbeitsruhe. In einigen Gegenden nannte man früher diese Tage auch «Zwischen den Zeiten».

«Zwischen den Jahren» Weihnachtserzählung von Utta Danella (geb. 1920).

Zwölfernächte Im badischen Breisgau, speziell im Freiburger Raum, werden die Raunächte, bedingt durch ihre Anzahl von insgesamt zwölf Nächten, auch als so genannte «Zwölfernächte» bezeichnet.

Zwölftenzeit In Mecklenburg und Vorpommern werden die zwölf Raunächte auch als «Zwölftenzeit» bezeichnet.

Bibliographie

Aiblinger, Simon: Vom echten bayerischen Leben, München 1975

Baasner, Rainer: Kleine Geschichte des Weihnachtsmanns, Berlin 1999

Bahnmüller, Wilfried: Bayerisches Oberland, Köln 1996

Bartos, Burkard: Spekulatius & Co., München 1998

Becker-Huberti, Manfred: Nikolaus von Myra, Köln

Bernhard, Marianne: Altes Brauchtum. Von Lichtmeß bis Dreikönig, München 1985

Bilz, Hellmut: Erzgebirgische Volkskunst, Schwarzenberg 1997

Bogner, Gerhard/Sessner, Paul: Das große Krippenlexikon, München 1987

Bohnenberger, K.: Volkstümliche Überlieferungen in Württemberg, Stuttgart 1980

Buchholz, Edwin: Kleines Krippen-Brevier, Künzelsau 2002

Conradi, Karl Otto (Hrsg.): Gedichte der deutschen Romantik, Königsstein/Ts. 1979

Dietz-Rüdiger Moser: Bräuche im christlichen Jahreslauf, Graz 1993

Dünninger, Eberhard: Heiligabend, Regensburg 1999

Eichenseer, Erika und Adolf: Oberpfälzer Weihnacht, Regensburg 1998

Ernst, Eugen: Weihnachten im Wandel der Zeiten, Stuttgart 1998

Fehrle, Eugen: Feste und Volksbräuche im Jahresbrauch europäischer Völker, Kassel 1955

Gajek, Ester: Adventskalender. Von den Anfängen bis zur Gegenwart, München 1988

Gerner, Jakob/Röhrig Hans-Günter: Das große Krippenbuch, München 1997

Glende, Margaret: Christbaumschmuck, Stuttgart 1985
Gockerell, Nina/ Volk, Peter: Museum in der Krümperstallung Neumarkt/Opf., München 1986
Gockerell, Nina: Weihnachtszeit, München 2000
Gockerell, Nina: Krippen im Bayerischen Nationalmuseum, München 1993
Hansjakob, Heinrich: Aus meiner Jugendzeit, Stuttgart 1910
Hinrichsen, Torkild: Weihnachten in Norddeutschland, Husum 1999
Jaacks, Gisela/Gockerell, Nina: Weihnachtliche Bräuche in Hamburg und München, München 1985
Kapfhammer, Günther, Brauchtum in den Alpenländern, München 1977
Killy, Walter (Hrsg.): Epochen der deutschen Lyrik 1900–1960, München 1974
Kirchhoff, Hermann: Christliches Brauchtum. Feste und Bräuche im Jahreskreis, München 1998
Klauda, Manfred: Die Geschichte des Weihnachtsbaumes, München 1993
Koenig, Otto: Klaubauf, Krampus, Nikolaus, Wien 1983
Kriß, Rudolf: Sitte und Brauch im Berchtesgadener Land, München 1947
Krolow, Karl (Hrsg.): Deutsche Gedichte, Frankfurt/Main 1982
Laturell, Volker D.: Volkskunde in München
Löcher, Paul: Wie's einstens war zu Weihnachtszeit, Ostfildern 1980
Lutjhardt, Ingeborg: Das kleine fränkische Krippenbuch, Würzburg 2001
Marten, Kurt: Alte Pinakothek, München 1966
Meisen, Karl: Nikolauskult und Nikolausbrauchtum, Düsseldorf 1931
Mensing, Otto: Schleswig-Holsteinisches Wörterbuch, Neumünster 1927
Otto, Sigrid: Oh Tannenbaum. Zur Geschichte des Weihnachtsbaumes, Berlin 1992
Pinson, Roland W.: Goldene Weihnachtszeit, Bindlach 1995

Piontek, Heinz (Hrsg.): Neue deutsche Erzählgedichte, München 1980
Pörnbacher, Hans: Bayerische Bibliothek Band 1–5, München 1978
Rattelmüller, Paul Ernst: Auf Weihnachten zua, Dachau 1998
Ringler, J.: Tiroler Krippen unserer Zeit, Innsbruck 1966
Ritz, Josef Maria (Hrsg.): Bayerisches Jahrbuch für Volkskunde, Regensburg 1950
Ruland, Josef: Weihnachten in Deutschland, Bonn 1978
Schmeller, Johann A.: Bayerisches Wörterbuch, München 1872 + München 1985 (Reprint)
Schmidt, Gustav: Oberfränkisches Brauchtum in alter und neuer Zeit, Bayreuth 1994
Schneider, Herbert: Bayerisches Federspiel, Pfaffenhofen 1971
Schuler, J. E.: 100 Kostbarkeiten, Gütersloh 1963
Schweiggert, Alfons: Winter- und Weihnachtsgeister in Bayern, Dachau 1996
Spamer, Adolf: Weihnachten in alter und neuer Zeit, Jena 1937
Spangenberg, Karl: Kleines thüringisches Wörterbuch, Rudolstadt/Jena 1994
Teubner, Alfons (Hrsg.): Geliebtes Breslau, München 1966
Wachtel, Joachim: Winterfreuden, München 1977
Wagner, O. J. Helmut: Die schönsten Krippen in Altbayern, Schwaben und Salzburg, München 2000
Weber-Kellermann, Ingeborg: Das Weihnachtsfest. Eine Kultur- und Sozialgeschichte der Weihnachtszeit, Luzern 1978
Werner, Richhilde und Paul: Weihnachtsbräuche in Bayern, Berchtesgaden 1999
Willi, Gerhard: Alltag und Brauch in Bayerisch-Schwaben, Augsburg 1999

Bertelsmann Volkslexikon, Gütersloh 1960
Duden, Mannheim 1973
Fröhliche Weihnachten überall, München 2000
Knaurs Volkslexikon, München 1969
Schatzkammer Deutschland, Stuttgart 1980

Wachszieher und Lebzelter im alten München, München 1981
Zwölf Jahrhunderte Literatur in Bayern – Ausstellungskatalog, München 1975

«Altbayerische Heimatpost», Trostberg, verschiedene Jahrgänge
«Amperland», Dachau, verschiedene Jahrgänge
«Charivari», Miesbach, verschiedene Jahrgänge
«Schönere Heimat», München, verschiedene Jahrgänge